Narrative

Emanuela Fontana

La correttrice

L'editor segreta di Alessandro Manzoni

ROMANZO

MONDADORI

Della stessa autrice in edizione Mondadori
Il respiro degli angeli. Vita fragile e libera di Antonio Vivaldi

Questa è un'opera di finzione liberamente ispirata a fatti realmente accaduti, e in particolare alla collaborazione tra Emilia Luti e Alessandro Manzoni. Personaggi e fatti reali sono stati rielaborati ai fini della narrazione.

Per l'immagine a pag. 369: Emilia Luti, *Bigliettini nei quali suggerisce al Manzoni le parole vive fiorentine*, 1836-1840. Su concessione del ministero della Cultura – Pinacoteca di Brera – Biblioteca Braidense, Milano. È espressamente vietata l'ulteriore riproduzione o duplicazione con qualsiasi mezzo.

Per l'immagine a pag. 370: Alessandro Manzoni, *I promessi sposi. Storia milanese del secolo XVII scoperta e rifatta da Alessandro Manzoni*. Tomo terzo, pagina 276, 1826. Su concessione del ministero della Cultura – Pinacoteca di Brera – Biblioteca Braidense, Milano. È espressamente vietata l'ulteriore riproduzione o duplicazione con qualsiasi mezzo.

mondadori.it

La correttrice
di Emanuela Fontana
Collezione Narrative

ISBN 978-88-04-77193-7

I edizione maggio 2023

Anno 2023 - Ristampa 2 3 4 5 6 7

La correttrice

Amatevi come compagni di viaggio, con questo pensiero d'avere a lasciarvi, e con la speranza di ritrovarvi per sempre.

ALESSANDRO MANZONI, *I Promessi Sposi*

È una cosa grande il rinunciare al proprio desiderio ma è più grande il mantenerlo dopo averlo abbandonato.

SØREN KIERKEGAARD, *Timore e tremore*

1

Firenze, ottobre 1838

"C'è una piccola anima in ciascuno di noi e a lei mi rivolgo, non a Voi che nemmeno mi ascoltate. Quella piccola anima brucia mentre Voi correte chissà dove, cieco alla bellezza di questa città che Vi è stata donata..."

«Signorina Luti, è pronta?»

Emilia posa la penna sul foglio e punta gli occhi verso il viso di donna affacciato alla porta. Si alza di scatto e chiude l'ultimo bottone della camicia da notte. Una goccia d'inchiostro scivola sulla carta e ricopre la lettera 'b'. Lentamente si allarga a tutta la parola 'brucia'. Vorrebbe muovere il braccio, ma non lo fa, imprigionata dallo sguardo della governante.

«Vedo che le garba svegliarsi coi galli.» La signora Fanti solleva un sopracciglio ed entra. Ha la fronte tagliata da una lama di sole che ha appena attraversato la stanza.

Emilia ripone la penna nel calamaio. «Mi garba un monte.» Sfila un fazzoletto dal polsino e si china a picchiettarlo sul foglio, di fretta. Dietro di lei, il letto conserva l'impronta del suo corpo mentre era rimasta sdraiata a godersi l'alba scegliendo le parole più belle.

«Sophie ha bagnato di nuovo le lenzuola.»

Emilia getta un'occhiata al piccolo armadio. «Vado subito dai bambini.»

La governante sposta l'attenzione alla pagina che Emilia si ostina a tamponare con il fazzoletto e sul suo viso si accende una curiosità che lo rende sprezzante. «Il signor Vieusseux vuole che i bambini siano in ordine prima dell'arrivo del marchese D'Azeglio.»

«Certamente.»

«Sophie va cambiata.» Pare che non debba dire altro, invece aggiunge: «Se perde tempo a scrivere a' suoi ganzi, la cacceranno prima di Natale, signorina Luti».

Oltre il vetro della finestra, l'ultimo piano del palazzo di fronte è avvolto in un pulviscolo di luce. A vederli dall'alto, i tetti della città sembrano zattere accostate una all'altra con un'armonia distratta che porta lo sguardo a scontrarsi contro la cupola di Santa Maria del Fiore. Le voci del mercato formicolano in un lento crepitio. Emilia era in cima alla torre di Arnolfo con il pensiero, insieme al conte guelfo e alla sua innamorata, prima che la signora Fanti spezzasse la poesia.

Strappa il foglio dal quaderno, lo accartoccia e lo lancia verso la porta chiusa. La carta sfiora il legno e atterra con un piccolo rimbalzo.

«Certo che tu se' proprio un bel crostino!» esclama, rischiando di farsi sentire.

Una cinciallegra intona il suo canto mentre il sole conquista la stanza. Non c'è pagina che possa raccontare Firenze con i colori che merita, soprattutto quando non si può scrivere in pace.

2

Il marchese Massimo d'Azeglio ha occhi di un azzurro purissimo che Emilia non ha mai visto a nessuno. Danno l'aria di attingere a pensieri lontani dalle chiacchiere che lo circondano: al suo fianco siede la moglie, Luisa Blondel, di fronte il padrone di casa, Giovan Pietro Vieusseux, accanto Henriette de Bary, la nipote. Ma quando quegli occhi si fermano su un viso che non conoscono, brillano incantati. Succede anche con Emilia. Le sorride.

Vieusseux coglie subito l'interesse del marchese. «La signorina Luti è la nostra bambinaia, ma mi aiuta anche in biblioteca.»

«Una bambinaia esperta di libri?» domanda D'Azeglio, senza smettere di sorridere a Emilia.

Vieusseux annuisce. «Avrete modo di conoscerla se frequenterete la nostra casa durante il vostro soggiorno fiorentino.»

Emilia continua ad arrossire.

«Con grande piacere, se Massimo non scappa da qualche parte!» esclama Luisa, la moglie di D'Azeglio, improvvisamente allegra. «Qualche volta ama sparire per intere settimane.» Versa il secondo cucchiaino di zucchero nella tazzina del caffè. Per distrazione sfiora un'altra tazza vuota, che s'inclina e scocca contro il piatto, rotolando sulla tovaglia di pizzo. Luisa la raccoglie di fretta, si scusa. Sistema la pellegrina di seta che le sfiora la vita. Ha uno sguardo grigio, capelli neri lucenti e denti di un candore abbagliante. «Mio marito mi lascia spesso sola a Milano per cercare i luoghi da dipingere tra monti e torrenti» riprende a dire, parlando più veloce. «Ma dopo tre giorni non vedo l'ora di rivedere la mia Luisina come se fosse un uovo di Pasqua!» la corregge D'Azeglio con un curioso entusiasmo. Si alliscia i lunghi baffi biondi muovendo le dita con grazia. «Quando sono in viaggio le scrivo persino quante cimici ho trovato nel letto.»

Emilia abbassa lo sguardo e spera che nessuno la tenga più in conto.

Il piccolo Eugène si avvicina al tavolo, sfiorando uno zuccotto con la punta delle dita. Emilia gli ferma la manina, prende il coltello, taglia il dolce a metà. «Ne diamo un pochetto a Sophie?»

Sophie proprio non se ne cura, ha gli occhi spalancati sull'unica bambina ospite del salotto, la figlia di D'Azeglio, Alessandrina, che siede sulla poltrona immobile come una bambolina di gesso. La piccola Rina ha la fronte intelligente del padre e non somiglia in nulla alla madre. Infatti non è Luisa ad averla partorita. Rina ha perso la sua mamma da appena due anni. Questo Emilia lo ha saputo dai bisbigli della governante, che quando c'è da far pettegolezzo depone la sua severità e diventa una frivola ragazza che si bea di mostrare ciò che sa, fosse anche all'ultima delle serve di casa Vieusseux.

Emilia coglie la somiglianza stretta fra Rina e D'Azeglio, e poi una nota inquieta, una malinconia insolita per quell'età, nel piccolo viso che le sta davanti: un volto infantile e magro, dagli occhi appena ravvicinati. Oltre all'impronta del padre, affiorano in lei tracce di un'altra famiglia, una madre scomparsa. Il languore negli occhi non è quello di D'Azeglio, che usa i suoi in modo seducente.

D'istinto Emilia la sorveglia più dei pronipoti di Vieusseux. Ogni tanto le sorride. Quando le porge un dolce, finalmente anche la piccola Rina ricambia uno sguardo. «Codesto zuccotto ti chiama da mezz'ora, ma tu non gli dai retta» le dice Emilia.

La bambina cerca gli occhi del padre come per avere un consenso. Ma D'Azeglio ora sta seguendo la conversazione con un'attenzione meno frivola, forse perché ha ripreso la parola Vieusseux.

«Conoscete il giovane James Russel? Si è unito alla lista dei nostri soci dieci giorni fa e da allora mi è tornato il buon umore.»

La cuoca fa capolino per controllare se i vassoi vadano riempiti ancora.

«Gli americani ci fanno davvero un gran bene, sono la prova vivente che ogni giorno è un nuovo inizio...»

«Caro Vieusseux, a lei bisognerebbe costruirle un monumento» lo blandisce D'Azeglio. «Da vivo, s'intende.»

Il padrone di casa scoppia a ridere.

«Il suo Gabinetto di lettura sta preparando le basi intellettuali per un'Italia... possiamo usare la parola 'libera'?»

«Tra queste mura tutte le volte che le garba, marchese.»

D'Azeglio accarezza i capelli della piccola Rina e torna agli orizzonti mutevoli dei suoi pensieri.

«Prima della Luisa Blondel, il marchese aveva sposato la figlia maggiore del Manzoni, Giulietta» aggiunge più tardi, in cucina, la governante. «E si dice che al marchese 'un gliene fregasse nulla, voleva solo imbonirsi il grande scrittore.»

«Emilia, perché tu non ci leggi dei romanzi, qualche volta?» domanda Floridia, la cuoca, coprendo i dolci avanzati con un panno.

«Il D'Azeglio vole scriverli anche lui, i suoi *Promessi Sposi*. Lo sapete che anche quest'altra moglie, la Luisa, è imparentata col Manzoni?»

Emilia volge uno sguardo attento alla governante.

«E potresti insegnarmi a leggere...» insiste la cuoca.

«La Luti ha già il suo bel daffare coi mosconi che le ronzano attorno e il tempo non le basta mai» la interrompe la signora Fanti. «Si dice che il D'Azeglio con la Luisa Blondel ci facesse l'amore fin dai tempi del primo matrimonio con Giulietta Manzoni. E ora che se l'è sposata, s'è già rifatta l'amante nova.»

3

I mercanti di frutta e verdura hanno sbaraccato da via de' Tornabuoni e la strada è trapuntata di foglie di cavolo, bucce di mela, frutti calpestati. Un piccolo spazzacamino corre, si china, raccoglie le pannocchie marce. Se le avvicina al naso, sistema lo scovolo sulla spalla e poi le infila in tasca alla rinfusa, riprendendo a correre. I chicchi di grano balenano tra le scarpe della gente.

Fulvio consegna un carretto di cenci a un ragazzo e avanza verso Emilia. Indossa una camicia lisa lievemente umida di sudore. Gli occhi esplorano il cielo, una distesa di blu immenso e soffici nubi, poi puntano dritti su di lei. Le dà un bacio sulla bocca e le afferra una mano.

«Più lontano!» Emilia si scosta e inizia a camminare.

Fulvio le corre dietro. «Raccontami cos'hai fatto ieri. Non posso credere che ti hanno tenuta in casa tutto il giorno.»

Emilia cammina più veloce, si volta appena. «Non so quanto tempo rimarrò a palazzo Buondelmonti.»

«Davvero vuoi lasciare i bambini?» Fulvio le stringe un braccio, e questa volta Emilia non si oppone.

«Eugène e Sophie il mese venturo torneranno in Svizzera con la madre.»

«Ma così perderai buona parte dei quattrini.»

«Camminiamo sul Lungarno» decide lei. Accelera il passo.

Le sopracciglia del giovane si inarcano come se le sollevasse un colpo di vento. Poi i suoi occhi vengono attraversati da un lampo di allegria. Le labbra si piegano all'insù, in un atteggiamento di impertinenza. «E allora vieni ad abitare con noi!» grida. «Così si fa all'amore tutto il giorno!»

Torna a correrle dietro. Le cerca la mano, gliela stringe. Emilia tenta di sfilarla via ancora.

La luce del mezzogiorno risale i palazzi della riva di fronte, fino alla collina di Boboli. I barcaioli in piedi sulle chiatte sono marionette annerite dall'abbaglio, tese sui remi, contro quel fulgore.

Fulvio socchiude gli occhi per difendersi dalla luce. «Ti ho detto che tua madre e le tue sorelle non sono un problema. A Siena compreremo una casa per loro vicina alla nostra.»

Emilia lancia uno sguardo alla bottega del pittore Giancotti, che la saluta con il cappello. Poi si volta. Sorride in un modo particolare. Non è felicità. Si fa da parte per lasciar passare due tedeschi. Reggono sotto il braccio le tavolozze e indicano l'acqua con il pennello, spendendosi in esclamazioni di meraviglia.

«Non voglio lasciare Firenze. Non la lascerò mai.»

«Dici così perché non ti togli dalla testa il tuo babbo.» Fulvio scuote il capo e parla più teneramente. «Sarebbe contento di saperti sposata a Siena. E i miei figlioli non vedono l'ora. Ti occuperai soltanto di loro e nessuna governante ti farà più le storie.»

«Non ho intenzione di lasciare il Gabinetto Vieusseux.» Emilia sostiene il suo sguardo con fierezza. «Voglio solo togliermi dalla casa, ma continuare con la biblioteca. Il babbo non mi voleva sguattera.»

Lui le afferra le spalle. «Insisti a rovinarti gli occhi per scrivere al buio? Tanto le parole non sai metterle in fila per bene, Lili.»

«Se non mi stanco troppo le metto eccome» si divincola.

«Come faccio a riportarti da me... Chi mi ha rubato l'amore della mia piccola Lili?» La tira a sé e la stringe.

Il corpo di Emilia per un attimo si scioglie in quel calore. Poi lo spinge via e si allontana.

Avanzano una accanto all'altro nella brezza che spira a raffiche allegre dal Ponte Vecchio, poi rientrano fra i vicoli, verso il Mercato Nuovo. Fulvio aspetta che lei parli. Alla fine sbuffa. «Sei ancora gelosa per la storia della Barbara?»

Emilia sbircia i cappelli di paglia colorata appesi a un banco e subito Fulvio ne sfila via uno turchese. «Lo vuoi?» Se lo posa sul capo e fa una giravolta.

Il mercante glielo strappa via. «La merce la 'un si tocca senza il permesso!» Fulvio ride e prende Emilia per mano, per farla scappare. «Ti porto al Giglio, così ti posso baciare a modo.»

Nella via c'è tanta gente che bisogna farsi largo con le braccia mentre le risate rimbombano nelle orecchie. Fulvio la conduce stringendole la vita.

«Più giù quella palpatina!» ride un uomo che li affianca.

Fulvio non ha sentito. Riesce a tendere le monete al botteghino.

«Guarda che trecciona bellina, come ti chiami?»

«Come quella grulla della tu' sorella!» Emilia volta il viso verso il teatro.

Fulvio afferra due biglietti prima di tornare a cingerle il corpo per proteggerla dalle spinte della gente.

Riescono a entrare quando lo spettacolo è già iniziato.

Una donna grassa con il grembiule unto di salsa recita al centro del palco: «'Un si mangia mai in codesta casa!» esclama rivolta a due uomini con il cappello in mano. «Si fa un canaio, gli viene fame e poi mangia tutto lui!». La folla ride forte.

Il tanfo di piscio dà la nausea e Emilia si preme il fazzoletto sul naso, poi spinge il viso contro la camicia di Fulvio. Lui giocherella con la sua treccia e con l'altra mano le allenta il corpetto. Lei lo lascia fare. La mano aggira la schiena e si avvicina al seno.

«Si dà un gran daffare con la moglie» continua a gridare la donna «perché c'ha più corna lui, ve lo dico io, d'un cesto di lumache!»

Fuori dal teatro il cielo si è improvvisamente annuvolato e un velo di argento ricopre i tetti di Firenze. Dal fondo di via dei Cimatori una donna avanza veloce. È la moglie di D'Azeglio. Emilia la riconosce a distanza per la linea della vita nell'abito avorio, finissima. Sembra stia piangendo.

«Signorina!» Sta chiamando proprio lei.

Emilia lascia Fulvio e le cammina incontro veloce, stupendosi del cambiamento avvenuto sul tenero viso di Luisa. Gli occhi sono stralunati, gli zigomi pallidi e bagnati dalle lacrime. «Rina mi è scappata via!»

Emilia non si cura di Fulvio che le è corso appresso e le viene vicino. «La accompagno.»

Tornano indietro lungo via Calimala. Chiedono ai bottegai. «Avete visto una bambina di cinque anni, dai capelli neri, il cappello con il nastrino giallo...» La voce di Luisa è un sussurro. Ripete a tutti la stessa storia. «Camminavo con la Bimbi... ho guardato una tovaglia di seta per uno stupido istante di troppo... e lei non c'era più. Sta per piovere, e la bambina si spaventa.»

«Io vado» borbotta Fulvio. Sembra infastidito. Emilia gli lancia un'occhiata sbieca e poi gli volta le spalle.

Continuano a domandare. I garzoni fanno cenno di no.

«Ha visto che cosa le piaceva di questa zona? Si è fermata davanti a qualche bottega?» Emilia investe Luisa di domande.

Lei stringe le mani che tremano, come se imponesse un ordine a se stessa. «Niente la incuriosisce. È spesso malinconica da quando siamo qui. Massimo... mi odierà per sempre.»

Emilia le si mette di fronte. «Mi dica che cosa le garba fare quando siete a Milano. Un posto in cui la bambina si sente in pace.»

«Le piace stare in chiesa.»

«Povera creatura...»

Luisa arrossisce con una punta di sdegno.

«Proviamo laggiù» decide Emilia. S'incammina verso la parrocchia di Orsanmichele. «E poi andiamo dalle guardie.»

Luisa la segue. «Lasci stare le guardie! Bisogna fare da sole...»

Emilia scansa gli uomini all'ingresso, entra di corsa e tutti i fedeli sollevano il capo al suo passo. Avanza accanto alle sedie, si porta fin quasi all'altare. Il prete che sta dicendo messa le volge uno sguardo allarmato.

«Qui non c'è!» esclama Emilia fin troppo ad alta voce. «Ha detto che ha paura della pioggia?» domanda a Luisa.

«Dei temporali» conferma lei. «Come suo nonno.»

Emilia corruga la fronte.

«Don Alessandro impazzisce quando ci sono fulmini e tuoni» spiega Luisa mentre tornano all'esterno. «E Rina fa uguale. Prima della pioggia si agita come i cagnolini.» Quando risponde alle domande, pare calmarsi. Ma solo per un momento. Le lacrime riprendono a luccicarle negli occhi.

Emilia alza il viso alla cupola di Santa Maria del Fiore, che con la luce di tempesta prende gli stessi toni scuri del cielo. Procede veloce in quella direzione, ma non può fermare lo sguardo sulla facciata e soprattutto sul campanile. Ogni volta ha l'impressione che le possa crollare tutto addosso, come le succede con le grandi chiese, le torri, gli archi delle absidi.

La funzione è quasi terminata e la gente è in fila per ricevere la comunione.

Si avvicina a un confessionale, sbircia all'interno e intravede un sacerdote. Si muove in direzione del secondo e osserva in modo più circospetto. Attraversa nuovamente la grande chiesa, va diritta verso il terzo confessionale, spalanca la tendina.

La bambina stringe al petto una mussola di lana e le punta addosso uno sguardo terrorizzato.

«A te ti garba combinarla proprio grossa!» Emilia si protende verso di lei per sollevarla e portarla fuori. Ma Rina fa da sola. Qualche fedele le fissa, il sacrestano arriva a passo veloce. Emilia fa cenno che è tutto a posto.

Luisa si china accanto alla piccola. La attira a sé e per un attimo la stringe al petto con una forza quasi eccessiva, poi la lascia, come se ne avesse imbarazzo. «Lo dico io al papà che domani non vuoi andare a scuola...»

Rina sbarra gli occhi su di lei.

«Massimo ha deciso di farle imparare il fiorentino» bisbiglia Luisa a Emilia, in preda a un'eccitazione di felicità, «ma Rina non vuole stare in mezzo a bambini che non conosce. Forse per questo oggi è scappata, vero Bimbi?»

Emilia tende un braccio verso la piccola. Escono dalla chiesa camminando mano nella mano. Luisa è accanto a loro, ma a distanza.

«Non sono capace di stare con i bambini. Non ne ho mai avuti e credo che mai ne avrò... Mio marito mi considera una donna imperfetta per questo» aggiunge Luisa poco dopo. Sono tornate indietro per la stessa strada, e ora proseguono verso Santa Croce.

«I bambini ascoltano anche quando noi si pensa che non lo facciano.» Emilia rallenta. «Mi scusi, dico spesso quello che penso, non volevo offenderla.»

Luisa le si avvicina e le sfiora i capelli. «Non deve scusarsi, ha ragione.» Il suo tono è tremante, dolcissimo.

«Mi sembra che suo marito la ami e che la tenga in considerazione.»

«Dice sul serio? Lei è stata in quella stanza, nel salotto dei Vieusseux, per poco tempo.»

Emilia annuisce. «Mi garba osservare le persone. Per questo le parlo così dei bambini, anche se nemmeno io ne ho.»

«Ma per lei c'è tempo. Quanti anni ha?»

«Ho compiuto i ventiquattro a giugno.»

«Sembra più giovane. C'è qualcosa di ancora puro nei suoi occhi. Immagino che abbia un uomo con cui vorrebbe sposarsi.»

Emilia distoglie lo sguardo. «Lui lo vole, ma io non ne sono sicura.»

«Mi scusi se l'altro giorno, dai Vieusseux, posso essere parsa scortese» mormora Luisa. «Ma Massimo si diverte a farmi ingelosire, è il suo modo per tormentarmi.»

Imboccano via Ghibellina, e Emilia stringe più saldamente la mano della piccola Rina. La bambina la osserva con meraviglia, come se non fosse abituata a una presa così decisa.

«Ma se quel giovane le vuole bene... Non penserà di rimanere a servizio per tutta la vita... Potrà avere i suoi bimbi e non diventerà come me, una povera donna che non riesce a farsi ascoltare da una piccolina.» Luisa scruta il giardino oltre un portone, poi leva gli occhi al primo piano. «È qui. Mio marito si trova sicuramente in questi appartamenti. Ama parlare con Fanny Targioni Tozzetti, la donna di cui si era invaghito il povero Leopardi.»

Rina ora ha il viso rivolto in su, fissa entrambe continuando a stringere la sua mussola di lana.

Emilia cerca gli occhi di Luisa e nei suoi spunta un mansueto rimprovero. «La bambina ci ascolta sempre...»

«Non dovrei dirle queste cose, mi scusi, ma non ho nessuno con cui confidarmi, qui a Firenze.»

«Signora D'Azeglio!» sentono chiamare. Una donna bionda, di cui si intravede un corpetto di pizzo dall'ampia scollatura, si è affacciata da una finestra e le osserva. «Che cosa sta facendo in mezzo alla strada? Salga, abbiamo pasticcini freschi per tutti!»

Emilia libera la mano della bambina, si inchina veloce sulle ginocchia. «Spero di rivederla...»

«Non mi lasci!» Luisa le stringe le spalle. «La prego... Ma mi scusi, non ricordo il suo nome.»

«Emilia...»

«Emilia, per favore, stammi accanto» la implora dandole del tu. «Mi sento così debole in questo momento... E tu per me sei quasi un'amica.»

Nel soggiorno, D'Azeglio si alza subito per salutare entrambe. Bacia la mano anche a Emilia. La donna con cui stava conversando ha le gote arrossate e l'aria superba di chi sa di essere molto bella. Accanto a lei siedono altre due giovani ospiti.

«Rina mi è scappata!» esclama Luisa al centro della stanza.

D'Azeglio impallidisce. Emilia si sofferma sulla metamorfosi del suo viso. D'istinto guarda la bambina.

«Non se ne faccia una colpa» dice Fanny a Luisa. «Succede cento volte al giorno, con i bambini di quest'età.»

«Si era nascosta in un confessionale.»

«Ho sposato mia moglie per la sua sincerità» sorride D'Azeglio, mettendosi al fianco di Luisa. Riesce a rendere la voce eccezionalmente calma. «Grazie, signorina» si rivolge a Emilia, «per essersi impegnata nelle ricerche.»

«Rina sembra sempre così infelice...» aggiunge Luisa.

D'Azeglio dà un colpo di tosse e le cinge la vita. «Sei ancora molto spaventata, torniamo a casa.»

«Forse la bambina è solo intimorita da una città che non conosce» interviene Emilia, e subito si morde le labbra.

«Questa signorina ha ragione» esclama Fanny con convinzione. «Non bisogna dare giudizi affrettati.»

D'Azeglio si congeda con un elegante movimento della mano, senza lasciare sua moglie. «Ci vedremo domani pomeriggio, amiche mie. I vostri tè sono sempre i migliori di Firenze.» Il sorriso è il più carezzevole che un uomo possa riservare a un pubblico femminile.

Emilia si alza e china il capo. «Vi ringrazio della vostra ospitalità.» Nessuno la trattiene. Solo Fanny le grida, alle spalle: «Buona vita, signorina!».

4

"Caro babbo,

Dicevi che prego poco e scrivo troppo. Scrivo pensieri e racconti e poesie che nessuno leggerà mai, ma sei stato tu a insegnarmi. Ora mi sono messa in testa di raccontare la storia del guelfo sulla torre e della sua Lisetta innamorata."

Emilia osserva le lacrime di cera sotto il tremolio della fiamma. Deve fermarsi, come sempre, per riordinare le parole. Consonanti e vocali si accavallano nella mente. Il cuore batte veloce.

Lentamente tutto si ricompone. Avvicina di nuovo il pennino al foglio.

"Mi ricordo i vostri visi, tuoi e della mamma, tutte le volte in cui entravamo a San Michele Visdomini... Sprigionavano un calore, un sentimento di infinito e di pace, che credo abbia poco a che fare con le mie gelosie e con la fretta di Fulvio. Se questo è l'amore io fo prima a non sposarmi." Ancora deve fare una pausa. *"Quell'abbandono, quell'infinito, lo sento quando scrivo. Dicevi che osservo troppo gli uomini. Ma io li guardo per curiosità. Sono curiosa, non altro. L'ho preso da te."*

Oltre la finestra, i contorni delle case affiorano nella prima luce dell'alba. Più lontana, la grande cupola di Santa Maria del Fiore riposa nella foschia.

"Ricordi che cosa mi ripetevi quando ero piccola? Che ero nata per le battaglie, come le sante. Non ho né l'indole né l'intenzione di diventare santa, ma sai che con il mio problema... il matrimonio è impossibile. Se non con Fulvio."

«Puoi scrivere una frase anche per me?» Maria è sveglia. La guarda con i suoi occhi onesti, bruni come quelli di tutte le sorelle Luti.

«Dormi!» bisbiglia Emilia.

Adele si muove nel letto e si rigira dall'altra parte. «Perché sei sempre vergognosa e non ce ne fai leggere nessuna?» I capelli biondi sono sparpagliati sul cuscino. Emilia, come sempre, ne rimane abbagliata. «Ieri è venuto a cercarti Fulvio. Dovresti trattarlo meglio, Lili.»

«Rimettiti a dormire pure te.»

«Stai a casa un giorno solo» insiste Adele. «Oggi non puoi andare a giro con lui?»

«Smettila. A Fulvio gli sono affezionata.»

«Non basta mica essere affezionata se c'hai da starci assieme per sempre.»

Un piccolo lamento sale dal letto di Olimpia. Le ragazze scoppiano a ridere.

«In un'altra vita doveva essere un gatto, non c'è spiegazione» dice Adele voltandosi a guardare le sorelle con un lungo sospiro. Ha le labbra sempre accese di rosso anche a quell'ora del mattino, le ciglia lunghissime, come frange laboriose di un piccolo pesce, che ora sbatte in un veloce balenio. «Nessuna preferirebbe lavorare piuttosto che sposarsi, Lili, solo te.»

«Non sei contenta che ti pago la dote?» la provoca Emilia. Posa la penna nel calamaio.

«Guarda che tu 'un sei mica l'unica a portare a casa i quattrini. Ma li spendiamo tutti per quella mangiagelati di Olimpia.»

«State a leticare anche all'alba, voi due» osserva Maria.

«Se fosse per Olimpia potremmo urlare tutta la notte» ride Adele.

Il corpo della più giovane delle sorelle giace immobile sotto la coperta. Dorme silenziosamente, di sasso.

«Se fai la capricciosa vedi tu se non lo perdi» continua a provocarla Adele. «Ed è pure bellino.»

«E allora mettitici te, con Fulvio!» esclama Emilia.

Olimpia mugola nel suo letto e Adele torna a voltarsi verso il muro.

Al cimitero c'è più gente del solito. La madre stringe a sé le figlie: Olimpia sta a braccetto, Emilia e Maria le cingono la vita. Adele è appena più scostata. Olimpia ha con sé un mazzo di rose rosse. La giornata è ancora nuvola e potrebbe piovere in pochi momenti.

Maria si china sulla lapide e la pulisce con uno straccio. Ha cura di sfregare bene le lettere, 'Luigi Luti'. Il babbo non avrebbe mai voluto il primo nome, Gasparo, sulla tomba. Si era sempre firmato Luigi, con la sua calligrafia elegante, gli svolazzi come tende spazzate dal vento in una casa in collina, quella che avrebbe voluto comprare.

Adele tira via i fiori secchi, lo fa sempre con la stessa rabbia. È lei che lucida le tre piccole lapidi accanto, quelle dei fratellini Carolina, Eleonora e Enrico. Anche sotto quel cielo i suoi capelli conservano la luce dorata del risveglio.

Poi lasciano sola la madre. Giovanna prega a testa bassa, il corpo che rimane a metà, tra la tomba del marito e quelle dei figli. Il cinguettio degli uccelli è più inquieto. L'acqua potrebbe picchiare presto sulle tombe e sui rami dei cipressi. È una di quelle mattine ingannevoli di primo autunno. Parte limpida e poi scatena una violenza improvvisa.

Tocca a Olimpia con le sue rose rosse. Si ferma sempre poco tempo. Non si capisce mai se soffre, se le importi. Quando si inginocchia, vista di spalle, sembra ancora la bambina che era fino a poco tempo fa, i capelli raccolti nelle trecce crespe e rossicce. Depone i fiori.

Infine è il turno di Emilia. Ha con sé una piccola pala per scavare nella terra. Ormai sa come infilare il biglietto nella scatola sollevando appena il coperchio. Con le dita controlla che l'ultimo bigliettino sia al suo posto. Ce ne sono anche per Carolina, Enrico e Eleonora. È il babbo che legge per loro, anche se Eleonora aveva già imparato a scrivere, perché era più grande di Enrico.

Sistema le rose nella terra. Sua madre l'aspetta davanti alle sorelle. «Lili... potresti farti il segno della croce, una volta bona.»

Emilia scuote appena la testa e alza gli occhi alle nuvole.

5

«La penna non è un martello, Sophie. Ha solo bisogno che la conduci.»

Emilia avvolge la piccola mano della nipotina di Vieusseux nella sua. «La devi accompagnare. Le parole sono delicate, come un bambino più piccolo di te a cui non faresti mai male. Lo prenderesti saldamente sotto le ascelle per farlo salire in braccio, ma senza stringerlo troppo. È la stessa cosa. Scrivi con dolcezza. 'Arroventare'» scandisce insistendo sulle 'r'. «Senti che è forte?» Indica le labbra, poi il foglio. «Guarda come hai scritto.»

Solo in quel momento si rende conto che non sono sole. Giovan Pietro Vieusseux è in piedi sulla porta. E appena dietro di lui c'è D'Azeglio. Entrambi la stanno osservando, probabilmente da molto prima che lei se ne accorgesse.

«Il marchese è qui per ringraziarti» le dice Vieusseux. D'Azeglio sorride con quel suo sguardo trasparente, che sembra voler conquistare il mondo con una sensualità senza finzione.

«Ci ha detto che hai aiutato sua moglie con la loro bambina.»

D'Azeglio si avvicina al tavolino e dà una sbirciata al foglio su cui ora Sophie non sta scrivendo più. «Dunque lei non è solo una bambinaia che aiuta in biblioteca...» annuisce interessato.

«È anche una brava istitutrice» risponde Vieusseux per Emilia. «Suo padre lavorava come cancelliere al tribunale di Commercio. Era un uomo pieno di talento... E di figlie femmine!»

Emilia arrossisce, ma senza offesa.

«Mi permette... Lei è di Firenze?» le domanda D'Azeglio. «Di famiglia toscana?»

Emilia lo fissa negli occhi. «Sono nata qui come mia madre. Mio padre era di Pisa.»

«Avete una gran fortuna che i vostri figli imparino il toscano. La mia piccola Rina sta iniziando appena a cruscheggiare da quando l'abbiamo mandata a scuola. So che mia moglie le ha detto che è una mia imposizione.» Il marchese attende un attimo prima di riprendere, come un avvocato davanti ai giudici. Emilia non ha mai visto nessuno così abile eppure sincero nel modo in cui si propone agli altri. «È vero, voglio mettere a frutto il nostro soggiorno perché Rina impari il parlar bene. Noi al confronto siamo barbari, a Milano come a Torino. Ma la mia bambina ha il carattere di suo nonno. Sembra non trovarsi a suo agio in nessun posto.»

Vieusseux non trattiene una risata. «Cosa dice mai, caro marchese. Il Manzoni non ha l'aria di essere un insofferente.»

«È la verità. Alle volte lo rimprovero, come un figlio farebbe con il proprio genitore. Anche se la mia Giulietta non c'è più, per me lui rimane... papà.»

A Emilia spunta sulle labbra un piccolo sorriso per il modo in cui ha pronunciato quella parola. *Papà...*

«Ci rivedremo domani allora, se frequenta il Gabinetto letterario» mormora D'Azeglio riservandole uno dei suoi sguardi più abbaglianti.

6

Nella sala di lettura il fumo dei sigari disegna anelli che sfiorano i mobili e le tante teste chine impegnate nello studio. A eccezione di due donne, sono tutti uomini. Molti di loro non hanno nemmeno vent'anni. Poeti che hanno appena terminato gli studi, pittori, viaggiatori. Dai rapidi bisbigli tra compagni di scrivania si intuiscono parole in inglese, francese e tedesco.

Emilia trascrive i nomi degli ultimi iscritti: "Mr Medeley Higgins. Mrs C.P. Hodson. Reverendo R.J. Tennant. Mr Hervey...". Alza lo sguardo su Vieusseux: sta leggendo qualcosa sottovoce a Gino Capponi. Spesso si incanta a osservarli. Siedono a una scrivania più grande di quelle degli altri lettori.

Vieusseux ha la capacità di accorgersi sempre quando qualcuno lo sbircia. Emilia gli fa un cenno con il viso indicando la finestra. Va ad aprirla e insieme inspira l'aria di quel mattino di ottobre insolitamente mite, limpidissimo. Il profumo del pane le stuzzica le narici. Anche qualcuno dei lettori avverte quel tepore, molti visi si alzano e negli occhi spenti dalla lettura si accende una luce di piacere.

D'Azeglio è in fondo alla stanza e sta leggendo un libro. Emilia ha notato con sollievo che non la guarda mai. Si avvicina al libro dei volumi in prestito: *Kean*, una commedia di Alexandre Dumas, è stata la scelta del marchese. Cerca di indovinare in cosa sia immersa la sua mente: se in uno spettacolo, in un amore, un corteggiamento, o un dialogo tra uomini. Lui all'improvviso solleva gli occhi, e Emilia non può sottrarsi. Sembra che continui a vedere in lei le immagini che aveva davanti. Si alza e le viene incontro.

Appena le è vicino, accosta la bocca al suo orecchio. «Più frequento questo luogo e più le mie ambizioni si spengono. Qui possiamo leggere il meglio dell'ingegno del mondo, i libri dei più dorati scrittori.»

Emilia scosta appena il viso.

«Mi succede sempre con la bellezza. Se mi avvicino troppo, il desiderio della perfezione mi crea disagio e inizio a odiare me stesso. Le piace vivere a Firenze?»

Arrossisce. «Certamente.»

I camerieri servono cioccolate calde e pasticcini, altri raccolgono nuove ordinazioni per il Caffè Doney, che ha lasciato i tavolini all'aperto anche se l'estate è finita da un pezzo.

«Spostiamoci nella stanza delle conversazioni.»

Le fa cenno di precederla, e Emilia torna a cercare lo sguardo di Vieusseux, che annuisce con un sorriso.

«La mia domanda su Firenze l'ha indispettita?» Sono di nuovo fermi, uno di fronte all'altra. Ai tavoli gli uomini parlano e fumano, ma il tono delle voci è sempre un educato mormorio.

Emilia scuote il capo. «Per il babbo venire a Firenze è stata una conquista. Era orfano e studiando all'università è diventato cancelliere.»

«Suo padre le ha lasciato un dono di cui deve essergli sempre grata. Averla fatta nascere qui e averle insegnato a scrivere. Comunque...» D'Azeglio indica gli uomini che li circondano. «Chi non viaggia non conosce, non è curioso e non progredisce nel suo cammino.»

Emilia accoglie quell'informazione con un cenno di assenso.

«Se fossi rimasto soltanto piemontese, lo sa quanto noioso, e pedante, e taccagno sarei a quest'ora? Agli occhi di tutti rimarrei un mediocre pittore di paesaggi che cerca il pelo nell'uovo. E se non avessi respirato quest'aria, il mio romanzo su Niccolò de' Lapi si sarebbe spento come una sorgente da cui non spilli più acqua.» Di fronte allo sguardo attento di Emilia prosegue: «La storia si svolge agli inizi del 1500 e devo studiare i documenti, oltre che leggere i romanzi europei».

«Lo sta scrivendo da molto tempo?»

Gli occhi di D'Azeglio sono attraversati da un brillio. «Cinque anni. Troppi ormai. Diceva l'amico Vieusseux che lei scrive di notte, ho capito bene?»

Emilia arrossisce di nuovo. «Sono le frottole della nostra governante.»

«Non deve vergognarsi della scrittura. Nemmeno se fossero soltanto lettere per un fidanzato esigente.» D'Azeglio la sta provocando, ma con gentilezza.

«Marchese, possiamo salire per il pranzo.» La voce di Vieusseux li raggiunge alle spalle. «Anche lei, signorina. I bambini la cercano.»

D'Azeglio si inchina per salutare. «Dimenticavo di dirle, Emilia... Mia moglie avrebbe piacere se il prossimo giovedì ci accompagnasse a sentire Franz Liszt, il nuovo talento musicale d'Europa.»

«La nostra Emilia è libera il sabato sera e la domenica» puntualizza Vieusseux. «Ma non ho nessun problema a lasciarla andare di giovedì. E potrà dormire a casa con sua madre e le sue sorelle.»

«In assenza di altri impegni» sorride D'Azeglio «si consideri allora della nostra brigata, signorina. Se nessuno la reclama.»

Emilia abbassa lo sguardo alle balze del suo abito verde malva. Sente che il marchese ha seguito quel movimento.

«A questo penserà Luisa.»

Lei spalanca gli occhi su Vieusseux, che sorride in silenzio.

«Si faccia trovare da noi giovedì alle sei. In Lungarno numero 1194.»

7

Luisa ha gli occhi leggermente gonfi. Il letto matrimoniale è gualcito da una parte, come uno dei cuscini. Deve aver trascorso sdraiata molte ore.

«Non vorrei somigliare a un piccolo confetto, signora» dice Emilia, imbarazzata.

La piccola Rina scoppia a ridere. Ha una risata dirompente, non si sarebbe mai detto, vista la sua timidezza.

Anche Luisa ride. Smette di scorrere i vestiti nell'armadio e stringe le mani di Emilia. «Perché sei piccola? Ma non tonda come un *bonbon*! E non chiamarmi 'signora'. Comunque lo scopriremo solo ora che ti vedremo libera dal tuo abito.»

«Non mi spoglio mai davanti agli altri.» Emilia non riesce a guardarla in viso. Sposta l'attenzione su Rina, che sta corrugando la fronte.

«Scusami...» Luisa scrolla la testa, sembra dispiaciuta. «Allora dimmi la verità. Quale vuoi?»

«Quello rosso.»

Luisa sgrana gli occhi. «Benissimo... Ero molto felice l'ultima volta che l'ho indossato.» Emilia sta per parlare, ma lei prosegue: «Per questo non lo porto più. Lascia che ti aiuti con il corpetto».

«Perché era felice?»

Luisa le si mette di spalle, come se non avesse sentito. Le allenta i lacci. «Ora ti lasciamo sola come chiedi, vieni Rinolina.»

Emilia aspetta che escano e poi si sfila il corpetto, slaccia la gonna. Getta un'occhiata al letto matrimoniale: un comodino è sgombro, sull'altro sono impilati due libri e una lente. Deve essere il lato di D'Azeglio. Poi si sente inopportuna, volta il viso verso lo specchio e lo sguardo le scivola sulla cicatrice, appena una virgola, che le spunta dalla sottogonna. Come sempre svia l'attenzione e si solleva sulle punte per prendere il vestito.

Il Teatro Standish è gremito e dopo una lunga attesa qualcuno inizia a chiamare sul palco il musicista con un applauso. Poi tutta la platea si unisce in un battimani spazientito. Finalmente Liszt compare. È alto e dominato da una chioma di capelli furiosa, selvaggia. Sembra molto giovane, eppure si siede con la serietà di un uomo maturo.

Luisa sfiora la mano di Emilia, poi la stringe nella sua. D'Azeglio le sta guardando.

Appena il musicista inizia a suonare si ha la sensazione che una tempesta di onde, grandine e vento si abbatta sulla sala. Emilia non ricorda nemmeno che brano sia. Il *Guglielmo Tell* di Gioacchino Rossini, forse, da quello che rammenta di aver letto sul libretto. Ma è una cosa diversa da qualsiasi musica abbia mai ascoltato. Le mani volano sui tasti, picchiano: virate improvvise e poi lente carezze che tolgono il fiato, lo strappano via. Tutti gli occhi sono su quelle mani, stregati.

Emilia d'istinto volta il viso verso D'Azeglio. Osserva il musicista con una purezza negli occhi che forse è lo specchio della sua anima segreta. Non per forza gli uomini più affascinanti devono essere pericolosi.

Il pubblico si alza in piedi, ora applaude con la stessa passione delle mani sul pianoforte. È la risposta alla sfida che quell'uomo ha portato in scena. Nello sguardo di Luisa c'è una distanza che inquieta.

«Liszt dice che solo la musica raggiunge l'infinito» sussurra D'Azeglio, cercando con ansia negli occhi di sua moglie un sorriso che non trova.

«E quest'abito rosso?» Olimpia si mette seduta sul letto.

Le lampade sono tutte accese sui comodini. Anche Adele e Maria sono sveglie.

Emilia porta il suo sottobraccio. «È un regalo...»

«L'è bella davvero» esclama Adele. «Una va a teatro e torna con due vestiti.»

«La signora D'Azeglio si è affezionata a me...»

«La parente del Manzoni?»

Maria le sorride e si alza per sfiorare il viso di Emilia. Lo fa sempre quando capisce che c'è un segno di turbamento nella sua voce.

«Dài, racconta!» implora Olimpia.

«Ma quanto gridi, tu» la riprende Adele, il volto illuminato dalla luce.

«Com'era il musicista?» bisbiglia Olimpia. Anche se è la più piccola, è la più alta tra le sorelle, e la più silenziosa.

«Tu c'hai in capo solo gli omini belli» ride Maria.

Olimpia ha un sussulto che la fa sobbalzare sul materasso. «Pensaci te ai brutti!»

«Aveva mani meravigliose...» mormora Emilia.

Olimpia si alza e va verso l'armadio. «Prendiamo i costumi del nonno?»

«Non volevi sapere del musicista?» la stuzzica Adele.

«M'è venuta voglia di fare teatro.»

Olimpia li sfila dall'appendiabiti. Quello rosso rubino di Madama Betta, l'amante segreta di Gherardo, per Adele; il vestito romantico dalla scollatura squadrata di Elvira, la gentildonna romana amante tradita da Gherardo, per Maria. Tiene per sé quello di don Agazio e consegna a Emilia il vestito di Ottavia.

«La parte di Elvira questa volta toccava a Emilia» contesta Maria, ma le sorelle stanno già sfilando le loro camicie da notte per indossare i costumi di scena. Anche Emilia si spoglia. Lo fa guardando la finestra, di spalle alle sorelle.

Olimpia sistema il panciotto sulle spalle. «E questa sera, al Teatro del Cocomero di Firenze, va in scena *Amore a dispetto*, dramma giocoso per musica scritto da Giuseppe Palomba con musiche di Valentino Fioravanti e messo in scena dall'impresario... Gaetano Feroci!» Si ferma per qualche istante corrucciando la bocca. «Al suonar del campanello» prende a cantare piano, con una voce grave «tutto il popol bel bello / venga olà. Se vuol giustizia / venga avanti al podestà.»

«Fate dormire l'Emilia che domani c'ha d'alzarsi presto!» manda una voce la mamma dalla sua stanza.

Emilia avanza di un passo. «Pria che ascolti questa e quella» intona in un sussurro «meco devi un po' parlare / La tua vedova sorella / sai che flemma mai non ha.»

«Esponete che son qua» torna a cantare Olimpia.

«Son donzella sventurata» si inserisce Maria. E continua con il suo canto incerto, una luce di felicità negli occhi.

Poco dopo compare anche la mamma. Giovanna rimane in piedi sulla soglia. Fa il gesto delle cinque dita, cinque minuti, ma incrocia le braccia e le ascolta con il sorriso.

«Chi di tener pretende / la donna incatenata» attacca a cantare Adele «l'ha fatta la frittata.» Alza la voce più di tutte, quasi come se fosse davvero a teatro. La mamma sta per dire qualcosa, ma Adele continua imperterrita: «Se l'ha da far con me / il mio tutor si crede / d'adoperar rigore / povero seccatore».

Le sorelle seguono con le labbra tutte le parole mandate a memoria.

«Ragazze mie, con gli uomini ci vuol sagacità. Gran disgrazia è la mia di non poter liberamente amare.»

La mamma applaude, mentre Adele si inchina. Poi va ad accostare le tende alla finestra. «Su, bimbe.» Si avvicina a Olimpia, la prende per mano come se fosse ancora piccola e la conduce verso il letto.

«Com'era la gente a teatro?» si informa, stringendosi nella vestaglia.

«Via, mamma» sbuffa Emilia, «chiedi sempre come va vestita la gente.»

«A noi che si sta sempre qui dentro, se permetti ci garba sognare.»

«Soprattutto perché, a differenza tua, siamo donne sole» rincara Adele.

«Sei te che non vuoi nessuno, bellina» la rimprovera la mamma. «Lo vedi bene in quanti ti vengono dietro, ma te nulla!»

«Io voglio una parte a teatro e un figliolo. Il resto non mi garba punto.»

«Un'attrice con un figliolo senza padre. Bell'affare, l'Adele.»

«D'ora in poi voglio ascoltare musica ogni settimana» annuncia Emilia con uno sguardo sognante. «Metterò da parte i quattrini...»

«Non ce n'è da parte finché non trovo un lavoro» la interrompe Giovanna incamminandosi verso la porta.

Olimpia e Maria le mandano un bacio e Adele si limita a salutarla con un'occhiata veloce. Emilia inizia a sciogliersi la treccia.

«Te sei proprio peggio del babbo, Lili» scuote il capo sua madre. «Voleva fare il grand'artista anche con sei figliole e un fantolino.»

8

Appena Emilia entra nel salotto ha l'impressione che i presenti abbiano interrotto le loro conversazioni in quell'istante. Henriette, la nipote di Vieusseux, siede di fronte a D'Azeglio e a Luisa.

«Scusatemi.»

«I marchesi sono qui apposta per te» la informa Henriette.

La piccola Rina è in piedi, le spalle al camino ancora spento. Emilia le intravede un sorriso negli occhi.

Luisa sta fissando un foglio bianco al centro di un tavolino. D'Azeglio lo indica. «La prego, signorina Emilia.» Nei pochi giorni in cui non si sono visti ha deciso di pettinarsi i favoriti in modo diverso, appena all'insù.

Luisa è distratta, sembra che non voglia guardarla intenzionalmente. La confidenza dei momenti passati davanti agli abiti appesi, e poi al concerto, è svanita.

Emilia cerca gli occhi di Henriette.

«Il marchese vuole assegnarti un incarico» le spiega lei. «Puoi sederti al tavolo.»

«Scriva una lettera a un signore a cui deve chiedere una grazia» dice D'Azeglio. Il tono è deciso e gentile, ma anche languido, come suo solito.

«Quale signore?» chiede Emilia con troppo impulso.

«Qualsiasi signore. Lei lo prega di perdonare il torto che un suo fratello gli ha inflitto. O che liberi i suoi cani che si sono addentrati nelle sue terre. Si ritenga libera di far volare la fantasia.»

«Una lettera lunga o breve? Perché io non riesco...»

Henriette si rivolge a D'Azeglio: «La signorina Luti può scrivere anche a lungo, ma deve fermarsi, perché dopo qualche frase confonde le parole. È uno scherzo della sua mente. Lo zio lo sa e non le chiede mai di scrivere di fretta».

Emilia avvampa e raggiunge lo scrittoio. Si sente osservata da tutti, anche dalla piccola Rina, che anzi, lentamente, le viene al fianco. Proprio la presenza della bambina la obbliga a iniziare.

Immagina che la grazia la stia chiedendo per sua madre, al proprietario della casa in via Michelino, affinché non le alzi l'affitto, altrimenti non ci saranno teatro e musica, e nemmeno i gelati per Olimpia, o le scarpe nuove per Adele, che ha i piedi delicati. Intinge il pennino nell'inchiostro senza trovare le parole.

"Reverendo signore" scrive, e all'improvviso l'idea prende forma, "le chiedo clemenza per mia madre. Ha perduto il marito, mio padre, ormai da cinque anni, e io sono l'unico sostentamento per lei e per tutta la famiglia. Mio padre aveva messo da parte pochi soldi e mia madre ha perso il lavoro. Per questo le chiedo pietà..."

D'Azeglio si alza e le si avvicina alle spalle. «Non si fermi.»

"Pietà per una povera madre che non ha più il suo uomo accanto e che convive con la colpa di non aver saputo proteggere una delle sue figlie."

D'Azeglio stende la mano davanti al suo viso, facendole cenno di fermarsi. Aggrotta la fronte. «Non è per nulla lenta, e usa un linguaggio sorprendentemente appropriato. Luisa, vieni a vedere.»

La piccola Rina si protende per provare a leggere. Il padre solleva il foglio e glielo mostra. «Lo vedi, Rinolina, come è bello saper usare le parole per chiedere le cose per iscritto? Chiedere ma anche istruire, o commuovere, come dice il nonno...» Per un momento negli occhi del marchese si insinua una fragilità.

«È brava» mormora Rina. Da quando Emilia l'ha conosciuta, è la prima volta che parla di sua iniziativa, senza rispondere a una domanda.

«Ti piacerebbe se la signorina Emilia venisse a Milano con noi?»

Emilia sposta lo sguardo su D'Azeglio. «A Milano?»

Lui sorride divertito, e ora anche Luisa ride con dolcezza.

Rina annuisce, prima di scandire a voce alta: «Sì!».

«Naturalmente ne abbiamo parlato con Vieusseux» chiarisce

D'Azeglio. «I suoi nipotini tra poco torneranno a Losanna. È dispiaciuto di perdere una collaboratrice preziosa per la biblioteca, ma porrà rimedio alla sua assenza. Solo per pochi mesi. Un anno al massimo.»

Emilia scuote la testa. «Ho mia madre, e le mie sorelle, quello che scrivevo in questa lettera è vero... Firenze è la mia città e io...» Si rende conto di parlare veloce. «Al cimitero ci sono mio padre e i miei fratelli, tutta la mia famiglia.»

D'Azeglio la sta fissando con attenzione.

«Mia madre e le mie sorelle dipendono da me...»

«Glielo chiedo solo per il tempo che Rina impari a scrivere e a parlare in toscano, e che io sistemi alcuni affari in Piemonte. Da come lei ci sta parlando mi convinco sempre di più della bontà del suo carattere.»

Luisa sorride di nuovo amorevolmente, i denti le scintillano tra le labbra. «Io l'ho capito subito.»

«Abbiamo già chiesto a scuola» riprende D'Azeglio, «ma nessuna delle istitutrici può lasciare i bambini. Nei prossimi mesi non potrò dedicarmi alla mia Bimbi. E nessun altro potrà farlo davvero.» Sembra che con il corpo si inclini impercettibilmente verso Luisa, che abbassa lo sguardo. «I miei suoceri mi hanno assicurato che spenderanno tutte le loro energie per la nostra Rina. Ma don Alessandro... immaginerete che ha sempre il pensiero allo studio, e ora si è messo in testa di correggere finalmente *I Promessi Sposi* da capo a piedi...»

Emilia spalanca gli occhi.

«Non ne è mai stato soddisfatto. E ora il pensiero di quest'impresa gli ruba più tempo degli amici, dei suoi tanti figli, impossibile che possa badare a una nipote! La mia Bimbi... E Teresa, la nuova moglie del Manzoni, ecco, non ha lo stesso trasporto filiale della nostra povera Enrichetta, che era la luce della famiglia...» Per la prima volta dà l'impressione di perdere il controllo delle parole. Infatti subito si ricompone. «Le istitutrici a Milano parlano e scrivono con gli accenti degli Unni, poveri noi, e invece io vorrei che la mia Rina crescesse imparando la lingua di Firenze, quella che secondo papà dovrebbe diventare la lingua di tutti...»

«Quando ce lo riportate a Firenze il vostro Manzoni!» esclama

Henriette. «Quanto è passato? Forse più di dieci anni da quando è stato qui. E ne parlano ancora tutti: lo zio, Capponi, Tommaseo.»

D'Azeglio sorride e gli occhi gli brillano divertiti. «Credo che Firenze sia la sua tentazione di libertà. Teresa non ama viaggiare, e don Alessandro è incline ad assecondare chi gli sta accanto. Coltiva le piante in campagna e trascorre un numero incalcolabile di ore nel suo studio. Ma sono sicuro che se lo trascinassi in carrozza a Firenze ritroverebbe il sorriso, che spesso gli manca. E non vorrebbe più andar via di qui.»

Per tutto il tempo del discorso Emilia ha intrecciato le mani con forza.

D'Azeglio allarga le braccia, come per concludere serenamente. «Il suo silenzio è un sì, signorina?»

Emilia distoglie lo sguardo da Rina. «Io non credo di potere.»

«Emilia!» La voce di Henriette ora è squillante. «È un'occasione irrinunciabile. Il marchese è una delle persone più stimabili d'Italia, e quanto al Manzoni... non credo di doverti dire niente. Tutte le bambinaie di Firenze vorrebbero essere al tuo posto.»

«Ma il signor Vieusseux mi lascia andare via così?»

«Il marchese D'Azeglio è suo amico e lo zio nutre per lui una stima profonda. Gli ha dato la sua disponibilità.»

«Vuole dire che è già deciso?»

«Sai bene che vede la strada giusta per tutti. Si è premurato di farti sapere che sei una ragazza troppo intelligente per lasciare andare i carri che passano.»

«Lili!» chiama una filatrice da una bottega che sta chiudendo per la sera. Ma Emilia non si ferma, continua a camminare veloce, nel buio, verso il Lungarno. Il mormorio del fiume diventa sempre più forte.

Si affaccia sullo sfarfallio della spuma che si intuisce appena e lascia che i capelli siano schiaffeggiati dal vento.

Le piccole luci della sponda di fronte ondeggiano tra le lacrime. Si stacca dal parapetto e torna sui suoi passi. Alza gli occhi in direzione del cimitero della Misericordia. Ma una vertigine, come un'ebbrezza, le ferma le gambe.

Si gira e attraversa il ponte, svolta a destra dove la città si fa di nuovo scura, verso Santo Spirito, quasi al confine con San Frediano.

Raggiunge le finestre di una casa dei camaldoli. Solleva una mano per picchiare il battaglio, ma poi si blocca. Ascolta le voci che arrivano dall'interno. Sono quelle dei fratelli di Fulvio. Sente i suoi figli, Gemma e Felice. C'è anche una donna, non la conosce. Infine Fulvio: sta ridendo e la donna ride con lui.

«Allora noi ce ne andiamo» dice Vincenzo, uno dei due fratelli. Ora è Fulvio che parla. O Giovanni? Le voci sono confuse. «Non rientrate prima delle dieci.»

«Le dieci?» domanda Vincenzo. «E dove stiamo a giro coi bambini?»

Un rumore di sedia spostata. Emilia sente dei passi avanzare e si scosta dall'uscio. Riprende veloce la via del fiume.

I fratellini erano molto piccoli, Enrico aveva solo quattro anni, Eleonora sei, quando Emilia aveva insegnato a tutti e due a ritrovare la strada di casa dal Lungarno, la notte. «Guardate il Ponte Vecchio» diceva, «e se le botteghe sono grandi quanto l'ultima falange del vostro mignolo, potete svoltare a destra ed entrare in città.» Era quello il punto. Adesso le botteghe del ponte sono piccole falangi, e davanti all'arco si distendono le mani di due bambini che provano le misure.

Riconosce alle sue spalle le voci dei figli di Fulvio. Stanno discutendo con gli zii, lui non c'è. I bambini vogliono che si prepari un castagnaccio per la domenica.

Aspetta di sentire le loro grida scemare, poi torna indietro verso i camaldoli, picchia alla porta.

Nella penombra Fulvio sembra spettinato.

«Sei con una donna» gli dice.

Ha l'impressione che lui arrossisca.

La fa entrare. «Lili! T'ho detto di non venire a Santo Spirito quando è buio.»

Emilia si guarda rapidamente intorno, perlustra con gli occhi la seconda stanza, dove dormono i bambini. Vorrebbe avanzare fino allo sgabuzzino, ma si frena.

«La smetti di essere gelosa? Ci dobbiamo sposare!»

Emilia torna a osservare la porta socchiusa. «Se andassi a Milano tu mi aspetteresti?»

Fulvio si avvicina di un passo. Ha un aspetto arruffato, non c'è dubbio. «Milano? Che cosa dici, Lili. Dobbiamo andare a Siena...»

«Mi aspetteresti?»

Fulvio avanza e la abbraccia. Avvicina il viso e preme le labbra contro le sue. Emilia non lo asseconda, ma lui le tiene ferma la nuca. Le parla sulla bocca. «Tu mi tratti male solo perché non ho studiato come te. Mi vorresti professore, è vero? Ma non posso fare il cenciaiolo tutta la vita. Come te che non vuoi fare la sguattera.»

Emilia lo spinge indietro. «Puzzi di fumo e di un odore che non mi garba.»

Fulvio ride nervoso.

«Avevo capito che volessi rimanere solo con una donna.»

«Che fai, la posta fuori di casa? Significa che tu se' proprio innamorata.» Sorride in modo malizioso.

Emilia rimane seria. «Io ci provo, a volerti bene, ma te vai con l'altre. E sei gentile solo quando ti pare.»

Fulvio le viene contro, la solleva e la fa sedere sul tavolo. Infila le mani sotto la sua gonna. Emilia si oppone ma lui non si ferma.

«Se non mi facessi aspettare così, io le altre donne non le guarderei neppure.» La sua mano fruga veloce tra le gambe. «Senza di me andresti a fare la monaca o rimarresti zitella per tutta la vita.»

Emilia gli afferra le spalle e lo spinge via con tutta la forza che ha in corpo.

Fulvio spalanca gli occhi. «Se te ne vai, io mi metterò a studiare, ecco che farò!» esclama, profondamente offeso. «Ti sei fidanzata con me solo perché te l'ha imposto tua madre. Altrimenti chi ti voleva a te, che sei una mezza donna.»

Emilia salta giù dal tavolo. Sembra che gli si avvicini e invece si volta ed esce.

«Che c'entra Milano? Che storia è? No!» urla Fulvio. «Non ti aspetto!»

Emilia corre via più veloce che può, verso il fiume che gorgoglia sotto il ponte di Santa Trinita.

9

«Non credo che starò via oltre la primavera.»

La mamma finisce di lavare una pentola e si asciuga le mani sul grembiule. «Magari la città ti garba e non ti rivediamo più.»

Emilia si china sul divano a piegare l'abito rosso di Luisa.

Le sorelle siedono tutte a tavola, in silenzio.

«Lo so che te, Lili, non ti fai comprare con un vestito. E, certo, la paga che ti promettono è proprio buona. Ma non vorrei che t'avessero fatto una bella sciacquata di capo...»

Emilia sistema l'abito nel baule.

Quando rialza il viso incrocia gli occhi di Olimpia. È l'unica che piange, lei che non piange mai neppure al cimitero. Tiene la schiena appoggiata alla spalliera come se non avesse la forza per stare ritta, la matassa dei capelli crespi tenuti sciolti. La minestra di patate non è stata toccata e la pagnotta è intera, come la porzione di olive. I singhiozzi la fanno sobbalzare per quanto si sforzi di trattenerli.

«Non dovevi farla andare, mamma. Il babbo non avrebbe voluto.» Maria ha lo sguardo di chi si sente tradita e che mai perdonerà.

«Non l'ho fatta andare!» esclama Giovanna voltandosi di scatto. «È la sola che guadagna bene di noi, ma non è mai contenta del suo.» Vorrebbe dire qualcos'altro, ma Emilia la fissa in un modo che la zittisce.

La mamma continua meno convinta: «C'ha il fidanzato che la vole sposare, un posto in un circolo di studio importante, ma... a lei 'un le basta e se ne va un anno a Milano».

«Saranno pochi mesi...» Emilia si interrompe. «Mica un anno.»

«A Siena il Fulvio c'ha uno zio pieno di quattrini che vende le stoffe, lo sai.»

«Non me ne frega nulla dello zio. Perché te pensi sempre ai quattrini, alla buona creanza, a quel che dice la gente?» Va alla finestra. «Vieusseux aveva già deciso tutto.»

«Comunque Siena è in Toscana» continua sua madre. «Prendimi un toscano che lascerebbe la sua terra per Milano. Solo te, Lili.»

«Leonardo.»

«Hai capito, bellina! Ti paragoni a Leonardo da Vinci. A te ti hanno abbindolata con la storia de' romanzi. D'Azeglio, il Manzoni. Una donna non può far come loro, lo sai, no? Va' a sapere che ti passa per il capo.»

«Devo scendere» dice Emilia guardando la strada.

I figli di Fulvio sono davanti al portone di casa.

«È vero che te ne vai?» le domanda Felice.

«Io...» Emilia non riesce a trovare le parole. «Solo per poco tempo...»

«Che vuol dire?» Gemma diffida di tutti gli adulti, forse perché ha perso la mamma quando le è nato il fratellino.

«Pochi mesi e sono di nuovo a Firenze.»

«Quindi non passerai il Natale con noi» osserva Felice.

Gemma deve parlare ancora. Emilia lo capisce perché sta arrossendo moltissimo. «Il babbo ti chiede scusa. Non ti voleva dire certe cose.» Non aggiunge altro, prende Felice per mano ed entrambi le voltano le spalle.

10

Le colline sono impolverate della prima neve, a tratti circondate da anelli di foschia. È quasi l'alba.

Viaggiano da due giorni e Emilia scrive nella mente. Non vuole farlo davanti a sua madre, che le siede di fronte. Le loro ginocchia si urtano a ogni sobbalzo.

Lentamente il panorama diventa grandioso. Ora sono affiancate da montagne bianche di marmo e di neve, le montagne dove Michelangelo sceglieva i suoi blocchi. Le cime iniziano a bagnarsi di una mano di rosa e il mare accoglie la prima corsa della luce sull'acqua.

«Viaggiare mi fa paura» mormora Giovanna, continuando a fissare il paesaggio.

«Potevi startene a casa, mamma.»

Giovanna si volta. «Non volevo che partissi da sola. E mi garbava vedere le cave di marmo.» Osserva la carrozza che li precede. Anche il capo di Luisa si sta chinando verso il finestrino.

«Il D'Azeglio se la crede e non è nemmeno scrittore» continua Giovanna.

«Dipinge e scriverà un libro» ribatte Emilia con fermezza.

«Mica ti monterai la testa perché entri nella casa dei parenti del Manzoni. Tra poco tu finirai a fare la cortigiana nei palazzi nobili.»

«Tanto non rischierei di avere un figlio bastardo» le risponde di getto.

«Fulvio ti sposa anche così...» sussurra sua madre.

Gli occhi di Emilia vibrano di rabbia. «Mi parli proprio come lui.

A te ti garberebbe un omo che ti tiene sotto il tacco? Tutt'e due volete farmi sentire un'infelice.»

Il viso di Giovanna diventa livido. «Ti vuole bene, lo sai.»

«Mi prende così perché a lui non garba avere altri figlioli.»

Giovanna annuisce e torna a volgersi alle montagne. Il suo sguardo però si fa acquoso, poi disperato.

«Lo sai che ho perso il sonno... Ci penso in ogni momento.»

Emilia intreccia le mani e le stringe. «C'è da essere allegre. Sta bona, hai capito?» L'aurora adesso sprigiona il suo fuoco.

Sua madre chiude gli occhi e Emilia riprende a scrivere nella mente, osservando il mare.

Davanti alla stazione di posta, i D'Azeglio sono già smontati dalla carrozza. Il sole adesso è alto. Scende anche Emilia. Sua madre le viene dietro, le sfiora la guancia con la mano. «Non vuoi che vi accompagno ancora un tratto?»

Emilia si scosta. Ma poi il pensiero di perdere il tepore dei corpi vicini la fa rabbrividire. All'improvviso torna da lei, la abbraccia stretta. Giovanna la accoglie e la schiena è scossa da un singhiozzo.

«Sta' attenta alle sorelle, mamma, soprattutto all'Adele. Tienile lontani i ragazzacci.»

«L'Adele la vogliono tutti, ma quando ci stanno un giorno assieme...» La mamma ora ride. «Gli è bell'e venuta a noia.»

Mentre cammina verso la diligenza che la riporterà indietro, sembra goffa e tanto anziana.

11

Milano, dicembre

«Non capisco perché abbiano voluto questa festa nella villa di campagna facendoci arrivare fino a Niguarda.»

La giornata di sole è così mite che, se si punta lo sguardo al giardino, di spalle alla villa della famiglia Trotti, non sembra l'inizio di dicembre, ma la fine di una lunga estate. Lodovico, il figlio del padrone di casa, tiene per mano Sofia Manzoni, sua moglie, mentre accoglie le carrozze.

Luisa continua a parlare senza perdere mai d'occhio Rina. «Forse Lodovico vuole assecondare il romanticismo della nostra Sofia. Vedessi quanto lo ama, Emilia!»

La bambina gioca a correre dietro alle galline con un piccolo della sua età. A un certo punto inciampa, cade, si ferma un attimo ma non piange.

«Non sporcare il vestito!» grida Luisa. Torna a Emilia. «È meglio che parli tu con la bambina. Io sono sempre così in pena. Tu invece sai mostrarti tranquilla in ogni momento...»

Emilia si ravvia la mantella sul collo e getta un'occhiata a D'Azeglio, che sta avanzando nella loro direzione con due bicchieri di vino in mano. «I bambini hanno bisogno anche di chi sta in pena per loro.»

«Oh Emilia!» Luisa d'improvviso ride divertita. Da quando sono rientrati a Milano l'umore le è cambiato al bello. «Continuo a invidiare il tuo spirito. Non ti perdi mai d'animo e credo che questo faccia bene ai bambini. Spero che non soffrirai troppo Milano quando l'inverno verrà a trovarci per davvero.» Raccoglie il calice che il marito le porge e fa cenno con il mento verso una coppia che sta scendendo dalla carrozza. «Eccolo, finalmente. Ora possiamo entrare in casa.»

D'Azeglio si volta per seguire lo sguardo di sua moglie e una piccola emozione gli brilla negli occhi. «È Teresa che lo fa tardare. Papà detesta non essere puntuale. Soprattutto perché non pranza mai fuori casa.»

Emilia sente un improvviso batticuore. Non se lo aspettava.

«Massimo chiama il Manzoni 'papà' da quando ha sposato sua figlia» spiega Luisa, «e continua a chiamarlo così anche ora che Giulietta non c'è più.» Emilia avverte un tono di incertezza nella sua voce, ma è concentrata a osservare.

L'uomo che sta avanzando verso Lodovico Trotti e Sofia, chiuso in un lungo cappotto nero, gli sembra più giovane di come l'aveva immaginato. C'è qualcosa di indifeso in lui, nel viso o nel portamento, nel modo di camminare. Bacia con dolcezza sua figlia e stringe la mano di Lodovico con il corpo rigido e una lieve esitazione, a cui segue un movimento disinvolto quando ritira la mano. Dà l'idea di essere a tratti sprovveduto e a tratti spavaldo, nel volgere di un attimo. La donna al suo fianco è piccola ed esile, così si direbbe dalle pieghe del vestito, gentile e sollecita dietro al marito, una cosa sola con lui, come se si muovesse per reazione ai suoi gesti. Appena don Alessandro ha salutato Sofia, anche la moglie l'ha baciata, e ora fa un cenno con il capo a Lodovico, imitando il marito.

«Lei osserva molto le persone, vero, signorina Luti?»

La domanda di D'Azeglio la fa trasalire.

«Lo notavo anche a Firenze. Come spogliava le nostre anime, la prima volta che ci ha visti, da Vieusseux. Mi sono sempre chiesto che cosa pensasse di noi.»

«Sì, Emilia, dillo anche a me!» esclama Luisa con vivacità. «Che cosa pensavi di questa balorda famiglia?»

Emilia torna a fissare don Alessandro e sua moglie, che ora stanno ridendo insieme all'altra coppia giovane presente a villa Trotti: Cristina Manzoni, la prima delle figlie, e il suo futuro sposo, Cristoforo. Sulle labbra le affiora un sorriso. «Mi diverte.»

«La diverte? Non credo che sia soltanto questo» obietta D'Azeglio. Lascia scendere nella gola un sorso di vino come se fosse un piacere che non rivivrà mai più. «Lo sa chi si comporta in questo modo? Proprio papà, mio suocero. Scrive anche così. Osservando. Anzi, ricordando ciò che ha osservato.»

«Coraggio» insiste Luisa. «Che cosa hai pensato di noi?»

Mentre Emilia sta cercando una risposta, vede la moglie di Manzoni venire nella loro direzione.

«Teresa...» la saluta D'Azeglio dopo pochi attimi, con il sorriso meno disinvolto che Emilia gli abbia mai visto.

Lei sospira come se venisse da una grande fatica. «Alessandro oggi era così stanco che ho temuto che non riuscissimo a venire.» La mantella aperta lascia intravedere un vestito color perla piuttosto accollato. Non indossa collane né bracciali, il capo è coperto da una cuffia azzurra ornata con un semplice merletto. Parla in modo leggermente roco, il suo tono di voce è affascinante. Sembra che allegria e rabbia combattano un'estenuante battaglia nei suoi occhi.

«È stato preso da una delle sue crisi, sapete.» Guarda Emilia. «Non ci conosciamo?»

«È la nostra nuova bambinaia» risponde Luisa.

«La famosa istitutrice fiorentina... Finalmente la vedo. Posso dirvi la verità? *Mi moeuri de famm.*» Un attimo dopo ha già distolto lo sguardo. «Questa mattina io e Alessandro abbiamo bevuto l'acqua di Sedlitz, ma a quanto pare ha fatto effetto solo a me! Sono giorni che vede a stento gli amici, non digerisce nemmeno le mele di Brusuglio.»

«Mi pare in buono spirito» obietta D'Azeglio senza contenere un principio di disappunto, ma Teresa non lo ha sentito perché si è già voltata per tornare indietro. Luisa attende che si allontani e poi inizia a ridere in direzione di un uomo che si sta avvicinando cautamente, come se avesse aspettato l'attimo giusto per non imbattersi in Teresa.

«Quale lamentela vi ha esposto oggi la nostra signora Manzoni?»

D'Azeglio fa il gesto di stare calmo. «È una donna intelligente, e sai bene che all'intelligenza si perdona tutto, mio caro, grosso Grossi» ride, canzonandolo amichevolmente.

L'uomo scuote la testa. «Ti ricordi come si comportava il nostro Manzoni con Enrichetta? A un anno da questo secondo matrimonio con la vedova Stampa posso dire con certezza che non la ama. Lo sai che ho *el nas fin* per queste cose.»

Tutti spostano lo sguardo sulla piccola donna che ora sta spazzolando furtivamente con la mano la schiena di suo marito, forse per liberare il suo cappotto da un pelucco.

«Eppure la invidio» dice Luisa con la sua aria più malinconica. «È sempre così sicura di sé. Non l'ho mai vista debole, credo che sia un sostegno solido per don Alessandro.»

Emilia ha imparato a riconoscere queste paure. D'istinto le sfiora la mano, ma lei nemmeno se ne accorge, immersa com'è nella palude dei suoi pensieri.

«Sei sempre troppo buona, tu, Luisina» la rincuora D'Azeglio. È la prima volta che Emilia lo sente rivolgersi a lei con questo trasporto.

«E lo stanno capendo anche quei due.» Tommaso Grossi indica Manzoni e Teresa, che ora salutano i genitori di Trotti. «Soprattutto Alessandro, l'ho sentito parlare molto bene di te, mentre eravate a Firenze.»

Luisa si scuote. «Davvero?»

Grossi annuisce. «Manzoni ha lodato a lungo la tua gentilezza davanti agli amici, gli fa onore. Chi altro rivolgerebbe complimenti così sinceri alla donna che ha preso il posto della sua prima figlia morta appena quattro anni fa?»

D'Azeglio gli tira una pacca sulla spalla, più per fermarlo che in segno di gratitudine. «Signorina Luti, ci scusi per queste *giavanate*, come le chiamiamo qui, le stupidaggini, ma questa è la vita, e ormai lei fa parte della nostra famiglia. Dica la verità, è venuta a Milano per fare l'istitutrice di Rina o per vedere da vicino il Manzoni?»

Emilia avvampa.

Luisa lo fissa attenta e Grossi ride rumorosamente. «Esiste al mondo un uomo più provocatore del D'Azeglio?»

Ora è don Alessandro ad avanzare verso di loro. D'istinto Emilia arretra fin quasi a nascondersi dietro a una colonna del portico. È abbastanza alto, la figura sottile, signorile. Il collo è chiuso da un fazzoletto nero. Appena inquadra meglio il suo viso, Emilia si meraviglia di quanto le ricordi Rina. Hanno entrambi un'impronta indifesa, di chi attende un imprevisto dalla vita. Lo sguardo è cangiante: un lampo di cielo e poi un profondo verde cupo.

Lui non si ferma che per un momento. «Volete se-sedervi con noi?»

Ha una voce incerta, ma musicale. Emilia ne è stupefatta.

«Teresa ha certi movimenti di stomaco...» Gli occhi ridono molto, non si sarebbe detto vedendolo serio.

«*ManzAless!*» lo richiama lei, che gli è venuta subito dietro, e poi scoppia a ridere. Una risata viva, appassionata, che nasconde un fuoco.

Teresa stringe con più forza, una forza sensuale, il braccio di don Alessandro, lo induce a voltarsi, e tutti li seguono a distanza, tranne Emilia, che cerca Rina con lo sguardo per condurla ai tavoli riservati ai bambini.

12

Una casa davanti a un lago. Un profumo di gelsomino nell'aria. Emilia cammina tra grandi stanze, incastonate l'una nell'altra, ricoperte di arazzi dorati. Ci sono uccelli blu che sfrecciano tra le porte spalancate. Ogni volta che fa ingresso in una camera, vede ali turchesi che frullano davanti agli occhi. E quel colore in movimento rende l'oro più fiammante, mentre una brezza corre dalle finestre spalancate, una stanza poi un'altra.

Alla fine raggiunge un grande baldacchino scarlatto. Si sente irresistibilmente stanca, come se avesse corso per giorni. Ora è sdraiata, schiude gli occhi e ha l'impressione che qualcuno le sia accanto. Non riesce a svegliarsi, pur volendolo. Intravede la trapunta rossa, c'è un respiro su di lei. Vicino. Lentamente inquadra due occhi, un piccolo viso illuminato per metà dalla luna piena, le labbra sottili. "Rina!" esclama dentro di sé, ancora frastornata dal sogno.

Inizia a risentire il suo corpo, e la bocca asciutta.

La piccola Rina fa un gesto inaspettato. Tira verso di sé il lembo della coperta, poi rovescia anche il lenzuolo ed entra nel letto. «Il papà è partito stanotte.»

Emilia solleva la schiena contro il cuscino. «E per dove?»

Rina alza le spalle. «Ogni tanto sparisce. Va per boschi.»

«Come lo sai?»

«Perché mi ha dato un bacio. Parte sempre la notte, per non far piangere Luisa.»

Emilia le fa spazio nel letto. «Solo per cinque minuti.»

I piccoli piedi freddi della bambina si rannicchiano contro i suoi polpacci.

Emilia le cede il suo cuscino e arretra fino a scomparire nell'ombra. Nell'oscurità rischiarata dalla luna piena distingue la sagoma dello scrittoio, il gancio alla parete per appendere il cappotto. La lana delle coperte è la più calda che si possa desiderare. Da qualche parte, vicino, la musica di un valzer si alza in una fuga di note.

Il gelo ricopre i vetri dei negozi anche quando sono passate le nove del mattino. Emilia si avvicina a una libreria e fa scorrere le dita avvolte nel guanto sulla vetrina. Oltre il bancone c'è un uomo.

Si decide a entrare, trattenendo uno sbadiglio. «Buongiorno. Avrei bisogno di un vocabolario milanese.» Nota una scatola sul banco con scritto: 'Nuovo Gioco dell'Oca'.

«Lo conosce? Sono l'unico a venderlo, qui intorno» si premura di informarla il libraio. La sta squadrando dalla cuffia alle punte degli stivaletti. Deve essere un uomo molto curioso.

«Ci si giocava da piccine con le sorelle.»

«È toscana?»

«Di Firenze.»

Lui ride divertito. «E vuole insudiciarsi con le nostre parole milanesi?»

Si volta a cercare in uno scaffale. «Che cosa ci fa una fiorentina da sola a Milano? Non si scoraggi per almeno due mesi. Questa città si ama nel tempo. All'inizio si vorrebbe soltanto scappare.»

Emilia alza le spalle con rispetto. «Non dovrei rimanere oltre l'estate...»

«Ma sa quante cose possono accadere da qui all'estate? Magari qualcuno le ruba il cuore...» Le strappa una risata, e ne sembra molto soddisfatto.

«Su, su» le mette il libro in mano, «non stia qui a perder tempo.» Emilia prende le monete ma lui le fa cenno di fermarsi. «Una fiorentina che vuol imparare il milanese va trattata come una principessa.» Indica il cielo fuori dal negozio. «Vada. Milano con una bella giornata di sole non la vedrà forse per tutto l'inverno.»

In pochi passi Emilia raggiunge un negozio di carte da gioco e tarocchi, poi il Teatro alla Scala. Un gruppo di orchestrali si avvicina per entrare. Qualcuno la guarda ma nessuno le rivolge la parola. A Firenze sarebbero state urla e risate grosse. E magari c'era da rispondere a chi faceva complimenti sconci.

La contrada Santa Margherita è ricca di botteghe di librai e stampatori. Emilia cammina ancora per spingersi fino alla cattedrale. Quando il Duomo le sbuca davanti, si ferma con il terrore negli occhi. È arrivata a Milano ormai da alcune settimane e se n'è sempre tenuta a distanza. Sembra che quella chiesa aggredisca il cielo, che sia il ghiaccio a comporla. Ma poi il sole ne illumina le trame dei ricami e le centinaia di pinnacoli e un'attrazione improvvisa la obbliga a non staccare lo sguardo. Le vengono in mente tre parole: libertà, corsa, nostalgia. Non c'è libertà senza nostalgia. Il cielo è una conquista su questa città fredda e gentile.

13

Don Alessandro la sfiora con lo sguardo senza fermarsi sul suo viso. Sembra dimagrito in poche settimane, è più pallido. Arruffa i capelli di Rina e la osserva con dolcezza. «Sono tutti nella sala rossa.» Parla come se fosse appena uscito da un sogno. Indossa il cappotto anche se il cortile è piccolo e bastano pochi passi per rientrare in casa. Il villino posto al centro di Milano si affaccia su quello spazio in tre ordini di piani. Emilia immagina che le stanze siano inondate di luce, nelle belle giornate.

«Buon Natale, papà.»

La stretta che Manzoni riserva alla mano di D'Azeglio è prolungata. Dà l'impressione di volersi appoggiare al suo braccio per una sorta di abbandono della volontà. Emilia pensa a quello che le hanno raccontato di lui: la giovane figlia Giulietta morta a ventisei anni, poco dopo la madre Enrichetta, il grande e forse unico amore di don Alessandro.

Ora, in questa mattina d'inverno senza colore, gli occhi di Manzoni hanno il tono verde primaverile di un bosco di faggi. Emilia glieli fissa con tanto stupore che lui per la prima volta le sorride. «Bu-buon Natale anche a lei, fi-fiorentina» la saluta, di colpo attento. «Finalmente abbiamo modo di conoscerci.»

Ancora quella voce musicale che aveva notato la prima volta. E una strana balbuzie.

«Mi chiamo Emilia» dice lei arrossendo.

Don Alessandro accentua il suo sorriso, e gli occhi improvvisamente traboccano di ironia. È un cambiamento così repentino che Emilia ne è disorientata.

Li conduce all'interno e fa cenno a un domestico di chiudere il portone. «Ha ragione a correggermi. Ma per me lei è, e-e sempre sarà, la fiorentina. Lo consideri un complimento.»

Luisa si sporge oltre la schiena di suo marito per controllare che nessuno stia ascoltando dai locali della servitù.

«Un complimento da papà al primo incontro...» ride D'Azeglio. «Non capita spesso, sa, cara Emilia?»

Manzoni non se ne imbarazza. Sembra anzi molto divertito. Si avvia verso la scala.

«Le ho detto che lui sa guardare le persone» sussurra D'Azeglio all'orecchio di Emilia, chiudendo la fila. Da quando è tornato da Torino si profuma più del solito con l'acqua di colonia. «Se un essere umano gli piace, sa riversargli tutto il suo affetto, anche se trascorre molto tempo in solitudine.» Si interrompe con una delle sue pause più appassionate. «Ma si ricordi sempre: il Manzoni non sopporta la solitudine.»

In una grande stanza dalle pareti color ruggine li attendono Teresa e alcuni dei figli di don Alessandro: Sofia e Cristina, la prima con il marito, la seconda accompagnata dal fidanzato; poi una ragazza sui sedici anni, molto somigliante a Manzoni, e infine un bambino quasi adolescente, serissimo. Potrebbero essere tutti irlandesi, per il tono chiaro dei loro visi, i capelli di un castano tendente al ramato, le sopracciglia sottili, tranne Cristina, che è mora.

Dall'altra parte della stanza sta avanzando un giovane uomo. «Il mio primogenito Pier Luigi» lo presenta il padre, «che tutti in casa chiamiamo Pietro, *Pedrin*.» Se Emilia l'avesse incontrato in mezzo alla strada, non avrebbe mai detto che è figlio di don Alessandro. È robusto e ha uno sguardo all'apparenza senza tormenti, la fronte sempre pallida ma con un rossore sulle guance che sembra indicare una fatica. Pietro le studia il viso con timidezza. «Benvenuta nella nostra famiglia...»

«Pensavi che dall'Arno vi portassimo la cugina fiorentina di Perpetua?» ride D'Azeglio. «La signorina Luti è un fiore che abbiamo colto dal Vieusseux.»

Teresa si dirige verso suo marito prima che dagli ospiti. «Sei stanco?» Solo dopo che lui la rassicura, saluta tutti.

Don Alessandro siede accanto alla figlia Sofia, ma sembra che un'inquietudine stia di nuovo prendendo possesso del suo viso, come l'avevano trovato al loro arrivo. Si rende conto di essere osservato da Emilia, e lei è costretta più volte a sviare lo sguardo.

Teresa inizia a riempire i bicchieri con un vino rosso leggermente annacquato. «Stai andando di buona lena con i quadri per il re?» domanda a D'Azeglio.

«Sono diventati quattro...» si affretta a rispondere il marchese. «Se devo dirti la verità, Teresa mia, mi tremano le mani. Carlo Alberto pare affabile, ma nel giro di un amen si imbizzarrisce come un cavallo persiano.»

Ancora una volta Emilia nota come la moglie di Manzoni si mostri quieta o severa a seconda che il suo volto si inclini di profilo o fissi gli occhi davanti a sé, verso suo marito. Tutto in quel salotto sembra ruotare intorno a lui, a don Alessandro, perché i presenti lo sorvegliano o cercano il suo consenso con lo sguardo, in particolare i due nuovi generi.

Lui torna vigile quando dalle stanze accanto arriva un rumore di passi. Fa ingresso un altro giovane, e Emilia intuisce che non appartiene a quella famiglia. Gli occhi selvatici, dalle lunghe ciglia, sono quelli di Teresa. L'impressione è che abbia appena discusso con qualcuno. Alle sue spalle avanza una donna anziana, ed è su di lei che si appunta l'attenzione di don Alessandro. Ha almeno settant'anni ma una forza nel viso che illumina la stanza. Sono gli occhi a dare la luce: ancora grandi, due smeraldi. Don Alessandro ha preso da lei il suo bel colore, ma non la magnificenza. Si alza e offre il braccio alla madre, accompagnandola in poltrona, proprio accanto a Emilia. Poi si dirige verso il camino e inizia a spostare i ciocchi di legna con una grande pinza di ferro.

D'Azeglio alza la voce. «Nonna Giulia, oggi sono l'uomo più felice del Lombardo-Veneto perché ti vedo.»

L'anziana sorride appena senza guardarlo, ma si capisce che quel complimento le ha fatto piacere. Osserva Emilia con insistenza.

«Da quando c'è la signorina Luti, Rina ha iniziato a chiudere le parole con le vocali!»

Manzoni ride per la prima volta di gusto, senza interrompere il suo lavorio con le molle: sta spostando i ciocchi tutti a destra, lasciandoli a distanza ravvicinatissima, ma avendo cura che non si sfiorino.

Donna Giulia Beccaria si limita ad annuire. Ha uno sguardo che trapassa le distanze. Ora in quel tinello ci sono due poli, due punti di attrazione. La donna anziana che un tempo doveva essere stata bellissima, i capelli grigi ma ancora folti raccolti in una cuffia di merletto, e il suo unico figlio, impegnato davanti al fuoco in un curioso gioco di simmetrie, che ora torna a sorridere con Pietro, il primogenito.

«Le persone che papà ha più care sono quelle che lo fanno ridere» riprende a bisbigliare D'Azeglio. «Forse per questo mi vuole così bene, nonostante i miei difettacci.»

Don Alessandro alza lo sguardo su di loro. «Cosa dice il mio Massimo di me?»

«Che questa è una delle poche occasioni in cui ci dedichi più di un'ora filata» continua a scherzare D'Azeglio. «E a noi non pare vero. Sei d'accordo, donna Teresa?»

«Alessandro lavora per tutti» sospira la moglie di Manzoni, «anche per l'Italia.»

«Non dire 'Italia' troppo ad alta voce, Teresa mia.»

«Le nostre idee le abbiamo espresse belle e chiare. Lo sai che per l'incoronazione di Ferdinando I ce ne siamo rimasti a Brusuglio con i nostri quattro guai, mentre Milano *la se ingenoggiava* agli austriaci.»

«Lo so eccome, ma è meglio custodire queste parole tra le nostre quattro mura» osserva D'Azeglio, sempre più scherzoso. «Pensarle, dirle, costruire un futuro, ma tra di noi. Anche Orazio e Virgilio si tenevano lontano dalla mischia, dico bene, papà?»

«Benissimo» conferma Manzoni, «ma se mi paragoni a loro li fai risalire dal Li-Limbo per darci una bella *legnada* a tutti quanti.»

«Comunque» riprende la parola Teresa «questo sarà l'anno buono per pensare di ripubblicare di nuovo *I Fidanzati*, tutti illustrati.»

«Ah!» ride D'Azeglio. «Avete aspettato questo bel Natale per fare l'annuncio? Per chi non lo sa... *I Fidanzati* è la maniera con cui in famiglia chiamiamo *I Promessi Sposi*.»

Ora don Alessandro sembra improvvisamente insicuro, come

quando, in campagna dai Trotti, salutava le persone con fatica. «Non so se ho l'animo di andare di corsa, ci sono ancora tante cose da decidere.»

«Chi vuoi più dell'Hayez per le vignette?» Teresa pare offendersi nel vivo. «Solo il Padreterno potrebbe disegnarle meglio!» Si alza e si dirige verso la stanza accanto.

Donna Giulia si rivolge a Emilia. «Si tenga pronta perché ora la povera Teresa ci mostrerà una *pièce de théâtre*.» Questa battuta provoca la risata scoppiettante di Cristina, la maggiore delle figlie di Manzoni. Anche Emilia sorride. Poi nota la stizza di Stefano, il figlio di Teresa. E allora capisce che quella frase era una colossale presa in giro.

Teresa rientra nella sala portando con sé tre libri. «Vieni, Massimo, e anche tu, Luisa. Il *Gulliver*, il *Don Chisciotte* e il *Gil Blas*, tutti illustrati, guardate che meraviglia!» Li poggia sul tavolo al centro della stanza.

D'Azeglio si alza e inizia a sfogliare, sinceramente interessato. «Il romanzo di papà farà ancora più impressione. Avremo molti paesaggi, e le grandi scene di folla in movimento, i caratteri dei volti...»

Manzoni lascia la pinza e raddrizza la schiena. «L'Hayez non vede i personaggi come pensavo. E il testo non mi soddisfa. Da capo a piedi.»

Tutti smettono di parlare. Cristina lascia la mano del suo fidanzato, con cui conversava fittamente.

Emilia fissa don Alessandro, poi i ciocchi di legno e la loro perfetta architettura.

D'Azeglio chiude il *Don Chisciotte* e riprende la parola: «Il nostro Manzoni è l'uomo più umile che sia mai esistito al mondo. Il romanzo è piaciuto così tanto che i contraffattori lo hanno stampato quaranta volte in undici anni, senza contare gli osanna per le sue *Odi*, gli *Inni sacri* e tutto il resto, eppure lui continua a essere tormentato dai dubbi».

«Dice così per schermirsi» interviene Teresa. «Ha belli e pronti tutti gli appunti delle parole degli amici toscani, più quelli che ha scritto di persona quando ha visitato Firenze. Ormai la risciacquatura in Arno è fatta e finita.»

Improvvisamente don Alessandro sposta lo sguardo su Emilia. E lei, che lo stava osservando con attenzione, spalanca gli occhi e inizia a torcere una balza del vestito.

«Voglio scrivere come parlate voi, fiorentina.»

Emilia ferma il suo movimento, stende la gonna.

«Le pi-piace leggere i romanzi?»

«Leggo il più possibile.» Annuisce.

Luisa la incoraggia con gli occhi. Tutti i giovani, e anche il figlio di Teresa, aspettano che parli ancora.

«E ho letto il suo» aggiunge parlando più veloce. «Non ho mai letto una storia così... appassionata, e buona, e viva.»

Manzoni accenna un sorriso, sembra che stia arrossendo. «La storia, va bene, le piace. Ma la lingua? Che cosa mi dice di com'è scritto?»

Emilia si sente incendiare fino alle orecchie. Tutti gli sguardi sono su di lei. «Ho apprezzato tutto, don Alessandro.»

«Qu-qualche volta si è fermata nella lettura? Risponda con onestà, la prego.»

«Mi è capitato.» Immagina che qualcuno si sia sorpreso, ha intravisto un lampo di stupore negli occhi di Stefano, il figlio di Teresa.

La signora Manzoni scoppia a ridere in modo nervoso. «È svelta, *'sta tusa*...» Si rivolge al marito: «Può capitare che chi nasce a Firenze parli in un modo e capisca solo quello che ha imparato. Il resto gli risulta straniero, niente di più...».

«Ma il loro è il modo giusto, l'u-unico» la interrompe don Alessandro. C'è una punta di delusione nei suoi occhi.

Riprende a osservare Emilia con grande interesse. «Per favore, vada avanti. È un piacere che le chiedo.» Quando torna sereno, sorride in un modo che scalda il cuore.

«I dialoghi...» inizia Emilia senza guardare nessuno, e sente che le guance sono tutto un fuoco, ma non può evitare di dire quello che pensa. «I dialoghi qualche volta non sono come si usa a Firenze.»

Don Alessandro annuisce. Ora sembra triste, o dolorosamente arrabbiato, forse con se stesso, non con lei. È quello che spera Emilia, che si morde le labbra per aver parlato troppo in fretta. Non si aspettava un silenzio così lungo, da parte di tutti. Rimane zitto persino D'Azeglio, che trova sempre una battuta di spirito.

«Lo so» mormora infine don Alessandro, «il romanzo è tutto da rivedere, ma non riesco a prenderlo in mano. Te-termino ogni anno con questa pigrizia che mi mangia il fegato.»

Teresa balza in piedi. «Bambini! La *bonne* vi aspetta.»

Emilia ha l'impressione che le labbra di donna Giulia si stiano inclinando all'insù. Sì, sta ridendo! E anche la figlia più giovane, Vittoria, si copre la bocca con la mano e abbassa il viso per nascondersi.

«Rina! Filippo!» Teresa si rivolge a Emilia: «Signorina, li accompagni in cucina con me, al piano di sotto».

Filippo, il più piccolo dei figli Manzoni che abitano la casa, è un ragazzino cerimonioso che vive nelle paure. Seguita a ripetere parole zuccherose a Catherine, la *bonne*. Ma quando Emilia gli mette il piatto davanti, muovendosi alle sue spalle, scatta indietro, irrigidito. La *bonne* lancia a Emilia un'occhiata che presuppone spiegazioni future, spiegazioni che ora non può dare. È una donna robusta che parla poco, ma dedica ai bambini un'attenzione premurosa.

Emilia decide di distrarre Filippo con un gioco. Prende un bicchiere pulito e inizia a far scorrere sul bordo la punta del polpastrello. Il suono del vetro circola intorno alla tavola. La piccola Rina avvicina il suo bicchiere e imita il gesto di Emilia. Lei le guida le dita con le sue.

A un tratto Emilia alza il viso e nota D'Azeglio sulla porta che la sta osservando. La chiama con la mano, lei non può che obbedire.

Il marchese la precede lungo il corridoio e apre la porta che affaccia sul cortile. Si gira per due volte a guardarla e raggiunge il braccio opposto della casa, che ospita le stalle. Finalmente si ferma. «Luisa stasera ha ripreso a fare i suoi brutti pensieri» sussurra. «Me ne ha accennato anche a tavola, e quando dice certe cose... mi spaventa. Io ora dovrò ripartire, ma lei tenga compagnia a mia moglie.» Le raccoglie le mani nelle sue.

Emilia lo lascia fare ma irrigidisce la schiena.

«Non abbiamo mai modo di chiacchierare. Lei è proprio una brava ragazza. Vorrei confidarmi.» Le bacia le punte delle dita.

Emilia perde un respiro, ma non riesce a opporsi subito. Quello è un gesto che nessuno ha mai fatto con lei.

Poi libera le mani, si volta su se stessa e riprende la via della cucina.

Torna a sedersi al tavolo, accanto ai bambini. La *bonne* è una donna troppo quieta per farle domande, nemmeno con gli occhi.

14

Milano, gennaio 1839

«Il marchese passerà a trovarci?» chiede una donna dalla soglia della gioielleria Pettermant.

Luisa non le risponde e affretta il passo tenendo a braccetto Emilia, che a sua volta stringe la mano di Rina.

«Che cosa dovrei dire, che non so quando torna mio marito?»

Tre ufficiali austriaci guardano due ragazze a cui si è rotta la chiave, chinate ad armeggiare davanti a un portone. Sono visibilmente alticci già a quest'ora del mattino. Uno spazzino sta finendo di pulire la strada e da una casa arrivano forti colpi di martello. Pellai, macellai, lattai sono tutti affaccendati ai banconi e le carrozze passano veloci.

«Dica che di sicuro lo vedranno per il suo compleanno.»

«Io non ho la risposta pronta come te, cara.»

«Suo marito ha detto che stava via solo pochi giorni.» Emilia allontana lei e Rina dal centro della strada perché stanno iniziando ad avanzare carri carichi di terra e mattoni.

«Ma non è mai preciso, e non so esattamente con chi si intrattiene. Eppure... mi scrive... che non può chiudere gli occhi la notte se non dà un bel *bin* alla sua Luisina.»

«Che cosa sono i *bin*?»

La domanda di Emilia strappa finalmente un sorriso a Luisa. «I baci... i *bin* sono i baci.»

La piccola Rina alza il viso su Emilia e le sorride con un sospiro.

Emilia le punta l'indice davanti al naso. «Le pene d'amore le vivrai tra pochi anni pure tu, non pensare di esserne salva.»

«Mi è venuto in mente che dalla vedova Pettermant» riprende a parlare Luisa con gli occhi sbarrati «c'era una collana di perle, che ora è sparita. Massimo la guardava, l'ultima volta che siamo venuti insieme. E la settimana scorsa l'ho vista al collo di Margherita Litta.»

Emilia lancia un'occhiata a Rina, che sta ascoltando attentamente. «Luisa ha un cuore buono» spiega alla bambina, «altrimenti non starebbe così in pena per papà.»

Intravedono il Teatro alla Scala, poi svoltano verso casa. «Il mio sogno era essere cantante, lo sai? Il buio, nessuno davanti.» Luisa stringe più forte il braccio di Emilia. «È un'ebbrezza, la stessa di una notte d'amore. Ti pare strano, vero?» L'emozione le sta quasi spezzando la voce. «Io che ho paura di tutto, che non sono mai sicura nemmeno di una parola... eppure volevo essere una protagonista d'opera. Anche una cantante qualsiasi.» Sorride, scuote il capo. «No, no, non qualsiasi, una grande cantante, è questa la verità...»

La città si sta imbiancando. Nevica a fiocchi grandi, come Emilia non ne ha mai visti a Firenze.

«Puoi venire un momento?» La voce di Luisa ora è stranamente calma, sembra divertita. Emilia la trova nella stanza da bagno immersa nell'acqua bollente, le braccia adagiate lungo i bordi della vasca.

«Ti spiacerebbe strofinarmi la schiena, cara Lili?»

Ha la pelle candida, e per un attimo Emilia la immagina a letto, stretta fra le braccia di D'Azeglio, o di spalle a suo marito, una delle tante volte in cui si addormenta con i brutti pensieri. Forse lui la attira a sé proprio per le sue belle spalle.

Emilia prende una spugna e obbedisce.

«Bagnati con me. Per favore» la prega Luisa.

Emilia continua a passare la spugna sulla sua schiena.

«Ti chiedo di starmi vicina.»

Fuori dalla finestra, nonostante la neve, il cielo si è squarciato per un piccolo tratto, spalancando un occhio di luce.

Emilia posa la spugna sul davanzale. Avvicina le dita ai lacci della camicia. Inizia a scioglierli.

Luisa si volta appena, ma Emilia le rimane alle spalle, continuando a guardare fuori dalla finestra. Leva il corsetto. Slaccia il fiocco della gonna, si libera della sottogonna, delle calze e di quello che rimane, con un brivido. Passa accanto a Luisa restando voltata, e voltata entra nell'acqua. Il contrasto del calore con l'ambiente della casa è talmente forte da provocarle una vertigine. Si accuccia e infine si gira verso di lei. Allunga piano le gambe, per non darle fastidio.

Luisa la sta osservando. «Grazie.» Prende la spugna dal davanzale e inizia a passargliela delicatamente su una caviglia. «Sai qual è la tristezza più grande?» Si ferma un istante. «Credo di essere sterile.»

Emilia la fissa in silenzio.

«Ho già provato con un *pastrugno* di mandorle, poi con i preparati di albume, ma non è successo niente. Un mese credevo che fosse arrivato il momento, invece erano i nervi che si facevano beffa del mio corpo.»

Sale con la spugna fino al ginocchio. Poi muove l'acqua per guardarle l'inguine. Emilia ha un braccio posato su un fianco. Ma sotto la mano si intravede un colore più rosato, una pelle diversa.

Luisa le prende la mano, la invita ad allargare il braccio. Emilia oppone resistenza. Luisa non si dà per vinta e le sposta ancora il polso. Emilia resiste di nuovo, poi cede. Una lunga cicatrice le percorre il ventre.

Luisa spalanca gli occhi. «Cos'è stato?»

«Un incidente.»

«Che tipo d'incidente?»

«Una diligenza mi ha investita.» Emilia continua a fissarla.

Luisa aspetta a lungo che vada avanti, ma lei non lo fa. «Non voglio sapere tutto di te, ma io ti ho fatto delle confidenze...» Abbassa la voce, sorride. «E ti ho parlato del mio batticuore per il teatro. Ma tu...»

«Io ho il batticuore quando scrivo» dice Emilia.

Luisa stende il ginocchio. «Allora è vero che scrivi. Non ce lo dici mai.»

«Mi dedico alle parole.»

«Quali parole?»

«Le parole belle» le risponde. «Ma costruire una storia è faticoso e mi fa paura» aggiunge, pur di non farle abbassare ancora lo sguardo.

«Paura? E allora come le scrivi queste parole?»

Emilia non può sottrarsi, ma ritira le ginocchia verso di sé. «Descrivo un panorama, una sensazione. Oppure poesie, racconti. Ho scritto anche quando siamo arrivati qui da Firenze.»

«Allora devi parlare di questo con Massimo. E anche con don Alessandro, soprattutto con lui. Andremo a trovarlo più spesso, ora che siamo sole. Credo che ti abbia molto in simpatia.»

Luisa si cala nell'acqua fino al mento, sfiorando con i piedi le spalle di Emilia. «E adesso ti canto un'aria della *Lucia di Lammermoor...*» Chiude gli occhi. «"Regnava nel silenzio"...» Ha una voce limpida, da soprano. «"Alta la notte e bruna"...»

Anche Emilia chiude gli occhi, appoggia la nuca scivolando nell'acqua e torna a coprire la ferita con il braccio.

15

Teresa indossa un abito di un azzurro quasi fanciullesco, che si tinge di lilla accanto alla fiamma alta del camino. Sposta il giornale dal comò per consentire alla cameriera di servirle il tè.

«Sembra che ci siano dei cervelli conservati anche nel reparto di anatomia dell'Università di Pavia. Posso chiedere ad Alessandro di accompagnarmi in carrozza a vederli. Naturalmente mio marito non metterebbe piede nel reparto, nemmeno la punta dell'alluce.» Scruta Luisa e Emilia per controllare che la stiano ascoltando con attenzione. Stefano, il figlio, studia un trattato di pittura fiaccamente inclinato su un divano.

Teresa avvicina di nuovo il giornale agli occhi. «Dunque, vi stavo leggendo che il dottor Castle va in questi giorni studiando la statistica di molti cervelli di Milano. E rileva, col sussidio della frenologia, le inclinazioni e i sentimenti delle persone.»

Emilia lancia un'occhiata a Luisa: sembra assorta in un pensiero che la spinge a torcersi le dita. Fuori dalla finestra il cielo è basso e scuro e una piccola pioggia fitta tormenta il giardino.

«Lo sapete che a Parigi, nella collezione di Vimont, si conservano trecento crani naturali... e centocinquanta cervelli in gesso? Se raccontassi queste cose ad Alessandro dovrebbe aspirare la sua boccetta di aceto da qui a domattina. È così impressionabile.»

«Anch'io lo sono» dice Luisa. Allunga il braccio e si avvicina alla bocca un bicchiere d'acqua.

Teresa ride divertita. «Cara mia, per certe cose sei davvero così simile ad Alessandro. Sulla "Gazzetta" di oggi ci si chiede se, conoscendo tutti i segreti dei cervelli della gente, si porrebbero limiti al libero arbitrio. Signore: dite che dobbiamo dare briglia sciolta alla scienza, o controllarla per non rischiare di perdere le nostre libertà?»

«Credo che ogni persona possa rimanere sempre libera, che sia una questione di volontà» risponde Emilia. «La scienza può offrirci gli strumenti, ma l'uomo non perde il suo giudizio.»

Teresa annuisce con interesse. «Lei sembra intelligente per essere una bambinaia.»

«Chi fa la bambinaia non può essere stupida se deve educare i bambini degli altri.» Emilia non è riuscita a trattenersi.

A Luisa viene da ridere, da quando stanno ascoltando le letture di Teresa è la prima volta che il viso le si illumina.

«Veramente tanti bambini crescono male proprio per colpa degli istitutori» commenta il giovane Stefano dal suo angolo. Non ha nemmeno alzato lo sguardo.

Teresa non replica, anzi, il silenzio pare una conferma di quelle parole. Prende un altro giornale, lo avvicina a sé e in un attimo le guance le si colorano. «E questo!»

Luisa ride di nuovo.

«Chi è mai quest'avvocato Lorenzo Del Nobolo! Lo sapete che cosa si è permesso di fare? Ha ridotto in poema *I Promessi Sposi*. Dodici canti in terza rima. Un obbrobrio. Alessandro!»

Non si sentono rumori e non arriva nessuno. Teresa chiama ancora. Compare la *bonne*. «Catherine, va' a chiamare mio marito, è urgente.»

Dopo poco la *bonne* torna indietro. «Don Lisander dice che è molto impegnato. Ma che deve chiedere una cosa alla signorina Luti, se non la incomoda scender *de bass*.»

«Nel suo studio?» si stupisce Teresa.

Anche Stefano solleva il volto dal libro che aveva ripreso a sfogliare senza voglia.

Teresa si alza dalla poltrona. «Allora andiamoci tutti insieme, nello studio del Manzoni.»

Don Alessandro è seduto a un piccolo tavolo di spalle alla porta, il viso verso la finestra. Il camino è acceso. Indossa il cappotto e sembra che abbia molto freddo nonostante il fuoco.

Lo studio è dipinto di verde chiaro, il verde delle foglie appena nate sugli alberi. Ogni parete, tranne quella rivolta alle finestre, è occupata dai libri. Il camino è piccolo e i ceppi sono disposti ad anfiteatro, sempre a una distanza perfetta, senza sfiorarsi. Accanto al camino c'è una stufa di maiolica, alla destra della porta un tavolo grande occupato da libri, da un calamaio e da un bicchiere riempito con la sabbia. Sulla mensola del camino c'è una tazza, e da quella tazza proviene probabilmente un lieve odore di cioccolata che impregna l'ambiente, insieme a quello, più forte, del tabacco. Nonostante la pioggia, oltre il vetro si vede bene il giardino ricchissimo di piante, che Emilia non ha ancora visitato.

«Non mi aspettavo che arrivasse la cavalleria al completo.» Manzoni termina di scrivere qualcosa su un foglio prima di voltarsi. Saluta con il suo sorriso ironico, gentile.

«Vogliono fare dei *Fidanzati* una *Divina Commedia*!» esclama Teresa.

«Lo so.»

«E questa cosa non ti fa arrabbiare?»

Don Alessandro sorride con più dolcezza. L'atteggiamento di sua moglie deve averlo divertito. «Hanno ragione. Non scrivo più niente ed è giusto che qualcuno si metta un po' a *scherzà*.»

Prende uno dei fogli su cui stava lavorando e si alza dal piccolo scrittoio. Porta con sé una tabacchiera rotonda, di legno scuro.

Emilia fissa le sue mani. Sono forti, solide, grandi, sembrano mani abituate a lavorare la terra o a stare al torchio. C'è una differenza spiccata tra quella solidità e il viso magro, l'incertezza del corpo.

Viene vicino, fin troppo. Le si mette accanto a una distanza che si usa di solito con la gente di casa, non con chi è quasi un'estranea. Sono le sue mani a odorare di tabacco. Anche Teresa si mette al fianco, dalla parte opposta, mentre Luisa e Stefano prendono posto sulle poltrone ai lati del camino.

«La co-cosa che vorrei chiederle, signorina... è da settimane che ci penso. Se lei volesse aiutarmi...» Ha ripreso a balbettare. «Da tempo ho scritto un'a-appendice ai *Promessi Sposi* su un processo a coloro che erano ingiustamente ritenuti untori di peste. E la penna ha gli stessi problemi dei *Fidanzati*. Mi s'inceppa più della bocca, lo vede anche lei come non so parlar fluido. Vuol scrivere solo in milanese.»

Emilia cerca con lo sguardo Luisa, che la sta osservando con una luce viva negli occhi, quella che le compare quando ride con Massimo.

«Poi però magari fai controllare ai professori» dice Teresa, tenendo l'attenzione fissa su suo marito.

«Forse mi basterà la signorina. Allora, se non le dispiace...» Don Alessandro torna a volgersi a Emilia: «Voi usate la parola 'femminelle'?».

Emilia aspetta un istante prima di rispondere.

«Le ho già detto che mi può fu-fucilare senza scrupoli» la incoraggia Manzoni, «quindi imbracci la sua arma.»

«Non la usiamo molto, ma dovrei sentire la frase per bene.»

Teresa la scruta sempre attenta.

Manzoni annuisce. «Ha ragione, fiorentina, non mi fa problemi esibirmi, a parte la vergogna.» A Emilia viene da ridere. Quando non pensa a cose tristi, don Alessandro mostra di avere quasi più simpatia di D'Azeglio. «Gliela leggo.»

«Approfittiamo della signorina, allora» interviene di nuovo Teresa.

Manzoni avvicina il foglio al viso. «"Due fe-femminelle abitanti nella via della Vetra de' Cittadini... Catterina Rosa e Ottavia Boni, levatesi sgraziatamente di buon mattino, e trovandosi alla finestra, il giorno 21 di giugno dell'anno 1630"...» Alza lo sguardo su Emilia.

«Così non sta bene.»

Don Alessandro va al tavolo grande, sceglie un lapis, posa i fogli e prende posto su una sedia coperta da un cuscino ricamato con fiori colorati.

«Mi dica, signorina Luti.»

«Da noi si direbbe 'donnicciole'.»

Manzoni scrive su un foglio, mormorando: «Donnicciole...». Con il pollice della mano sinistra solleva il coperchio della tabacchiera. Pizzica un po' di tabacco e lo avvicina al naso.

Emilia avverte lo sguardo di Teresa su di sé. Stefano e Luisa rimangono in silenzio.

«E se posso dirle un'altra cosa...»

Manzoni alza di nuovo gli occhi. «Prego.»

«Io inizierei con la data, il momento. 'La mattina del 21 giugno... due donnicciole di nome'... Non ricordo come si chiamano...»

Don Alessandro si ferma a pensare. «Qui non è solo questione di lingua, ma di ordine. Ritiene che sia migliore la frase in questo modo?»

«Molto migliore.»

«Segno questo suggerimento, ma è un dubbio in più che lei mi pone.»

Emilia si sente rovente: in viso, nelle mani. «Io non volevo... don Alessandro...»

Teresa le stringe delicatamente un braccio. «Lei non ha fatto studi accademici, dico male signorina?»

«Ho seguito le lezioni in una scuola leopoldina di Firenze fino ai tredici anni» le risponde diligentemente, «e poi ho continuato a studiare con il mio babbo mentre lavoravo. Quando lui ha iniziato a stare male ho smesso, ma ho sempre letto molti libri.»

«Emilia viene da una famiglia colta» interviene Luisa. «Racconta tutto per bene a Teresa.»

Don Alessandro ascolta e ogni tanto guarda la pagina. Sembra in attesa di proseguire la lettura.

«Il babbo era cancelliere. E il nonno impresario teatrale.»

«Faceva i soldi con i libretti, allora. Doveva essere un uomo abile» osserva Teresa.

Don Alessandro torna a sorridere. «Lo vedi come andrà a finire? La no-nostra fiorentina sa come intrecciare i fili delle storie meglio di chiunque di noi.»

«E poi scrive lei stessa!» esclama Luisa.

Emilia scuote il capo arrossendo violentemente. «Soltanto lettere...»

«Beata lei che lo fa» le sorride di nuovo Manzoni. «Io detesto scrivere lettere.» Abbassa gli occhi, arrossisce come lei. «Le sembro un se-seccatore se le leggo un'altra frase?»

«Seccatore...» ripete Emilia, e ancora le viene da ridere. «Per me è un onore, don Alessandro.»

Teresa si china a impilare alcuni libri sul tavolo grande, sembra che muova le mani per controllare troppi pensieri.

«"Videro un uomo"» prosegue a leggere Manzoni «"co-coperto d'una cappa nera, con un cappellaccio su gli occhi".» Riporta lo sguardo su Emilia. «Anche qui c'è qualcosa che non va bene, mi dica il vero.»

«Da noi si direbbe 'con una cappa nera', non c'è bisogno di scrivere 'coperto'.»

«La mette troppo facile, mi pare» valuta Teresa.

Manzoni annuisce, e non si comprende se l'assenso sia rivolto alla moglie o a Emilia. «È questo che mi manca.»

«Alessandro mio, a noi sembra che a te non manchi niente.»

«La semplicità...» Manzoni continua a pensare. «Il parlar chiaro.» Prende il lapis. «Dunque, cara fiorentina, 'con una cappa nera'?»

Emilia rimane in silenzio.

«Mi dica» la incoraggia Manzoni. «No-non si senta intimorita. È un favore e, come vede, anche conversare per me è una difficoltà. Sono uno zoppo della parola.»

Teresa si avvicina. Emilia cerca di non guardarla.

«Com'era prima non mi garba del tutto.»

Don Alessandro annuisce più forte. «Benissimo, allora.»

«E un'altra cosa...» aggiunge Emilia.

Stefano addirittura si alza e si avvicina.

«Non credo che ci sia bisogno di scrivere 'cappellaccio'. O scrive che tipo di cappello è, o sta bene 'cappello' punto e basta.»

Manzoni sembra essere colto alla sprovvista. Ha di nuovo un'espressione disarmata, ma un guizzo vivacissimo gli passa negli occhi, che ora sembrano più chiari. «Un cappello...»

Teresa segue la mano di suo marito che tira una riga su quelle quattro lettere. «Questa signorina è davvero un oracolo...» Non si capisce se l'abbia detto sul serio o con ironia.

«Lo ste-stesso lavoro andrebbe svolto sul ro-romanzo» balbetta don Alessandro. «Ogni riga è da correggere.»

Il viso della signora Manzoni è angosciato. «Pensavo che la gran parte del lavoro di riscrittura dei *Fidanzati* fosse fatta...»

«Non è mai abbastanza.» Manzoni è concentrato sul foglio davanti a sé.

«Signorina Emilia» dice alla fine, sollevando di nuovo gli occhi su di lei. «Non so se essere scoraggiato o incoraggiato dalla sua onestà. Lei incarna tutti i miei limiti.»

16

Quando dipinge, D'Azeglio ha uno sguardo diverso. Passionale, famelico, insicuro. Più attraente della seduzione con cui si offre agli altri.

Dà pennellate rapide, nervose, come se quel modo di stendere il colore potesse dominare il fuoco che gli cresce in viso mentre l'opera si compone. Nel quadro tutto è natura, e i personaggi fili di forme. Il cielo è in tempesta, le nuvole sono cariche, la roccia minaccia gli alberi sotto il vento che infuria. Solo una cascata porta pace in quella spirale di tensione.

«Luisa si fida molto di lei per consentirle di stare qui da sola mentre è impegnata ad assistere sua nonna.»

Emilia osserva Rina: sta copiando le parole che lei le ha scritto. «Il tuo babbo si diverte a indispettire le persone.»

Il marchese ride e le fa cenno di passargli un pennello più piccolo.

Emilia ha cura di non sfiorargli la mano. Lo studio di D'Azeglio è illuminato da una luce opaca, anche se la primavera è vicina. Nel camino la legna si sta esaurendo e Emilia si alza per prenderne altra.

«Luisa ha paura che io vada a donne quando sono via» continua, immergendo il pennello piccolo nel nero.

«Dimentichi le doppie, come tutti i milanesi...» dice Emilia a Rina, passandole accanto. «Attenta.»

«Ma io avrei il pensiero solo a lei, se non insistesse con questa storia della mia infedeltà. Desidero solo mia moglie. Gli occhi belli e le menti pronte mi affascinano sempre, ma perché sono un uomo vivo, accidenti, e meno male che lo sono!»

«Non credo che a casa le sarebbe facile avere un'amica.»

D'Azeglio scoppia a ridere. «Mi è mancata, cara Emilia, nel mio esilio piemontese. Siamo due persone spiritose, e lo spirito serve tanto alla gente. Quanto ne sono poveri! Prenda Teresa.»

Emilia raccoglie i ciocchi di legno dalla cesta, si china per gettarli nel camino e poi inizia a sistemarli con l'attizzatoio, pensando al modo in cui don Alessandro li dispone.

«Papà l'ha voluta per la sua arguzia. È una donna divertente, in fondo appartiene alla nostra stessa specie, a parte quando fa l'elenco dei suoi mali di stagione, il che succede un giorno sì e l'altro anco. Che mi racconta del Manzoni?»

«È molto impegnato. L'abbiamo visto raramente negli ultimi tempi.»

«Mi chiedo spesso se Teresa tenga a briglia stretta papà più di quanto Luisa faccia con me. Però c'è una differenza: Luisa piange pensandomi infedele ma mi lascia libero, donna Teresa, invece, si tiene il marito attaccato alla sottana come un barboncino.» Si ferma e allontana il pennello dal quadro. «O diventa lei stessa un cagnolino fedele che sta sempre accanto al suo padrone. *Bau!*» abbaia divertito, e alza il tono delle 'u' quando Rina gli sorride. «Papà fa il buffone» dice a sua figlia. «È la cosa che gli riesce meglio, in fin dei conti.» Osserva la parete di roccia che sta dipingendo con uno sguardo innamorato. «Sa, Emilia...» Pronuncia il suo nome con dolcezza. Prima di conoscerlo a fondo, lei pensava che quel modo di porre gli accenti sui nomi per conquistare chi ha di fronte fosse studiato. Invece la capacità è innata e, pare, inconsapevole. «Quando dipingo sono libero. Più di quando scrivo. Anche se lavoro sempre per qualcuno. Ma ci sono momenti in cui io non penso al motivo per cui sto dipingendo questo quadro, e nemmeno al soggetto. Mi faccio soltanto trasportare, perdere e persino... prendere a schiaffi.»

«Perché crede che la scrittura sia diversa?» domanda Emilia. Le sembra che il fuoco del camino acquisti forza.

«Quando scrivo penso, forse troppo. Quando dipingo, invece, lo faccio per il tempo necessario all'architettura del dipinto. Poi è come stare immerso con la schiena nell'acqua, il viso rivolto al cielo.»

Emilia ora lo sta fissando attentamente. D'Azeglio ricambia il suo sguardo. La trasparenza dei suoi occhi è sempre straordinaria.

«Ho promesso a me stesso di essere felice per buona parte dei miei giorni. Fuggo da ciò che mi toglie felicità.» Torna a sorridere, ma lo fa con amarezza. «Mia moglie mi rende felice? Qualche volta potentemente, altre mi distrugge. Quello che non capisco della vita è perché dobbiamo barattare l'intensità della felicità con momenti di profonda umiliazione.»

Sentono bussare alla porta. Emilia si alza per andare ad aprire.

È Stefano, il figlio di Teresa.

«Ecco chi mi ama!» D'Azeglio inclina la schiena rimanendo seduto sullo sgabello.

Stefano resta fermo sulla soglia per un lungo momento, con la solita aria distratta e orgogliosa negli occhi.

«Emilia, lo sa che Stefano ha imparato a dipingere in questo studio? Peccato che poi abbia smesso di venirmi a trovare.»

«Potrei riprendere» dice il figlio di Teresa avanzando nella stanza. «Ma ora sono venuto per alcuni bigliettini di papà.» Getta uno sguardo a Emilia, che tenta di sorridergli.

«Bigliettini? E che cos'avrà mai papà da scrivermi di così importante e di così urgente? Poggiali pure sul tavolo davanti al camino.»

Stefano guarda di nuovo Emilia. «Non sono per te, ma per la signorina Luti.»

Ora D'Azeglio si volta con tutto il busto. «Per Emilia?»

Lei ha gli occhi sgranati.

«Credo che abbia a che fare con i suoi lavori. La signorina ha già corretto papà una volta. Lui ne è stato contento.»

«Questa non la sapevo...» Per un attimo D'Azeglio sembra smarrito. «A essere vagabondi si perdono pezzi di vita degli altri. Emilia, davvero lei ha corretto papà?»

«Una volta sola, qualche settimana fa.» Emilia ha l'impressione di balbettare. Nel silenzio, sente di doversi avvicinare al tavolo.

I biglietti sono quattro. Anche Rina si alza. «Che cosa ti scrive il nonno?» Corre ad aprirne uno.

Ci sono due colonne, una con un testo scritto da don Alessandro, l'altra bianca. D'Azeglio allunga lo sguardo come se potesse vedere anche da quella distanza. Ma per educazione rimane al suo posto.

Rina inizia a leggere. «"È... il buon tempo... che dà fastidio."»

Passa alla riga sotto. «"Fare il... me-stie-re, o l'arte di... o del Miche-laccio ecc."» Alza il viso dal foglio. «Che cosa vuol dire?»

«Credo che la colonna libera» riflette D'Azeglio «sia lo spazio dove la signorina Luti deve scrivere se quel che è detto è giusto.»

«È così» conferma Stefano.

Emilia si rende conto che uno dei quattro biglietti è piegato in modo meno preciso, come se fosse stato aperto. «Grazie, Stefano» si sente di dire con un piccolo sorriso, che per un attimo la distrae.

«Dunque papà ha intenzione di imparare il fiorentino puro con i bigliettini» osserva D'Azeglio. Riprende a dare pennellate più rapide.

«Spero che così non dia dispiacere alla mamma» replica Stefano. «Lei pensa ancora che le correzioni siano cosa di poco conto. E che il romanzo riveduto andrà alle stampe molto presto.»

«Mi chiede le parole perché sono di Firenze, non certo perché mi ritenga migliore» risponde Emilia con prontezza.

«Voleva studiare l'anima fiorentina e adesso ce l'ha in carne e ossa, la fiorentina!» D'Azeglio si ferma e scrolla la testa. «Mi scuso per quello che ho detto. Non mi sono espresso al meglio e detesto quando sono volgare. Vada subito a lavorare, allora, Emilia. Continuo io con la mia Rina.»

"Limoni", "tegoli", "Domine". Mentre apre i biglietti e li stende sullo scrittoio della sua stanza, le parole si rimescolano tutte nella mente. La scrittura di Manzoni è sottile, pulita. «'L'arte di Michelaccio' sta bene...» bisbiglia. Prende dei fogli dal cassetto e ricopia la prima frase. La mano le trema. "È il buon tempo che dà fastidio ecc." Ripete la frase di don Alessandro, lasciando sempre una colonnina bianca per le risposte. Scuote la testa. «Non è così.» Scrive: "Gli puzza il bene stare. Gli dà noja il bene stare. Si rammarica di gamba sana". Va avanti.

La seconda frase. La terza: "Tendine o come, ecc.". Aggrotta la fronte. «Tendine» sussurra, «si dice così.» Annuisce. Copia la frase sul foglio nuovo e accanto scrive la sua.

"Mi può essere o star mallevadore" chiede don Alessandro. «'Star', il verbo è 'stare'.» Emilia continua a ragionare ad alta voce. Ricopia e compila la risposta: "Stare".

"Esser nato sotto i tegoli." Appunta: "Un contadino che sia nato nella casa del podere da esso lavorato, dice al padrone: 'Io son nato sul suo'".

Il cielo è ormai buio quando prende un nuovo foglio bianco. Alla luce della lampada scrive:

"*Cara mamma, non puoi sapere che cosa mi sta capitando. Dillo alle sorelle, subito. Manzoni mi chiede consigli di parole con i bigliettini. Copio le sue frasi e ti invio le sue in carta originale, di modo che possa rimanere per voi questo regalo...*" Deve fermarsi, come accade sempre quando nella mente monta la confusione. Più piano, può riprendere: "*Il regalo della scrittura di suo pugno del Manzoni, e perché, se ti saltano in testa parole migliori delle mie, tu mi possa suggerire. Fallo il prima possibile, mamma! Non ti ho mai chiesto nulla, e se tu vuoi chiedermi scusa per tutto il passato e aiutarmi...*". Si ferma, pensa di cancellare, ma poi va avanti. "*Questo è il momento. Don Alessandro si aspetta le risposte.*" Ancora si interrompe, getta uno sguardo al foglio su cui stava scrivendo le parole. "L'acqua di *siroppo* di visciole, si dice Visciolata?" Sorride, copia e annuisce. "Si dice così anco qui." Pensa di essere a Firenze, ma non cancella, lascia 'qui'.

"Il nome che si scrive di fuori d'una lettera dicesi sopracarta o indirizzo?" chiede don Alessandro, e sembra che una fretta gli abbia preso la mano. Emilia riporta tutta la frase sul foglio nuovo e di fianco annota: "Si dice sopraccarta, o direzione". Riflette per un attimo sulla doppia 'c', poi va avanti.

"Dimmi con chi tratti o chi tratti o chi pratichi e ti dirò chi sei." Copia ancora e propone: "Dimmi chi pratichi, o chi bazzichi" scrive accanto "e ti dirò chi sei".

Ora scoppia a ridere. "La macchina che si strizza i limoni come si chiama?" «Spremi limoni!» esclama.

"Sono principiati de' calabroni intorno a quella giovine. È toscano? ecc. ecc." Le sembra di avere davanti il viso malinconico e buffo di don Alessandro, la sua bocca ironica e fina, gli occhi che a volte sembrano piccoli, altre grandi, cangianti. "In toscano si direbbe: Sono principiati intorno a quella giovine a ronzare de' giovinotti. Oppure a ronzare de' mosconi. O vi ronza attorno gente."

17

Le punte dei monti brillano di neve. Rina corre controvento sulla passeggiata dei Bastioni di Porta Nuova e suo padre fatica e starle dietro. Anche Emilia cammina a passo svelto, per raggiungere la bambina.

«Sei diventata proprio una furbetta, Rinolina mia.» D'Azeglio la bacia e lei gli getta le braccia al collo.

Lungo i bastioni sono fiorite le margherite e le foglie degli ippocastani seminano ombre affusolate tutt'intorno.

«Oggi vi porterò in un luogo sorprendente. Ci sarà pure papà. Non le ha fatto più sapere niente dei biglietti?»

Emilia torna a guardare le montagne. Il vento è tiepido e in pochi giorni farà sciogliere la neve sulle cime. «Avrà tanto da fare.»

«Che abbia da fare o meno, ci sono momenti in cui non sta bene e credo che negli ultimi tempi i nervi non siano dalla sua parte.»

«Che cosa vuol dire che i nervi non sono dalla sua parte?»

Ora li raggiunge anche Luisa. «Teresa ripete che io e don Alessandro ci assomigliamo per sensibilità» dice, commentando l'ultima frase che ha sentito, «ma a differenza di Manzoni non ho mai combinato niente, né di utile né di bello. I nervi malati, nel mio caso, sono senza ragione.»

D'Azeglio le cinge la vita solleticandole il fianco. Luisa si sottrae, lui insiste e alla fine lei ride e cerca le sue mani. Rina li guarda arrossendo e corre avanti.

Il laboratorio di dagherrotipia è pieno di tavoli ricoperti da lastre di rame, alcune bagnate da un sottile strato d'argento. Al centro della stanza spicca una scatola di legno che sembra contenerne un'altra, una fessura da un lato e una piccola lente dall'altro. Ma Emilia osserva in modo distratto. L'attenzione è catturata da Manzoni, chino a scrutare l'immagine chiusa in una cornice. Il figlio Pietro, al suo fianco, bisbiglia fitto al suo orecchio.

Rina si avvicina alla scatola e il pittore Luigi Sacchi la ferma con la mano. «Questa è la camera oscura, piccolina.» Sorride a D'Azeglio per scusarsi. Poi indirizza uno sguardo strano a Emilia. Uno sguardo d'interesse, acceso da una punta di desiderio. Inizia a spiegare i principi della dagherrotipia, il modo in cui l'immagine si imprime su una lastra, e sembra che si rivolga più a lei che a D'Azeglio.

«Vuol dire che noi pittori verremo mandati tutti a casa nel giro di pochi anni?» domanda il marchese.

«Non se si cimenta anche lei con la nuova arte. Conosco la sua viva intelligenza.»

Nella piccola teca appesa al muro che Manzoni e suo figlio stanno osservando è riprodotto il Duomo di Milano, non dipinto, ma come se svettasse in quell'istante davanti ai loro occhi, soltanto rimpicciolito, strappato dal reale e chiuso nel vetro.

D'Azeglio annuisce ammirato. «Se dobbiamo illustrare *I Fidanzati* è bene che conosciamo tutte le ultime scoperte dell'arte. Soprattutto la dagherrotipia francese.»

«Allora a quando la nuova edizione dei *Promessi Sposi*?» azzarda Sacchi.

Manzoni non risponde e arretra di qualche passo. Emilia se lo trova accanto. D'Azeglio inizia a raccontare, ma senza entrare nei dettagli, con l'abilità affabulatrice di cui è capace.

«Se vuole...» bisbiglia Emilia.

Prova ad alzare la voce, ma non tanto da farsi udire dagli altri. «Se vuole altre parole, don Alessandro...»

Manzoni si volta sorpreso, si direbbe spaventato.

«Se vuole altre parole io sono sempre a sua disposizione.»

Lui la osserva con curiosità, e finalmente sul suo viso rispunta la luce dell'ironia. «Fiorentina... Perché ha riscritto le frasi su fogli nuovi prima di restituirmele?»

Emilia sente una vampata alle guance. Cerca Luisa, ma D'Azeglio le sta mostrando i dettagli della cattedrale in cornice. «Perché mi stava bene così, capivo meglio la calligrafia.»

«Non mi sembra di scrivere disordinato.»

Emilia si appoggia al tavolo per l'imbarazzo e la mano le si appiccica a un liquido trasparente, ma fa finta di nulla. «Ho spedito i suoi bigliettini alla mia mamma e alle mie sorelle» spiega, continuando a essere travolta dal rossore. «Perché li conservino per ricordo.»

«Così quando sarò morto i miei scarabocchi andranno in giro come le re-reliquie dei santi?» Ora don Alessandro scoppia in una risata, e lo fa in modo così divertito che tutti si voltano a guardarli.

«Le mie parole non le sono servite?» torna a bisbigliare Emilia. «C'era qualcosa che non le garbava?»

Pietro è il primo a venire da loro. «Signorina, mi scuso se non l'ho salutata prima.»

«Pedrin è bravo a corteggiare ma meno a prender moglie» scherza don Alessandro.

Se lo avesse fatto sua madre con lei, Emilia sarebbe saltata in aria come un sughero. Ma Manzoni parla sempre con un garbo che gli cuce intorno un'aura di perdono.

Quando entrano nel cortile della casa di via Morone, don Alessandro le si avvicina. «Posso chiederle un mi-minuto?»

Tutti stanno imboccando la via delle scale. «Andiamo nel mio studio.» La invita a precederlo nel cortile.

È la seconda volta che Emilia si trova da sola con un uomo in quella casa.

Appena arrivano nella biblioteca, Manzoni si dirige verso la libreria e prende un volume dalla rilegatura blu notte, uno di una serie di tre, tutti uguali. Lo posa sul tavolo grande. Da come le sue mani lo toccano sembra che ne abbia grande familiarità. È il romanzo.

Lo apre, sfoglia lentamente e poi si ferma. «Questo è il capitolo ventisette.» Indica con il dito, e Emilia nota di nuovo quanto sia grande e forte la sua mano. «Si a-avvicini.»

Lei non può non obbedire, anche se farlo significa mettersi al suo fianco e guardare insieme lo stesso libro, da soli in una stanza.

«Legga lei, così sento da un'altra voce se è corretto.»

La pagina è già segnata da piccole aste alla destra e alla sinistra delle colonne, da qualche cancellatura, alcune parole nuove. Emilia si sente avvolgere da un forte profumo di tabacco, insieme a un calore.

Si schiarisce la voce: «"Ma, non sapendo se le donne fossero ancora a Monza, o dove, stimò bene di far chiuder"...». Nota la correzione, prima era scritto 'chiudere': «... "chiuder la lettera diretta ad Agnese, in una sopraccarta coll'indirizzo al padre Cristoforo, e con due righe anche per lui. Lo scrivano prese anche l'assunto di far... recapitare il plico"». Prima era 'ricapitare il plico'.

«Ha visto, fiorentina? Non ho cambiato la sopraccarta, ma sto pensando da molti giorni che la frase, così com'è, non va bene.» La fissa con il dubbio negli occhi. «Ce ne sono altre da cambiare, è vero? Una sgradevolezza è lampante, se n'è accorta?»

«La ripetizione... 'Anche' e 'anche'» mormora Emilia «a distanza di nemmeno una riga.»

«Molto bene.» Manzoni sorride.

«E poi... quando scrive: 'in una sopracarta con l'indirizzo' perché non dice: 'In un'altra diretta al padre Cristoforo'? Si capisce allo stesso modo.»

Don Alessandro sospira con dolore. «Lo vede perché mi fa fatica?» Si allontana di un passo. «Lei sa cosa vuol dire ri-ricominciare tutto dal principio? Può essere che io la faccia venire ogni tanto perché mi piace sentir parlare il fiorentino. Ma basta parole scritte, non la infastidirò oltre.»

«Se ogni volta la scoraggio» risponde Emilia d'istinto, «allora non gliene dirò più di parole di Firenze.»

Manzoni inarca le sopracciglia. Sorride ed è stupito nello stesso momento.

Sentono dei passi scendere dalla scaletta riservata che dal piano di sopra porta allo studio. Fanno capolino Teresa e Luisa. «Non salite con noi?» Teresa ha una voce appena più acuta del solito.

«Approfittavo della gentilezza della signorina Emilia.»

«Abbiamo deciso di rileggere tutto insieme, no?» esclama Teresa. «I dubbi li chiederemo alla fine.»

«Magari a Brusuglio» interviene Luisa.

Teresa si volta a guardarla. «Brusuglio?»

«Massimo mi ha chiesto di stare con lui, noi due soli, quest'estate, sul lago. Rina e la signorina Emilia possono venire a soggiornare a Brusù, vero? Volevo trovare l'occasione giusta per chiedervelo.»

Don Alessandro sorride in un modo curioso. «Non arriverà mai il giorno in cui di-dirò di no a Massimo o a te.»

Teresa lo fissa per un istante e poi annuisce con decisione. «Certamente, non è nemmeno da chiedere. Magari non oltre la vendemmia, perché poi ci sarà un gran da fare, un *rebelot* a cui non so se sopravviveremo.»

Luisa le stringe le mani. «Spero che questa sia per noi un'estate fortunata, cara Teresa. Per te, per me, per don Alessandro. Per noi tutti.»

18

Brusuglio, agosto

Oltre l'ingresso si apre una stanza circolare dalle vaste vetrate affacciate su un giardino. Fuori, un prato puntellato di alberi si estende fino a perdita d'occhio. I confini sono orlati da un numero stupefacente di piante. La villa è inondata dalla luce.

Domenico, il domestico di fiducia di casa Manzoni in via Morone, conduce Emilia nell'ala orientale, poi lungo le scale che portano al primo piano. A lei e a Rina è stata riservata una camera con due letti dalle semplici spalliere di legno, un grande armadio e una coppia di comodini, ciascuno occupato da una Bibbia. Quel lato è rivolto verso uno splendido viale di platani. In fondo si intravede l'imbocco di un sentiero più piccolo che conduce oltre, verso una parte lontana del giardino.

«Mio figlio la aspetta.» Alle loro spalle è apparsa donna Giulia Beccaria, la madre di don Alessandro. Tende la mano a Emilia. La presa è forte, lo sguardo scava negli occhi. «È da stamattina che ha in mente una cosa che le deve chiedere.»

«Per il romanzo?»

«Per carità, non gliene parli neppure. Conversi con lui di tutto, ma non di quello.» Sfila il pettinino dai capelli di Rina e glielo appunta meglio, raccogliendo qualche ciocchetta ribelle. «Aveva ricominciato a correggere, ma poi si è fermato di nuovo. Si sveglia sempre prima dell'alba, legge, pensa e va in giardino. Non si può nemmeno fare cenno al romanzo che gli vengono i giramenti di testa. Teresa non ci dorme la notte.» Ora ride, e sembra che provi soddisfazione per quello che ha appena detto. Ha negli occhi un'ironia molto simile a quella di don Alessandro, ma più folle. Le labbra sono di un colore acceso, nonostante l'età. In qualche modo è ancora una donna affascinante. «Forza, lo raggiunga, le spiego dove deve andare.»

«E donna Teresa?» si affretta a domandarle.

«La signora è a letto. Ha male ai piedi da tre giorni, non riesce nemmeno a fare un passo. La vedrà soltanto per la cena, quella no che non se la perde!» Ora Giulia scoppia a ridere, posando la mano vezzosamente sulla bocca.

Emilia la guarda con simpatia. «Non sa che cosa deve chiedermi?»

«Oh.» Fa un gesto con la mano. «Una questione di alberi, credo. Da una settimana non pensa che a questo, e al grano che inaridisce per la siccità, ai grappoli che non maturano. La povera Teresa, e dico 'povera' perché a lei piace tanto essere chiamata così...» commenta con un risolino. «La povera Teresa, dicevo, pensava di lavorare con lui all'edizione illustrata dei *Fidanzati*. Si sentiva tanto fiera di essersi fatta spedire i libri dalla Francia, li ha visti anche lei. Ora il fatto che Alessandro pensi solo al suo giardino l'ha gettata nello sconforto più bigio.»

Verso il viale dei platani sta camminando un uomo con indosso una bombetta e la tonaca da prete. Procede veloce e pare che parli a se stesso.

«Ecco l'altro matto di casa, don Giovanni Ghianda, il precettore di Filippo. Non ci faccia caso, ha una *tête vide*, la testa come una ghianda vuota, appunto, ma è una brava persona. Quando viene qui si occupa delle api. La notte mangia panetti di miele come un orso e la mattina sembra ubriaco perso, gli occhi gonfi, ma è il meno pericoloso di tutti, qua dentro.»

Emilia ride e torna a osservare l'ometto in nero, che ora si volta sui suoi passi come se si fosse dimenticato di qualcosa.

«Mio figlio ne sarebbe capace, le dicevo, di rinunciare al progetto della riedizione dei *Promessi Sposi*. Non me ne stupirei. Ma in fin dei conti quello che a me interessa è che stia bene. E se questa storia di mettere mano al romanzo per riscrivere le parole in fiorentino gli nuoce ai nervi... che continui a pensare alle sue piante.» Allunga lo sguardo al giardino, come se lo potesse vedere. «Vada, allora, segua la linea dei platani, prenda il sentiero che punta a sinistra e lo incontrerà sotto un albero curioso, a forma di ippopotamo, che noi chiamiamo 'catalpa'. Sosta sempre lì quando scrive e quando, come adesso, non riesce a farlo. Mi raccomando: si tappi la bocca se ha la tentazione di fare certe domande impegnate, *ma chère.*»

Al termine del viale protetto da quegli alti tronchi dalla corteccia chiarissima si apre un meraviglioso frutteto sulla destra. A sinistra, alberi dalle chiome scintillanti e vaporose che Emilia non ha mai visto, nemmeno sui libri. Costeggia un piccolo terrapieno e si ritrova nel grande prato che guarda la villa.

Don Alessandro siede tra le radici contorte di quella strana catalpa accanto al figlio Filippo e sta conversando con il prete. È proprio don Giovanni a notarla per primo. Le si avvicina levando il cappello. «*Ave, magistra.* Le parlo in latino perché *'sto pelandròn*» si volta a indicare Filippo «non ne vuol sapere di studiare sui libri durante l'estate.» Uno sciame di moscerini gli sta ronzando intorno alle mani. Emilia si ricorda quello che ha detto donna Giulia sulle sue ghiottonerie e trattiene una risata.

Don Alessandro china il capo per salutarla. Veste in modo del tutto diverso da Milano. Le maniche della camicia sono arrotolate sui gomiti e in testa calza un cappello di paglia da contadino. «Mi fa piacere rivederla così allegra.» A uno schiaffetto del padre sulla coscia, Filippo si alza e va a farle il baciamano.

«E allora, le dicevo» riprende don Giovanni, «non mi rivolgo al ragazzo in milanese, o in fiorentino, come lei vorrebbe, ma con la lingua di Seneca.»

Emilia rimane in silenzio.

«Non sa chi è Seneca?»

«La signorina possiede una cultura sua propria» interviene don Alessandro, «diversa da quella che ci aspetteremmo dai giovani. Avrò cura di spiegarle il tema della pro-provvidenza nella visione del precettore di Nerone.»

Il sacerdote sembra lievemente scandalizzato. Saluta di nuovo con il copricapo. «Seguimi, *puer piger*» apostrofa il bambino. «*Celerissime!*»

Manzoni le viene accanto. Sulla bocca gli è tornato il sorriso arguto dei momenti più sereni e gli occhi riflettono la lucentezza del verde che li circonda. «Posso mostrarle il mio giardino?»

«Certamente, don Alessandro.»

Mentre camminano, Emilia osserva con più attenzione le piante. Non ce n'è una uguale all'altra. Molte sono cinte da rampicanti dal fusto sottile e dalle piccole foglioline smeraldo, altre sono gonfie di albicocche, pesche e anche limoni, che Emilia non avrebbe mai immaginato di trovare in una terra dagli aspri inverni. Ci sono una cura e un ordine che rendono il giardino pieno di pace. Uno schema, il segno di una intelligenza amorevole dietro a quella disposizione.

«La cosa che volevo domandarle» inizia don Alessandro «riguarda una parola.»

«Significa che allora... ha ripreso a correggere il romanzo?»

«Mi compiaccio che lei non si faccia influenzare troppo dalle raccomandazioni di mia madre.»

Emilia arrossisce.

«A Firenze come chiamate i frutti di quell'albero laggiù? Da noi è l'*a-arbicocch*. E da voi? Era questa la parola che mi premeva domandarle. Immagino quale sofferenza provino le sue orecchie a sentir parlare milanese.»

Emilia scoppia in una risata forte.

«Non mi umili, signorina Luti. Il fatto è questo: sul vocabolario del fiorentino ho trovato 'arbercocca', ma sento odore di imprecisione.»

«Cancelli quell'obbrobrio!» esclama Emilia decisa, e ora è Manzoni a ridere. «Si dice 'albicocca'. E dunque, per esempio: "Favorisce un'albicocca?" si chiede, se vole offrirla a qualcuno.»

Lui sembra completamente soddisfatto. «Se non riuscirò a prendere in mano la penna per la fatica, almeno grazie a lei mi riempirò le orecchie di bel fiorentino.»

Ora si inoltrano nel frutteto e Emilia osserva i fichi circondati da foglie palmate, i pruni.

«Signorina, lei conosce gli alberi?» La voce di Manzoni è tornata musicale, sempre appena tentennante.

«Non ci capisco un'acca di botanica.»

«Prego?»

«Un'acca...»

«Mi stupisco sempre quando ascolto voi fiorentini. Perché sapete scegliere le parole più ricche d'ingegno con una naturalezza che le rende pe-perfettamente vive, legate al vero, agli uomini e ai loro pensieri.»

«Come si chiamano quelle piante con le chiome chiare e incappucciate?» domanda Emilia, indicando il fogliame vaporoso che aveva notato appena arrivata, il più brillante.

«È la *sophora*: una delle mie tentazioni, insieme al *liquidambar*. Lo vede laggiù? Quando sarà autunno mostrerà colori straordinari, oro, bronzo, scarlatto, dipende dai momenti. Ma non faccia parlare soltanto me. Purtroppo uno dei miei difetti è l'alternare un silenzio i-insopportabile a un bisogno i-insistentissimo di esprimermi.»

«Che posso dire mai, don Alessandro?»

«Mi scusi, guardi quella bellezza. È la mia begonia. Ne vado molto orgoglioso.» Sono quasi davanti a un cespuglio fiorito dai petali rubino: il colore vira dal rosa al rosso in armonia con le inclinazioni della luce, catturando toni di lampone e corallo.

Oltre le punte degli alberi, riappare la strana piccola collina.

«È la mia montagnola.» Don Alessandro precede Emilia avviandosi in quella direzione. «L'ho fatta costruire con i ciottoli del fiume qui vicino. Volevo un punto di osservazione verso le montagne. È l'unico posto in cui non mi prendono i *barbellament*.»

Emilia lo fissa.

«Mi scusi, signorina Luti. Le vertigini.» Sulla bocca di Manzoni appare una piccola smorfia di sofferenza. «Parli lei. Vorrei sentire un po' di fiorentino.» Assottiglia gli occhi trafitti dal sole, forse per timidezza.

Riprendono a camminare.

«Sono vissuta con il babbo e la mamma nel centro di Firenze. Con tante sorelle e un fratellino. Non ci mancava proprio nulla.»

Don Alessandro inarca le sopracciglia e poi indica davanti a loro. «Lo vede quell'albero che le appare più strano degli altri? Mi scusi, ma vorrei che si sorprendesse delle mie creature. È un *sassafras albidum*, viene dalle Americhe.» Non è mai stato così entusiasta e non sta balbettando.

Si avvicinano. Manzoni inizia ad accarezzare le foglie con una delicatezza delle dita che sbalordisce Emilia. «Alcune sono bilobate, altre trilobate. Sembra che non ce ne sia una uguale all'altra. È l'albero più stravagante che conosco. Vero, mio giovane matto?»

Emilia sorride.

«Sono felice di farla di-divertire» dice Manzoni, incespicando nelle parole. Punta il dito alla loro sinistra e con il movimento del corpo, senza sfiorarle le spalle, la fa voltare. «Laggiù ci sono gli aceri e i carpini.» Si spostano in quella direzione.

Quei rami sottili fitti di foglioline che Emilia ha visto al suo arrivo si susseguono in un luminoso chiarissimo verde. «Qui invece ho piantato le robinie. Tra queste che lei vede, ne avevamo due che la mi-mia prima moglie aveva intrecciato, e che crescevano così, abbracciate...» Non si è mai mostrato con questa dolcezza negli occhi. «Una morì quando morì E-Enrichetta. Le ho volute togliere entrambe.» Dolcezza e passione. Sembra più giovane. «E ora che ha conosciuto il più sentimentale dei miei alberi, continui a raccontare.»

Proseguono la loro passeggiata imboccando un altro vialetto di platani. «Questi li conosco!» esclama Emilia. «Firenze ne era piena e le foglie sembravano nuvole quando precipitavano nelle pozzanghere dove si rifletteva il cielo.»

Don Alessandro si ferma. Una grande oca bianca attraversa il sentiero davanti a loro e va a perdersi nell'erba alta che li fiancheggia. «Ha avuto un'infanzia felice?»

«I primi anni sì...» Emilia sbircia il viso di don Alessandro, ma poi distoglie lo sguardo. Quell'intensità la spaventa. «Vorrei parlare dei giorni felici.»

«Anch'io, signorina Luti. Ma posso ascoltare tutto.»

Tornano a camminare più lentamente. «Quando avevo cinque anni è morta la mia prima sorellina.» Emilia fissa il verde orizzonte del loro sentiero. «Poi ne ho persa un'altra, e l'unico fratello. E mio padre, a diciotto anni.»

Don Alessandro si ferma ancora. Avvicina al naso un fazzoletto. Nell'aria si spande un forte odore di aceto.

«Anch'io qualche volta ho le vertigini» mormora Emilia. «Mi passano se scrivo. Intendo dire» arrossisce «quando scrivo le mie lettere. Le è successa la stessa cosa con il romanzo?»

Lo vede appena più pallido. Lui alza le spalle e la guarda negli occhi per un istante, forse per mostrarle che è lì con lei.

Emilia gli sorride con un leggero disagio. «Ora le racconto del teatro. E di mio nonno, e dei vestiti di scena di cui abbiamo la casa piena...»

Anche Manzoni le sorride, e si rimette in cammino procedendo al suo fianco.

Mentre sale le scale per raggiungere la sua stanza, Emilia si accorge che donna Giulia la sta seguendo. Le va incontro per offrirle il braccio. «Dove la devo accompagnare?»

«Da nessuna parte, cara. Devo dirti due cose importanti. Non ti offendi, vero, se ti do del tu.» Inizia a salire i gradini con lei. «Lo sai che se parli tutti i giorni con il tuo bel fiorentino al mio Alessandro tra i suoi alberi gli farai perdere la testa?»

Il volto di Emilia si incendia. Lo avvicina a quello dell'anziana donna. «Non gridi!»

«Non c'è niente che lo mandi più in visibilio» bisbiglia Giulia.

Emilia getta un'occhiata al corridoio alle loro spalle.

«Non aver paura di Teresa, basta che tu stia un poco attenta.» Nei suoi occhi verde smeraldo si insinua una luce maliziosa.

«Don Alessandro mi ha raccontato delle sue piante e io della mia famiglia.»

Donna Giulia sembra divertita. Prende solo un momento il fiato, appena arrivate in cima. «Ogni tanto lo dico al mio Alessandro, di distrarsi un po'. Quella Teresa è così noiosa e petulante.»

Emilia sta per parlare, ma lei continua: «È normale che una madre si preoccupi del bene del suo figliolo, o no?». Gli occhi le ridono sempre di più. «Non fare l'offesa. Credo che tu ne sappia molto di più del mondo di quanto vuoi far credere.»

Emilia punta la sua camera, ma donna Giulia le rimane attaccata al braccio. Si volta alla finestra del corridoio. «Lo guardi...»

In fondo al prato, don Alessandro sta procedendo veloce, ad ampi passi.

«Non sai come cammina rapido. Lo fa anche per miglia e miglia. Quando torna è zuppo di sudore. Alessandro ha un fuoco nel cuore, un fuoco che ogni tanto se lo porta via.» Riprende a scrutarla con attenzione. «Ascolta, cara. Ricordati di non diventare mai una donna noiosa, né tantomeno stupida. La nostra Teresa è molesta come una mosca, ma a ben vedere il cervello non le manca. Voleva un marito, e pure famoso. È riuscita a *faire d'une pierre deux coups*. Come dite voi a Firenze?»

«Ha appeso due rigogoli a un fico.»

«Ecco! Benissimo, parla sempre così ad Alessandro.»

«Ma so che all'inizio le garbava, la Teresa. Che l'ha scelta lei per suo figlio.»

Giulia si distacca e la fissa con uno sguardo profondamente offeso. Emilia arretra di un passo, come se quegli occhi l'avessero ferita.

«E chi te l'ha detto? Quella furba di Teresa? Solo perché lo fa credere a chiunque...» Si sventaglia nervosamente. «E ti avranno raccontato anche che ho avuto molti uomini, vero?»

«Sì, donna Giulia. Ma credo che questo sia un onore per una donna.» Emilia spia la sua reazione tenendo il capo leggermente basso.

Giulia scoppia a ridere. «Brava fiorentina. Sono contenta che non sembri né noiosa né stupida. Voglio che sali a trovarmi in camera tutti i giorni, e che accompagni Alessandro nelle sue passeggiate.»

19

Manzoni siede in giardino davanti a un gruppo di bambini. C'è anche Rina. Sta parlando e ogni tanto si alza e cammina avanti e indietro. La giornata è calda e assolata, il parco avvolto da un velo di afa. Emilia lascia lo scrittoio e si avvicina alla finestra. Prova a spingere lo sguardo oltre il limite del prato per vedere le montagne. I profili degli alberi ondeggiano nella calura.

Le parole le vengono a momenti. La poesia doveva essere breve, e invece sta riempiendo una pagina. "Per poi correre forte / dove l'acqua canta / quando la terra / pone un divieto."

Don Alessandro parla spedito, anche se dal primo piano non si sente bene. Prende del tabacco e lo avvicina al naso. A un tratto alza il viso e la vede. Lei arretra ma poi torna a mostrarsi. Lui le sorride e le fa cenno di scendere.

Emilia ripone in fretta il quaderno nel cassetto, slaccia il grembiule che aveva infilato per aiutare Laura, una delle cameriere, a pulire gli asparagi dell'orto. Ruba la sua immagine nello specchio e si vede allegra e un po' arrossata sul naso, la treccia vivacemente scarmigliata. Scende le scale in un soffio.

«Qui un tempo era tutto foresta» sta raccontando don Alessandro, «e delle querce che vedete laggiù era piena la pianura. Si poteva viaggiare sugli alberi, tanto erano fitti e vicini.»

I bambini lo seguono attenti. Rina indossa un abito blu e il cappello con il nastrino giallo. Gli altri sono piccoli figli di contadini, molti con le guance scottate per il sole dei campi.

«Adesso voglio che sentiate parlare una fiorentina, una fiorentina vera.» Don Alessandro indica Emilia. «La signorina qui presente parla la lingua dei nostri maestri, di Dante, di Petrarca, di Boccaccio. Ma la padroneggia in un modo semplice, che scioglie il cuore.»

Emilia gli ricambia un'occhiata imbarazzata.

«Prima però... Vi faccio assaggiare il mio miele.» Non balbetta, né lo ha fatto per tutto il tempo in cui ha parlato con loro.

È comparsa anche Teresa. Posa lo sguardo su Emilia, poi inizia a contare i bambini sventagliandosi per il caldo. «Quanti sono, per diamine. Doniamo, ma non esageriamo.» Va a cingere le spalle di suo marito con un'intimità che obbliga Emilia ad abbassare il viso. «Avverto la cuoca di tagliare il pane.»

«Dove le tieni le api?» chiede a Manzoni un tipetto più piccolo di tutti, dalle braghe troppo corte.

«In fondo al giardino. Un giorno vi porterò a vederle, ma dovete tenervi distanti ed essere obbedienti.»

«Viene anche la signorina?»

«La signorina mi è di aiuto in molte cose... Ma con le api... non credo.»

«In quali cose?» chiede una bimba bionda dai grandi occhi grigi.

«A non chiamare le albicocche *'arbicocch'*...» Manzoni cerca conferma negli occhi di Emilia. «Anzi, visto che oggi l'umore mi assiste, le dispiacerebbe iniziare un lavoro con me, dopo la merenda?»

Emilia controlla la sorpresa, perché la biondina e Rina la stanno osservando con rispetto. «Certamente.»

«Se non è una seccatura, la a-aspetto nello studio.»

Un paio di bambini sono rimasti in giardino a giocare con Rina. Nella biblioteca si riversa la luce del pomeriggio avanzato e le mura e le coste dei libri, centinaia, sono colpite dai bagliori che precedono il tramonto. Le pareti dipinte di verde chiaro come lo studio di Milano e il soffitto basso rendono l'ambiente raccolto e intimo.

Manzoni siede alla scrivania e le fa cenno di prendere posto di fronte a lui. Sul tavolo sono disposti i tre volumi blu del romanzo. E poi un quarto libro, dalla copertina rossa.

«Vorrebbe me-mettere mano ai *Fidanzati*, dica la verità. Lo vedo dal suo viso.»

Le guance di Emilia si incendiano e il calore le dilaga in tutto il corpo. D'abitudine don Alessandro parla con un'ironia più velata, meno diretta.

«Lei non riesce a nascondere quello che pensa, vero?»

«L'ho preso dal babbo.» Emilia alza le spalle. «Lui pure diceva tutto quello che gli passava per il capo. Più di me. Io ogni tanto mi trattengo.»

Don Alessandro ride. «È vero, l'ho notato. E ho notato che riesce a essere gentile con le donne. È molto importante per una giovane.»

Emilia risponde con il silenzio.

«Non abbia paura di Teresa. Le ho spiegato che voglio fare un lavoro con lei. Non le ho detto quanto durerà, credo a lungo.»

«A lungo? Si tratta sempre di parole?»

«Sì» annuisce Manzoni. «Ma non del romanzo. Non sono pronto a ri-riprenderlo in mano e non so se lo sarò mai.» Apre il libro dalla copertina rossa, sfoglia qualche pagina, poi lo volta verso di lei.

«Le ho parlato del dizionario, e proprio la sua risposta mi ha fatto venire in mente una cosa. Guardi la prima parola.» Indica in alto sulla pagina. «'*Abaaghlee*'.»

Emilia scoppia a ridere.

«Fa bene a ridere, fi-fiorentina, fa proprio bene. A lei sembrerà un obbrobrio, è vero? È questa la parola che lei ha usato con me quando parlavamo di albicocche. Questo è un vocabolario dal milanese all'italiano, ma mi sono accorto che certe parole che il Cherubini ha inserito come toscane sono sgraziate, come anche lei mi ha fatto notare. Le spiacerebbe correggere con me? E insegnarmi?»

Emilia si accarezza la fronte per liberarsi dal caldo che continua a sentire in faccia e sotto il corpetto. «Lei vuol dire, don Alessandro, che io devo accomodare un vocabolario? Ne so certamente meno di questo professor Cherubini.»

«Non credo...» Manzoni apre la tabacchiera, prende un pizzico di tabacco e lo avvicina al naso. Emilia pensa a come le sue mani debbano avere sempre quell'odore impresso sulle dita. Tabacco sminuzzato. Un profumo che trasmette dubbio e ironia, di cui è colmo l'animo di don Alessandro.

«Iniziamo?» dice guardandola attentamente negli occhi. In quella luce d'arancio scintillano più chiari. Abbassa il viso. Sul tavolo c'è un paio di occhiali, ma Emilia ha notato che non li usa nemmeno a Milano. «Ad *'Abaaghle'* il Cherubini propone: 'Chiericazzo', 'Chiericuzzo'...»

Emilia ride.

«Saranno molte, le parole di noi barbari che la faranno ridere. Lei cosa risponde, come di-direbbe a casa sua?»

«Chiericaccio» risponde senza esitare.

Manzoni scrive. «All'inizio usiamo il lapis, sia io che lei, poi ricopiamo a penna.»

«Io?»

«Qu-qualche volta può prenderlo con sé, il vocabolario. Lo lascerò sempre su questo tavolo. La porta della biblioteca sarà aperta. Ci può andare a passeggio in giardino. Può sedersi dove vuole e studiare le parole.» Torna a fissarla. «Mi sembra felice di quello che le chiedo...»

«Amo studiare le parole.»

«Mi spi-spieghi meglio.»

«Stavo scrivendo una poesia, mentre lei insegnava ai bambini.»

Le labbra di don Alessandro si inclinano più marcatamente all'insù. «Allora non sono solo lettere.»

«Anche poesie. Qualche volta racconti. E un diario.»

La sorpresa gli attraversa gli occhi. «Dunque gli scrittori qui a Brusuglio sono due. E se scrive un diario è una persona forte e disciplinata, qu-qualità che non possiedo. Non sa quanto mi affatichi la prosa. Infatti non credo che scriverò più un altro romanzo, sebbene in Francia pensano che sia pronto.»

«Pensano male?»

«Il nuovo libro è quel saggio sulle terribili accuse in tempo di peste di cui lei aveva iniziato a cambiarmi quasi tutte le parole.»

Emilia vorrebbe replicare, ma lo lascia proseguire.

«Anche quello è da riscrivere dal principio. Il mio cuore non conosce offesa, ma solo incertezza e dubbio. E notte... Andiamo avanti?» Torna al vocabolario. «Di *'Abattùu'* che cosa mi dice? 'Abbattuto'?»

«Meglio 'fiacco'» mormora Emilia senza distogliere gli occhi dal suo viso.

«*'Abort'*. 'Aborto'?»

Emilia fa cenno di sì.

«Le va bene?»

«Sta bene...»

«'Freggiare', ci propone il vocabolario, parlando delle bestie. L'aborto degli animali?»

Emilia abbassa la fronte. «Sì, sì, qual è la prossima parola?» gli chiede con lo sguardo fisso al vocabolario.

Manzoni alza gli occhi su di lei e rimane in silenzio per un istante. «Sa che cosa penso spesso, madamigella?»

«Mi dica, don Alessandro.» È la prima volta che la chiama 'madamigella'. «Che le parole sono come bambini. Bisogna prendersene cura.»

«Sono d'accordo.» Emilia solleva il viso. «La prossima?»

Lui non smette di fissarla. «Sono fragili, e si i-imbizzarriscono se le sposti e le cambi troppe volte. Ma occorre averne cura, metterle ognuna al proprio posto. E come i bambini, è più facile farle che correggerle. Ci sono poi le parole che illuminano...» Riabbassa finalmente gli occhi al vocabolario. «'*Acciùmm*'.»

«Che cosa, don Alessandro?»

«'*Starnudà*', quando ha il raffreddore.»

Emilia ride. «Direi 'Eccì'! '*Acciùmm*' è uno starnuto molto milanese.»

Manzoni sorride e assottiglia gli occhi. «Dovremmo paragonare i nostri starnuti, i miei e i suoi, fiorentina, ma ora non ho il raffreddore, anzi, sento la bocca arsa. Io starnutendo produrrei il suono *acciùmm* e lei *eccì*? Sostiene questo, madamigella Luti?»

Emilia scoppia a ridere.

«Oppure potremmo pensare a un 'ecci' senza accento. Uno starnuto in battere, non in levare.»

Emilia continua a ridere, con la mano davanti alla bocca per obbligarsi a smetterla. «Sono tutti diversi, don Alessandro, gli starnuti degli uomini. Ma l'accento a parer mio ci vuole eccome.»

«D'accordo, fiorentina, obbedisco. '*Aconsc aconsc*'? Per farle capire: il Cherubini scrive 'Pian piano'.»

«'Adagio adagio' è meglio. Da noi si dice anche 'adagino adagino'.»

«Mi piace» annuisce Manzoni, e scrive bisbigliando, come una presa in giro: «'Adagino adagino'... '*Acqua de Cològn*'. 'Acqua di Colonia'?».

«Sta bene.»

«'*Acqua de fambros*.' 'Acqua di lamponi'?»

«Come lei ha detto.»

«'*Acqua de li-limon*'?»

«Ma come la complica!» esclama Emilia. «Limonata.»

«Ora stia attenta. '*Acquaròzz*': 'Nome generico degli umori quasi acquei che imbarazzano lo stomaco'.»

«'Acquaccia.' Noi così si dice a Firenze.»

«Guardi qua, che stranezza.»

Emilia avvicina il viso alla pagina.

«Per 'acqua' il Cherubini scrive che 'far acqua' può voler dire 'orinare'. È mai possibile?»

Ora Emilia riprende a ridere e non riesce più a fermarsi. «Da noi si dice 'far acqua da tutte le parti', quando qualcosa non torna... non è completo né a posto. Per... 'orinare'... mi scusi, don Alessandro...»

«Non chi-chieda scusa, con le parole bisogna essere senza pudore. Se glielo dico io che non riesco a metterle insieme quando parlo... Avanti, dica *ecciumm!*» Finge di starnutire.

«Allora per... 'orinare'» scandisce veloce Emilia sforzandosi di ridere di meno «direi 'fare un po' d'acqua', non 'fare acqua'.»

Manzoni intinge il pennino nell'inchiostro. «Scrivo come lei dice. 'Fare un po' d'acqua'... Grazie, fiorentina.»

20

Donna Giulia siede a capotavola. Di fronte, don Alessandro con accanto Teresa. Alla sua sinistra, Filippo e don Ghianda. Emilia prende posto tra Rina e la *bonne*. Dalla finestra socchiusa sul giardino entra un soffio di vento che porta in casa i profumi dei frutti e dei fiori. Ortensie, rose, mele e limoni. Poi un rumore allegro di passi. Sulla soglia del soggiorno spunta Pietro.

Manzoni si alza in piedi e lo raggiunge abbracciandolo con un calore affettuosissimo. Pietro si ferma davanti alla tavola e prima di tutti guarda Emilia. «Che piacere trovarla ancora a Brusuglio...»

«Saluti la signorina prima di tua nonna?» lo rimprovera Teresa. Indossa un abito rosa glicine e sotto la cuffia azzurra si notano i primi fili bianchi tra i capelli.

Giulia dà un colpo di tosse. «Non mettiamo in imbarazzo la fiorentina con le nostre gelosie.»

Rina ride. «Emilia non si imbarazza mai.»

«Tu, così piccola, indovini già i caratteri degli adulti?» Manzoni allunga il braccio verso la sua nipotina. Cerca spesso il contatto fisico con le persone più care. Rina si distende sulla tavola e riesce a sfiorargli le dita.

«Non è vero» li corregge Emilia. «Mi capita di diventare rossa come un tramonto.»

«Rossa come un tra-tramonto...» balbetta don Alessandro guardandola con sorpresa. Poi incrocia le mani e tutti fanno lo stesso, gli occhi bassi sulla tavola. È Teresa a intonare per prima il Padre Nostro. Emilia muove le labbra e non bisbiglia nemmeno.

«Oggi sarà possibile vedere il Resegone» annuncia Manzoni

appena hanno terminato. «Quindi saliremo tutti insieme sulla montagnola.»

«Proprio oggi che ho male alle caviglie?» La voce di Teresa è tenera e supplichevole. Stringe la mano di suo marito con una carnalità che Emilia ha già notato molte volte. «Del resto» aggiunge «hai chi ti accompagna.» Con gli occhi pizzica, attraverso movimenti rapidissimi, sia Emilia che donna Giulia.

«Alessandro cammina con chi gli aggrada» osserva freddamente la madre di Manzoni.

Pietro, l'unico che potrebbe intervenire, rimane in silenzio. Don Ghianda giocherella a spostare un mucchietto di briciole con la forchetta.

Emilia posa il tovagliolo. Vorrebbe stare zitta, ma la voce precede le sue intenzioni. «Mi sento un poco di acquaccia.»

Teresa alza lo sguardo dal piatto. Pietro si volta, la *bonne* sbarra gli occhi.

Il viso di don Alessandro, invece, si illumina, come se la finestra fosse stata spalancata. «Ha fatto un po' d'acqua prima di mangiare, signorina Luti?»

«Adagino adagino» gli risponde Emilia fissandolo negli occhi.

Manzoni scoppia a ridere, e ride talmente tanto che Rina lo segue a ruota, senza capire che cosa stia accadendo. Donna Giulia fa altrettanto, forse più per dar fastidio a Teresa che per un reale coinvolgimento.

Anche Pietro e la *bonne* si lasciano trascinare. Solo la signora Manzoni si limita a sorridere.

«Direi di farci servire la limonata» aggiunge don Alessandro.

«Che cos'è?» gli domanda Teresa.

Emilia si porta una mano alla bocca ed esclama: «*Eccì!*».

Donna Giulia batte le mani. «Finalmente a Brusuglio ci si diverte!»

«Si tratta di un gioco?» torna a chiedere Teresa. Sembra che si sforzi di non essere fastidiosa.

«Sono le parole nuove.» Manzoni inizia a mangiare con gusto la polenta che la cuoca ha appena portato in tavola.

«Le parole nuove? Le voglio imparare anch'io, così parliamo tutti insieme.» Teresa ora è entusiasta. «Anche voi, Pietro, Filippo. La bellezza di avere una fiorentina in casa non è forse questa?»

"'Acrimonia. Qualità di ciò ch'è acre, acredine, mordacità.' '*Alzamàntes*'... 'Congegno che sta a destra della tastiera di un organo'..." Emilia siede scalza ai piedi di un frassino, il vocabolario in grembo. Rina dorme al suo fianco, l'ha coperta con il suo scialle.

Sta per riprendere a leggere le parole quando li vede in lontananza, al termine del viale dei platani: don Alessandro e sua madre. Ora lei sembra indifesa, gracile. Cammina in modo incerto appoggiandosi a suo figlio.

"'*Agozzin*': 'Aguzzino'. '*Alzada* d'ingegno': 'Invenzione', 'Astuzia'..."

Emilia intuisce di nuovo un movimento sul viale. Don Alessandro sta tornando indietro, solo. Viene verso di lei.

«Le spiace accompagnarmi a vedere il mio mo-monte?» le domanda appena le è davanti. «Da lassù potrà dare uno sguardo a Rina per controllare se si sveglia.»

Le montagne si distinguono lontane in tre ordini differenti di vette, più rosate e più grigie, in una gradazione uniforme. Il mese di agosto avanza e la luce che inquadra quella porzione di cielo è meno limpida delle settimane precedenti.

«Le vede quelle cime che sembrano i denti di un ra-rastrello? È il Resegone, il monte di Lecco, dove ho trascorso tante estati da bambino.»

Don Alessandro la invita a sedersi con lui sulla panca del belvedere e Emilia lo affianca, tenendo un po' di spazio tra loro. «Ho paura che anche questo lavoro che abbiamo iniziato sul vocabolario non serva a un'a-acca, se non mi decido ad affrontare la riscrittura del romanzo. La mia mente balbetta come le mie parole. Nessuno capisce quanta fatica mi faccia.»

«Può riprendere i capitoli un poco per volta...» prova a suggerirgli. «Li ha già scritti, deve soltanto correggere...»

«Anche se procedessi al tempo di dieci pagine al giorno, sarebbero necessari quaranta giorni, quando io riesco a lavorarne solo cinque o sei al mese.»

Emilia attende che vada avanti. Il cinguettio dei passeri sembra alzarsi come un pungolo, un dispetto.

«Lei ora mi vede piuttosto in animo, ma uso trascorrere intere giornate senza combinare niente. Camminare tra gli alberi mi aiuta, ma forse non è abbastanza.»

«Perché non riesce a combinare nulla?»

Lui la guarda fugacemente, i suoi occhi sono sempre lampi di timidezza e di forza nel tempo di un attimo, un'alternanza che disorienta. «Non è solo pi-pigrizia... La prego di non chiedermi di raccontare. È qualcosa che prima mi squ-squassa e poi mi abbatte la volontà, mi rende inerte e immobile, in preda a una malinconia, incapace anche solo di alzare la mano per prendere la penna e posarla su un foglio...» I suoi occhi stanno fissando i cespugli e non i fiori, come se catturassero l'assenza di colori, il vuoto e non la luce. «E quindi il mio intento è certamente importante, creare con il romanzo una lingua italiana co-comprensibile a tutti, ricca di vocaboli e viva, attraverso la lingua fiorentina dell'uso comune, ma è una fatica di cui da anni non ve-vengo a capo. E comunque ora non abbiamo nemmeno l'illustratore adatto. Quindi non sono discorsi da fare.»

Estrae nervosamente una boccettina dalla tasca, la apre e la avvicina al naso. Emilia sente ancora l'odore dell'aceto.

«Vorrei aiutarla» mormora.

Don Alessandro ora rimane in silenzio, quindi lei continua a parlare, di getto: «Possiamo leggere *I Promessi Sposi* insieme... come stiamo facendo con il vocabolario».

Manzoni prende un lungo respiro. Emilia gli rivede sulla bocca quella smorfia di sofferenza che aveva già mostrato una volta. Sembra addolorato, quasi deluso. «Troverebbe ch'è tutto da rifare.»

«Affatto... Il suo romanzo, quando lo lessi, mi lasciò addosso un sentimento di bene che mi portai dietro per molti anni. Finché...» Si accorge che lo sta imbarazzando. «È normale che lei, essendo nato a Milano e avendo parlato francese per molta parte della sua vita, o peggio, in milanese...»

«La prego.» La fissa negli occhi con uno dei suoi lampi più inattesi. Ironia, giocosità. «Mi faccia sorridere con le nostre parole...»

Emilia arrossisce annuendo. Riapre il vocabolario. «*'Adoss'*...»

Manzoni le osserva la bocca.

«*'Fassela adoss.'*» Emilia sorride. «'Cacarsi sotto' è scritto qui.» Rialza lo sguardo. «Mi scusi, forse non è il momento.»

«È perfetto, invece» la incoraggia don Alessandro. «Le ho detto di non vergognarsi delle parole.» Incrocia le mani e torna a osservare i profili delle montagne.

«'Sconcacarsi.'» Emilia ride. «Questo lo cancello, da noi non si dice... Anche 'empiersi i calzoni' non sta bene.» Si ferma a pensare. «Lasciamo 'cacarsi sotto'.»

«Cancelli con la riga. Brava.»

«Continui lei, don Alessandro.» Gli porge il vocabolario, avvicinandosi appena.

«'Alzar le corna' o 'la cresta'? Quando si è vanitosi. Noi diciamo '*slarga' i al'*.»

«La cresta» gli risponde Emilia.

«'Anni', 'annucci'...»

«'Annetti' è meglio, don Alessandro.»

«'*Amarett*': 'confetto rotondo e un po' spugnoso, fatto di mandorle amare e di semi di pesca tritati'. Lo conosce, signorina Luti?»

«*Amarett?* Ma è l'amarino! Io ne vo matta.»

Manzoni torna a sorridere. «'*Fa l'amor*': 'fare all'amore', 'amoreggiare.'»

«Sta bene.»

«E '*l'amor, la famm e la toss hinn tre coss che se fan cognoss*'? Voi come lo dite in Arno? 'Il fuoco, l'amore e la tosse'?»

«Si dice in codesto modo.»

«Allora lo farò andare bene anche a me, cara madamigella esigente.»

«Non sono esigente, faccio quello che lei mi dice» risponde Emilia d'impulso. «Le posso fare una domanda?»

Manzoni la fissa di nuovo negli occhi.

«Una domanda sui *Fidanzati*. Sul romanzo. Vorrei chiederle come è riuscito a dare anima e vita ai personaggi e... onestà. Tutto è onesto, nel libro, come se ognuno di loro fosse smascherato, svelato e vivo.»

«Si ricordi che i complimenti pe-peggiorano le mie malinconie e il mio contar poco su di me. E comunque le parole che ho usato spesso non sono vive.» Si alza. «Ma voglio mostrarle una cosa.»

Emilia non è mai entrata nell'ala occidentale della villa. Don Alessandro la precede in un locale pieno di vapore. In fondo alla stanza, su un lungo tavolo, sono disposti rami e foglie di gelso, per l'allevamento dei bachi. Una grande pentola bolle sul fuoco, accanto a un'altra di acqua fredda.

Laura e Linda, due delle cameriere, stanno disponendo su un panno una grande quantità di bozzoli. «Ci dia du-due coltellini per favore» chiede Manzoni a Laura. Si avvicina alle pentole.

«Lo vede, signorina Luti? Questa è l'alchimia che creano i fili della seta.» Di nuovo parla speditamente, senza balbettio. «Eccoli qui, i nostri bozzolini. Laura e Linda li hanno messi a bollire di modo che la sericina che li tiene uniti si ammorbidisca.»

Le si rivolge con uno sguardo concentrato, come quando deve iniziare un lungo discorso. «Le volte in cui abbiamo in mente una storia, tutte le idee sono attaccate una all'altra, come una pasta. Abbiamo bisogno che qualcuno ce le sciolga. Lo dobbiamo fare noi stessi, spesso dolorosamente. Levare la pasta alle nostre idee, a immagini che si intrecciano nella mente e che non sono... ordinate. Perché vede, io, quando ho scritto il romanzo, volevo prima di tutto mettere ordine...»

Ora indica i bozzoli disposti sul panno. «Dopo che sono più morbidi e quasi spurgati, con un taglierino si grattano con delicatezza per trovare... indovini lei cosa...»

«Il capofilo» risponde Emilia con prontezza.

«Molto bene, signorina, la maestra che si fa alunna è molto attenta. Lo faccia con me, guardi.» Prende il coltello e inizia a sfregare. «Coraggio, lei che è così i-intrepida si fa spaventare da un bozzolino?»

Emilia prende l'altro taglierino e imita i movimenti della mano di don Alessandro.

«Lo vede, signorina Luti, quale soddisfazione si prova a trovare il capofilo? È accaduta la stessa cosa quando ho scritto il romanzo. Il punto di partenza, l'idea più forte di tutto, l'anima di quello che volevo scrivere...»

Con delicatezza srotola il filo di seta, talmente fine e trasparente da scomparire a ogni voltata. «Ma con un filo così non se ne fa niente. Soltanto intrecciandone insieme cinque o sei, persino sette, si forma la seta che poi serve a comporre i tessuti. Queste piccole bave devono essere intrecciate l'una all'altra. E qui arriva l'abbraccio, la costruzione dei fili formati da più trame insieme, che va a disegnare la storia.»

Emilia ha ascoltato tutto senza parlare. È la prima volta che sente don Alessandro raccontare per un tempo così lungo, e senza perdere nemmeno una sillaba.

«Lo vede come sono ordinato quando penso a queste cose? Come mi esprimo da professore?»

Emilia sorride con tenerezza e d'istinto muove la mano verso la sua, che ha ripreso a grattare con il coltellino su un nuovo bozzolo. Rivede la mano del babbo. Gliela stringeva spesso, dato che lui evitava gli abbracci, faceva il burbero.

Si volta all'improvviso verso il tavolino, apre il vocabolario. «'*Come vala*'?»

«*Come vala*?» domanda Laura divertita, disponendo altri bozzoli.

«'Come sta di salute' è orribile, don Alessandro. Da noi si dice: 'Come va?'»

«Segni allora con il lapis, e intanto guardi che bel filo abbiamo qui.»

«'*Andà d'angiol*' che cosa vuol dire?» continua Emilia. Non aspetta la risposta. «'*Andà* a cappello' no! Quando un vestito, o un cappello, sta bene indosso, si dice 'star a pennello'.» Le cameriere ridono. Don Alessandro lascia il lavoro e, con Linda e Laura, si mette in ascolto.

Emilia tira una riga con il lapis. «E '*andà cont i pitt a l'aria*' significa... 'cascare gambe all'aria'!»

21

La pioggia frusta le braccia e il viso. In giardino Pietro e il fattore trascinano in casa i vasi più leggeri mentre le oche tremano sotto gli alberi. Emilia tira a sé i battenti, contrastando il vento.

«Più veloce!» grida Teresa.

«Devo andare da Rina?» Emilia passa da una finestra all'altra della sala da pranzo. «Sta piangendo...»

«Con i bambini c'è la *bonne*, tu fa' quello che ti dico. Corri nel tinello.»

Emilia obbedisce e ripete gli stessi gesti. Sta piovendo sempre più forte. Teresa la segue. Quando non viene presa dagli umori capricciosi si trasforma in una donna sicura e decisa.

«Ora nel suo studio!»

Emilia torna indietro e si sposta nella piccola biblioteca di don Alessandro.

Lui è seduto in poltrona, accanto alla scrivania. Osserva qualcosa di molto vicino, un punto nel muro.

«Lo sa come si dice da noi quando fa così?» chiede Emilia allegramente.

Manzoni non risponde e non sorride nemmeno.

Emilia si avvicina alla finestra e chiude gli scuri, domandandosi perché lui non l'abbia già fatto. Il vento ora sta infuriando, ha sentito due chicchi di grandine battere sul braccio.

Corre all'altra. La grandine inizia a picchiare. Si copre gli occhi con la mano. Vede a stento quello che sta facendo. C'è un'unica piccola lampada accesa, sul tavolo. Ritira ancora gli scuri con forza.

Don Alessandro non si è mosso da dove l'ha lasciato. Nella semioscurità Emilia ha l'impressione che per un attimo abbia spostato lo sguardo su di lei. In mano stringe il suo fazzoletto che odora d'aceto. Deve esserselo passato sul viso mentre lei era voltata.

Emilia accende una candela e gliela posa accanto, sul tavolino. Lui sembra sudato. Sta tremando. Le braccia sono scosse da piccoli brividi. Inizia ad aprire e chiudere il pugno della mano sinistra.

«Vuole che andiamo insieme in soggiorno?»

Manzoni scuote la testa senza smettere di aprire e chiudere la mano. Ora si massaggia il braccio, dal gomito al polso, premendo con forza.

Emilia sente salire il batticuore. C'è qualcosa che la inquieta in quei movimenti e nel silenzio. «Vado a prenderle un bicchiere d'acqua» gli dice.

Quando è alla porta si pente di averlo lasciato. Le è parso di scorgere un lampo di paura sul suo viso nel momento in cui si allontanava. Si sposta in cucina, prende il bicchiere.

Mentre rientra nella biblioteca, si accorge che don Alessandro ha il volto arrossato, e ora anche le gambe sono scosse da un tremore. Tiene gli occhi bassi.

Emilia non capisce se sta singhiozzando. Appena gli va vicino le scosse della schiena si fermano. Gli porge il bicchiere. «Cosa posso fare per lei?» Sente di parlare in modo affannoso.

Non le risponde.

Le sembra di intravedere il luccichio di una lacrima sulla guancia. Il frastuono della tempesta è forte anche con gli scuri chiusi.

Emilia arretra verso una sedia accostata alla libreria. La grandine ora imperversa furiosamente. Pesta il giardino e sembra voglia distruggere anche la casa.

Gli veglia le spalle e desidera che quelle spalle si calmino, che il corpo smetta di soffrire. Un tonfo segna il crollo di un oggetto in giardino. È stato un rumore violento e per un attimo la schiena di don Alessandro si è irrigidita. Il tremolio si è fermato.

Ora il vento accompagna la grandine, e infuria forte: tintinnii, un suono cavo, come di una pentola rovesciata, scocchi di oggetti che sbattono.

All'improvviso la grandine allenta. E nel sottofondo dello scroscio arriva la voce, debolissima, di don Alessandro: «La vigna sarà andata distrutta».

Emilia sta per dirgli di non preoccuparsi, quando la porta si apre. È la *bonne*. «Don Lisander... Sua moglie si sente poco bene. È stesa a letto.» Catherine guarda Emilia. «Se la signorina Luti rimane qui con lei, io torno da Rina.»

Emilia non sa che cosa fare, ma è Manzoni ad alzarsi per primo. «La raggiungo.» Va alla porta senza voltarsi.

Emilia lo osserva uscire preceduto dalla *bonne*, ma le sue gambe non le fanno lasciare lo studio. Resta lì, chiedendosi se don Alessandro si sia accorto che è rimasta in biblioteca, e se gli dia noia.

I rintocchi più leggeri della grandine ora rendono quella stanza un luogo festoso. Sembrano tacchi che picchiettano una danza. I tre volumi blu non sono sul tavolo. Emilia li cerca con gli occhi e poi li vede, nell'anta centrale della libreria, davanti a tutti gli altri.

22

Per la festa d'inizio vendemmia tutto il viale che conduce alla chiesa di San Vincenzo è stato decorato con corone di margherite che pendono dai balconi e ceste di frutta esposte sulle soglie delle case.

I fattori salutano don Alessandro levandosi il cappello. I bambini gli vengono incontro mentre le campane annunciano la messa. «Possiamo tornare a mangiare il miele?» gli domanda la bimbetta dai capelli biondi, e un attimo dopo, senza attendere risposta, corre a prendere Rina per mano.

Manzoni avanza con la famiglia verso la chiesa voltandosi a osservare il giardino della villa attraverso le inferriate del cancello. Emilia segue il suo sguardo tenendo donna Giulia sottobraccio.

I chicchi di grandine hanno spezzato molti rami di ibisco e achillea. Il fattore ha detto che la vigna è danneggiata per un terzo. Una parte del tetto del granaio è crollata.

«Don Lisander!» lo chiama un contadino. «Il granturco si è salvato?»

Scuote il capo.

«E i gelsi?»

«Hanno so-sofferto più della vigna.» Sembra che fatichi a rispondergli.

Emilia non si è resa conto che Teresa le sta parlando.

«È la prima volta che la vedo venire a messa con noi» ripete la moglie di Manzoni. «Posso chiederle perché non frequenta la chiesa?»

«Bazzico poco i luoghi sacri» le risponde.

Pietro si volta a guardarla. Anche Filippo si mette in ascolto.

«Davvero lei vive senza Dio?» si stupisce Teresa.

«Della signorina Luti amiamo la spontaneità, anche in questa confessione» interviene donna Giulia salvandola dal rispondere.

È lei a precedere tutti verso l'ingresso della chiesa.

Emilia prende posto con loro e tiene gli occhi bassi per tutto il tempo delle letture. Si distrae solo quando, durante il Vangelo, don Alessandro si inginocchia a pregare.

«Mi scusi se non l'ho difesa» le bisbiglia all'orecchio Pietro. Sta arrossendo e intanto non smette di osservare, come lei, suo padre inginocchiato, il viso chiuso tra le mani. Pietro emana un forte odore di vino. Le dita che tiene intrecciate sono pallide e nervose.

Fuori dalla chiesa i carri trasportano la prima uva raccolta. Due ragazze danzano al suono di un organetto e i bambini tengono il ritmo picchiando dei cucchiai sui coperchi delle pentole.

Manzoni si incammina senza avvisare nessuno e torna in villa. Teresa lo guarda rientrare dal cancello con un'aria avvilita. «Abbiamo litigato questa mattina, nemmeno una tromba marina lo distoglierebbe dai suoi pensieri.»

«Non farne sempre *tout un fromage*!» esclama Giulia. «Alessandro ha soltanto paura della folla.»

Teresa la ignora. «Signorina Luti, con lei ha parlato dei suoi dubbi sulla riedizione del romanzo?»

Emilia annuisce. «Mi ha detto della sua difficoltà a lavorare per troppe ore di seguito.»

«Dovrebbe essere meno intransigente con lui. So che sta correggendo tante voci del vocabolario.»

«Non lo faccio per presunzione, ma perché mi è stato chiesto» le risponde.

«Comunque» conclude Teresa «lo voglio imparare anch'io, il suo fiorentino. Ho chiesto ad Alessandro di partecipare al vostro lavoro.»

Donna Giulia non trattiene un'alzata d'occhi al cielo. Teresa finge di non vederla e trascina Rina e Filippo per mano, salutando vivacemente con lo sguardo i contadini che le aprono la strada.

23

Sotto la luna il prato di fronte alla villa sembra un lago ricoperto dalla neve. Il cuscino è umido per il caldo, come la camicia da notte. Emilia si rende conto di aver dormito sopra le lenzuola. La finestra è socchiusa, ma quell'aria non le basta. Si alza per spalancarla e osserva meglio il giardino. I bachi staranno dormendo nei bozzoli. Dalla cima della montagnola, forse, apparirà il Resegone, bagnato da quella luce cremosa che colora di argento i rami e le foglie.

In fondo, nella vigna, tra poche ore i contadini inizieranno a tagliare i grappoli, e lei li aiuterà con Laura e Linda, forse anche con i bambini e con Catherine...

All'improvviso le viene voglia di camminare nel prato. Lascia la stanza senza infilare nemmeno le scarpe. Si avvicina alle scale, scende in silenzio, seguendo il corrimano. Apre il portone con cautela e si trova fuori. Le sembra di violare uno spazio vulnerabile, che la notte dovrebbe essere lasciato in pace, ma decide di avanzare fino al centro del grande giardino, poi si sposta verso il viale di platani su cui affaccia la biblioteca. Passa davanti alle robinie. Ha l'impressione di vedere don Alessandro giovane, innamorato e impulsivo, e una donna al suo fianco, dalla pelle fragile e dalla voce infantile. Inizia ad avere uno strano capogiro. Le piante dei piedi sono graffiate da piccole pigne che ricoprono la terra.

Torna indietro sempre lungo il viale dei platani, e finalmente osserva la villa. Lo sguardo le va alla finestra della biblioteca. Rientra in casa, avanza nella sala da pranzo, si sposta verso lo studio.

La porta è aperta. Si avvicina al tavolo e prende da un cassetto una candela, riconoscendola al tatto. Sembra un sogno, ma compie quei movimenti come se li avesse pensati con cura, o se li avesse già fatti, mille volte. Accende la candela, si volta verso la libreria di destra e illumina i tre volumi blu. Ne sfila uno. Si accorge che parte dal capitolo venticinque. Lo posa e sceglie quello giusto. Poi torna al tavolo e cerca un lapis. Lo trova. Prende un portacandela, un foglio. Ce ne sono molti, impilati alla destra del tavolo. Apre il libro.

"Quel ramo del lago di Como che volge a mezzogiorno tra due catene non interrotte di monti..."

Legge e prova a immergersi nella storia, ma anche a osservare con un'attenzione che non ha mai dedicato nemmeno alle sue poesie, e ai racconti. "Per un buon tratto la riviera sale con un pendio lento e continuo." Sul foglio scrive: "Pagina 9, pezzo. Da noi si dice per un buon pezzo... si usa più di tratto".

Va avanti. "Poi si dirompe in poggi e in valloncelli." Scrive: "Rompe". Ma non riesce a tenere il filo, come la bava del baco che si perde tra le dita. Decide allora di leggere tutto il capitolo per intero e poi di tornare indietro. I Bravi di don Rodrigo, il prepotente che ha messo gli occhi su Lucia, la promessa sposa di Renzo; don Abbondio senza coraggio; la minaccia di un "matrimonio che non s'ha da fare"... «Questo sta bene...»

Vorrebbe passare al secondo capitolo ma non può lasciare le parole. Riprende da dove è arrivata. "Il lembo estremo, interciso dalle foci de' torrenti." Scrive: "Tagliato".

"Ai tempi in cui accaddero i fatti che imprendiamo di raccontare." Scuote il capo. "Che prendiamo a raccontare."

"Per una di queste stradicciuole tornava bel bello dal passeggio verso casa... don Abbondio." "Passeggiata, non passeggio." E continua con tutta l'attenzione che ha: le braccia non 'incrocicchiate' sul petto, ma 'incrociate'. Non 'piastricci' ma 'pasticci'.

Rilegge per intera una frase: "Don Abbondio... aveva dovuto accorgersi che la situazione la più impacciata a quei tempi era quella d'un animale senza artigli e senza zanne". «Non sta bene» mormora. E scrive: "La peggior condizione, a que' tempi... non impacciata". Annuisce. «Una condizione non può essere impacciata!»

"Perpetua s'avvide d'aver toccato un tasto falso; onde cangiando subitamente il tuono..." «Si può far più naturale» dice. Scrive: "Cambiando subito il tono".

Le sembra che qualcosa di bianco le sia passato davanti, in lontananza, sul prato. Forse era un'oca. La candela è appena consumata. Legge il capitolo secondo, e ritrova Renzo, il fidanzato dall'animo sincero, forte, innamorato, e poi Lucia, fedele e pura. Le affiora dal nido dei ricordi il babbo che le regalava i libri. *I Promessi Sposi* l'aveva letto lei per prima, a quattordici anni, il babbo poi.

Torna indietro. Per "taschetta delle brache" scrive "taschino dei calzoni".

"Non si ricorda ella che oggi è il giorno stabilito?" domanda Renzo incredulo a don Abbondio che accampa scuse. Emilia scrive: "Che s'è fissato per oggi?". E poi va avanti, con il terzo capitolo, e torna ancora indietro, per segnare le parole. Comincia il quarto. Sta albeggiando.

È un'alba potente come quell'onda che le sta risalendo il corpo. Sente una forza, una serenità, e poi inizia a ridere. Quelle pagine le danno forza e allegria. L'autore forse ne è ricco, anche se si mostra fragile, così sensibile e afflitto dalle malinconie.

"Nel frastuono confuso di quella pressa..." «Che cos'è la pressa? La folla!» esclama. E scrive. Spegne la candela, non c'è più bisogno della luce.

Legge tutta la storia di Fra Cristoforo, prosegue con il quinto capitolo, e le sembra che le mura di quello studio risuonino delle voci del palazzo di don Rodrigo, il malvagio che vuole Lucia, e dei suoi commensali: il conte Attilio, l'Azzeccagarbugli. Ha l'impressione di sentire le risate. È tardi e dovrebbe lasciar perdere, ma va avanti. Poi si impone di alzarsi, ma abbandona la testa sulle braccia, non sogna niente, solo stanchezza del corpo, la testa che formicola, e quando riapre gli occhi capisce che c'è qualcuno con lei, nella stanza.

Alza il viso e si ritrova davanti Filippo.

«Lei è una ladra?»

«Ladra?» Emilia si scuote. Il sole è ancora basso. «Perché non sei a letto?»

«Avevo gli incubi.» Filippo poggia i gomiti sul tavolo per sbirciare.

Emilia tira a sé il foglio fin troppo bruscamente. «Sono solo pasticci.»

«Anche papà dice così quando vogliamo leggere quello che scrive.»

«Mi prometti che non rivelerai a nessuno che vengo qui quando non dormo? Facciamo un patto. Diventiamo confidenti.»

«Che cosa vuol dire confidenti?»

«Quando due persone si aprono l'una con l'altra, si raccontano un dolore, o un amore, un desiderio che non si confessa a nessuno. Allora su, dimmene uno tu.»

Filippo guarda fuori dalla finestra. «Non voglio più tornare al collegio.»

«Immagino che nessun bambino ami stare lontano dalla sua famiglia...»

«Mi fanno male.»

«Che significa che ti fanno male?»

Filippo si alza. «Siamo confidenti da troppo poco tempo, arrivederci.»

A pranzo Manzoni non c'è. Di lui rimane soltanto un leggero profumo di tabacco. Pietro versa nei bicchieri il Pinot nero della vigna. Emilia accetta per cortesia, ma lo sente acido in bocca. Pietro invece non si fa problemi a versarselo ancora. In poco tempo apre un secondo fiasco.

Appena hanno concluso, Emilia aiuta Laura a riordinare la cucina e infine esce in giardino. Lancia un'occhiata alla finestra della biblioteca: non c'è nessuno alla scrivania. Vede invece Pietro: sta bevendo un amaro seduto a un tavolino. Lo osserva mentre finisce il bicchierino in un unico sorso, e poi se lo riempie di nuovo.

«Signorina!» la chiama Rina dalla casa.

Emilia le fa cenno di aspettare. «Gioca con Linda. Non devi stancarti dopo pranzo!» le risponde al modo di Teresa, sentendosi ridicola.

Si dirige verso la catalpa, passa accanto alla montagnola e alle robinie, si inoltra nel frutteto, raggiunge i gelsi. Sente piccoli rumori di terra smossa. Avanza e vede un largo cappello di paglia.

Manzoni alza il viso su di lei e il sole lo colpisce negli occhi, nonostante il cappello. Si ripara con una mano e la guarda senza parlare. «L'aspetto domani mattina in biblioteca» le dice infine.

«Non ho lavorato al vocabolario ieri...»

«Porti i suoi appunti. Gli appunti al romanzo» precisa.

Emilia apre la bocca per rispondere, ma la vergogna le ferma le parole. Arretra e prende la via dei platani. Saluta appena con la mano don Ghianda che le viene incontro dal senso opposto, tenendo un'arnia nuova stretta in braccio come un neonato.

24

I tre volumi blu sono aperti sul tavolo. Don Alessandro è seduto alla scrivania. Alza gli occhi su di lei. «Si ri-ricordi...» Fa una pausa per dominare il balbettio, continuando a fissarla. «Si ricordi che non tollero le persone che non sono oneste, e ancor meno chi tocca le mie cose. Io non lo faccio con gli altri.»

«Io...» Emilia vorrebbe rispondere, ma non riesce. Improvvisamente il calore di don Alessandro, quell'onda che il suo corpo emana, è svanito.

«Lei?» Il colore degli occhi è molto chiaro, nonostante lo sguardo sia accigliato.

«Io non l'ho fatto per muoverle un torto, volevo solo leggere, e provare. Dato che è così scoraggiato...»

«Quanti capitoli?»

«I-io...» Ora è lei a balbettare. «Volevo rileggerlo e...»

«Ha trovato molte imprecisioni?»

«È stato Filippo?»

«Filippo?» Sembra sinceramente sorpreso.

«Nulla, don Alessandro.»

«I tre libri non sono in ordine dal pri-primo al terzo, ma dal terzo al primo. Doveva essere distratta quando li ha rimessi al loro posto.» Il tono è sempre profondamente ferito. Tende una mano per farsi consegnare il foglio degli appunti. Emilia glielo porge.

Manzoni scorre l'elenco delle parole, su qualcuna si sofferma più a lungo. «Perché ha scritto 'spampanare' e 'mu-musardi' senza offrire una soluzione?»

«Sono parole che non capisco, don Alessandro. Me le può spiegare?» Abbassa lo sguardo. «Mi scusi. È forse una domanda a sproposito. Ma lei sa che penso poco prima di parlare.»

Sul viso che ha davanti affiora una traccia di sorriso, che subito svanisce. «Con 'spampanare' intendevo 'credersi chi non si è', 'esagerare con i complimenti a se stesso'.»

«Vantarsi?»

«A Firenze si dice così?»

«Sì.»

Manzoni scrive sul foglio. «'Musardi' invece sono coloro che non vedono l'ora di sapere.»

«'Curiosi'? Allora scriva in codesto modo, se posso permettermi, è molto meglio. 'Curiosi.'»

Don Alessandro continua a scorrere il foglio. «Perché "pensino ora i miei venticinque lettori" non le sta bene?»

«Non è che non mi sta bene. Mi faceva ridere... mi scusi, sorridere. Perché lei di lettori non ne ha certo soltanto venticinque. Ed è ancora vivo, figurarsi da morto.»

«Da mo-morto potrebbero essere anche di meno.»

Emilia avvicina una mano alla bocca per nascondere una risata silenziosa.

«"Lorenzo, o come tutti lo chiamavano Renzo" non le è piaciuto?»

«Pensando che volesse risolvere in modo più veloce e naturale ogni passaggio... ho ritenuto che fosse meglio così: 'Lorenzo, o come dicevan tutti, Renzo'. Mi pare di aver scritto in codesto modo. È corretto?»

«E qui, quando si parla del seggiolone dell'Azzeccagarbugli?»

«Noi non diciamo 'appoggio' di una sedia, ma 'spalliera'.»

Manzoni annuisce con intensità. «Così è veloce e vivo...»

Emilia si lascia andare a un sorriso, lui rimane serio. «Non voglio che accada mai più.»

«Va bene, don Alessandro.» Sta arrossendo, non riesce a trattenersi. «Però sappia che non troverà facilmente un fiorentino che le stia vicino e lasci Firenze per salire nella vostra guazzosa città. O in una campagna tutta piana, da cui non si vede il mare e a stento i monti!»

Manzoni rimane in silenzio. Emilia lo sbircia un momento, sembra impressionato da quello che ha detto.

«Comunque lei ha costruito un subbuglio, voglio dire, una storia che pare vera. E poi è un romanzo rumoroso.»

«Rumoroso?»

«I personaggi squillano, c'è spesso qualcuno che parla, le voci si sovrappongono. Credo che le sia servito avere così tanti figlioli. Le dico questo per spiegarle che bisogna solo renderli più semplici nelle parole, *I Fidanzati*, accrescere la loro naturalezza, come lei dice, qualche volta... Ma fanno così bene all'animo. C'è una consolazione, un bene...» Le stanno salendo le lacrime agli occhi.

«Le ho detto di non farmi complimenti» la interrompe bruscamente.

Non l'ha mai visto così scostante, sta mostrando una parte di sé che non le piace: scura, chiusa al mondo, ostile a tutto.

Emilia torna a indisporsi. «Non voglio credere nemmeno io che la sua sia solo pigrizia, inedia. Ma lei non mi spiega.»

«È do-dolore, le sta bene? Come direbbe lei.»

«Che significa 'è dolore'...»

«Quando ho scritto questa storia c'era una luce accanto a me.» Ha sussurrato la parola 'luce'. Ora il tono della voce è più basso, lo sguardo non si alza più dal romanzo. «C'era mi-mia moglie... la mia prima moglie. E c'era Giulietta. Poi è nata l'ultima bambina e... E-Enrichetta ha perso tutte le forze... Dicono che le abbia fatto male partorire troppi figli.» Ha la stessa voce profonda e fragile del giorno del nubifragio. «Ma tutto andava bene, stava male qualche volta, come chiunque di noi...»

«Quale bambina?»

«Non voglio pensare a quella bambina come non voglio pensare al romanzo.» Torna a sollevare il viso su di lei, con una rabbia che sembra tutta rivolta contro se stesso. «Il mio animo è molto più cru-crudele di quanto si possa pensare.»

«Eppure, come le dicevo, nel libro si sente la presenza di un bene» mormora Emilia, «di qualcosa di... Una pace, un amore. Io non sono la persona giusta per dirle queste cose, perché il destino, la provvidenza, come lei la chiama, con me non è stata buona e quanto all'amore... non ci voglio pensare.» Rialza gli occhi su di lui per trovare un freno alle parole.

«Perché le ha portato via il suo papà e i suoi fratelli?» Improvvisamente lo sguardo di don Alessandro è attento e vicino.

Dal giardino arrivano le voci di Laura e Linda.

«E perché non posso avere bambini dopo una brutta cosa che mi è successa. Dio per me non esiste.» Emilia chiude gli occhi. «Per questo mi ha colpita al cuore quando ha detto che le parole sono come bambini. Io non volevo farle male, ieri.»

Avverte il fruscio della carta poggiata sul tavolo. Torna a guardare il mondo e vede la mano di don Alessandro che rimane ferma accanto al foglio.

«Qu-quale brutta cosa?»

«Rina avrà chiesto di me, non vedendomi.» Sente che la sua voce sussurra, come se non fosse lei a parlare.

Si alza all'improvviso continuando a evitare i suoi occhi, ma quando chiude la porta le sembra di leggergli in viso una strana, incontenibile tenerezza.

25

Per la vendemmia Filippo ha chiesto al padre di partecipare alla raccolta. Il ragazzo taglia via i grappoli in maniera violenta. Non lo si sarebbe mai detto per la flemma con cui parla.

«Fai attenzione perché in codesto modo te ti fai male» lo avverte Emilia. Vicino a loro una coppia di contadini, padre e figlio, stanno cogliendo la loro parte d'uva e intorno alle cassette le galline beccano i chicchi caduti.

Pietro le è accanto. Fatica con la sua cesoia e Emilia ogni tanto gli cede la sua. Lui indugia nel contatto delle mani e la guarda più spesso di quanto quel passaggio richiederebbe.

Don Alessandro lavora sullo stesso filare, ma dalla parte opposta. Emilia ne può vedere solo i movimenti delle mani. Sente il rumore delle forbici, più deciso del suo. Uno schiocco e poi le dita che avvolgono il grappolo. Immagina che il viso sia concentrato e continua ad arrossire al pensiero del fiume di parole che gli ha riversato addosso.

Un richiamo di corno li fa interrompere e questa volta Filippo si taglia. Il sangue gli schizza dal dito e lui lancia un grido. Don Alessandro si è già alzato dal suo sgabello, ma il corno continua a riecheggiare nell'aria e lui non può sentire. Filippo grida ancora, senza controllo.

Emilia prende la brocca e versa un po' d'acqua sul dito ferito. Filippo sta piangendo accucciato come un bambino di quattro anni, non come un ragazzo di tredici. «È solo un piccolo taglio...» lo rassicura.

«Non è niente!» esclama anche Pietro.

Alla fine arriva Teresa. «Che è successo!»

«Te lo direi, se fosse grave» insiste Emilia. «Fidati di me.» Queste parole sembrano sortire l'effetto di un incantesimo e Filippo singhiozza più piano. Si asciuga il moccolo del naso con la mano sana. Emilia riesce a farlo alzare e poi camminare, cingendogli le spalle.

Su un grande tavolo all'ombra di un gelso i contadini hanno preparato polenta, pane, biscotti, miele e panna. Don Alessandro si sta lavando le mani in un catino e sembra concentrato in qualche ragionamento.

«L'è *andà insemma*» dice Laura a Emilia.

«Non capisco...»

«La panna. L'ho fatta *buìi tropp*.»

«Vuoi dire che è impazzita?»

«Impazzita? La panna?» domanda Teresa tenendo Filippo a braccetto.

Si sente una risata divertita. È Manzoni, che ora si sta asciugando le mani con un panno ed è accanto a loro. Emilia non l'ha mai sentito ridere in quel modo.

«Signorina Emilia» le si rivolge, «mi pare che ci stia proprio a pennello questa parola.»

Lei sorride con gioia. «Come va, don Alessandro?»

«Questa mattina molto bene, anche se comincio ad avere i miei a-annetti. Gradisce un amarino? Glielo faccio portare, se desidera.»

Emilia si sente così felice da non badare nemmeno a Pietro che sta già bevendo vino. Né a Teresa, che per trattenersi ha iniziato a servirsi la polenta senza aspettare nessuno.

Don Alessandro le si avvicina. «L'aspetto domani mattina nel mio studio, fiorentina. La-lavoreremo per qualche giorno qui a Brusuglio sui suoi appunti, se per lei non è un fastidio.» Tutti stanno ascoltando. «E poi a Milano, se il buon Massimo me lo concederà.»

Un fuoco le investe il viso. «Certamente, don Alessandro, non è fastidio.»

26

Milano, novembre

Il pittore Francesco Gonin ha una barbetta da tartaro, sottile e tutta concentrata sul mento. Emilia lo osserva mentre versa il tè nell'ultima tazza, quella di Luisa. La mano di Luisa ha ripreso a tremare.

Gonin fissa il sole del primo mattino oltre la finestra del soggiorno dei D'Azeglio, a disagio. Sembra che voglia essere altrove, ovunque ma non lì. «Se mi dice che il Manzoni ha rifiutato l'Hayez, perché mai dovrei soddisfarlo io?»

D'Azeglio accavalla una gamba con un atteggiamento pensoso. Sul lago ha preso "un po' di ciccia", come continua a ripetere, ma gli arti sono sempre filiformi: li distribuisce nello spazio – gambe, braccia, mani – con movimenti pieni di grazia e l'abituale, irresistibile, seduzione. «Perché dopo anni ha finalmente messo mano al testo e tu sei l'artista giusto per *I Fidanzati*. Papà voleva l'illustratore? In due settimane gliel'ho trovato. Non puoi che essere tu. Devi incontrarlo. I suoi personaggi li vuol vedere disegnati sulla carta proprio come sono nei suoi occhi. Manzoni parla con loro, sai, Gonin? Con tutti loro. Come con gli alberi.»

Ruota un piede nell'aria e il pittore segue con lo sguardo il voluttuoso semicerchio tracciato dalla punta della scarpa.

«La scrittura lo affatica ma loro no, credo che li porti ovunque con sé. Devi entrare nella sua mente, nella sua fantasia. Ti terrà davanti al camino e disporrà i ceppi in un modo che disturberà i tuoi nervi. Ti trascinerà nei suoi dubbi fino a farti girare la testa.» Il piede continua a roteare, più veloce. «Ma poi...» Si ferma, e interrompe anche il movimento. «Ti sentirai certamente più ricco quando verrai via da quella casa...»

Emilia non prende posto. Si allontana dal tavolo dopo aver servito Luisa e rimane in piedi accanto alla porta. Lì sorseggia il suo tè senza distogliere l'attenzione da D'Azeglio. Quando il marchese parla, è impossibile non dargli ascolto.

«Ho iniziato a leggere.» Gonin continua a sembrare perplesso. «Ma non mi sono ancora fatto un'idea precisa di Lucia e di Renzo. Di Lucia in particolare. Sguardo remissivo, capelli scuri e acconciati in un certo modo... Vorrei che alzasse gli occhi davanti a me, ma forse lo fa solo con il Manzoni.»

«Per capire come devi disegnarla arriva almeno fino al momento in cui un uomo, non ti dico chi, cambia vita... per lei, si può dire. Lo fa dopo averla conosciuta, per una sorpresa che gli spalanca il cuore. Per il bene che questa donna, questa giovanissima donna, gli infonde...»

Luisa fa rotolare la zuccheriera e sul tavolino si sparpaglia uno spesso strato di zucchero.

«Emilia!» si sente chiamare da piazza San Fedele.

Emilia volta il viso verso la finestra.

Le mani tremanti di Luisa stanno raggruppando lo zucchero in un mucchietto. D'Azeglio osserva alternatamente i gesti di sua moglie e il rossore sul volto di Emilia. «Forse chiamano proprio lei, signorina. Vuole andare a vedere?»

«Emilia!» grida ancora la voce.

Lei continua a rimanere in piedi accanto alla porta.

Luisa alza lo sguardo, poi cerca di far scivolare lo zucchero nell'altra mano. Toccherebbe a Margherita, la cameriera, rimediare a quel pasticcio. Emilia dovrebbe intervenire, ma D'Azeglio torna a insistere. «Dai suoi occhi si direbbe che conosce bene chi l'aspetta. Chiunque sia, faccia in fretta. Manzoni vuole vederla alla solita ora. E noi vi raggiungeremo volentieri.» Si volge a Gonin. «La signorina qui presente sta aiutando papà con la riscrittura dei *Promessi Sposi*, tutte le mattine.»

Il pittore squadra Emilia da capo a piedi, come se fino a quel momento non si fosse nemmeno accorto della sua presenza, mentre lei non sa se muoversi verso la finestra.

«La signorina?»

«Non è una professoressa delle lettere, ma ha molto impressionato papà.»

Luisa continua a sistemare lo zucchero, lo fa scivolare nella zuccheriera, in silenzio.

«Emilia!» si sente per la terza volta.

«Vada, su» la incoraggia D'Azeglio. «Mi pare che non ci siano dubbi sul fatto che la persona chiamata con tanta insistenza sia proprio lei.»

Emilia si avvicina lentamente alla finestra. Ha fatto appena in tempo a vedere il marchese piegarsi sul tavolo e fermare con il braccio quello della moglie per evitare che l'ospite assistesse oltre a quello spettacolo triste.

Sotto le finestre del palazzo c'è Fulvio. Indossa una camicia immacolata che Emilia non gli ha mai visto, tutta diversa da quelle dei cenciaioli di Firenze. Da come è pettinato e vestito ha l'aria di aver dormito in città.

Emilia si volta verso D'Azeglio. Luisa sta lasciando la stanza. «C'è un mio cugino toscano che mi aspetta dabbasso» dice arrossendo di nuovo.

Gonin sembra perso in tutt'altri pensieri e D'Azeglio non può che annuire. «Vada pure. Le chiedo soltanto di star fuori poco tempo e poi di aiutare Luisa.» Negli occhi c'è l'angosciosa preghiera dei momenti in cui teme che sua moglie si perda nelle ombre.

Emilia esce veloce dalla stanza. Scende le scale fermandosi quasi a ogni gradino e apre il portone.

Un sole pallido dà un po' di colore alla piazza e Fulvio è nel posto giusto per venirne illuminato. Emilia si concede un piccolo tempo per assorbire quello sguardo, poi avanza.

Fulvio alza per un attimo la fronte alla finestra, come per controllare se qualcuno li stia spiando, quindi allarga le braccia. Emilia esita, poi si avvicina e si lascia stringere. La sua casa, la stanza con le sorelle, i piedi lunghi di Olimpia e quelli capricciosi di Adele, la loro finestra, la mamma, il Lungarno... Arriva tutto insieme.

Fulvio quasi le fa mancare il fiato. «Non ti bacio solo perché siamo sotto la casa dei tuoi padroni» le bisbiglia all'orecchio.

Emilia si scosta. Lo sguardo di Fulvio è familiare ma anche estraneo, una porta che cigola nel pieno di un concerto, un rametto che finisce sotto un carro e ne inceppa la corsa.

«Non capisco se sei contenta di vedermi.»

«Non mi hai fatto sapere quasi nulla di te in questi mesi.»

«Pensavi che non ti aspettassi? E non immagini quanto può essere vergognoso affidare alla scrittura di un altro parole di passione? Alla fin fine sapevi tutto di me da tua madre.»

Anche Emilia ora volta il viso al palazzo. «Come stanno i bambini?»

Fulvio si addolcisce. «Gemma è diventata alta fin quasi alla mia spalla. Chiede sempre di te. E pure Felice.» Stringe in una mano un piccolo pacco. «Te lo manda tua madre.»

Emilia apre l'incarto con troppa fretta: porta con sé, o forse lo immagina, gli odori della sua casa, carne arrostita la domenica e ciclamini per il cimitero, e poi l'aria di Firenze, ciambelle fritte e salami, quei profumi ghiotti che sembra abbiano il sapore delle nuvole di maggio, se si potesse immergervi la faccia...

Sono pantofole azzurre di morbida lana, che le fanno salire le lacrime agli occhi. Fulvio le passa le dita sulla guancia.

«Hai un alloggio qui a Milano?» domanda Emilia.

«In una locanda poco lontana, rimarrò lì finché verrai via con me.» Le cinge la vita. Ha il volto più sereno di come l'abbia mai visto. «Tra un mese sarà passato un anno da quando hai lasciato Firenze. Avevi detto che non saresti rimasta a Milano di più.»

Emilia si volta di nuovo. «Ora devo rientrare.»

«Ho iniziato a prendere lezioni per imparare a scrivere. Con Olimpia.»

«Mia sorella?» La domanda le è uscita dalla bocca con un leggero disturbo nella voce.

Fulvio annuisce orgoglioso. «Naturalmente la pago. Da poche settimane. Ma vedrai che presto avrò imparato.» Gli si apre in viso un sorriso un po' tronfio. «Pensa che anche Gemma rimane con noi, qualche volta. Ripete che vole diventare brava come te.»

«Mi prendevi in giro perché non so scrivere che poche righe...»

«Te lo dicevo per invidia. E poi non mi hai mai letto nulla delle tue cose. Puoi chiedere di stare fuori per un po'?»

Emilia si stacca dal suo abbraccio. «Ho un lavoro urgente questa mattina.»

«Ma a un dato momento finirà.»

«Non so quanto tempo sarò impegnata.»

«Pensavo che vedermi dopo un anno venisse prima di qualsiasi altra cosa.» Non sorride più. «Che ti chiederà mai D'Azeglio di così importante per cui non si può aspettare?»

«Davvero, non è possibile...»

A Fulvio sta montando la rabbia, ma si sforza di non farla traboccare. «Aspetto quando avrai finito, e magari si prende il caffè insieme sotto al Duomo, così ti faccio l'interrogatorio per benino. Non andiamo più a Siena, rimaniamo a Firenze. Devi soltanto dirmi quando tornerai.»

Emilia non gli risponde, si limita ad annuire, poi corre verso il portone.

«Lili!» grida Fulvio, senza preoccuparsi di farsi sentire. «Una carezza me l'aspettavo però!»

Il sole è alto quando Emilia si incammina di fretta in direzione di piazza Belgioioso. Si sente chiamare: «Signorina!». È il libraio del Gioco dell'Oca. «L'ho vista entrare dai Manzoni, l'altro giorno. Ci sta andando anche adesso?»

«Leggo le poesie a donna Giulia Beccaria» gli risponde lei con prontezza.

Don Battioli la osserva con curiosità. «Non sta andando mica a rubare, dovrebbe esserne fiera. Passi a trovarmi, ogni tanto.»

«Arrivederci!» lo saluta Emilia ridendo. D'improvviso le è tornato il buon umore. Procede verso via Morone. Il palazzetto Manzoni è lì davanti, con la facciata cadente che donna Teresa vorrebbe far ridipingere, appena le finanze lo consentiranno.

Mentre si avvicina al portone, un'ombra le passa di nuovo nei pensieri. Si ferma proprio davanti all'ingresso. Fulvio è dietro di lei. «Sto andando a lavorare...» riesce a dire.

«Perché lavori in una casa diversa da quella dei tuoi padroni?»

«Sono parenti... è come se fosse la stessa casa.»

Le afferra il braccio. «Mi devi dire la verità.»

Emilia si gira. Don Alessandro è in piedi al centro del cortile. Probabilmente si stava spostando nello studio e ha sentito la sua voce. Sta guardando oltre la sua spalla in direzione di Fulvio, ma da quella distanza Emilia non riesce a capire l'espressione dei suoi occhi.

«Arrivo subito!» esclama, con un sorriso imbarazzato.

Si volta verso Fulvio solo per il tempo di dire: «Fra due ore, ma non qui. Oltre la piazza».

Manzoni immerge il pennino nell'inchiostro per un tempo lungo, esasperante. Lo asciuga sul panno evitando il suo sguardo. L'ha invitata a prendere posto non al suo tavolino di lavoro, ma a quello più grande, dove legge e consulta i libri. Siedono uno accanto all'altra.

I ceppi del camino sono disposti con l'abituale simmetria, la fiamma è forte. Sulla mensola è poggiata una tazza. Emilia si concentra e sente il profumo della cioccolata.

«Ho deciso di non perdere tempo. Le sembrerà strano.» Don Alessandro volta finalmente il viso. «Come va?»

«Mi scusi se parlavo con un giovane davanti alla sua casa» gli risponde in modo precipitoso.

«Non so come io abbia potuto scrivere "la notte che precesse"...» Sembra che non l'abbia nemmeno sentita. La voce non è musicale e nemmeno balbettante. «Ci penso dalle cinque del mattino. Quando inizia il capitolo due, la digressione sul principe di Condè che dormì profondamente... Le sta bene: 'la notte che precedette la giornata di Rocroi'?»

«Forse è meglio 'la notte avanti la giornata di Rocroi'» si premura di dire Emilia. Lo sbircia per capire se deve continuare a scusarsi.

Manzoni getta uno sguardo oltre il vetro. Le foglie dei platani sono tutte indorate dall'autunno, scosse dal vento. Ai piedi dei tronchi si sono già formati i primi mucchi. Ancora non alza gli occhi su di lei. «Non ne sono convinto.»

«Può scrivere su alcuni fogli le mie parole che non le garbano del tutto. E io farò altrettanto, così da pensarci quando sarò a casa.»

Lui va rapidamente indietro con le pagine.

Emilia sospira, vorrebbe fermargli le mani. «Don Alessandro... L'abbiamo rivisto a Brusuglio. Se principia ogni volta dal primo capitolo non finiremo mai.»

«Ha premura, fiorentina?» Ora finalmente alza gli occhi su di lei.

Emilia scuote energicamente il capo.

«Ne avrebbe tutto il diritto. Ma purtroppo il mio peggior di-difetto è che odio l'affanno e la fretta, come lei direbbe. Con me bisogna andare piano. Ed essere pazienti. Io vivo lentamente. Le cose importanti devo farle piano. Più sono importanti e più devo andare adagino.»

«Sarò paziente...» mormora Emilia.

L'ha sentita, ma non risponde e riprende a parlare, con un balbettio più spiccato: «All'i-inizio del romanzo voglio che le righe scorrano come un'o-onda. Ci pensavo questa notte... Più ancora di come risulta adesso... Come se si fosse cullati, o lievemente sobbalzati, da una barca: "Quel ramo del lago di Como che volge a mezzogiorno tra due catene non interrotte di monti, tutto a seni e a golfi, a seconda dello sporgere e del rientrare di quelli, viene quasi a un tratto a restringersi e a prender corso e figura di fiume, tra un promontorio a destra, e un'ampia costiera di rincontro; e il ponte, che ivi congiunge le due rive..."».

Non ha mai balbettato, adesso, Emilia è sicura che queste parole le conosca tutte a memoria.

«Don Alessandro...» Lo interrompe con dispiacere, e si morde le labbra per averlo fatto. «Scusi se non gliel'ho detto a Brusuglio. 'Di rincontro' è forse più musicale, ma è più semplice dire 'dall'altra parte', noi lo si capisce meglio: 'un'ampia costiera dall'altra parte'.»

Manzoni corruga la fronte. «Lo vede?»

«Mi dica.»

«Il lavoro non è mai finito nemmeno quando pensiamo che lo sia. Ora, davanti a questo dilemma, io vado in confusione.»

Emilia prende uno dei fogli posti al margine esterno del tavolo e lo avvicina a sé. Il sole deve avere attraversato di nuovo le nuvole. Non capita di frequente, a Milano, l'autunno. «Scriviamo ogni dubbio. Poi controllerà a mente fredda e prenderà la sua decisione.»

«A mente fredda?»

«Noi così si dice a Firenze, quando si fa una cosa dopo un certo tempo.» Ora finalmente riesce a guardarlo negli occhi. «Don Alessandro, lei ha mai conosciuto i suoi personaggi? Don Abbondio, per esempio, dato che il capitolo primo è tutto suo... Lei lo conosce un parroco così?»

Manzoni è talmente sorpreso da rilassarsi contro la spalliera della sedia come lei non l'ha mai visto fare. «L'ho conosciuto dentro di me.»

Emilia si trattiene dal parlare. Ha imparato che è meglio evitare troppe domande, altrimenti vince l'incertezza. Il silenzio è la strada migliore.

«In me c'è un po' di don A-Abbondio. Sono vile anch'io, pauroso. Vigliacco. Egoista. Vuol sentirne ancora?»

«Sta bene, don Alessandro. Allora in tutti noi c'è un don Abbondio.»

Lui annuisce con riconoscenza. I suoi occhi tornano a guizzare di ironia. «Se lo dice lei, che è il mio oracolo, allora le credo.»

«Mi lusinga o mi prende in giro, don Alessandro?»

«Se prendo in giro lei, pre-prendo in giro me stesso. In fondo lavoriamo alla stessa avventura. Dico bene, signorina Luti?»

Emilia sorride con una punta di malinconia. «Devo farle una confidenza.»

Le lancia uno sguardo intimorito. «Non riesco ad a-ascoltare me stesso» balbetta di nuovo «e quindi non penso di essere utile agli altri. Ma mi racconti.» Posa la penna.

«Anch'io sono una promessa sposa.» Emilia vede un grande stupore spalancarsi su quel viso magro, dagli occhi chiari e pensosi. «Credeva... che nessuno volesse prendere in moglie una come me, dopo quello che le ho raccontato nella biblioteca... sui bambini?»

Manzoni arrossisce più di lei.

Poi un vocio che arriva dal cortile. Emilia è sicura di riconoscere il tono di D'Azeglio. Dopo un attimo lo vede apparire alla porta con il suo sorriso suadente. «Possiamo entrare, papà?»

È in compagnia di Gonin, che si porta sempre addosso l'aria di una lepre pronta alla fuga. E dietro di loro vengono tre uomini: il notaio Grossi, che Emilia aveva conosciuto a casa Trotti appena arrivata a Milano, un secondo uomo piccolo di statura, svelto, e infine un terzo, dagli occhi intelligenti, il più simile a Manzoni per costituzione e per il modo in cui si guarda intorno.

Don Alessandro li osserva stupito. «A che devo questa processione di sant'Antonio?»

«Io, come sempre, porto la croce» risponde D'Azeglio allegro.

«Abbiamo appena iniziato a mettere il naso nel romanzo» ribatte Manzoni con la stessa prontezza, «e già controllate che io non po-poltrisca?» Fa un cenno di saluto a Grossi e ai due uomini che Emilia non conosce. «Tommaso, Cantù, Rossari. La signorina Luti mi aiuta con il romanzo.» Tutti ricambiano il saluto con gli occhi, con una mano o con un leggero inchino, Cantù senza nascondere una forte meraviglia.

Don Alessandro appunta lo sguardo su Gonin. Lui si leva il cappello con rispetto. «Sono il pittore.»

«Le avrà detto il mio Massimo che per la prima volta da quando sono nato mi sono convinto di qualche cosa.»

Tutti ridono. D'Azeglio prende una sedia e si mette al fianco di don Alessandro. Grossi, Rossari e Cantù occupano le poltrone. Gonin è l'unico a rimanere deliberatamente in piedi.

Manzoni apre la tabacchiera, pizzica il tabacco, lo avvicina al naso. «Tre prove. Me ne bastano tre.»

L'attenzione dei presenti è concentrata sul suo viso. «Un abbozzo del frontespizio. Fra Cristoforo. E poi Lucia.»

Gonin annuisce e negli occhi gli passa uno spavento.

«Mi dispiace» aggiunge don Alessandro «che lei sia costretto a leggere il romanzo per intero, ma credo sia indispensabile.»

«Certamente. Il marchese mi ha già invitato a farlo.»

«La prego di mostrarmi qualcosa prima della sua partenza per Torino, così da decidere se andare avanti.» Volge rapidamente lo sguardo a Emilia. «Vorrei che il mio lavoro con la signorina fosse sempre in a-avanzo rispetto ai disegni, ma occorre procedere con gli stessi tempi.»

«'In vantaggio'...» sussurra Emilia. Nessuno la sente, solo don Alessandro, che si ferma su di lei con gli occhi per un istante.

Il primo a parlare è Cantù. «Non capisco che intenzioni hai, don Lisander. Il tuo scopo l'hai raggiunto. Denunciare i soprusi dei potenti ai danni degli umili. Ed è pure un miracolo che nessuno sia venuto a chiederti conto del tuo coraggio.»

Manzoni sorride, quasi che il suo desiderio sia davvero quello di finire in prigione. «Non mi dare del co-coraggioso, perché sono il primo dei vigliacchi, se ne parlava poco fa. Voglio un romanzo per tutti, non per pochi. Scritto con una lingua che diventi la lingua degli italiani. Sono pre-presuntuoso?» Immerge di nuovo i polpastrelli nel tabacco. «Probabilmente lo sono, anche se mi fingo incapace.»

D'Azeglio ride con affetto. «Se papà è un presuntuoso, io sarò il primo governatore d'Italia.»

«E voglio che questo romanzo si veda. Come un grande affresco.»

«Non avrai intenzione di illustrare ogni pagina!» Il piccolo Cantù salta in piedi. «Pensavo fosse un'ossessione di tua moglie. Hai idea di quanto possa costare questo tuo lavoro di disegnare tutti *I Promessi Sposi*? Trentotto capitoli, giusto? Dico bene, Gonin?»

«Sarebbe da valutare, da vedere...» si schermisce il pittore con un imbarazzo vistoso.

«Vi dicevo...» riprende Manzoni. «Deve essere come una storia che scorra davanti agli occhi, a cui manchino soltanto i rumori, perché questo è un romanzo rumoroso, come direbbe la nostra signorina Emilia.»

D'Azeglio coglie lo scambio dei loro sguardi con un leggero dispiacere. Se ne accorge anche Rossari. Sul suo viso avanza invece un velo di turbamento.

«Vorrei che i personaggi fossero così vivi e veri al punto che il lettore riesca a immaginarne anche le voci. E la li-lingua deve essere la più naturale e viva, la più semplice, e in alcuni momenti anche la più veloce che si possa pensare. La nostra lingua più sincera. Questo è il lavoro che la fiorentina deve aiutarmi a portare a termine.»

«Ti sei dato un tempo?» domanda Rossari.

«Prima di fi-firmare il contratto con gli editori voglio che siano messi a punto almeno i primi dieci capitoli, con la revisione del testo e i disegni completati, anche se non ancora intagliati per la stampa. Vo-vorrei che questa prima parte del lavoro fosse conclusa per la primavera. E l'intera avventura potrebbe durare un anno, magari due, dipende da quanto il disegnatore e gli intagliatori saranno bravi a tener dietro ai tempi delle nostre correzioni.»

Emilia abbassa gli occhi.

«E allora così sia, come diciamo a fine messa» conclude D'Azeglio picchiando i palmi sulle cosce. «Mesi o anni, *I Fidanzati* tornano in vita.»

«Le illustrazioni» aggiunge Manzoni «non occorrono invece per la *Storia della Colonna Infame*, il piccolo libro su un processo in tempo di pest che pu-pubblicherò in appendice.»

«Ancora la peste... Perché non ti occupi una volta tanto dei nostri tempi» continua a provocare Cantù, «della casa d'Austria, che riempie *i milanes de tass*... Questo territorio occupa un ventesimo dei domini asburgici, ma è costretto a pagare un quarto dei dazi...»

D'Azeglio si alza in piedi. «Non è il momento di fare la rivoluzione. La faremo, prima o poi, state tranquilli. Tra un anno, cinque. Oggi pensiamo al romanzo, e alle prove del povero Gonin.»

Cantù ora sposta la sua attenzione su Emilia. «Raramente si incontra una persona, e sia mai una donna, che riesca a tener testa per cultura a don Lisander. Immagino che lui l'avrà tormentata come Cartesio con i suoi seguaci.»

Emilia non fa cenno di sì e non sorride. «Non sono una persona colta. Conosco soltanto la lingua di Firenze.»

Don Alessandro posa la tabacchiera sul tavolo con troppa forza. D'Azeglio stringe le mani sulle spalle di Cantù. «Adesso lasciamoli lavorare.»

Tutti si alzano e vanno alla porta, salutando Manzoni con affetto, Gonin con un piccolo cenno della mano.

Solo D'Azeglio torna indietro, quando tutti sono ormai nel cortile. «Che cosa ne pensi del pittore, papà? Lo ospiterò per mesi, se ti è necessario.» Sembra che abbia fretta di andare da qualche parte.

Manzoni si esibisce in uno dei suoi sorrisi più divertiti, che gli allenta il cenno di tensione che gli era apparso in viso. «Mi pare spaventato dalla vita più di me. Dunque l'ho già in simpatia.»

Riprendono a leggere insieme il secondo capitolo, e Emilia si accorge che avanzano alla stessa velocità. Quando don Alessandro si prepara a voltare pagina, anche lei ha appena terminato l'ultima riga. Così da vicino, il tepore che il corpo di Manzoni emana è davvero intenso.

«Mi chiedeva di don Abbondio...» Don Alessandro si ferma per un attimo. «Lui incarna la paura. Il romanzo inizia con una grande paura. Il curato non sposa i nostri fidanzati perché un pre-prepotente lo minaccia attraverso i suoi Bravi. Un prepotente che ha posato i suoi occhiacci su Lucia.»

«Tutto parte dalla paura» mormora Emilia fissandolo negli occhi.

Manzoni li abbassa al libro. «"Non si ricorda ella"» legge «"che oggi è il giorno stabilito?"» Torna a lei con lo sguardo: «Questo è il punto in cui si è i-ingarbugliata anche mentre leggeva da sola a Brusuglio». Emilia arrossisce, poi ride.

«Sta ridendo di me o del romanzo?»

«Questo momento... quando il suo coraggiosissimo curato finge di non ricordarsi del matrimonio... e non sa come cavarsela con Renzo... mi fa ridere. Riderei anche da sola.»

«È davvero un co-complimento, signorina.» Don Alessandro indica una riga poco più sotto: «Ma ogni tanto il nostro don Abbondio non parla come vorrei. Ascolti qui: "Sapete voi quante e quante formalità sono necessarie per fare un matrimonio"... Un curato in difficoltà parlerebbe tanto forbito?».

«'Quante formalità ci vogliono per fare un matrimonio'?» domanda Emilia. «'Ci vogliono', non 'sono necessarie'... Io così direi, se fossi di fretta e in imbarazzo.»

«Lo sa, signorina Luti, quanto e quanto tempo ci vuole per imparare il fiorentino? Così sta bene? Ci vuole... Le do ragione, è più naturale. E poi...» Scorre le pagine. «Quando don Abbondio finalmente confessa a Renzo il nome di chi impedisce il matrimonio, senta come ho scritto: «"'Don Rodrigo!' proferì in fretta il forzato." Ieri ho corretto con: 'pronunziò'. Che cosa ne pensa?».

«Il popolo non lo usa.»

«Allora bisognerà dar retta al popolo. E la presentazione di Lucia la convince?»

«'Ella si andava schermendo con quella modestia un po' guerriera' è davvero ganzo, don Alessandro.»

«Ganzo?»

«Lo intendo per 'bello'... Lasci stare 'ganzo' nel romanzo, lo possiamo usare tra noi. Ma al posto 'delle foresi' è meglio 'delle contadine'.»

«Grazie, Emilia.»

Capita molto di rado che la chiami con il suo nome.

«E le trecce non 'trapunte da lunghi spilli d'argento che si scompartivano all'intorno', ma 'trapassate da lunghi spilli d'argento che si dividevano'. Le garba?»

«Molto, signorina.» Corregge al fianco, nei punti indicati. Prima di voltare pagina prende il bicchiere che contiene la sabbia e la getta sulla carta, per far asciugare l'inchiostro. Non si preoccupa del fatto che il suo gomito stia sfiorando il braccio di Emilia.

Riprendono a leggere: Lucia che racconta della scommessa di don Rodrigo con il cugino Attilio, quando si mostra sicuro di farla sua... la timidezza e il dolore di Lucia nel dirlo alla madre e a Renzo.

«Guardi qui» indica Emilia. «Lei ha scritto 'arrossando'. Noi si dice 'arrossendo'. E... arrossendo come, in che modo, don Alessandro? Potrebbe aggiungere: 'in viso', 'nelle guance', per vederla meglio.»

Manzoni la scruta. Ha una luce assorta negli occhi, ma che lampeggia come nei momenti più felici. Fuori, il pomeriggio sta perdendo brillantezza. «Arrossendo tutta?»

«Sta bene» sorride Emilia.

Dal piano di sopra si sentono rumori di passi agitati, e di mobili spostati, come di qualcuno che cerchi un oggetto.

«Cara signorina, lo sa che ne-nessuno mi è mai stato accanto nella lettura?»

«Nemmeno sua madre, quando era bambino?»

Manzoni riprende a guardare la pagina. «Che cosa mi dice di Agnese? Le sue sono le parole giuste per una madre? Una madre che vuole mostrarsi saggia e togliere i figli dagli impicci...»

«Don Alessandro...»

Manzoni rialza gli occhi. Li ha arrossati.

«Pensa davvero che il nostro lavoro durerà due anni?»

Lui inarca le sopracciglia. «Perché me lo chiede?» Una smorfia veloce gli passa lungo la bocca. «Prima che ci interrompessero stavamo bisticciando sulla questione della promessa sposa. Me ne vuole parlare?»

«Non era un bisticcio. Preferisco andare avanti con il lavoro. Ma...»

«Ma?»

«Potrei avere dei problemi a casa, a Firenze. Tutti pensavano che sarei rimasta a Milano meno di un anno.»

Lui si volta a osservare i platani. Improvvisamente sul volto gli scende un'ombra indifesa, smarrita, la stessa di Rina quando Emilia l'aveva conosciuta. «La prego di dirmi subito le sue intenzioni. Non posso iniziare questa a-avventura da solo.»

Lei intreccia le mani in grembo con forza. Aspetta un tempo lungo prima di parlare. «Domani le darò una risposta.»

Anche quando è mezzogiorno, le nubi a Milano si mescolano al cielo e lo sguardo si perde in una foschia senza respiro, come se quel cielo fosse un'unica grande nuvola, priva di luce e di buio. Emilia alza il viso alle finestre del primo piano. Pietro la saluta con la mano e non se ne vergogna, anzi sorride. Sembra un ragazzo, anche se ha già compiuto ventisei anni. Vive di tenerezze. Ne ha di frequenti verso suo padre e nei confronti di tutti. Lei ricambia, e forse Pietro intuisce una malinconia nei suoi occhi, perché sembra esitare nel nuovo saluto.

Dall'altro lato della piazza, Fulvio la sta aspettando. «Chi salutavi?» le domanda.

«Filippo, il più piccolo della casa.»

Fulvio la prende sottobraccio con troppa forza. «Ora mi racconti che cosa fai lì dentro. Ci abita lo scrittore, vero?»

«Ha bisogno di conoscere alcune parole fiorentine.»

Avanzando fianco a fianco obbligano un'anziana a scostarsi verso la strada.

«Che se ne venga a Firenze, allora. Lì ne trova quanta ne vole di gente che gl'insegna. Perché gli servi tu?» Sembra meno offeso, ma lo sguardo che luccica come un vetro bagnato svela che ha già bevuto. Costeggiano la Scala e passano accanto al Caffè Cova. Emilia indica un tavolino. «Ti garba?»

«È qui che ti ho aspettato finora.» La sospinge in avanti. «Cerchiamo da un'altra parte.»

Emilia non riesce a nascondere la sorpresa. «Hai tanti quattrini da poterti permettere di bere a un tavolino fuori?»

«Per corteggiare la mia fidanzata lo faccio volentieri.»

Procedono fino al Coperto dei Figini, di fronte al Duomo, e prendono posto al Caffè Gandini. Al loro fianco due uomini stanno parlando fittamente di un arresto, di torture e scambi di prigionieri.

«Come hai resistito tanto a lungo in questo nido di mazziniani?» le domanda Fulvio sbirciando i loro vicini.

«Mi manca Firenze, ma questa è una città coraggiosa.» Lo osserva con un'improvvisa attenzione. «Parli in modo più lezioso.»

Fulvio avvicina il viso a quello di Emilia, e lei ora è certa che ha bevuto troppo. «C'è un posto che mi aspetta al tribunale di Commercio.»

Un cameriere si accosta a Fulvio, che esclama: «Due bicchieri della vostra *chartreuse* milanese belli colmi!».

«E per fare cosa?» domanda Emilia appena il cameriere si è allontanato.

«Farò il custode come te, prima che te ne andassi da Vieusseux. Ho detto che sto per sposare la figlia del povero Luti e mi hanno offerto il posto.»

«Hai usato il nome di mio padre...»

I due uomini smettono di parlare e si voltano verso di loro.

«Lili...»

«Come ti sei permesso.»

Fulvio le prende la mano. «L'ho fatto per te. Perché a Siena te non ci vuoi andare. Per cos'altro pensi che l'abbia fatto! Credi che mi diverta stare in guardiola a dire buongiorno agli impresari?»

«Non credo sia peggio che fare il cenciaiolo.»

«All'inizio ti garbava stare con me.»

Emilia non sa cosa rispondere. Poi annuisce. «Pensavo che mi volessi bene.»

«E adesso no?»

«Mi hai detto cose volgari.»

«Tu hai bisogno di me, Lili. Non penserei mai che non sei una vera donna.» Le stringe il mento con indice e pollice. «Chi ti fa divertire a te? Chi ti porta a teatro e a girellare come me?»

Il cameriere arriva con i due bicchieri. Emilia prende il suo direttamente dal vassoio. «Io a Firenze adesso non ci posso venire.»

Sulla fronte di Fulvio si gonfia la linea di una vena. «Ora forse no, ma il mese venturo, o al massimo a Natale... Lili...» prova a addolcire la voce. «Non ti garbava che lavorassi con gli stracci, non ti garbava Siena. Mi sono trovato un lavoro vero, adesso.»

«Ho l'incarico di aiutare Alessandro Manzoni, uno dei più grandi scrittori d'Italia, a correggere il suo romanzo...»

Fulvio manda giù l'amaro in un colpo solo. «Mi hai appena detto che sono poche parole.»

«Aveva iniziato con i biglietti e qualche consiglio...» Emilia abbassa la voce. «Ora vuole che gli stia accanto fino alla fine.»

Si rende conto di aver usato le parole sbagliate, infatti Fulvio si rimbocca le maniche della camicia e pianta i gomiti sul tavolo. Non c'è più la dolcezza che aveva lasciato intravedere. «Stargli accanto... Credi che questo Manzoni possa servirsi di una bambinaia per il suo romanzo? Forse per qualcos'altro, invece!»

I due uomini fanno di nuovo silenzio, il cameriere si ferma per un momento. Emilia posa bruscamente le dita sulle labbra di Fulvio per farlo tacere. Lui le sposta la mano con la forza di uno schiaffo. «L'unica cosa che non potrà fare sarà metterti incinta!»

Ora Emilia si alza, impugna il bicchiere e gli getta in faccia quel poco di amaro che è rimasto.

Fulvio strizza gli occhi. Poi ride in un trabocco di nervi. «Lo sai... lo sai che se decidi di rimanere non avrai più un marito.» Lascia che l'amaro gli coli lungo il mento. «Io ti ho voluta» grida ancora più forte «perché mi piaci, sì! E perché ho avuto pena di te!»

Emilia si volta e se ne va, come a Firenze la notte in cui aveva deciso di partire. Non corre. Avverte un brusio alle sue spalle. Immagina che lui la stia seguendo, ma non sente passi che la incalzano, solo il battito d'ali dei piccioni che si sollevano al suo incedere, svolazzando intorno alle sottane.

27

Non è ancora l'alba quando viene svegliata da un ticchettio di posate nel soggiorno. Scansa la coperta e si mette a sedere sul letto. Avvolge lo scialle sulle spalle e infila le pantofole della mamma: sono fin troppo calde. Cammina piano, quasi per assorbire quel piacere che si mescola con una stretta al petto.

Luisa sta sistemando alcuni cucchiai in una custodia di velluto, al lume di una lampada. Accanto all'astuccio ci sono oggetti che Emilia non ha mai visto, un calice, un portasigari. E la statuina della donna cinese che D'Azeglio ha portato in dono dopo l'ultimo viaggio a Torino.

Quando Luisa si accorge di lei si ferma subito, ma sembra che non aspettasse altro. «Non è tornato stanotte.»

Emilia ricorda il profumo eccessivo di D'Azeglio il pomeriggio prima, la sua smania di andar via da casa Manzoni. «È con Gonin?»

Luisa solleva proprio la statuina cinese, la fissa con indifferenza, potrebbe anche essere odio. «Nemmeno Gonin è tornato.»

«Pensa che possa essere successo qualcosa?» le domanda Emilia. Poi nota sbucare da un cuscino del divano un oggetto allungato, scuro, come la punta di una pipa. D'istinto si avvicina e la tira fuori. Non è la pipa di D'Azeglio. Luisa le viene incontro e gliela strappa via di mano. «È venuto a trovarmi un amico di Firenze, ieri. A quanto pare abbiamo avuto visite inattese, sia io che te.» Le sorride in modo strano, un po' presuntuoso. Non ha mai avuto uno sguardo così. «Sto scegliendo l'argenteria da vendere per aiutarlo.»

Emilia cerca di nascondere la sua sorpresa.

«Siediti» la prega Luisa. «Lo so che è molto presto, ma io non ho abbastanza sonno per tornare a dormire, e tu?»

Anche Emilia si sente sveglia e vigile.

«Il giovane con cui parlavi...» Luisa siede con lei e si alza leggermente la camicia da notte lungo le ginocchia, le mani tremano, di nuovo, ma il viso sembra più colorito del solito, non pallido come nei momenti delle sue crisi. «Non è tuo cugino, è vero?»

«È il mio fidanzato. Vuole che torni a Firenze.»

«Ma tu hai appena iniziato il lavoro con don Alessandro...» Giocherella con la pipa facendola ruotare tra le dita, come se cercasse una soluzione. «Non è facile trovare un uomo che ti vuole bene e che non ti sposa solo per interesse.» Luisa si ravvia i capelli dietro le orecchie. «Se vuoi avere una vita tranquilla parla con Manzoni. Raccontagli i tuoi sentimenti e digli che potrà chiederti consigli sui dubbi che lo assalgono scrivendoti tutto nelle lettere.»

«Ma lui ha bisogno di me tutti i giorni!» Emilia arrossisce. Per nascondere l'imbarazzo, si china e sistema un angolo rivoltato del tappeto.

Quando rialza il viso, negli occhi di Luisa trova una luce svagata, nonostante le mani non abbiano perso il loro tremito. Una luce che la indispone. «Ma lei, Luisa, mi lascerebbe andare così, da un giorno all'altro? Pensavo che... mi volesse bene.» Stava per dire "pensavo che anche lei avesse urgenza di avermi accanto", ma Luisa sembra cambiata, forse nemmeno da quella mattina, a ben vedere da qualche tempo. Non la guarda più come prima, come la sua salvezza, la sua amica.

«Certo che ti voglio bene.» Luisa si alza e si avvicina di nuovo alle posate. Solleva una forchetta e ne controlla la lucentezza, benché non sia ancora giorno, come se Emilia non attirasse più il suo interesse. «È proprio perché ti voglio bene che ti consiglio di dare retta al tuo fidanzato. Di sposarti e di cercare una vita felice. Tra poco Rina non avrà più bisogno delle lezioni, parla toscano quasi meglio di te. Dopo Natale faremo arrivare un'istitutrice.»

«Un'istitutrice?» Emilia si sente sciocca per aver ripetuto la parola.

«La moglie del Ghezzi, che ha insegnato storia e filosofia ai figli del Manzoni.» Luisa la sbircia da sopra un cucchiaino, che poi ripone con cura nell'astuccio di velluto. «Che cosa c'è, cara? Tu non sei in grado di insegnare materie che non hai studiato.»

Emilia rimane in silenzio. «Se dovessi restare» le risponde alla fine con freddezza «vorrei chiedervi di assistere alle lezioni di Rina con l'istitutrice. Voglio imparare le tante cose che non so.»

Luisa ride, e sembra quasi una presa in giro. «Non sei mai sazia, tu... Per me non ci sono problemi. Ma ricordati di quello che ti ho detto. Sei libera di lasciare Milano.»

È ancora troppo presto per passare da casa Manzoni, ma Emilia cammina in quella direzione. Il freddo le punge le spalle. Si è vestita di fretta. Don Alessandro sarà sveglio, probabilmente, a bere la sua cioccolata. Si ferma davanti alla facciata del palazzetto di via Morone. Le imposte sono tutte chiuse e nessuno passa per la via. Si volta e si incammina per la contrada Santa Margherita.

La locanda del Pesce si trova in una zona di Milano dove non si è mai spinta, sul lato destro del Duomo, oltre l'isolato del Rebecchino, nel quartiere del Bottonuto. Luisa un giorno le ha detto che è un luogo mal frequentato, ma un pomeriggio Emilia l'ha vista scomparire proprio in quei vicoli, senza poterla seguire perché era in compagnia di Rina e di Filippo.

Alcune donne dal belletto acceso, gli occhi stanchi per la notte, sgranocchiano pannocchie arrostite sedute sul gradino di un portone. C'è qualcosa in quella libertà che le cattura lo sguardo. Chiede aiuto proprio a loro. Una delle due le indica il fondo della strada. «Svolta a destra e non dar retta a *nissun*.» Ha capelli che sembrano bruciati, tanto sono selvatici, ma i lineamenti risaltano belli e fieri. «A quest'ora tanti uomini si sono svegliati digiuni e hanno più *voeuja de la sera*.»

«Non ha certo l'aspetto di una che è capitata qui per lavorare, questa qui...» dice l'altra. Ha occhi di un particolarissimo color nocciola che ricorda l'ambra, il labbro superiore spezzato da un vecchio taglio. Le studia il viso e il corpo con curiosità. «Sei forestiera?»

Le carrozze si fermano lontane, perché le strade sono strette e buie. Al primo piano di un vecchio palazzo una donna sbatte il cuscino a braccia nude. Anche lei ha in viso la stessa espressione delle due giovani: sembra stanca ma senza aspettative o delusioni.

«Sono fiorentina. Grazie.» Emilia le lascia a malincuore, voltandosi a osservare le loro pannocchie morsicate.

Alla locanda una donna la fa salire al piano di sopra senza domande. È bastato che Emilia dicesse il nome di Fulvio.

Al di là di una porta si sentono le voci di una coppia che discute; dietro un'altra, risate femminili. La locandiera bussa a entrambi gli usci e intima di fare silenzio con un fruscio acuto, veloce, come il richiamo sibilante di un uccello. Le parla vicino, odora di cenere. «L'ultima in fondo. Picchi forte, perché è tornato da poco.»

Le mura sono talmente sottili da riuscire a sentire i respiri di chi è ancora immerso nel sonno.

Emilia avanza e bussa alla porta che le è stata indicata, piano, per non svegliare nessuno. La donna è rimasta ferma in fondo al corridoio, la sta osservando oltre i primi spiragli di luce che si sono infilati tra gli scuri socchiusi. Fa cenno con la mano di riprovare, mimando il pugno che batte.

Emilia ritenta con più decisione e poco dopo sente distintamente uno strofinio di lenzuola, passi che si avvicinano. La porta si apre.

Fulvio è talmente assonnato che all'inizio sembra non riconoscerla neppure. Si stropiccia gli occhi. «Lili...»

Lei scivola dentro e si chiude la porta alle spalle.

Ora Fulvio pare tornare in sé. Ride in quel suo modo sfrontato, virile ma poco rispettoso. «Partiamo subito?»

Emilia avvicina il viso al suo e lo bacia, nonostante la nausea che le provoca l'odore troppo pesante del vino. Lui la asseconda stupefatto e poi si distacca con uno sguardo divertito. «Che cambiamento... Vuoi dirmi che è un sì?» La bacia a sua volta. Le morde addirittura le labbra e lei non lo respinge. Uno spillo di sangue le si apre sul labbro superiore.

«Allora hai capito che sono importante...» Le lecca via il sangue. «Quando ti facevo la corte nessuno ti voleva perché...»

«Ti faceva comodo...» sussurra Emilia contro la sua fronte, mentre lui si china a baciarle il petto. «Tu vuoi soltanto divertirti, e io che non posso avere figlioli non ti creo problemi.»

Fulvio risale con la bocca e le bacia il collo. «È vero, voglio divertirmi con te, ma per tutta la vita. Non basta?» Inizia a scioglierle la treccia. «Dove lo trovi un altro uomo che ti ama senza chiederti figlioli?» Ora le sta tirando i capelli e le fa male. «Scusa» bisbiglia. «Forse soltanto un vecchio... Come quel bastardo che ti aveva presa quando ancora puzzavi di latte» le soffia nell'orecchio, con una punta di rabbia.

Emilia si ritrae.

«Scusa, scusa» ripete Fulvio, e torna a slegarle la treccia con più delicatezza. «Lo so che non dobbiamo parlarne e non lo farò mai più.»

Le scioglie le ultime ciocche e sorride vedendola con i capelli liberi. Emilia deglutisce con tristezza e il suo corpo diventa ancora più inerte alle carezze.

Fulvio la conduce verso il letto. La mette a sedere bruscamente. «Arriva il grande scrittore e tu ti dimentichi di noi, di tua madre, addirittura di Firenze, dopo che ti chiede, chissà perché, di lavorare con lui. Chissà perché, eh?»

Ora Emilia si rialza. «Mi ha scelto per un lavoro, perché parlo come lui vole scrivere...»

Fulvio le slaccia un nastro del corpetto, poi il secondo, il terzo. La rimette a sedere. «E perché ti ha scelta? Quanti fiorentini ci sono al mondo? Perché proprio te?»

«Ho capito quello di cui aveva bisogno.»

«Quello di cui aveva bisogno.» Fulvio ripete le sue parole assottigliando la voce per imitare il suo tono. Le sfila via il corpetto. «Che cosa vuol dire che l'hai capito? Con me non l'hai mai fatto.» Si libera a sua volta della camicia.

«Mi rispetta» mormora Emilia. La voce ora le trema in gola. «E sono sicura che lo farà sempre.»

Fulvio avvicina la bocca al suo collo e inizia a darle piccoli morsi. «Ti aspetto ancora, Lili. Non vieni via con me, ma da oggi sei mia moglie comunque. Va bene?» Continua ad alternare carezze e movimenti bruschi.

Emilia alza gli occhi al soffitto. Vede il vitellino bianco di un dipinto che l'aveva impietosita in una pieve vicino a Firenze, non ricorda nemmeno quale, tanto è lungo il tempo in cui non entra in una chiesa a pregare.

«Ma non ti ricordi le sere in cui raccoglievo le tue lacrime?» Improvvisamente gli torna uno sguardo buono, come capitava nei primi tempi. Le accompagna la testa verso il cuscino. «Così non ti confondi.»

Emilia chiude gli occhi. Non si è mai trovata con Fulvio da sola in quel modo. Lascia che lui faccia quello che vuole, mentre il calore delle lacrime le risale agli occhi, insieme al desiderio struggente di essere nello studio di don Alessandro, accanto alle sue mani forti, e al libro blu, avvolta dall'odore del tabacco e dallo scoppiettio della legna che prende fuoco nel camino.

28

Teresa fa cenno a Laura di versare altro tè nelle tazze. «Se mi permetto, stamani ha *un mus longo fin al Domm*! Sta tremando, ha freddo?»

Emilia le risponde scuotendo il capo, ma intanto si stringe nello scialle.

«Che stranezza che Luisa non l'abbia accompagnata nemmeno oggi... È proprio *stravaganta* questa famiglia. Prenda donna Giulia. Da quando siamo tornati da Brusuglio si è chiusa nelle sue stanze al piano di sopra e nessuno la vede più, nemmeno per i pasti. Solo Alessandro va a trovarla tutti i giorni, e Pietro. Non vuole altri vicino a sé.»

Si immerge nuovamente nella lettura del giornale. Avvicina il viso. «A Roma è precipitata la *Semiramide* di Rossini!»

Le è spuntato un orzaiolo a un occhio e per mezz'ora se n'è lamentata con Laura, con Linda, che ha fatto venire da Brusuglio, e con una terza nuova cameriera comparsa in casa Manzoni.

«"Il pubblico non poteva dare maggiori segni di disapprovazione" hanno scritto. Alessandro ne sarà dispiaciuto.»

«Donna Teresa» sussurra Emilia, «posso leggere i giornali con lei tutti i giorni?»

La signora Manzoni spalanca gli occhi. «Aiuta Alessandro e non legge la "Gazzetta"?» Sulla bocca le si accende un sorrisino. «Lei è una persona molto onesta, Emilia.» Fa cenno alle cameriere di lasciarle. «E allora vorrei fare un patto con lei, dato che è la prima volta che ci troviamo veramente sole, noi due.» Dà un colpetto con la mano al cuscino posto accanto a sé, sul divano, perché le venga vicino. «Soprattutto se Luisa ha deciso di evitare di farmi visita.»

Emilia va a sedersi al suo fianco cercando di tenere la fronte bassa.

«Mi guardi, non se ne preoccupi, e pensi anche lei a un rimedio per questo scomodo ospite del mio occhio.» Quando non si lamenta, Teresa è una donna indubbiamente simpatica e vivace. Addirittura le prende una mano. «In nome della sua sincerità, dunque, mi vuol riferire sempre quando nota che Alessandro è stanco, o contrariato, o malinconico?»

Emilia alza lo sguardo su di lei con decisione.

«Voglio solo che mi aiuti a capire quali sono i momenti in cui tutta questa avventura, come ormai la chiamiamo, rischia di naufragare... Qualche volta mio marito mi fa così paura per i suoi instabili umori a cui nessuno sa dare una spiegazione.» Avvicina la tazza al viso e sbircia Emilia sorseggiando piano. Poi torna a parlare. «Voglio essere onesta anch'io, non creda che sia facile per una moglie accettare che il proprio marito trascorra ore e ore nel suo studio chiuso con una giovane di appena... venticinque anni, che per età potrebbe essere sua figlia. Eppure sento che per Alessandro in questo momento lei è insostituibile.»

Emilia continua ad avere freddo. Non riesce a trattenere la domanda. «Come sta... don Alessandro?»

Teresa la fissa più profondamente negli occhi. Li avrebbe belli, scuri e acuti, ma sono più anziani dei suoi anni, agitati da una vanità che li rende spesso frivoli, sfuggenti.

«Ha dormito poco questa notte.» La controlla ancora con occhiate rapidissime. Riprende la tazza e con grazia la avvicina alla bocca. Manzoni deve essersi innamorato proprio della sua grazia, più vicina alla disinvoltura che all'educazione. Teresa ha mani piccole e paffute, al contrario dei polsi, sottili come la sua persona. «È successo qualcosa ieri nel suo studio?»

Emilia la imita e beve un lungo sorso di tè, ormai intiepidito, che non le dà sollievo. «Abbiamo lavorato al romanzo...»

La moglie di Manzoni ora sembra improvvisamente più insofferente. «Quando tornerà dai D'Azeglio si faccia dire da Massimo, o lo capisca lei stessa, se Gonin si è messo al lavoro. E quanto lavora.»

«Disegna dall'alba all'ora di desinare.»

«Ne è sicura?»

«L'ho visto con i miei occhi.»

«Le credo. Laura mi ha detto che esce presto, l'ha notata passare questa mattina sotto le nostre finestre che era ancora quasi buio.»

Emilia poggia la tazza sul piattino con cautela. «Non dormivo bene e volevo passeggiare prima di tenere compagnia a Luisa per la colazione.»

«È sicura che i due lavori, dai D'Azeglio, con la nostra Rina, e da noi... con Alessandro, non la affatichino troppo?»

Emilia si alza. «È meglio che vada da suo marito.»

Teresa la osserva con un lungo sguardo che si direbbe supplicante. «Vorrei esserci anch'io, oggi. Magari posso esservi utile.»

Don Alessandro è già al lavoro al tavolo grande. Il profumo della cioccolata aleggia nella stanza insieme a quello del tabacco. Quando Emilia entra, alza il viso e ferma la penna. Sorride a Teresa con affetto, poi, quando nota che non va via, posa la penna nel calamaio.

«Non lo farò spesso.» Il tono di voce di Teresa è il più dolce che Emilia le abbia mai sentito uscire dalla bocca. «Ma qualche volta concedimelo.»

«Il romanzo non è un segreto.» Manzoni sospira. Un angolo della bocca gli si inclina all'insù. «Ma non vorrei mostrare a mia moglie debolezze di cui io stesso mi vergogno.»

«Se le sveli alla signorina...» Teresa non termina la frase e prende posto sulla poltrona accanto al camino, senza aspettare altre autorizzazioni. Emilia sposta la sedia più a sinistra, per non stare troppo vicina a don Alessandro.

Lui le accosta il primo volume del romanzo e le mostra la pagina a cui sta lavorando. Ha il viso molto più stanco del solito. Emilia può leggere nei suoi occhi la sua stessa mancanza di sonno. Anche Manzoni deve essersi accorto di un turbamento in lei, apre anzi la bocca come se volesse dirle qualcosa, ma si frena. «Come può capire... vorrei terminare i-in fretta con lei i primi cinque capitoli, dal momento che...»

«In fretta?» interviene Teresa. «Mi fa piacere che tu abbia un po' di smania, ma la signorina viene qui tutte le mattine, non c'è bisogno di metterle agitazione.»

È la prima volta che lo contesta davanti a qualcuno. Emilia aspetta di essere sicura che abbia terminato, poi dice, rivolta a don Alessandro: «Se vuole andiamo svelti, ma non abbiamo da rendere conto a nessuno».

Lui sbatte le palpebre più volte. «Vuole dire che non ha più intenzione... Che-che non ci sono problemi in famiglia...»

Teresa, che non capisce quelle mezze frasi, cambia posizione sulla poltrona aggrottando la fronte.

«Ha detto che ci aspetta più di un anno di lavoro, don Alessandro, se non ricordo male...» dice Emilia. «Probabilmente due.»

Manzoni annuisce sorpreso. «A-allora, se nessuno ha fretta di scappare da nessuna parte...» Sembra improvvisamente felice. Riabbassa gli occhi al libro con un lieve rossore. «Prima di a-andare avanti con i capitoli» balbetta «vorrei controllare con lei alcune parole. Se non le dispiace tornerei indietro ancora. No-non mi rimproveri.»

Teresa impallidisce.

Emilia cerca di scorrere veloce le pagine. «'Voce raumiliata' non si dice. Le consiglio 'raddolcita'.»

Teresa si alza, prende un foglio e un lapis dal tavolo e si riaccomoda al suo posto. Scrive bisbigliando: «Raddolcita...». Emilia la osserva, come il marito, che però torna subito al romanzo.

«Il professore che mi ha aiutato nei primi tempi, Ni-Niccolini» don Alessandro sfoglia indietro di nuovo, «mi aveva suggerito di sostituire: 'L'ho detto io, che c'era misterio sotto' con: 'Qui gatta ci cova'. Lei che cosa mi dice al riguardo? È il momento in cui Renzo cerca di convincere Perpetua a dirgli perché don Abbondio vuol rimandare il matrimonio.»

«La signorina non può che essere d'accordo con il Niccolini» torna a intervenire Teresa.

«Se vuole il mio parere non sta bene» mormora Emilia. «Sembra un proverbio, e io non abuserei di detti troppo semplici, nel romanzo.»

Manzoni spalanca gli occhi.

«Vedi come ti comanda a bacchetta, la Luti!» esclama Teresa. Poi si sfiora la bocca, come per scusarsi.

«Ho bisogno di passeggiare in giardino.» Don Alessandro si alza, senza guardare né Emilia né Teresa.

«Vuoi già interrompere?» si allarma sua moglie.

«Manderò Pietro a chiamare D'Azeglio e Gonin. Vorrei vedere qualche disegno.»

Teresa posa la penna. Emilia non l'ha mai vista così afflitta.

«Non riesco a stare in silenzio» sospira appena sono sole. «Alle volte gli piace che io abbia la lingua pronta. Mentre lavora però lo detesta, anche se non me lo dice. Ma io sono curiosa e la bocca non so tenerla chiusa.» Pronuncia queste ultime parole con una vocetta più infantile. Poi ferma lo sguardo su Emilia. «Aspetterò qualche settimana prima di farmi vedere qui di nuovo, ma voglio che mi riferisca sempre come procede il lavoro. E speriamo che il nostro pittore oggi non venga a mani vuote.»

Vedono don Alessandro muoversi oltre il vetro, con il collo leggermente incassato nelle spalle. Va a sedersi sotto la magnolia e sembra che bisbigli qualcosa tra le labbra. Emilia non si era mai accorta che anche in questo giardino c'è una *sophora*, più piccola di quelle di Brusuglio, con il manto colorato della stagione.

«Lo vede come fa? Si allontana da tutti e prega.»

«Forse parla con l'albero.»

«Non pensi che sia matto.» Teresa si indispettisce. «Lui dice di parlare con le piante, ma in realtà non lo fa. Gli piace soltanto pregare.»

«Io preferirei parlare con gli alberi» le risponde Emilia di getto.

«Ma non tutti siamo senza Dio come lei.» A Teresa sta tornando lo spirito pungente che è il seme della sua natura. «Oggi abbiamo solo da pregare, e non certo le piante, che questo lavoro abbia inizio.»

Pietro libera il tavolo dai libri e Gonin prende il primo disegno arrotolato. Lo stende lentamente. Sul foglio compare un uomo dal viso magro, le labbra sottili, seduto a un tavolino.

«Non mi pa-pare» balbetta Manzoni «nessuno dei personaggi...»

Gonin sorride, mostrando un'amabilità nello sguardo che fino a quel momento non aveva mai svelato. «È lei, don Alessandro. Per l'introduzione. Prima di raccontare tutta la storia dal principio, i lettori vorranno vedere chi l'ha scritta nell'atto della sua fatica. L'autore è parte del libro, e lei più volte tra le righe si rivolge ai suoi lettori.»

«Nell'introduzione...» mormora Manzoni. Un curioso stupore

gli sta spuntando in viso. «Penso che a nessuno interessi vedermi seduto al tavolo, con la mia faccia da mammalucco, mentre cerco le parole.»

Gonin sfila via il foglio. Pietro lo aiuta a stendere il secondo disegno. Le ali grandi di un angelo, il suo dolce volto. Più sotto, una donna in atto di pregare; al suo fianco, uomini armati di coltelli, facce che paiono di mostri.

Manzoni inarca le sopracciglia.

«Questo potrebbe essere il frontespizio.» Il pittore sfila ancora via il disegno e prepara il terzo. «Ho iniziato dal personaggio più difficile. Se mi deve cacciare dal suo studio, lo faccia subito.»

Ora sul tavolo appare una giovane dalle sopracciglia scure, il viso mite e misterioso, una serie di spilloni che le contornano la nuca e tengono i capelli stretti.

D'Azeglio cinge le spalle di Teresa. «È proprio la Lucia...»

Gli occhi di don Alessandro mandano un lampo di smeraldo. «Manca Padre Cristoforo...»

«Ha ragione» risponde subito Gonin. «Ma devo capire il suo segreto. Tiene gli occhi bassi, ma poi lei scrive: "Talvolta sfolgoravano, con vivacità repentina". Ecco, quegli occhi io li devo ancora afferrare.»

«Ci vuoi pensare fino a domani, papà?» domanda Pietro.

Don Alessandro incrocia lo sguardo di Emilia. «Se inizio a pensare non la finisco più, mica mi fermo domani. Quindi... sta bene.»

Tutti lo fissano in attesa di qualcos'altro.

«Sta bene vuol dire sì, iniziamo.»

29

Le criniere dei cavalli luccicano di piccole gocce di pioggia. È piovuto per due settimane, ma il conte Gelindo Guerra ha deciso che lo spettacolo questa volta può avere inizio.

Siede sulla tribuna d'onore dell'Anfiteatro di Milano, il conte. Lo vedono bene perché anche loro si trovano in una posizione centrale. Pietro è riuscito a procurarsi i biglietti migliori e D'Azeglio ha messo la sua buona parola. «Massimo riesce a conquistare anche gli austriaci pur odiandoli più di tutti noi» ha commentato Teresa.

Pietro tiene l'ombrello più basso per coprire Emilia e Rina. Piove, ma un fascio di sole ha appena attraversato le nuvole. La limpida tensione dell'aria rende scintillanti le casacche dei fantini e marmoreo l'unico cavallo grigio che partecipa alla gara. Anche il manto più nero è esaltato dalla luce che si fa spazio.

Il giudice di gara si sposta alla sinistra del cavallo della prima corsia. Emilia sente la mano di Rina stringere la sua.

Scemano le risate, si spengono i bisbigli, i colpi di tosse. Poi lo sparo.

Parte subito il cavallo nero, e sembra che sia un desiderio di vendetta a farlo correre. Il fantino dalla casacca rossa si regge alle redini con le piccole braccia. Ma dal lato opposto, il secondo cavallo da destra, un purosangue color malto, si spinge quasi alla stessa altezza del nero. Questo cavallo è elegantissimo, un incanto guardarlo, mentre i movimenti del nero sono irruenti, rabbiosi. Alla prima curva stringe all'inverosimile alla sua destra sfiorando, e forse colpendo con gli zoccoli, il cavallo accanto, un baio castagno. Il contatto innervosisce il baio al punto che ora è più veloce del nero, lo supera e lo sopravanza anche per rabbia. Ma alla seconda curva succede qualcosa che nessuno aveva immaginato. Il sauro rossiccio si fa sotto al baio più bello, l'elegantissimo dal manto di ambra, che ha un'impennata di reni. Il fantino viene disarcionato e il cavallo va a sbattere contro la balaustra di legno.

Le grida del fantino a terra si alzano in uno strazio e l'animale inizia a nitrire penosamente, ma gli schianti degli zoccoli prendono il sopravvento, perché i cavalli si avvicinano alla tribuna. Emilia volta Rina verso di sé e la abbraccia. D'istinto si avvicina a Pietro e lui con il braccio cinge entrambe, lei e Rina, senza staccare gli occhi dalla corsa.

Nel tempo in cui si è distratta, i cavalli sono tornati a lanciarsi verso la prima curva e il fantino e il cavallo caduti rischiano di essere travolti. I primi li evitano, gli altri incespicano, il fantino si contorce su se stesso, il cavallo muove freneticamente le zampe.

Sotto la tribuna la gara si conclude. Ha vinto il baio castagno, il nero è secondo ed esausto. Il baio ferito ora è fermo a terra, il mantello ha lo stesso colore della sabbia, non è più illuminato dal chiarore che aveva squarciato le nuvole. Il cielo si è richiuso. Il miele diventa bruciato, il grigio dell'unico cavallo chiaro si fa livido. Le gocce di pioggia cadono più pesanti. Rina si volta di nuovo verso l'arena. Pietro libera la mano dalla schiena di Emilia nel momento in cui Cesare Cantù avanza nella loro direzione.

«Come procede il lavoro del nostro Manzoni?» Cantù si ferma davanti a Emilia con un inchino. «Che piacere rivederla dopo il nostro incontro nello studio di don Lisander. Rossari dice che lei è l'unica titolata a parlare dei nuovi *Promessi Sposi*.» Il tono della sua voce è piuttosto alto. «Ma per tutti noi, cara signorina, lei è ancora un mistero.»

«Preferisco restare un mistero.»

«Non sa quante persone» insiste Cantù senza cogliere il suo umorismo «vorrebbero lavorare fianco a fianco col Manzoni.»

«In mezzo a tanti adulatori» interviene Pietro «la signorina ha detto a papà quello che pensava.»

«Ohibò» sobbalza Cantù. «Anch'io dico sempre a Manzoni quello che mi passa per la testa sul suo conto.»

«Ma lei non è fiorentino.»

«C'erano però quei professori di Firenze... quelli che si erano presi la briga di correggere...»

«Evidentemente papà non ne era soddisfatto.» Quando deve difendere suo padre, o la sua famiglia, Pietro diventa severo. «La prego anzi di non raccontare il modo in cui mio padre lavora. Sa quanto ci tiene al fatto che non si parli di lui. E se accadrà, il primo gallo che ha cantato non potrà che essere stato lei.»

«Io?» Ora Cantù si offende. Alzando la voce ha attirato l'attenzione di un gruppo di uomini, che sospendono l'osservazione dei soccorsi e si avvicinano. Il fantino ora viene issato su una barella. Ha il volto coperto di sangue, ma muove le gambe. Un soccorritore alza un braccio per indicare che ha ripreso conoscenza.

«Prima di tutto nessuno ha ancora capito se il nostro Manzoni sia un vero o un finto modesto. Sembrerebbe un esempio di umiltà, ma poi...» Ormai tutti gli sguardi sono su di lui. «Ma poi questo suo evitare di far parlare di sé desta sospetti... Comunque sia, non sono mai stato un animale da pollaio, né mai lo sarò.» E con questa battuta risentita Cantù si allontana, evitando chi gli chiede ragione delle sue parole, come a voler dimostrare che se qualcuno parla troppo degli altri, quel qualcuno non è lui.

Decidono di tornare a piedi, benché la pioggia non si sia interrotta.

Il castello di Milano si avvicina, la grande Torre del Filarete s'ingigantisce a ogni passo.

«Ha mai pensato a come doveva essere la vita in quel luogo quando era abitato da una corte dedita agli intrighi?» le domanda Pietro. «Questo è lavoro di voi scrittori.»

Emilia ride. «Io non sono scrittrice.»

«Ma deve esserlo un po' nel segreto, se papà si fida soltanto di lei. Non le parlo in modo malizioso, non certo come il Cantù.»

Nella piazza si stanno esibendo un saltimbanco e un uomo con indosso la maschera di Meneghino. Prendono due bambini e li issano sulle loro spalle ruotando su se stessi e gridando: «Il salto mortale! Il salto mortale!». Con una spinta delle braccia gli fanno fare una capriola all'indietro, e i due bambini atterrano soddisfatti e incolumi. Poche persone stanno assistendo allo spettacolo. Una piccolina, affiancata da un cane, raccoglie qualche moneta, ma la cesta è quasi vuota. Pietro si avvicina e le lascia una lira.

Rina corre a raggiungere i tre figli dell'intendente della città, che abita in piazza San Fedele come i D'Azeglio. «La lasci pure con noi» fa un cenno la madre, riconoscendo Emilia. Il piccolo gruppo si incammina davanti a loro e ogni tanto la donna si volta a guardarli.

«La imbarazza passeggiare con me?» domanda Emilia a Pietro.

«Non parli come una vecchia signora milanese» ride lui. «È incredibile: alle volte sentiamo come nostri genitori coloro che non lo sono. Lei mi sembra proprio così per Rina. Escluse rare eccezioni, siamo tutti orfani alla ricerca di qualcuno da cui vorremmo un appoggio incondizionato.»

«Lei lo è davvero, forse per questo parla così, ha perso un genitore come me...» Emilia alza gli occhi su di lui con tenerezza. «E quasi alla stessa età, vero? A lei è rimasto il padre, a me la madre. Invidio il rapporto che lei ha con don Alessandro.»

«Ah!» esclama Pietro con uno strano sorriso. «Non creda che io mi appoggi troppo a lui. Ogni tanto ho la sensazione del contrario. Ma a papà non ne faccio una colpa.»

Sta iniziando a piovere forte e Pietro riapre l'ombrello. Entrambi imboccano la via che li riporterà verso piazza San Fedele.

«Eppure papà, nel suo modo, sa essere un albero solido per tutta la famiglia. È così vulnerabile, ma al tempo stesso fermo. Immagino che si sia già fatta di lui questa impressione.»

Emilia vede le mani robuste e grandi di don Alessandro, mani da contadino, che poco hanno a che fare con la fragilità. «Sì, lo penso» annuisce. «Mi chiedo anche come sia possibile che l'Italia lo consideri un'autorità nonostante lui non si mostri mai in pubblico. La sua persona emana sicurezza benché lui si senta il più arrendevole degli uomini...» Si accorge che sta parlando troppo, di slancio, e allora si interrompe. Pietro sta seguendo un suo ragionamento. «Lo invidio, è fuor di dubbio, ma ogni tanto me ne vorrei liberare.»

Emilia spalanca gli occhi. «Liberarsene? Di suo padre?»

«Non mi fraintenda. È la persona che stimo e amo di più al mondo. Ma sento che in sua presenza non sono libero di decidere il meglio per la mia vita. Forse dovrei scappare in Francia, ma si rende bene conto di quanto la mia famiglia faccia affidamento su di me...»

Emilia osserva una pozzanghera. Specchia un cielo plumbeo eppure brillante. Come Milano: possiede una luce che non è quella del sole. «Anch'io ero così per la mia famiglia. Poi sono andata via...»

Pietro abbassa il braccio per coprirla meglio con l'ombrello. «È primogenita come me? Quando chiedo a papà di lei, mi dice che è una persona molto riservata.»

«Ho tutte sorelle più piccole.»

«E quale è stata la spinta che le ha fatto lasciare Firenze e la sua famiglia?»

«Potrei risponderle la sua nipotina, o la gentilezza di Luisa e Massimo.» Lo scruta attentamente per capire se può fidarsi di lui e aprirgli il suo cuore. «Ma la vera risposta è l'ambizione.»

«L'ambizione?» Si sono fermati a parlare davanti alla chiesa di San Fedele.

La famiglia dell'intendente è ancora nell'androne del loro palazzo, con Rina. Emilia allunga il braccio e apre la mano per invitare la bambina a raggiungerla.

Quando torna con gli occhi a Pietro, lui la sta fissando con malinconia. «Posso considerarla mia amica?»

«È stata una giornata molto divertente» gli risponde, facendogli cenno di sì.

«Dimenticavo di dirle...» aggiunge Pietro. «Non si preoccupi se ogni tanto papà non dovesse farla venire a casa. Gli capita, qualche volta, di chiudersi al mondo.»

30

Il Lambro è esondato nelle campagne a oriente di Milano, e nei territori di Lodi e Piacenza alcune case sono state distrutte dalla piena del Po. I vetri dello studio di via Morone continuano a lacrimare senza interruzione.

Emilia siede vicina a Manzoni. Di fronte a loro ha preso posto l'editore Vincenzo Guglielmini. Al suo fianco c'è Gonin. D'Azeglio e Pietro si sono sistemati accanto alle finestre. Le poltrone ai lati del camino sono occupate da donna Giulia, che tiene le spalle al caldo, davanti alla stufa di maiolica, e dal cugino di don Alessandro, Giacomo Beccaria, figlio del fratello di Giulia. Appena ha visto Emilia, l'anziana madre di Manzoni l'ha rimproverata: «Perché non vieni mai a trovarmi al piano di sopra?».

«Teresa mi ha detto che lei vuole...»

«Ancora ascolti quella pettegola?» si è sfogata Giulia nemmeno tanto a bassa voce. «Puoi salire eccome. Ho intenzione di circondarmi di persone intelligenti, per questo mangio sola. Infatti solo gli stupidi pensano che io desideri stare per conto mio.»

Sul tavolo sono impilati nuovi fogli disegnati. Manzoni continua a fissarne uno: ritrae don Abbondio, di spalle, che si avvia a incontrare i Bravi. Sullo sfondo, una colonnina votiva, le montagne e un cielo di nuvole in movimento. Contempla il disegno come se osservasse un paesaggio. Sembra respirare con gli occhi quell'aria di monti antichi. Ha in mano un lapis e a un tratto se ne rende conto. Lo riabbassa sul primo dei tre libri blu per prendere le misure, accanto all'inizio del capitolo quattro. «Dite che i ca-capilettere sono troppo grandi?»

Gonin incrocia le mani sul tavolo. «Possiamo rimpicciolirli o ingrandirli come lei crede. Basta che prendiamo una decisione, don Alessandro.»

D'Azeglio fa cenno con gli occhi di non insistere oltre.

Manzoni posa il lapis. «Caro Gonin, ormai dovresti sapere che tentenno come una canna al vento. E ti ho supplicato di darmi del tu.»

Guglielmini e D'Azeglio ridono divertiti. Il cugino Giacomo, dalla sua poltrona, dà l'impressione di essere agitato, in attesa di dire qualcosa.

Manzoni torna alla pagina dodici, al punto in cui termina il primo capitolo. Calcola le dimensioni contando le righe e appunta su un foglio alcuni numeri. Gonin, senza dirgli niente, gli tende un disegno. Vi sono raffigurati don Abbondio e una donna, Perpetua, seduti a un tavolino al lume di una lampada. Don Abbondio fa a Perpetua il gesto del silenzio.

«E con questo sono undici, u-undici disegni solo per il primo capitolo» balbetta don Alessandro. «Con trentotto capitoli e questa stessa cadenza, me ne serviranno quattrocento. Quattrocento illustrazioni.»

Il cugino Giacomo dà un colpo di tosse così secco che Emilia si sente in dovere di alzarsi e avvicinargli un bicchier d'acqua. Riempie i bicchieri di tutti e passa a servirli.

Beccaria fa scivolare in gola un lungo sorso e intreccia le mani, pronto a parlare, ma interviene prima l'editore: «Don Lisander... Credo che le costerà una fortuna».

Giacomo Beccaria annuisce nervosamente. «Gonin, cosa ci dice? Per le spese degli incisori possiamo solo formulare ipotesi.»

Emilia vede una tensione affiorare sul viso di donna Giulia.

«Massimo» lo interpella nervosamente il cugino Giacomo, «puoi spiegarci per bene in cosa consistono questi intagli?»

Il pittore sembra essere sollevato dal non dover rispondere subito.

D'Azeglio aspetta un momento prima di iniziare. «Gonin dovrà disegnare sui bossi, facendo attenzione a che i legni non presentino macchie, bianche o gialle, e tantomeno concentriche, ancora più pericolose.» Unisce indice e pollice nell'atto di tenere un pennello tra le dita. «Il tratto dovrà essere netto, i fondi possono farsi a sfumino. Il compito degli intagliatori sarà quello di lavorare i legni rimanendo fedeli ai disegni di Gonin. Le parti che non costituiscono il disegno vengono asportate con l'incisione. E una volta ricoperto d'inchiostro, il tratto, che ora chiameremo 'matrice', sarà pronto per la stampa.»

«Per chi non riesce a co-convincersi» prende la parola Manzoni, e tutti gli occhi si spostano su di lui, «vorrei soltanto dirvi che da quando il romanzo è stato stampato, ormai dodici anni fa, sono state prodotte quaranta edizioni, di cui una sola da me.» La voce è eccezionalmente ferma e, anzi, la alza. «Calcolando che le copie vendute sono state sessantamila, di cui solo mille autorizzate dall'autore, ci sono in giro nelle case d'Italia ci-cinquantanovemila copie contraffatte, da cui io non ho avuto alcun ricavo. *I Promessi Sposi* non possono definirsi una bell'impresa per le finanze di famiglia.»

Il cugino Giacomo tossisce di nuovo. «Questo non vuol dire che devi commettere un altro errore.»

«Non è un e-errore» puntualizza don Alessandro con calore. «Il romanzo deve essere riscritto, e ora sarà anche mostrato. Lo comprenderanno anche i bambini più piccoli, le persone che non sanno leggere e che magari saranno i-incoraggiate a imparare proprio dai disegni. Chi non parla che un dialetto conoscerà una lingua semplice che consentirà a tutti di intendersi.»

Emilia lo fissa impressionata dalla sua sicurezza. Questo è lo stesso uomo che a Brusuglio tremava di fronte alla grandine e che da giorni si è rinchiuso nella sua stanza.

«Ne parli, giustamente, come se fosse una creatura» annuisce il cugino. «E lo è, il romanzo esiste, è stato già apprezzato. A mio parere ci si può anche accontentare. Il patrimonio dei Manzoni non è inesauribile, e nemmeno la rendita che Imbonati ha lasciato a tua madre.»

Donna Giulia è avvampata appena il nipote ha pronunciato il nome di Imbonati. «Fino a prova contraria potrei vivere un bel po' d'anni» gli risponde offesa. «E dunque disporre ancora a lungo dei soldi che mi sono stati lasciati.»

«Avete già venduto parecchi terreni...» ribatte Beccaria.

Giulia è sempre più rossa in viso, Giacomo si rende conto che questa non può diventare una discussione di famiglia. «Potrebbe anche darsi che *I Promessi Sposi* si siano esauriti negli interessi della gente. Chi voleva leggerli li ha letti. Perché il libro dovrebbe essere venduto ancora al punto da imbarcarci in questo rischio senza certezze?»

Manzoni continua a mantenersi calmo. Li guarda attentamente. «Io vo-voglio che il romanzo non sia soltanto letto in questi anni, ma ricordato. Che entri nel cuore e nella memoria delle persone. Le immagini, i personaggi, la lingua. È questa la differenza. L'u-utilità.»

«L'utilità?»

«La mia ambizione è che questo lavoro sia utile per chi verrà dopo di noi.»

«Utile ai posteri?» domanda il cugino.

«Vorrei che influenzasse il modo di scrivere, e anche di parlare, della gente. L'Italia non è unita anche perché non ha una lingua unita.»

«Vuoi influenzare il futuro di una nazione che ancora non c'è?»

«Se vuoi chiamarmi così, uno che i-influenza una lingua che non c'è, mi sta bene. Ne morirei contento, è quel che voglio. Ma i meriti vanno anche alla signorina che mi siede accanto.»

Giulia finalmente trae un sospiro. Emilia abbassa lo sguardo e sente il calore incendiarle il viso.

«Allora se vuoi fare questo sforzo per convinzione, e non per capriccio» conclude Beccaria alzandosi in piedi, «non sarò certo io a metterti i bastoni tra le ruote.»

«Correggere il romanzo non è un capriccio. E nemmeno illustrarlo.» Don Alessandro ora si rivolge direttamente a Gonin: «Quale sarebbe il costo di ogni disegno?».

Sul volto del pittore passano sensi di colpa, paura e poi un lampo di sicurezza. «Circa sessanta, settanta lire ciascuno, calcolando le piccole e le grandi illustrazioni.»

Manzoni rimane in silenzio. Apre la tabacchiera, pizzica un granello e se lo avvicina al naso, voltandosi a osservare la pioggia che continua a scendere sinuosa lungo il vetro.

È Beccaria a parlare ancora: «Quindi, solo per i disegni, senza le incisioni, arriveremo a trentamila lire di spesa. Ma il problema saranno i costi degli intagliatori di Parigi».

«Perché pensiamo solo ai costi e non alla bellezza di tutta questa faccenda?» D'Azeglio inizia a camminare per lo studio guardando ora l'editore, ora donna Giulia e Giacomo. «Continuate a vedere il bicchiere mezzo vuoto...» Leva in alto quello da cui sta sorseggiando l'acqua, scrutandolo alla trasparenza della luce grigia che arriva dalla finestra. «Questa potrebbe essere l'impresa letteraria del secolo. Riflettiamoci bene.» Rivolge il bicchiere verso gli altri, come se volesse brindare, o puntare una pistola. «Se va male... troveremo un rimedio.»

«Altre proprietà di famiglia saranno vendute» dice Giacomo.

L'editore Guglielmini tende la mano facendo cenno di aspettare. «Potremmo avere l'occasione di far lavorare gli intagliatori qui a Milano. Il pittore Sacchi, che in Francia ha appreso l'arte della dagherrotipia e della litografia dai migliori maestri, aprirà un laboratorio in città.»

Don Alessandro, che non aveva smesso di fissare la finestra nemmeno quando parlava D'Azeglio, si volta all'improvviso. «Quando? Lo conosco personalmente.»

«Subito. I locali sono già pronti, in corso San Celso. So che a Parigi si è sparsa la voce che Manzoni vuole illustrare il suo romanzo. Si dice, anzi, che ne pubblicherà un secondo.»

«La *Colonna Infame* non è un ro-romanzo.» Don Alessandro si incupisce. «Sarà solo un'appendice.»

«E per la stampa? Che cosa ci dite di queste spese?» continua a domandare il cugino Giacomo.

L'editore Guglielmini estrae dal taschino della giacca un foglietto. Inforca gli occhiali. «La stampa di ogni fascicolo di sedici pagine, comprese le vignette, costerà ventiquattro lire. La carta: per ogni risma da cinquecento fogli, ventotto lire. Stessa cifra per la cilindratura, la satinatura e la piegatura dei fascicoli. L'inchiostro sarà di Francia, di altissima qualità...»

Beccaria si avvia alla porta. «Scusate, ma non voglio più sentir parlare di soldi che escono. Rientreranno. Magari, forse. Ma io qui l'affare non lo vedo. Mi aspettano nel salotto dei Maffei.» Si rivolge a D'Azeglio: «Ci vedremo lì». Saluta tutti con un cenno svogliato e se ne va.

«A quanto pare ho dalla mia soltanto le donne.» Manzoni le osserva con ironia. «Mia moglie, che oggi si scusa ma è ferma a letto. *Maman*. La signorina Emilia...»

«A meno che non mi consideri femmina, hai anche un uomo» assicura D'Azeglio.

«Noi, il mio socio Redaelli e io, siamo al suo servizio, don Lisander» chiarisce Guglielmini. «Appena lei ci fa un segno, arriviamo con la bozza del contratto e la sistemiamo insieme. La cosa più importante, al di là di tutto, sarà il rispetto dei tempi. Se decideremo che i nuovi *Promessi Sposi* usciranno in dispense settimanali, così dovrà essere. Non saranno consentiti ritardi, ogni scadenza dovrà essere rispettata, altrimenti ci troveremo *a on bell' guaj*.»

Manzoni non risponde. Donna Giulia inizia a sventagliarsi. «Non mettetegli urgenza, la prego...» mormora.

«Certamente.» Emilia ha risposto senza pensare.

Manzoni alza il viso su di lei.

«Tutti i tempi saranno rispettati. Sto lavorando con don Alessandro e lo posso assicurare.»

Sembra che interi catini d'acqua siano rovesciati dal cielo. Nelle strade sono spariti tutti i rumori, il passaggio delle carrozze e gli zoccoli dei cavalli, lo scalpiccio di chi si affretta a rientrare a casa.

Manzoni posa la mano sul foglio. «Si ricorda che non siamo ancora venuti a capo di questo passaggio? Quando Renzo lascia la casa dell'Azzeccagarbugli, a cui si è rivolto per trovare una soluzione al suo matrimonio svanito, e la cameriera del dottore ridà indietro a Renzo i poveri capponi...»

«Ci ho pensato... Quando si combina un guaio grosso, ma proprio grosso, da noi si dice 'farla bella'.»

«Non è troppo semplice, come la gatta che ci cova? Però mi piace... 'farla bella'.»

«Che è cosa diversa, don Alessandro, dal farsi bella. Se un giorno arrivassi qui tutta agghindata...»

«Azzimata?»

«'Agghindata' si usa di più. Comunque lei potrebbe chiedermi: "Perché si è fatta bella oggi?".»

La osserva con uno sguardo interrogativo, e a Emilia scappa una risata. «Mentre se lei ora si alzasse e all'improvviso andasse dai suoi alberi, come ha fatto una volta, io potrei esclamare: "Don Alessandro, se ne va via sul più bello!".»

«Ha ragione.» Sorride. «Sarebbe scortese, madamigella.»

Un tuono esplode, ma lontano. Si fissano per un istante.

«Lei non sempre ha paura della pioggia.» Da quando Emilia ha deciso di rimanere a Milano ha preso più coraggio.

«Soltanto quando mi trovo solo. O se mi se-sento solo pur essendo in compagnia.» Abbassa gli occhi al libro, sfoglia qualche pagina. «"'Se fossimo maritati, oh allora...!' Lucia ricadde nel pianto: e tutti e tre rimasero in silenzio."»

«Per me non si ricade nel pianto, don Alessandro...»

Manzoni posa la penna. «È possibile che io abbia scritto un romanzo così impreciso?»

«Non è impreciso, lei ora sta facendo un lavoro diverso. Dovrebbe esserne contento. Comunque Lucia si 'rimise' a piangere, non facciamola cadere in nessun luogo.»

Manzoni scorre ancora le pagine in avanti.

«Chi è il bagattelliere?» domanda Emilia.

«La persona che gioca ai bussolotti...» le risponde. Il profumo del tabacco è leggerissimo, perché da molto tempo non ne usa.

«Allora scriva il 'giocatore di bussolotti'...»

«E quando Renzo saluta Lucia per tornare a casa, non le può dire 'buona sera'.»

«Non può dirlo...» ripete Manzoni. «È meglio 'addio'?»

«'Addio' indica una fine, un saluto magari senza un domani. Tra fidanzati, ma anche tra amici, si dice 'buona notte', se è tardi. Se entreremo più in confidenza e finiremo il lavoro con il buio, io dirò a lei e a donna Teresa: buona notte e a presto.»

Emilia torna a guardare la pagina. «E quando poi lei scrive che Agnese si sparerebbe per la sua unica figlia, sarebbe più elegante, e allo stesso tempo più arguto, scrivere: 'si butterebbe nel fuoco'.»

«Voi dite così?»

«Quando si vuole tanto bene a una persona, è giusto dirla in codesto modo.»

«Buttarsi nel fuoco...» ripete Manzoni. «Forse perché il fuoco scotta come l'amore.»

Emilia non si aspettava una frase del genere.

Lui sfoglia le pagine. Un velo di rossore si è depositato sul suo viso. «Ora arriviamo alla conoscenza di padre Cristoforo, anzi, di Lodovico.» Rilassa le braccia sul tavolo. Poi annusa il suo tabacco e si volta verso la finestra. «Si può dire anche di Dio oggi? L'ha fatta proprio bella...»

Il vetro è percosso dalla pioggia spostata dal vento, sembra sia un miracolo che non si spezzi sotto quella furia.

«Lei che risposta si dà alla violenza di Dio?»

La guarda negli occhi. Lo fa raramente quando sono così vicini. I suoi, con il maltempo, balenano verdi e bruni. «È il motivo per cui prego, ma non sempre capisco.»

Per leggere insieme devono stare seduti fianco a fianco. Teresa potrebbe scendere le scale e vederli così, o forse l'ha già fatto.

Le piante, là fuori, non hanno paura. Prendono tutto quello che arriva dal cielo. Gocce, chicchi, sfuriate di vento.

Manzoni toglie qualche vocale in fine di parola, aggiunge apostrofi. Aspetta prima di voltare la pagina. Osserva un momento gli occhi di Emilia per capire a che punto è arrivata. All'ultima riga lei fa un cenno di assenso, e allora riprendono insieme.

Il romanzo lascia Renzo e Lucia e si addentra nella storia di Lodovico. Per una piccola scaramuccia di strada, un uomo trapassa con la spada il servitore di Lodovico e lui si vendica. Sguainando l'arma uccide il 'provocatore'.

«'Feritore'» suggerisce Emilia. Manzoni annuisce, corregge.

Ferito, Lodovico viene ricoverato nel convento dei cappuccini e lì decide di diventare frate. Ha ucciso un uomo e non riesce a perdonarselo, l'unica via è dedicare se stesso agli altri. Sceglie di chiamarsi Cristoforo, il nome del servitore che lo accompagnava, morto per difenderlo.

«"La storia non dice" che ai parenti dell'uomo ammazzato da Lodovico "dolesse molto dell'ucciso"» legge don Alessandro, «"né tampoco che una lagrima fosse stata sparsa per lui."»

«Da noi non c'è 'tampoco'!» interrompe Emilia. «'Nemmeno'?»

«Obbedisco.» Manzoni fa scorrere il pennino sulla pagina. "Nemmeno." La voce si sente appena, sotto al frastuono della pioggia. «È molto strano che mia moglie non sia venuta a reclamarci.»

«Vuole che saliamo a leggere nella sala rossa?»

«Non anticipiamo le angosce degli altri.» Torna a poggiare i gomiti sul tavolo.

«Posso farle una domanda, don Alessandro?»

«Mi di-diverte molto, madamigella, il fatto che mi tiri bastonate e poi mi chieda sempre il pe-permesso.»

Emilia arrossisce ma non si ferma. «Mi ha detto che qualche volta si sente don Abbondio. Ma non prova invidia per padre Cristoforo? Quest'uomo forte che si chiude in convento per dedicare la vita agli altri dopo aver ucciso, e che vive in nome della giustizia...»

Come sempre quando è in difficoltà, lui guarda fuori dalla finestra. Ora l'acquazzone è più quieto, le foglie sospirano. Sembra di avvertirne il sollievo. «Nei personaggi, come le dicevo, possiamo riversare le nostre viltà, i nostri desideri, le paure segrete e quelle universali...» Stringe le grandi mani sul tavolo. «Lo scrittore ha un'o-onnipotenza che può renderlo insopportabile, se non si controlla, anche se quando ho scritto pensavo solo alla storia, non a me nella storia. Padre Cristoforo non mi è quindi affatto sconosciuto. C'è qualcosa che ha a che fare con il senso di colpa, con uno smarrimento...» China il viso. «Un de-desiderio di fare ordine e allo stesso tempo di pulire. Il desiderio di un cambiamento. Ma preferisco parlarne un'altra volta.»

Emilia si sforza di non dire niente, per lasciarlo andare avanti.

«Invece... Questo glielo posso dire: temo di non riuscire nell'impresa.» Solleva il bicchierino con la sabbia, ne scruta il livello. «Questo lavoro sulle sca-scadenze... Avere un orologio che batte alle nostre orecchie... Le ho detto che la fretta non mi è amica. Investire la rendita di mia madre e i fondi della famiglia Manzoni mi a-agita. Il cugino Giacomo ha ragione.»

«Non parli così, don Alessandro. Finora sta andando tutto bene.»

«Le chiedo soltanto» la interrompe con garbo «un favore. Se mi dovesse vedere spaventato, mi ri-rimproveri. Le sembrerò forse esagerato. Ma per chi scrive, portare a termine un romanzo è come costruire una casa. C'è pari dedizione. I romanzi non sono meno importanti delle case, e forse non sono meno necessari. Si vive di letti caldi, ma anche di fantasia, e di speranza.»

Emilia sorride. «Io dovrei rimproverarla? Qualche volta lo faccio, e me ne pento.»

«Mi comporto come un fanciullo e mi trovo de-detestabile. La prego di prendermi per mano, quando mi vedrà scivolare nella paura.»

31

Milano, gennaio 1840

Per tre giorni è caduta una neve leggera. Il punto più bello della città è la piazza del Duomo. Dinnanzi a un manto di tetti imbiancati, la facciata brilla finalmente sotto il sole. Ai piedi del Coperto dei Figini si sono formati lunghi blocchi di ghiaccio.

Quando non ci sono le guardie che perlustrano i gradini per evitare che si insedino i venditori di frittelle, i bambini lanciano palle che sparpagliano fumi di polvere bianca. La neve ha portato per le strade il profumo fresco delle montagne.

Emilia si rende conto di essere in ritardo. È il sole di quel giorno, il primo dopo tante mattine di nebbia, che l'ha spinta a disobbedire. Deve tornare indietro.

Getta un'occhiata alle piccole, brulicanti vie del Bottonuto. E ne vede uscire Pietro. Il terrore che lui la noti prevale sulla curiosità. Si volta su se stessa ed è costretta ad aggirare la piazza, per evitare di essere riconosciuta.

«Mi scusi, don Alessandro.» Quando entra nello studio, una gocciolina di sudore le sta scivolando lungo la tempia, nonostante abbia corso nel gelo. Ha ancora davanti agli occhi la figura di Pietro che si affretta verso piazza del Duomo.

Manzoni non è solo. Seduto in poltrona, di fronte a lui, c'è l'amico Rossari.

«No-non abbiamo premura, oggi. O meglio, la abbiamo se vogliamo arrivare a Brusuglio per l'ora di pranzo.»

«A Brusuglio, don Alessandro?»

«Che cosa mi risponderebbe se le chiedessi di accompagnarmi a Brusù a piedi?»

Emilia spalanca gli occhi. «A piedi?»

«Verrà anche il nostro maestro Luigi Rossari.» Gli fa un cenno di intesa. «Né mia moglie né *maman* vogliono che vada solo. D'Azeglio, come sa meglio di me, è ancora fuori città. Mio figlio stamattina è uscito presto per passare dagli editori con i nuovi bozzetti.»

Emilia abbassa lo sguardo.

«Infine il mio Grossi ha accampato una piccola scusa, non ho insistito. Mi accompagna, qualche volta, ma per il notaio marciare più di due miglia senza cavallo equivale a bere una tazza di caffè salato.»

«Vuole lavorare da Brusù?»

Manzoni si alza, mette il libro blu nelle mani di Rossari e prende con sé il vocabolario del Cherubini e una valigetta che Emilia non ha mai visto.

«Donna Teresa è d'accordo?»

«Pur di rendermi contento, sì, lo è. Allora le garba prendersi una piccola vacanza con noi, signorina Luti?»

Se bisogna rubare un giorno alla vita, questo è davvero il momento migliore. La neve scricchiola sotto le scarpe e le carrozze passano in un fruscio che ricorda l'incedere di una barca nel mare.

Dai tetti pendono file di stalattiti che presto inizieranno a diventare più sottili. Potrebbe affacciarsi dai bordi delle case uno scoiattolo, se non fossero in città. Presto la lasceranno.

Manzoni cammina spedito nella neve e non parla. Emilia fatica a stargli dietro. Rossari, per cortesia, le rimane vicino.

«Ora capisco perché Alessandro l'ha scelta per stargli al fianco.» Degli amici di Manzoni è quello che Emilia preferisce. Il suo sguardo non manca mai di attenzioni. Questa frase, però, pare indiscreta.

«Gli sono accanto soltanto nella scrittura. È la prima volta che mi chiede di accompagnarlo fuori dallo studio.»

«Intendevo nel lavoro» si corregge Rossari. «Mi scusi. L'ha scelta perché lei è una donna coraggiosa. Non credo che oggi abbia accettato di andare a piedi per compiacenza, ma per coraggio e curiosità. Sono gli stessi motivi per cui non ha rifiutato il compito di lavorare al romanzo?»

Emilia annuisce con serietà. Non per ritrosia, ma perché le manca il fiato. Anche se volesse, le sarebbe impossibile conversare, per la velocità di quella passeggiata. Non ha nemmeno il tempo di volgere lo sguardo al cortile della Pinacoteca di Brera e di bearsi delle frotte di giovani pittori che lavorano con la tela appoggiata alle gambe anche in quel freddo, davanti al giardino ricoperto dalla neve.

Manzoni non cambia passo neppure quando entrano nei vicoli di Brera, dove bisogna procedere uno davanti all'altro perché le strade sono strette e affollate di garzoni, carretti di fronte alle botteghe e qualche sgabello accanto agli usci.

«Luigi!» sentono chiamare. Un ragazzetto sta avanzando tra la folla.

«Agostino...» lo saluta Rossari.

Anche Manzoni, finalmente, si ferma.

«Tua sorella è caduta dalle scale. Non è grave» puntualizza il bambino, «ma è meglio farla visitare dal medico.»

Don Alessandro allarga le braccia.

«Mi dispiace» si scusa Rossari.

«Non devi andare da lei, devi correre!» Manzoni guarda Emilia, che annuisce con una lieve tensione.

Don Alessandro se ne accorge. «Se qualcuno avrà da ri-ridire sul fatto che cammino con una gentile signorina, daremo le spiegazioni del caso. Domenico verrà a prenderci con la carrozza per il tramonto.»

Rossari consegna a Emilia il romanzo. «Non se lo lasci scappare.» Lei prende il libro e lo tiene saldamente attaccato al fianco.

Manzoni si rimette in moto ancora più veloce di prima.

«Lei cammina sempre in codesto modo?!» esclama Emilia.

Don Alessandro scoppia a ridere. «Me lo domandano sempre tutti, ma mai con questo piglio perentorio.»

«A questa velocità non può godere delle cose che la circondano» dice Emilia affannosamente, «è tutto preso dai suoi pensieri.»

«Le de-devo dare ragione... Sono stato egoista, non pensando a lei.»

Improvvisamente rallenta. Non è stanco, al contrario di Emilia, che è arrossita per la fatica di parlare.

«E perché cammina così spedito e poi... quando scrive e quando ragiona ama andare piano e le fa uggia chi le mette fretta?»

Lui accenna di nuovo un sorriso. «Lo faccio proprio perché in testa ho una vertigine.» Punta l'attenzione su una bambina che sta giocando con un cerchio di legno, contando i secondi in cui riesce a farlo rotolare nella neve dopo una lunga spinta. Poi rivolge il viso alla chiesa di San Marco. «Ho una grande confusione, un ribollio, un *mes'ciott...*»

Emilia lo osserva perplessa.

«Mi scusi, ma mi-mi risulta faticoso controllare le parole, adesso.»

Torna a camminare come prima, anzi, a falcate ancora più ampie. Emilia si sforza in tutti i modi di tenere il passo, anche se le sue gambe sono molto più corte, e meno svelte.

Manzoni indica l'ospedale dei Fatebenefratelli, lo raggiungono, poi svoltano per la porta Comasina.

«È come una stella che esplode in testa, mille frammenti, di-diecimila...» Ora parla come se la vedesse davanti a sé, quella stella che perde i suoi pezzi. «Quando penso o scrivo potrei seguire la stessa velocità di quest'esplosione. Per questo...»

Dopo che hanno superato il bastione, si ferma all'improvviso. «Detesto la fretta perché ho paura di i-impazzire. Se non controllo quella furia... Se non la domino, dico...» Si rimette in moto. «Ho il terrore di perdere la cognizione di me, la pro-prontezza della mente, ogni facoltà. E di smarrirmi nella confusione.» Sta sudando per l'intensità con cui parla e cammina. «Le ho detto che più un'e-emozione è grande, più la devo sorbire, capire, lentamente.»

Emilia sente il fiato corto, ma l'interesse per le parole che lui le sta affidando, o che affida a quell'aria fredda d'inverno, la induce a non rallentare. «E perché... allora perché...» riprova tentando di dominare il respiro, ormai stanno quasi correndo. «Quando cammina, invece, è diverso...»

«L'acqua...» mormora Manzoni. «Ho un fuoco che mi brucia e camminare è come immergermi nel mare, o ricevere secchiate d'acqua sul capo. Mi rinfresca, trovo pace, la confusione si schiarisce... Vede questa valigetta?» Emilia la osservava da tempo, domandandosi che cosa contenesse. «Qui c'è tutto quello che mi occorre se i miei nervi iniziano a fare i ba-ballerini. Ora però le chiedo di andare svelti per un altro motivo...» Sembra tornare alla realtà. «È un quartiere di malintenzionati. Se mi rapiscono non è una gran perdita... Ma con lei al mio fianco, temo di più.»

«Sua moglie non l'ha mai accompagnata per questa strada?»

Si volta sorpreso a guardarla. «No.»

Emilia sta per chiedere ancora, ma lui la anticipa: «Le mie mogli non sono mai state forti di salute, e nemmeno le mie figlie. Tranne Vittoria, che però mi fa i dispetti e quando torna a casa dal convento non mi concede mai un minuto».

Il giardino d'inverno è profondamente mutato. Sono spariti i verdi scintillanti delle *sophore*, il prodigio del *liquidambar*. Sembra che una grande mano scesa dal cielo abbia strappato via le foglie dagli alberi e sradicato i cespugli. Il prato è tutto imbiancato.

Nella casa continua ad aleggiare un leggero profumo di tabacco. Emilia capisce che don Alessandro l'ha frequentata. «Lei veniva qui, in questi mesi, qualche volta? E tornava a Milano a piedi?»

«Chissà...» Il sorriso gli si accende e diventa spiritoso. In via Morone è difficile vederlo così in pace.

In pochi minuti il fattore apparecchia una merenda sul tavolo di una sala da pranzo diversa da quella dove erano soliti mangiare d'estate, sempre al pian terreno. Riempie le caraffe di acqua e vino, taglia grosse fette di formaggio e di pane ancora caldo.

Emilia non riesce a fissare a lungo gli alberi oltre le grandi finestre, quella trasformazione di un tempo finito. «Le piace stare qui anche se il giardino sembra morto?»

«È soltanto addormentato.» Don Alessandro sta mangiando fin troppo veloce. «Anche noi abbiamo bisogno di dormire, signorina. Quando non lo faccio, divento così insopportabile. Gli alberi e la vigna vanno accuditi soprattutto nel sonno. E poi volevo farle vedere Brusuglio con la neve.»

«Voleva farlo vedere a me?»

«Lei è l'unica della mia casa a non essere venuta qui d'inverno.»

«Della sua casa?»

Manzoni posa la pagnotta che stava per tagliare, perché Emilia ne prendesse metà. «Ogni tanto penso che lei viva con noi, con la nostra famiglia.»

A un tratto don Alessandro si alza e lascia la sala da pranzo. Emilia inizia a osservare i volti dipinti appesi alle pareti: la prima figlia morta, Giulietta, la prima moglie Enrichetta con accanto tutti i loro figli. Ma più passano i minuti più quel silenzio diventa profondo.

Rientra il fattore.

«Sa dov'è don Alessandro?» gli domanda.

Lui si gratta la fronte, come se la risposta gli creasse imbarazzo. «Don Lisander bisogna sempre tenerselo stretto, altrimenti fa *el fantasma*.»

Emilia si alza e si dirige verso il corridoio. Percorre tutte le stanze fino alla biblioteca. Volta lo sguardo al giardino. Manzoni potrebbe essere laggiù, oltre i platani, nella vigna. Potrebbe anche essersi spinto nei campi delle proprietà che si estendono al di fuori di Brusuglio.

Decide di salire la scala che conduce alle camere del piano superiore. Le sembra di sentire un brusio provenire dal giardino. Sbircia nella stanza che divideva con Rina, nelle due successive, e infine in quella di Teresa. Punta diritto verso la piccola camera di don Alessandro, rialzata di qualche gradino rispetto al piano nobile. Vede un ritratto di donna Giulia appeso a una parete accanto al letto, e uno, più grande, di un uomo. La valigetta è posata su un comodino.

Torna indietro. Un profumo di cera la spinge ad avvicinarsi a una piccola porta socchiusa. È la cappella di famiglia, non ci è mai entrata. Attraverso lo spiraglio per prime vede, incorniciate dal getto della candela, le sue mani grandi, su cui è chinato il capo.

Si affaccia e fissa la schiena di don Alessandro per qualche attimo, indecisa se rimanere o andare.

«Si sieda, per favore» mormora lui senza voltarsi, «se-se non vuole inginocchiarsi.»

Rimane ferma.

«So che non ama le chiese. Ma le chi-chiedo un piacere.»

Emilia non può che avanzare, per stargli accanto.

Poggia i gomiti sul legno della panca, ma non intreccia le mani davanti al viso.

«Mi sono sentito po-poco bene. Mi aiuta stare qui.»

«Che cosa le è successo?»

Rialza la fronte. «Si chiama Matilde.»

«Chi...» Sa che lui non ama le domande.

«La bambina che ci ha po-portato via la mia prima moglie... Dopo l'ultimo parto... Enrichetta si è ammalata. Non so perché il suo pensiero mi ha preso a tavola, mentre ero con lei. La mia bambina...»

Emilia fissa esterrefatta la lacrima che gli scivola lungo il viso.

«La colpa di non tenerla con me mi assale ogni giorno. Come mi ha sempre assalito per tante cose della mia vita, lo sa, ca-cara fiorentina?» Copre gli occhi con le mani, e sembra farsi male per quanto le preme.

«Quale colpa, don Alessandro? Non parli così...»

In giardino le donne saranno ancora impegnate con il fattore, il sole sarà sempre alto sulla neve, le piante ricoperte di bianco.

«Quel caos, quel fuoco» parla con lentezza, come se le parole fossero troppo faticose, «hanno a che fare con la co-colpa. Un po' come succedeva a padre Cristoforo, ricorda?»

«Ma lei non ha ucciso nessuno...»

Libera di nuovo la fronte dalle mani. «E invece ho l'impressione di averlo fatto mille volte.»

«Che cosa è successo con la sua bambina?»

«Non la faccio mai venire a casa dal convento. Nemmeno per il Natale. È da un a-anno e mezzo che non la vedo. E anche quando era in casa sono stato manchevole, distratto, insopportabile.» La guarda dritto negli occhi. «E a lei, signorina, che cosa è successo con i bambini... che non può avere?»

C'è una pace infinita in quello sguardo, nonostante il subbuglio dell'anima, il calore del corpo, la balbuzie. «Me ne hanno portato via uno. E hanno fatto strazio del mio corpo.»

La luce nella biblioteca sembra debba lasciarli da un momento all'altro. Emilia si è alzata subito dopo aver detto quelle parole, e lui l'ha seguita in silenzio. Poi l'ha preceduta nello studio.

Emilia prende posto al fianco di don Alessandro e si asciuga furtivamente una guancia. Incrocia il suo sguardo per un breve istante: è smarrito e spaventato.

Manzoni apre il romanzo. Parla per primo, forse proprio per interrompere quel lungo imbarazzo. «"Lucia mise un gran respiro" ho scritto. Non le sembra orribile? Perché non ce ne siamo accorti?» Ha il viso arrossato, la voce più bassa. Sta tentando di farla sorridere.

«Non c'è niente di orribile, casomai di strano.»

Don Alessandro inclina un angolo della bocca all'insù. «Che consiglio si sente di dare allo strano scrittore che ha davanti? Sempre che vogliamo definirmi tale...»

Emilia non trattiene un sorriso. «Il respiro si fa, 'fece un gran respiro'.»

La fissa con dolcezza.

«Potremmo dire 'emise'» azzarda Emilia, «ma mi pare così lontano da come parliamo.»

«Non si usa...» Manzoni scrive rapidamente. «Ancora non ho imparato le sue lezioni. Metto in dubbio la sua semplicità. 'Fece un gran respiro.'» Indica la pagina con il dito. «E le chiedo di aiutarmi qui, quando padre Cristoforo rimprovera Renzo per la sua i-irruenza, per la vendetta che gli spunta in petto verso don Rodrigo: "Non sai tu che spiegar le unghie non fa pro al debole"... Inutile che le dica che questo 'fa pro' ha l'aria di essere più antico dei miei trisavoli.»

«Bisogna provare a rigirarla, questa frase, don Alessandro.»

«Rigirarla? Come la pagnotta che lievita?»

«'Spiegar l'unghie' non lo capisco bene. Le unghie non si spiegano, si tirano fuori. E 'pro' vole dire 'vantaggio'? Quindi non ci si guadagna nulla.»

«E allora scriviamo 'a tirar fuori l'unghie'.» Interviene con la penna. «"A metter fuori l'unghie, il debole non ci guadagna."»

Emilia annuisce. «Volevo dirle una cosa... su questo punto... Quando padre Cristoforo spiega a Renzo che niente si risolve con la forza, o con la rabbia, è molto bello. È coraggioso.» Sta riprendendo vigore.

«Le ho già a-accennato al fatto che io non lo sono mai, coraggioso.»

«Lo è il suo romanzo, lo ha detto anche Cantù.» La voce le trema ancora un poco, ma vuole andare avanti: «Nessuno mai si era chinato a raccontare gli ultimi, nessuno con questa tenerezza, in un'epoca in cui le dominazioni sono intollerabili per tutti».

Lui ora ha gli occhi fissi su di lei.

«Ed è anche coraggioso volerlo riscrivere tutto da capo.» Emilia sente di avere le guance infiammate.

Manzoni non sembra reggere quei complimenti. Sta per dire qualcosa, ma poi rimane in silenzio. Riabbassa il viso.

Padre Cristoforo arriva al palazzo di don Rodrigo per convincerlo a lasciare in pace Lucia e consentirle di sposare il suo Renzo. Don Alessandro traccia una riga su 'gittando'. «'Dando' un'occhiata» mormora, «come diremmo parlando tra noi. La semplicità...» Di nuovo i suoi occhi vanno al giardino. «Lei me la sta insegnando. Sta provando a mettere ordine in questa mente complicata che le chiede aiuto.» Apre la tabacchiera con la mano sinistra, l'avvicina al naso. «Lo hanno fatto le mie mogli, ma non con la scrittura. Mia madre di meno. Mi somiglia, forse.» Un sorriso scherzoso gli spunta sulle labbra.

«Lei pensa mai alla vita del suo romanzo?» Emilia non sa perché gli ha fatto questa domanda. «Alla vita oltre a noi. Alla possibilità che possa sopravvivere. Come un palazzo, lo ha detto lei.»

Lui si volta con un'espressione sorpresa negli occhi. Li assottiglia. «Ne dubito ogni giorno. Anche se, come lei sa, lo vorrei utile.»

«Sono sicura che sarà letto da persone che nasceranno in un mondo che non sarà più il nostro» gli dice.

«Perché lo pensa?»

«Perché lei lo vuole perfetto.»

32

I tre intagliatori sono in piedi davanti al tavolo grande. Il più anziano, Édouard Bernard, non sorride nemmeno a Filippo, il più piccolo di casa, che è sceso nello studio del padre per conoscere gli ospiti. Al suo fianco c'è un altro francese, Antoine Pollet. Sembra più giovane di una decina d'anni e riempie il bambino di domande. Parla soltanto in francese. Gli manca il dito mignolo della mano destra. Il terzo viene da Londra e il suo nome è Frederic Sasheverell Sheeres. Ha riccioli castani, che ogni tanto fa volare sulla fronte con uno sbuffo, occhi mori, più ispanici che inglesi. È con lui che Manzoni si scusa: «Ho problemi anche con il fiorentino, immaginerà con l'inglese. Possiamo chiamarla semplicemente Fre-Frederic?». Ripete la frase in francese, senza balbettare. «*Peut-on l'appeler Frederic?*» Si volta verso Emilia. «Ora spiegherò... a Federico.»

«La capisco, don Alessandro.»

«Conosce il francese?»

«Sono ignorante, ma non del tutto.» Emilia sorride, come per scusarsi dell'ironia della sua risposta.

Manzoni solleva le sopracciglia. «Non me l'ha mai detto...»

Il primo a ridere è proprio Frederic. Pollet lo imita subito, mentre il viso di Bernard rimane impassibile.

Con loro, seduto accanto a D'Azeglio, c'è anche un quarto uomo dalla folta barba appena ingrigita. Tiene sotto il braccio due grandi quaderni. È Luigi Sacchi, esperto in dagherrotipia, di cui un giorno di quasi un anno prima avevano visto i lavori, la realtà catturata senza pennelli. Da molti minuti sta fissando Emilia. Il suo sguardo è energico e impertinente.

«Il signor Sacchi» gli fa un cenno D'Azeglio, «pittore, litografista e dagherrotipista, terrà le redini del loro lavoro, ma spetterà a Bernard, Pollet e... Frederic intagliare tutti i legni disegnati da Gonin. Possiamo parlare in italiano, comunque. Milanese o fiorentino, a voi la scelta. Riescono a capirci. E se ci fosse bisogno...»

«Se sei mani non bastassero a tenere i tempi della pubblicazione» interviene Sacchi rivolgendosi soltanto a Manzoni «faremo arrivare nuovi artisti dalla Francia. Gli intagli per le vignette costeranno ottantacinque franchi ciascuno, trecento il frontespizio. Le chiedo di essere pagato ogni mese per i legni che verranno consegnati.»

«Ogni mese...» ripete don Alessandro con uno stupore marcato.

«Intende bene che il rischio dell'impresa è alto, richiede puntualità assoluta nei pagamenti.» Sacchi parla con una rigida pignoleria. Manzoni non deve averlo in simpatia. Ma gli fa cenno di venirgli vicino.

Il litografista si alza e apre sul tavolo il primo dei quaderni che ha portato con sé. «Bernard e Pollet sono impeccabili nelle figure...» Entrambi fanno un passo avanti. Mostra il secondo quaderno. «Mentre Sheeres ha talento per i paesaggi. A lui assegneremo le visioni dei monti, del lago e anche gli intagli degli ambienti interni.»

Don Alessandro annuisce, ma sembra che non ami quella disinvoltura nell'occupargli il tavolo. Solleva un disegno che custodiva arrotolato accanto alla sedia e inizia a distenderlo, coprendo i quaderni di Sacchi. Lo volta verso gli incisori e Emilia lo aiuta a tenere fermi gli angoli. «Ecco il nostro pa-padre Cristoforo, l'ultimo disegno che ha inviato Gonin.» Ora che Emilia vede le mani di Manzoni ferme accanto al disegno, si rende conto che hanno una solidità che ricorda il vigore del viso del frate. Quegli occhi, gli occhi che il pittore cercava, ora sono presi: forti e in pace. «Vi direi di iniziare da questo, senza seguire l'ordine dei capitoli» dice don Alessandro.

Sacchi fa un cenno di assenso, senza dare la soddisfazione di un complimento. Il più interessato è Frederic, che si abbassa a osservare i tratti severi e franchi del cappuccino così come sono stati creati dalla mano di Gonin.

Manzoni prende alcuni foglietti da un cassetto. Li sparge sul disegno come un mazzo di carte. «Qu-questi li lascio a voi. Sono le misure degli intagli dei primi tre capitoli. Le vignette che aprono, indicate come 'iniziali', devono farsi sempre di circa dieci righe. Il disegno del ramo del la-lago di Como, che ho chiamato 'Veduta di Lecco', deve occupare l'intera pagina in larghezza ed essere alto venti righe.»

Frederic continua a riservargli più attenzione di tutti.

«Qualche volta le vi-vignette chiudono la pagina» prosegue Manzoni, «qualche altra no. L'idea che la signorina e io non possiamo più mettere mano ai capitoli agita il mio sonno, che già non gode di grande quiete.»

Sacchi rimane indifferente al suo umorismo. «È necessario che, per questi capitoli, lei non ritocchi più il testo. Tutte le misure che ci consegna altrimenti andranno a ramengo.»

«Dove andranno?» bisbiglia Emilia.

«Saranno inutili» le suggerisce don Alessandro.

Emilia annuisce. «Andranno a farsi benedire.»

Lui si volta a osservarla con una luce divertita negli occhi e per un attimo si estrania dal discorso. «*Vann a fass benedì...*» sussurra.

Sacchi studia don Alessandro e Emilia. Lei nota di nuovo che, scrutandola, i suoi occhi scendono al corpetto, senza vergogna. Ma questa volta Emilia lo sfida. Aspetta che risalgano e li infilza con lo sguardo.

«Gli editori le concederanno sulle bozze di stampa qualche virgola in più, vocali in fine di parola, ma è inteso che quando lei e... la signorina» le lancia di nuovo un'occhiata «avrete concluso le correzioni, il lavoro sarà solo nostro. Niente deve essere modificato.»

«È qu-quello che le ho detto» conferma don Alessandro, lievemente infastidito. «Per questo potete considerare i biglietti che vi consegno oggi come definitivi per i primi tre capitoli.»

«Allora ci siamo intesi su tutto» conclude Sacchi senza concedere un sorriso. «Porto i ragazzi nel laboratorio.»

Appena sono soli, Manzoni fissa la finestra senza parlare. Emilia aspetta un momento che prenda qualche decisione, poi inizia a sfogliare il vocabolario sottolineando con il lapis le parole sconclusionate, che non si dicono a Firenze né mai si sono dette.

«Cara fiorentina» le propone all'improvviso, «vogliamo tornare al palazzaccio di don Rodrigo?» Si volta verso la libreria, prende il primo libro del romanzo.

Emilia concentra l'attenzione sulla pagina. «Per il portone del castello di don Rodrigo: 'Due grandi *avoltoi* colle ali spalancate, e coi teschi spenzolanti'... Scriva 'penzoloni'.»

«Pensi che a Milano diremmo '*spendolera*'. Se dovessi darle spiegazione di tutte le parole strane che ho scritto, pa-parlerei, anzi, balbetterei, da qui a Natale. Mi co-compiaccio che i vocaboli le salgano sempre alla mente con prontezza. Mi ha detto che scrive un diario e delle poesie. Vuole farmene leggere qualcuna?»

Emilia spalanca gli occhi. «Me ne vergognerei da qui a cento Natali!»

Manzoni sorride annusando il suo tabacco. «E allora che cosa dovrei dirle, io, che penso sempre di aver scritto un guazzabuglio.»

«Smettiamo di cincischiare, don Alessandro.»

«Non mi-mi sembra che stiamo bisticciando.»

«'Perdere tempo.' *Perd el temp!*»

Filippo le ha chiesto di aiutarlo a cercare una delle sue biglie in cortile e Emilia si china a sbirciare dietro a tutti i vasi, quando Frederic le compare davanti. «Dovrà stare attenta al Sacchi.» L'intagliatore inglese dai riccioli ribelli le ha parlato in italiano senza errori. «Anch'io sono meno ignorante di quello che pensa la gente.»

Emilia ricambia il sorriso.

«Signorina!» la chiama Filippo. «Aveva promesso di aiutarmi...»

Si china ancora a controllare dietro a un vaso.

«Soggiorneremo qui» continua a parlarle Frederic. L'inflessione inglese è davvero leggerissima. «Almeno finché non troveremo un alloggio vicino al laboratorio. Lei lavora al romanzo tutte le mattine?»

«Non proprio» gli risponde Emilia. «Non è nemmeno qui» dice a Filippo. Passa a guardare dietro al vaso accanto. «Dipende... dalle intenzioni di don Alessandro.» Quando si rialza urta contro qualcuno. È don Ghianda. Ha un baffo bianco, forse panna, che gli disegna un uncino a un lato della bocca. Lui la fissa vergognoso, poi irritato, e procede oltre, come se non li avesse mai visti.

«Dai suoi umori?» la corregge Frederic. Ha un viso gioviale e attento.

Filippo non è così piccolo da non essersi accorto che stanno parlando di suo padre. Si rialza e aspetta che vadano avanti.

«Tornando a quel che le ho detto all'inizio» conclude il giovane intagliatore, «non risponda alle provocazioni. Non è facile essere l'unica donna in un gruppo di uomini.»

33

Rina si guarda allo specchio alla luce della lampada scuotendo la testa. Gli occhi le brillano di lacrime. Luisa la fa voltare su se stessa stringendole il braccio in modo brusco. «Non vedi che è diventato piccolo questo abito?»

La bambina indossa un vestito color sabbia appena troppo corto. Quel tono di giada dona moltissimo al suo incarnato roseo, ravvivato dai capelli di un caldo e lucente castano.

«Potreste sceglierne un altro da dar via?» propone Emilia.

Luisa le lancia un'occhiata infastidita. «Devi badare solo a come Rina parla, non a come si veste.»

Emilia sbarra gli occhi.

«Questa casa è piena di cose inutili. I vestiti di Rina andranno alle bambine di Mantova, di Guadagnolo e di Piacenza che da un giorno all'altro si sono trovate fra le macerie dopo la piena del Po.» Prende la bambina per mano, sempre con quei movimenti nervosi.

Emilia le segue.

«Se c'è da donare, ognuno deve fare la propria parte. Chi ha tre abiti, per esempio...» Luisa si dirige verso l'armadio. «Ne cede uno.» Inizia a sfilarne alcuni.

Emilia abbassa lo sguardo al vestito verde malva che ha indosso. «Quello rosso che lei mi ha donato a Firenze non lo posso lasciare» dice.

Luisa alza gli occhi.

«È un regalo e non sono ricca. Lo farei solo per farle piacere.»

«La beneficenza deve nascere dal cuore.» Luisa annuisce. «Non può essere imposta.» Improvvisamente si addolcisce. «Qualche volta dimentico quale fortuna sia vivere con una persona sincera come te. A ben vedere mi sto dimenticando di molte cose.»

Stende sul letto anche l'abito giallo di broccato che le ha regalato D'Azeglio da poche settimane. «Ma allo stesso tempo mi rendo conto che l'egoismo è in tutti, e non voglio più vivere in un mondo di egoisti.»

Emilia corruga la fronte.

«Ma dimmi... Che cosa ti pare degli intagliatori?» Di punto in bianco cambia discorso. «Credi che possano soddisfare il nostro Manzoni?»

«Non li ho ancora visti all'opera.»

«Come persone, voglio dire, che impressione hai avuto? Alessandro se li terrà in casa, già immagino i timori di Teresa.»

«Mi sembrano educati e perbene, per il poco che li ho conosciuti.»

«E il lavoro con lui come va avanti?»

Passi ampi ed energici che arrivano dalla sala da pranzo sono il segnale che D'Azeglio è rientrato. Si ferma sulla soglia accompagnato dal suo sorriso. «Voglio che Rina oggi veda uno spettacolo grandioso.» Ha l'entusiasmo impresso in volto. «L'aurora boreale.»

Luisa fissa l'orologio a pendolo. «Tra poco inizierà il concerto di beneficenza per i paesi sommersi dalle alluvioni. Rina viene con me.»

«A quest'ora? Sono quasi le nove di sera.»

La bambina guarda il padre. D'Azeglio perde il sorriso e fa due passi verso sua moglie. «È un prodigio unico al mondo, Luisina.»

Luisa prende Rina per mano e va alla porta. «Faremo una bella passeggiata per ritemprarci. La beneficenza si fa a piedi!»

Decine di carrozze decorate con festoni colorati affollano la corsia del Giardino e ai lati della strada uomini, donne e bambini con indosso maschere e cappelli di Carnevale corrono ad aspettare il passaggio dei carri. Le musiche dei suonatori di organetti si disturbano l'un l'altra, scandite fuori tempo dagli schiocchi dei ferri dei cavalli. I lumi delle strade rischiarano solo a tratti quella grande folla festante.

Dall'altro lato della via qualcuno fa partire un lancio di semi di coriandolo. Mentre Emilia e D'Azeglio corrono per evitarli, vengono raggiunti da Manzoni e da Grossi. Don Alessandro ha le guance arrossate. Dà l'impressione che la sua mente stia escludendo tutto quello che è intorno. Come sempre accelera il passo.

Lasciano corsia del Giardino, ma ora la folla sta aumentando. «Senta... Noi milanesi diciamo...» Un altro lancio di coriandoli colora il rettangolo di buio chiuso tra i palazzi. Manzoni cammina più chino del solito. Sta parlando con Emilia, anche se non si è mai voltato, come se fosse solo. «'*Bagolà*', quando si trema, di freddo o di paura. Il vo-vocabolario mi propone 'star in borra'.»

«Per carità, don Alessandro.»

«Per carità? Intende che è una panzana?»

«È meglio 'bubbolare', anche se noi si dice più per il freddo.»

«Bubbolare...»

Qualcuno vicino a loro grida. Manzoni si ferma e assottiglia gli occhi come se glieli avessero feriti. «Lo vede che cos'è la paura? Si perde la luce, la calma, il ra-raziocinio.»

Emilia ride. «Se riesce a parlarne non è tanto spaventato.»

Un piccolo sorriso gli solleva gli angoli delle labbra. La fissa negli occhi. I suoi scintillano per il freddo. «Se lei dovesse riscrivere da capo un romanzo con una sca-scadenza di tempi, e di costi, ed e-esigenze di precisione, e di misure, con zucche diverse da mettere in accordo, che farebbe?»

«Mi fo il segno della croce e via. In realtà non lo farei, ma si dice così.»

Don Alessandro riprende a camminare sveltissimo. «E se si fosse trovata davanti a due sgherri, una mattina qu-qualsiasi, a un cro-crocicchio, e questi l'avessero minacciata, al costo della vita, di non celebrare un matrimonio, lei davvero avrebbe fatto come gli eroi? Avrebbe rischiato la sua vita?»

«Non credo, don Alessandro.»

«Senza la paura non avrei scritto il romanzo. È do-don Abbondio, questo mio essere il re dei pusillanimi come lui, gliel'ho spiegato, che mi ha fatto iniziare.»

Ora un gruppo di giovani ubriachi con il volto coperto da maschere di satiri taglia la strada e la occupa. Si prendono a braccetto, incatenati l'uno all'altro, gridando per spaventare e bloccare chi percorre la via.

«Papà!» chiama D'Azeglio. Fa cenno di tornare indietro.

Don Alessandro si gira due volte per vedere se Emilia lo sta seguendo. Finalmente sono in un vicolo libero, soli. Manzoni alza gli occhi al cielo, scurissimo, senza luna. D'Azeglio li precede con la lampada in mano.

«Come lo chiamate» parla con un comprensibile affanno «un ba-bacio con lo scoppio?»

«Con lo scoppio...» ripete Emilia. «Come lo chiamiamo...»

«Noi diciamo *d'sciasser*, o *de manera*. Lo potrei dare alla mia nipotina. Ma come le posso spiegare...»

«Un bacione.»

Si ferma sorpreso. «Fatti dare un bacione?» Sta sudando un po' sulla fronte, sotto la calzata del cilindro, e le labbra sono appena livide.

Emilia annuisce. «Così è toscanissimo, don Alessandro.»

D'Azeglio conduce tutti nel cortile dell'Accademia di Brera. Attraversano una lunga galleria, poi un'altra. Iniziano a salire i gradini di una strada a chiocciola che si inerpica per sei piani e infine approdano alla cupola.

Davanti ai loro occhi appare il laboratorio astronomico. Alle pareti sono appesi orologi a pendolo di dimensioni eccezionali. Sui tavoli, decine di telescopi. L'ampio soffitto a volta è inciso da una fenditura. In quella direzione, verso lo scudo della notte, è puntato un telescopio più grande.

«Che piacere...» Non appena vede Manzoni, il direttore dell'osservatorio china il capo e smette di pulire una batteria di lenti. «Ho preparato per voi una sorpresa. Esploreremo il cielo con il telescopio di Napoleone.»

Don Alessandro sorride e si avvicina.

«Immagino che don Lisander conosca già questa storia» sorride anche l'astronomo. D'Azeglio si rivolge agli altri. «Fu portato dal Bonaparte a Milano dopo l'assedio di Verona. Sono in un brodo di giuggiole, come ci ha insegnato a dire la signorina Luti. Ma mi trattengo.» Indica il telescopio. «Per primo papà.»

Manzoni si spende in complimenti per lasciare il posto, ma quando si china a guardare rimane a lungo in contemplazione.

«La tempesta magnetica di oggi è meno intensa rispetto a quella di ieri» spiega il direttore dell'osservatorio, «ma il fenomeno delle aurore boreali è altrettanto evidente.»

«Sto pensando seriamente che nella vita dovevo dedicarmi alle stelle, mica ai libri e ai dipinti.» D'Azeglio fa un cenno a Emilia. «Prego.»

Tutti ridono. «Te ci servi dove sei» scherza Grossi. «Sapresti portare i Savoia, con i Borbone, il papa e Metternich, in carrozza fino alla luna senza farli litigare.»

«Tutto quello che fa, Massimo lo fa bene» annuisce don Alessandro.

D'Azeglio sorride con malinconia. «Il marito, a quanto pare, invece no.» Ha l'eleganza di non parlare di Luisa, ma Manzoni lo fissa con dolore, come se quelle parole gli avessero creato un disordine imprevisto nei pensieri.

Emilia si avvicina cautamente al telescopio. È l'unica donna nella stanza. Il suo occhio si perde in un'indistinta oscurità. Poi appare. Una flebilissima scia di luce bianca nel mezzo dello spazio scuro. Bianca con un contorno appena purpureo. Emilia si stacca dal mirino e arretra.

«Non si spaventi» la incoraggia lo scienziato.

«Non sono altro che manifestazioni di Dio» osserva Grossi, «a cui la scienza si sforza di dare spiegazioni.»

«Io non credo alle manifestazioni di Dio» dice Emilia.

Segue un silenzio da parte di tutti. Manzoni la scruta attentamente. Sembra voglia farle una domanda, ma tiene le parole per sé.

«Forza, grosso Grossi.» D'Azeglio, come sempre, riapre le danze. «Non fare il penitente come papà. Chiuderò io, in bellezza.»

Fuori la festa è cresciuta, le musiche sono più incalzanti e le grida senza freni. Qualche maschera si butta giù dal carro, sulla folla. Una bolgia spaventosa si agita nelle vie: frastuoni, gente che si sposta, balla e urla. Sfilano re e cenciosi accattoni. I primi sono poveri che si travestono da ricchi; i secondi, nobili che per un giorno si fanno indigenti. Emilia torna al fianco di Manzoni. Ora lui è più pallido. Le spalle gli stanno tremando, rinsaccandosi sempre di più. «Don Alessandro...» Prova a stringergli il braccio, ma quel braccio, il sinistro, al suo contatto ha uno scatto di nervi che involontariamente le allontana la mano. Manzoni la fissa un istante con terrore e dispiacere, e ora sembra che gli battano anche i denti. Stringe a pugno e riapre la mano più volte, convulsamente.

Li raggiunge subito Grossi.

«Io non so cosa succede...» prova a dire Emilia. Lui cinge la vita di Manzoni e lo porta via. Entrano in un portone lasciato aperto e proseguono in un cortile, sparendo alla vista.

«La confusione è troppa per papà.» Anche D'Azeglio l'ha raggiunta.

«Tremava tutto...» mormora Emilia.

«Non deve preoccuparsi, la sua vita è sempre segnata da questi... episodi. Oggi mi pare più lieve. Se c'è Grossi siamo tranquilli.»

«Cosa significa 'episodi'? Non possiamo non aspettarli...»

D'Azeglio le posa una mano sulla spalla. «Non si impressioni. Io, quando lo vedo così, mi dico sempre che per scrivere quello che ha scritto non può che contenere quanto di più commovente e di più distruttivo esista nel genere umano.»

È la prima volta che siedono a tavola da soli. Emilia si stava ritirando in cucina, ma D'Azeglio l'ha pregata: «Mi tenga compagnia».

Ora la osserva mentre sorseggia il vino che le ha appena versato con la precisione di un maggiordomo. Allunga un braccio verso la sedia vuota di Luisa, senza motivo. Sfiora con le dita la tovaglia, con movimenti circolari, come se accarezzasse qualcuno. Ha sempre un controllo armonioso del suo corpo. «È un mistero di cui non si viene a capo. Quelle di papà sono vere e proprie convulsioni, più o meno forti, che poi lo lasciano spossato. Deve essere pronta al fatto che possano ricapitare. È giusto che lei lo sappia, Emilia. Soprattutto perché potrebbe trovarsi sola con lui.»

«Ogni quanto succedono?»

D'Azeglio fa un gesto di vaghezza con la mano. «Magari passa un anno, oppure due volte in un mese. Può succedere quando si spaventa. O quando si commuove. Lui ha sempre paura che un episodio sia più violento degli altri, e lo riduca a un essere vegetale, o a una pietra.»

«Si può curare?»

«Non proprio. Ma dalla sua ha grandi forze, dalla parte del bene, che lo sorreggono.» Le sorride. «Anche se lei riflette sulla fede con la ragione, e non la accoglie, anzi, la condanna, può rendersi conto che è più rischiosa, più eroica, dell'arte.» Stringe la mano a pugno. L'anello nuziale al suo dito è sempre brillante.

«Papà ripete quasi ogni giorno che sono io l'artista, in famiglia. Ma lui ha una fiducia in Dio che, a paragone della mia, è una cattedrale di rose. E questa fede, quando è così pura, è una follia superiore a quella dell'artista di fronte a un'idea. Una sfida ai limiti più assoluta dell'arte. Papà possiede entrambi i doni. Per questo, a mia opinione, è artista molto più di me.»

Si ferma per consentire a Margherita di servire le cotolette. Fissa un momento la cameriera, perché lei li lasci soli.

«Quale uomo non ha un dubbio su Dio proprio perché non osa abbandonarsi, oltre i propri limiti, a un infinito che non può dominare? Non creda che qualcuno di noi oggi l'abbia biasimata.»

«Ma la fede dovrebbe dare luce, non buio, paura e l'inferno in terra.»

D'Azeglio sembra quasi spaventato dalle sue parole. «È così, Emilia. Quell'anima fragile e forte di papà ogni tanto attraversa le fiamme del diavolo, l'inferno in terra, e nessuno capisce perché.»

34

Pietro ha il viso più gonfio dell'ultima volta in cui Emilia l'ha visto. Tiene gli occhi semichiusi, mentre Teresa legge il giornale seduta sul canapè nella sala rossa del palazzetto di via Morone.

«Si calcola che l'ubriachezza uccida in Inghilterra cinquantamila persone l'anno.» Teresa alza gli occhi su di lui. «La metà degli imbecilli, due terzi dei poveri e tre quarti dei delinquenti di questo Paese sono tra quegli individui che si abbandonano al bere.»

«Cosa ci racconti invece del matrimonio della regina Vittoria?» Pietro ha posto la domanda cambiando posizione sulla sedia. Emilia nota che anche il suo stomaco si è ingrossato.

Teresa lo fissa attentamente prima di abbassare lo sguardo. «Il merletto di Honiton dell'abito nuziale è stato lavorato in un paese della spiaggia di Beer. L'hanno filato più di duecento donne. La guarnizione è lunga quattro yarde, e larga mezza. E la torta... è stata preparata dal maestro panificatore John Mawbitt e decorata con una scultura di zucchero che ritrae i due sposi mentre danzano. La sala del banchetto è abbellita con velluti di porpora e candelabri d'oro.» Li osserva con un'espressione più indulgente. «Si scrive che sia stato il primo matrimonio d'amore tra i regnanti di questo secolo.»

«Tutti i matrimoni dovrebbero essere d'amore» dice Pietro.

«Che cosa intendi?» Teresa abbandona il giornale sulle ginocchia. «Lo sai che papà e io ti lasciamo libero di fare quello che vuoi. Ma ci sembra che tu non abbia comprendonio, quando ti avvicini alle donne.»

Pietro si alza. Il rossore del viso ora è più acceso. «Mi scusi» dice a Emilia con vergogna.

Mentre lascia la stanza incrocia l'incisore Sacchi. Anche Emilia si alza. Cerca di non passare troppo vicina al litografista, ma sente il suo sguardo scivolarle addosso nuovamente.

«Devo andare da don Alessandro» farfuglia di fretta.

«Ora no!» esclama Teresa.

«Sta male?» Emilia ha posto la domanda in modo precipitoso. Un brivido le ha scosso la base della nuca.

«Vuole rimandare.»

Emilia abbassa lo sguardo, poi lo posa per un momento su Sacchi, prima di tornare a Teresa. «Don Alessandro mi ha autorizzata a strigliarlo, se non vuole andare avanti.»

«Strigliarlo?» Teresa spalanca gli occhi, e il suo volto diventa austero. «Non credo affatto che debba essere strigliato. E non è mica un cavallo! Deve accordarsi per il contratto. Non c'è soltanto da correggere il romanzo.»

In contrada Santa Margherita la strada sembra bagnata dalla pioggia, ma è solo l'umidità. L'aria è gelida, satura di minuscole gocce. Davanti alla libreria Battioli una coppia di bambini sta guardando la tavola aperta del Gioco dell'Oca. Fissano l'angelo con la tromba, il puttino in groppa all'oca, l'uomo che rimesta in un tino. Uno dei due apre il pugno e conta le monete, poi alza gli occhi su Emilia. Lei infila la mano in tasca. «Una lira vi basta?»

Il bambino raccoglie i soldi e li passa all'altro, che sgattaiola in bottega.

«Signorina!» Il libraio compare sulla soglia. «Che piacere vederla senza che debba correre da qualche parte.»

Fa molto freddo e Emilia accoglie il suo invito a entrare.

«Ha visto come si trasforma la nostra Milano quando è festa?» Prende i soldi dei bambini, che un attimo dopo volano fuori con il loro gioco.

Emilia si avvicina allo scaffale dove sono allineati gli ultimi libri stampati.

«Diventa una piccola Venezia» continua a dire il libraio. «Ma... qualcuno l'ha fatta arrabbiare?»

Da un paio di scaffali più in là arriva un fruscio di volumi sfogliati. Attraverso i ripiani vuoti, Emilia vede il viso di Frederic, l'intagliatore. L'inglese alza gli occhi dalla pagina e le sorride. Ripone il libro velocemente, come se volesse proteggere un momento di intimità, e avanza. «Anche lei cerca rifugio tra i romanzi per salvarsi dal gelo?»

«Dunque vi conoscete...» osserva il libraio. «So che entrambi frequentate casa Manzoni. Ma nessuno dei due mi dice perché.»

Emilia arrossisce e Frederic sorride divertito. «Sa che la discrezione è la linea di condotta di quella casa.»

«Stavo spiegando all'amico Sheeres che ho due biglietti per il gran ballo di beneficenza della prossima settimana alla Scala. Non si sa più come raccogliere fondi per quei poveri alluvionati. È tutto un ballo, tutt'un concerto. Era un regalo per mia moglie, ma è caduta ammalata. Il nostro Sheeres, però, non saprebbe con chi andare...»

Emilia apre un libro posato sul bancone, un compendio di tutte le nuove strade ferrate d'Inghilterra.

«Naturalmente lo sto proponendo a lei, signorina. Se Sheeres mi permette.»

Emilia lo sbircia solo un momento, come se fosse stata disturbata.

Il libraio scuote la testa ridendo. «Non mi guardi in quel modo. Non credo che le strade ferrate britanniche le interessino più del teatro.» Apre il cassetto e posa due biglietti azzurri sul tavolo. «Tempo fa le avevo spiegato che questa non è una città semplice... Una volta che si è fatta un amico, le conviene non perderlo.»

Frederic allarga le braccia con semplicità. «Mi faccia sapere anche nei prossimi giorni, Emilia. Se lei non verrà, non cercherò nessun altro.»

«Potrebbe chiederlo a Bernard, o a Pollet...»

«Bernard è più noioso di una campana belga.»

«Pollet?»

«Nel tempo libero beve la stessa quantità di grappa di dieci marinai di Dover. Credo che non sia l'unico, a casa Manzoni.»

Emilia arretra di mezzo passo.

«Mi scusi, essere pettegolo non fa parte dei miei difetti.» Frederic sembra realmente dispiaciuto. Leva il cappello e si sistema i ricci.

Il libraio gli tende i biglietti. «Mi spiacerebbe che andassero perduti.»

«Potrei passare sotto casa D'Azeglio alle otto» azzarda Frederic.

«Io non ho ancora...» Emilia sgrana gli occhi.

«Era un modo gentile per impedirle di rispondere di no» le dice il giovane senza lasciarla con lo sguardo. È timido nei modi, ma determinato quando parla.

Emilia si sforza di mantenersi seria. «Lei è un bel frettoloso, signor Sheeres.»

«Non si faccia pregare per un ballo, signorina!» Il libraio osserva Emilia in modo affettuoso. «Dopo questo bel regalo mi dirà cosa va a fare nella casa di via Morone. Non credo che donna Giulia abbia la pazienza di ascoltarla leggere tutte le mattine.»

Lei si volta su se stessa per nascondere un sorriso. Sembra che entrambi stiano facendo di tutto per farle tornare il buon umore. «Arrivederci a tutti e due!» esclama, uscendo di nuovo nel freddo.

35

Emilia non ha mai saputo stendere il belletto sulle labbra, Adele glielo ripeteva sempre: era l'unica delle sorelle a saperlo fare.

Anche stavolta Emilia è stata imprecisa sui contorni. Inumidisce il fazzoletto con l'acqua e prova a correggerli.

«Sei mooolto più bella quando ti trucchi» le dice Rina, calcando la voce sulla 'o'. La sta osservando a occhi sgranati.

Emilia si volta prima da una parte e poi dall'altra. «Allora tu vuoi dire che son brutta?» Decide di aggiungere del colore alle guance.

Luisa compare alle loro spalle. Rimane poggiata contro lo stipite della porta. «Sono felice che questa sera ci vedremo a teatro.»

Emilia allontana il belletto dal viso e la guarda dallo specchio.

«Massimo mi ha detto che gli hai chiesto il permesso. Potevi discuterne con me. Perché non parliamo più come prima?»

Emilia sposta lo sguardo su Rina, che la sta fissando in attesa. «Abbiamo avuto entrambe un gran da fare. E lei è spesso impegnata fuori casa...»

Sembra una buona risposta, perché Luisa non insiste. «Sei spaventata dalla nostra presenza alla Scala?»

Emilia posa il belletto sul comodino. Strofina velocemente le labbra l'una contro l'altra per renderlo meno acceso. «Come ho spiegato al marchese» le risponde tentennando un po' con le parole «è stato uno degli incisori a invitarmi. Non potevo rifiutare, perché mi è stato offerto.»

Luisa le viene vicino. «Raccontami... So che è un bel ragazzo, questo... Frederic.» Si accuccia sulle ginocchia e le passa un polpastrello sulle labbra per dare un po' di colore alle sue guance. «Quel tuo fidanzato di Firenze... non è più venuto?»

«Non più.»

«So che Manzoni ha sospeso il lavoro con te, ma vedrai che è solo un periodo.» Con un movimento veloce della mano che teneva nascosta dietro alla schiena le mette davanti agli occhi una piccola maschera d'argento. «Sarà deliziosa indossata con il tuo abito rosso.»

La notte è limpida e fredda. Una figura sta avanzando accanto alla chiesa di San Fedele verso la piazza. Frederic ha coperto i riccioli con un cappello che sembra un tricorno e cammina svelto.

Emilia lascia lo specchio e prende il mantello dall'appendiabiti. Avvolge uno scialle di lana intorno alle spalle, infila il cappellino e se lo lega sotto il mento.

Il vento ghiacciato la travolge appena apre la porta di casa.

«Ho un mantello più pesante del suo» le dice l'intagliatore appena lei gli è di fronte. Fa scivolare sul viso una piccola maschera rossa, maschile e femminile insieme. «All'occorrenza possiamo scambiarci i soprabiti.»

Raggiungono il teatro correndo per scaldarsi e si fanno largo in mezzo a una gran folla di uomini e donne mascherati che occupa tutto il foyer, spazzato dalle folate che corrono dall'ingresso. Il tremolio delle candele incornicia collier di gemme vere e finte, tiare, spille, ornamenti per il capo in oro o argento e piume, guanti di seta che seminano profumi di bouquet francesi.

Tutti indossano la maschera sul viso. Anche Emilia lascia scendere sugli occhi la sua. Lentamente le grandi stufe agli angoli della sala diffondono un lieve tepore e alcune dame liberano le spalle, mostrando la pelle impallidita dall'inverno.

Frederic fa avanzare Emilia, ma senza toccarla. Qualche volta è lui stesso ad aprire un varco con le braccia. Lei fa un cenno di saluto alla gioielliera Pettermant e alle sue figlie. Nessuna di loro però ricambia. Poi a Clara Maffei, che anima il salotto letterario più elegante di Milano. Emilia l'ha incontrata mentre andava a passeggio con Luisa, prima che la moglie di D'Azeglio iniziasse a uscire da sola. L'esile Clara la saluta con la mano, sebbene non dia l'impressione di riconoscerla, del resto anche Emilia è mascherata. O forse sì, la Maffei ha capito chi è, pare che abbia una memoria prodigiosa e che il suo successo in società derivi proprio da questo talento.

Nella sala l'orchestra inizia a suonare un valzer. Chi ha acquistato i biglietti per la platea si riversa all'interno, mentre i proprietari dei palchetti prendono la via delle scale.

Frederic accompagna Emilia fuori da quel flusso di persone. «Prima che qualche censore dei nuovi balli intervenga, ci conviene godercela subito, la nostra danza proibita.»

Uno straordinario lampadario con decine e decine di lumi è la prima immagine che le viene incontro. Non ha mai visto una luce così. I palchetti ridipinti da poco brillano d'oro. Sembra di essere chiusi nello scrigno di una reggia imperiale.

La platea si è subito riempita. Emilia cerca con gli occhi il palco della sorella di Luisa, Carolina, e del ricco marito, Ludwig Franz von Seufferheld, commerciante di seta. E li vede tutti lì, le sorelle e i cognati. D'Azeglio ha i capelli scintillanti di acqua e zucchero, Luisa indossa un abito scuro di velluto, ravvivato da una preziosa fibbia che le stringe la vita.

Frederic le ha già preso una mano per farla partire. Sa condurla con decisione, ma senza piegarsi troppo verso di lei. Le balze dell'abito di Emilia sfiorano altri abiti, le sue scarpine schivano i tanti piedi che iniziano a muoversi nella sala. La folla cresce momento dopo momento, ora anche il palcoscenico è occupato. Frederic la porta a ruotare sempre più vicina al palco, e da lì si trovano al centro della scena. Ci sono Meneghini e Cecche che danzano accanto a loro, e poi tutte le maschere della commedia: Pantalone, Arlecchino, Brighella.

Emilia accetta di non fermarsi quando il primo valzer lascia il posto al secondo. Vede un sacerdote accanto all'ingresso più vicino all'orchestra. Le viene da ridere pensando a quello che ha appena detto Frederic sui valzer e i loro censori. Al fianco del prete ora compare anche un ufficiale austriaco: alto e massiccio, con un paio di baffi grigi che gli spiovono ai lati della bocca e che non riescono a mascherare il tono di melanzana del viso. Il prete si alza in punta di piedi per dirgli qualcosa, ma l'ufficiale sta fissando alcune dame. Per un attimo osserva anche Emilia.

Frederic avvicina la bocca al suo orecchio. «Vedo che le piace ballare!» I suoi riccioli sembrano ancora più impertinenti e negli occhi gli è spuntato un lampo di malizia che finora non aveva mai mostrato. La tiene più stretta e ora la fa volteggiare con decisione.

«Forse dovremmo conoscerci meglio prima di lanciarci nel terzo ballo di fila!» grida Emilia. D'istinto alza di nuovo gli occhi al palchetto dei Blondel e nota che D'Azeglio sta sorridendo a qualcuno dall'altra parte della sala. Segue la linea del suo sguardo e vede, affacciate al palco opposto, due dame vestite entrambe in abito rosso, una particolarmente sottile e silenziosa, che tiene la mascherina sollevata sul capo, come un ornamento. I suoi capelli sono scurissimi, le sopracciglia ben marcate. Sembra la Lucia dei *Promessi Sposi*. È su di lei che è concentrata l'attenzione di D'Azeglio, ma il marchese non la sta osservando languidamente, soltanto con una vivace curiosità. Nell'ombra, alle sue spalle, si intravede il viso di Luisa.

«Deve essere abituata a ballare molto se tiene il tempo così bene pur curiosando in giro» la canzona Frederic.

Emilia continua a tenere d'occhio Luisa. «A lei non sfugge niente, è vero?»

«Nemmeno a lei...» È leggermente sudato, adesso. Le mani, la fronte.

«Un giorno» gli grida all'orecchio «mi spiegherà dove ha imparato a parlare l'italiano. Chi le ha insegnato.»

«Non ho segreti per nessuno e ancora meno per lei. È stata una donna...»

Emilia allontana il viso e non domanda più. Frederic accelera i volteggi. «Facciamo un gioco» le propone. «Puntiamo qualcuno per spaventarlo, balliamo in quella direzione sempre più forte e poi ci scansiamo.»

Non dà a Emilia il tempo di dire 'sì' o 'no'. «Quelli laggiù!» esclama. I prescelti sono l'ufficiale austriaco che Emilia aveva visto accanto al prete e una dama corpulenta, più o meno della stessa stazza dell'austriaco, dalle grandi braccia carnose che svolazzano nelle spalline di tulle del suo ricco abito di seta.

Frederic avvia un giro dal ritmo frenetico, portando Emilia a danzare su una linea diagonale. L'ufficiale e la sua dama si accorgono di quella furia che avanza, ma non possono spostarsi, perché sono chiusi da un vortice di coppie che non consente di cambiare direzione.

Ora Frederic e Emilia danzano a un palmo da loro, li sfiorano, poi, al secondo giro, Emilia va a sbattere con la schiena contro il braccione della donna, che esclama qualcosa con un tono squillante, si direbbe quello di una graziosa e piccola bambina.

Ma Frederic ha già fatto volare Emilia lontana da loro, e ora la sta riportando verso l'orchestra, per nascondersi tra altre coppie, nuove braccia.

Emilia si rende conto che un pettinino sta scivolando via dai capelli, ma continua a seguire l'impazienza del suo compagno, godendo del vento che quella corsa le soffia sul viso e degli sguardi di chi sta intorno, perché a quel punto è impossibile ignorarli.

«Non mi fermo finché lei non me lo chiede!» grida Frederic. Emilia risponde con uno scoppio di risata.

Rimangono fino all'ultimo ballo, all'ultima musica suonata, quando la notte fuori è ormai silenziosa e i palchetti quasi tutti vuoti, anche quello dei Blondel.

Davanti al palazzo dei D'Azeglio, Frederic le tende la mano nel momento in cui Emilia si volta per andarsene. Lei se ne accorge ma non si gira. Solo dopo aver aperto il portone grida: «Grazie!». Lo intravede sorridente sotto i suoi capelli ricci, ora un po' schiacciati dal peso del cappello.

36

Il sole è già alto quando Emilia si sveglia per i tonfi delle casse di frutta che salgono dalla piazza. Ci sono voci maschili che vengono dalle scale, di D'Azeglio e di un altro uomo. Le servono pochi minuti per vestirsi e intrecciare i capelli.

Quando raggiunge il piano nobile vede il marchese in sala da pranzo accanto al medico. «Mi spiace aver fatto tardi stamattina...» si scusa.

«Margherita ha portato fuori Rina» le risponde D'Azeglio evitando di guardarla. Non è mai stato così pallido.

Il medico annuisce in segno di approvazione.

«Immagino che questa notte l'abbiamo disturbata.» D'Azeglio parla tenendo gli occhi fissi al pavimento. «Si è resa conto di quello che è successo?»

Emilia aggrotta la fronte. «Avete discusso...»

I due uomini si guardano. Sembrano indecisi su chi debba parlare per primo.

«Nella notte...» dice infine il medico. Si ferma un momento unendo i tacchi delle scarpe. «Questa notte la signora ha ingerito qualcosa di pericoloso.»

Emilia sbarra gli occhi.

D'Azeglio riabbassa lo sguardo alle losanghe sotto i loro piedi, come se non avesse la forza di tenerlo sollevato. «Per fortuna... ho il sonno leggero, sentivo che Luisa respirava male.»

«Che cosa avrebbe ingerito?»

«Semplice laudano» risponde il medico. «Ma in dose eccessiva.

Luisa è una donna generosa che però ha una sofferenza. Dobbiamo prendercene cura tutti.»

D'Azeglio sta fissando Emilia. Nel suo sguardo c'è una disperazione che stringe il cuore. «Appena arriverà la bella stagione potremmo andare tutti insieme a fare i bagni di mare...»

«È prematuro» lo interrompe il medico. «Comunque sì» concede, «se la signora starà bene, non potranno che esserle utili.»

«E se poi proseguissimo il viaggio per Firenze ne sarebbe contenta, signorina?» propone D'Azeglio, improvvisamente rianimato.

«Firenze...»

Emilia deve aver reagito con uno stupore sbigottito, il marchese per un attimo pare confuso. «Non vorrei darle illusioni, è ancora tutto da decidere. E non ne faccia parola con papà. Vede bene quante fragilità ne incrinano l'anima e il corpo. Non gli giova davvero conoscere quelle degli altri.»

«Posso... vedere la signora?» gli domanda Emilia.

D'Azeglio annuisce e la segue mentre lei si avvia verso la stanza matrimoniale.

Gli scuri sono accostati. Una freccia di luce si è posata esattamente sul viso di Luisa. Lei ha gli occhi chiusi, sulle labbra uno strano sorriso sognante. Emilia si avvicina.

Lungo la fronte le sembra di intravedere una ruga nuova, e due spicchi più violacei al di sotto degli occhi, come graffi lasciati da un rapace della notte.

37

Al centro del cortile della casa di via Morone, chiusa in una stola di seta cremisi che la rende più altezzosa, c'è donna Giulia. Fa un cenno a Domenico, che ha aperto il portone per farla uscire. «Stiamo arrivando!» esclama.

Emilia cerca di dominare il respiro corto dopo che ha percorso tutto il tragitto a passo spedito. «Mio figlio sta parlando con Sacchi e gli editori» le dice Giulia.

«Ancora il Sacchi?»

«Alessandro mi ha riferito che non ama che tu sia presente quando lui è qui. Credo che abbia l'impressione» ride «che quel marcantonio del litografista, dagherrotipista, *mon dieu, c'est si difficile!*, sia sempre molto lieto della tua presenza, forse troppo lieto.»

«Don Alessandro non può averle detto queste parole. Lo conosco e...»

«Se permetti lo conosco meglio io che sono la madre.»

Emilia fa un passo indietro, come se l'istinto la portasse a correre fino alla porta dello studio di Manzoni, spalancarla e sedersi al suo posto, al tavolo grande.

«E comunque» continua Giulia «significa che ti difende, se mi ha detto il suo pensiero. Dovrei anzi preoccuparmi di queste accortezze che ti riserva, essendo lui un uomo sposato.»

Il volto di Emilia avvampa ancora di più.

«Su, accompagnami, allora. Sto andando a trovare le nostre bambine.»

«Quali bambine? Io non so se oggi...»

«I D'Azeglio ti consentono di andare ai gran balli e non di accompagnare in giro una povera vecchia?» Ancora una volta la madre di Manzoni non la lascia parlare. «Non dimenticare che tutto arriva alle orecchie di donna Teresa.»

«Don Alessandro... lo sa?»

«Del ballo? È naturale. Teresa i pettegolezzi li riserva tutti al marito. Pensa di alleggerirgli la testa quando invece lo annoia mortalmente.»

«Donna Giulia» riesce finalmente a dire Emilia, «non so se sia il caso di allontanarmi, oggi.»

Lei fa un'alzatina di spalle. «Ormai sei parte della nostra famiglia, come dice sempre mio figlio. È ridicolo che tu faccia la *précieuse*.»

«Davvero don Alessandro lo dice?»

«È naturale!»

«E donna Teresa come la prende?»

«'Come la prende'... capisco, sono le paroline misteriose che sai sussurrare ad Alessandro.» Ancora il suo risolino acuto. «Non la prende, perché mio figlio non è mica stupido, non lo dice certo in presenza di sua moglie. Forza, andiamo al collegio della Visitazione. Lui ti ha parlato di Matilde, vero?» Le studia il viso divertita. «Non mi fare quel musino afflitto, non mi riferisce sempre il contenuto delle vostre conversazioni. Ma questo me l'ha detto, che avete parlato di lei. E oggi la vedrai, la nostra piccolina. Ecco il nipote. Pedrin!» esclama.

Pietro sta scendendo le scale lentamente, con un'andatura troppo affaticata per i suoi ventisette anni.

«Sembrate tutti e due dei *morts vivants*, oggi» osserva Giulia pochi attimi dopo che la carrozza è partita. «Hai fatto follie sabato al ballo?» Continua a canzonare affettuosamente Emilia, che le siede di fronte. Pietro ha preso posto accanto alla nonna ed evita di incrociare il suo sguardo.

«Ti racconto un pettegolezzo, cara. La nostra Vittoria dovrebbe uscire dal convento da qui a qualche mese. Del resto ha compiuto i diciassette anni. E ha già uno spasimante.»

«Nonna, non credo che alla signorina interessi.»

«Lasciami dire, Pedrin.» Giulia torna a rivolgersi a Emilia. «Indovina chi è.»

«Chi è...» ripete lei. «Io non frequento gli ambienti nobili.»
La madre di Manzoni le allunga uno schiaffetto sul ginocchio. «Non serve frequentare i salotti. A parte che tu frequenti la Scala.»
«Io...» Emilia di nuovo non trattiene l'impulso di rispondere.
«È Stefano, il figlio di Teresa. Che, a ben vedere, per la nostra Vittoria è un fratellastro. Lo sai com'è il colpo di fulmine. O non lo sai?» Improvvisamente Giulia arriccia il naso, poi fissa Pietro con uno sguardo diverso. Sembra arrabbiata. «Tu la tua nonna non la vuoi ascoltare proprio mai.»
Si avverte un forte odore di vino. Pietro avvicina un fazzoletto alla bocca, ma quel sentore acido arriva dai suoi abiti.
«È soltanto mattino, Pedrin!» esclama Giulia.
«Non so chi abbia usato ieri la carrozza...» le risponde Pietro con un evidente imbarazzo, cercando soccorso negli occhi di Emilia.

Vittoria si avvicina di slancio alla nonna e la abbraccia.
Con lo stesso calore, quasi con più entusiasmo, si stringe a Pietro. Lui le accarezza i capelli e socchiude gli occhi, in un'espressione dolce come quella che ogni tanto attraversa lo sguardo di suo padre.
Un visino più chiaro si affaccia alla porta. Capelli biondi, occhi color del cielo. Matilde dimostra meno dei nove anni che dovrebbe avere. La bocca sottile ricorda quella del padre e di Rina.
La nonna le fa cenno di avanzare. «Ciao, mia dolce. Questa signorina è la bambinaia di Rina. Aiuta papà con il suo romanzo.»
Appena Giulia le dà quest'informazione, Matilde spalanca gli occhi e il suo sguardo si fa perplesso e ammirato.
Pietro allarga le braccia e lei si accovaccia sul suo petto come un uccellino.
Vittoria racconta un'infinità di fatti: la visita di un generale austriaco, il matrimonio di una compagna andata in sposa senza conoscere il fidanzato e che da un giorno all'altro non hanno più visto, di altre due che hanno deciso di farsi monache. «Ma non ho capito se per volontà loro o della famiglia... Come la signora del romanzo di papà.»
«Hai visto, Vittorina, che di storie così ce ne sono dappertutto, non certo solo nei *Fidanzati*» le dice la nonna. «Come si può abbrac-

ciare Dio per imposizione di altri? Ma papà vi lascia libere di scegliere la vostra strada, a tutte e due.»

Finalmente donna Giulia si rivolge a Matilde. Emilia non ha mai lasciato la bambina con lo sguardo, mentre Vittoria parlava e parlava. «Lo sai, piccina, che a casa tutti ti mandano i loro baci e le loro carezze?»

Matilde fa cenno di sì. Il pallore del viso si fa appena più rosato.

«Filippo chiede in continuazione della sua dolce Matilde. E anche papà ti pensa sempre» mormora, «lo sai.»

Ora la bambina abbassa gli occhi. Annuisce ancora, con più difficoltà.

«Ti pensa tanto, credo che non lasci passare nemmeno un giorno senza farlo.»

Emilia sta fissando il visino della piccola. Ha l'impressione che i suoi occhi inizino a luccicare.

Vittoria continua a osservare Emilia sorridendo. «Avrà il suo bel penare, signorina, con papà! Si perde spesso da qualche parte con i pensieri, e non è facile riportarlo indietro.»

«Non ci riusciva nemmeno la tua mamma, l'Enrichetta» annuisce Giulia.

«Oggi sembra già primavera» mormora Matilde. Fuori dalla finestra due passerotti stanno tessendo curve nell'aria cercandosi a vicenda. Oltre la trama delle nuvole, si aprono, finalmente, varchi di azzurro.

38

«Sono fe-felice di rivederla.»

«Anch'io, don Alessandro.»

Il vento soffia forte oltre le finestre dello studio. Un vento insolito, che arriva da est. Qualcosa di piccolo, un insetto o una fogliolina secca, sbatte contro il vetro.

«Ho visto la porta aperta e mi sono permessa.»

«Mi-mi scuso per i miei ritardi. E per i miei malanni.» Il viso di Manzoni si inonda di rossore. Sembra in grande disagio.

Quando Emilia prende posto al suo fianco, il suo braccio è talmente vicino a quello di don Alessandro che è costretta a tenerlo in grembo, irrigidito. Come è possibile che quest'uomo buono trascuri le sue bambine?

Lui non sposta la sedia.

«È stato male?»

Sorride con quella tensione delle labbra che gli affiora quando non sopporta qualcosa di se stesso. Il fuoco in viso si accende. «Sono stato pe-penzoloni, come lei mi insegna. Appeso tra senno e stupidaggine.» Sta osservando il pennino e ora lo batte piano, più volte, su un foglio di carta.

«In questo periodo ho partecipato a un ballo alla Scala...» Emilia non alza più gli occhi, per quell'eccesso di vicinanza.

Lui non le chiede niente. Forse sorride leggermente. Sta fissando il libro aperto, come se fosse in attesa di qualcosa.

«Ma non ho mai smesso di pensare alle parole» dice veloce Emilia. «E mi è venuto in mente questo.» Quando solleva lo sguardo ha l'impressione che lui non voglia iniziare subito il lavoro, che abbia bisogno di una pausa. Di ascoltare o di parlare. Ma ormai non può correggersi. Continua a vedere il viso di Matilde e lui le sembra più estraneo. «Volevo anche suggerirle: non scriva 'seccaggine', ma 'seccatura'. Le può essere utile, perché credo che di questi tempi lei di seccature ne abbia un monte, con il Sacchi e le vignette. 'Tante', 'parecchie'.»

«Se la mette così ci sono le *se-seccadure* che montano... sopra le seccature. Quelle che non ci si aspetta. Potremmo chiamarle 'sopraseccate'.»

«Mi garba, anche se questa parola non l'ho mai sentita.»

«Non la scrivo nel romanzo, ma possiamo dirla tra noi.»

«Quando non vuole che qualcuno ci intenda?»

Un lampo di divertimento attraversa gli occhi di don Alessandro. «La ringrazio, perché lei è spesso spi-spiritosa con me, madamigella. Mi fa bene ridere. L'unico che lo capisce è Massimo. Come se la passa?»

«Bene...» Emilia abbassa lo sguardo sul romanzo.

«Ogni tanto qualcuno deve preoccuparsi anche di lui, del buon *piemontès*. Venendo a Milano lei è capitata in una famiglia che è un *rebelot*, madamigella. Come lo dite in Arno?»

«Una gabbia di matti, ma non mi permetterei mai.»

«Abitata da animali buoni, però» sorride Manzoni. «E ciascuno con la sua pena sul gobbone...»

Emilia vorrebbe fargli una domanda. «Per la maggior parte molto buoni, don Alessandro. Ciascuno con il suo mistero.»

Lui le fissa gli occhi con tanta intensità che lei è costretta a riabbassarli di nuovo. Ma non trattiene le parole. «Ho visto Filippo parlare con le formiche. Non lo fa come lei parla con gli alberi. Io penso che quel bambino si senta solo.»

Sa di averlo ferito, in qualche modo. Continua a non alzare il viso per l'imbarazzo.

«Spesso» lo sente mormorare «vorrei abbracciarlo e non lo faccio. Non capisco perché tutti mi vogliano un gran bene nonostante io sia così incapace.»

Emilia riesce a guardarlo con coraggio. Gli occhi di don Alessandro brillano di una solitudine dove nessuno probabilmente può arrivare.

«Passo il mio tempo a tenermi in piedi e a non sci-scivolare nel buio. E loro l'hanno sempre capito, anche la piccolina.»

Queste parole la fanno arrossire.

«Riprenderò Matilde qui con noi dopo che Vittorina uscirà dal collegio. L'ho pro-promesso a me stesso.»

Emilia deglutisce forte. Manzoni apre il romanzo alla fine del capitolo cinque e iniziano a leggere insieme, nella mente. Proseguono con il sesto.

Don Alessandro la sbircia spesso per controllare il punto in cui è arrivata. «Non si dimentichi che io la spio mentre legge i miei panni come un *ve-vecc portinar de locanda*» sussurra. «Lo vede come sono pigro, oggi? Parlo milanese più del solito.» L'ironia riprende il sopravvento, anche se la voce sembra tremare.

«Non è così vecchio, don Alessandro, e dica 'cenci'.»

«Cenci sia.» Il viso torna a imporporarsi leggermente. «Ha fermato la lettura nello stesso punto in cui mi sono interrotto io, madamigella. Quando fra Cristoforo fa la predica a don Rodrigo dopo essere entrato in quel palazzaccio... Il cappuccino è l'unico che può aiutare Renzo e Lucia a diventare marito e moglie. Lo hanno stordito con le loro chiacchiere, lo hanno fatto bere, ma Cristoforo deve dire, gridare a don Rodrigo di lasciare Lucia libera.»

«Può scrivere anche 'ramanzina', se vuole» propone Emilia. «O 'sciacquata di capo'.»

«Allora gli fa una *bela* ramanzina.»

«Bella...»

«Bella.» Manzoni china la fronte in segno di obbedienza.

«È da molti giorni che desideravo tornare a lavorare con lei al romanzo, don Alessandro.»

Le sorride e il rossore affiora di nuovo. «Ho un'altra so-soprasseccata per lei, madamigella. Vorrei evitare un *bel pugn* di avverbi...»

«Una manciata. E anche un bel mazzo.»

«È originale, quest'uso di 'mazzo', fiorentina. Un mucchio, un *muccett*. Io vorrei...» Si ferma a osservare la forza del vento contro i rami. «Vorrei che il romanzo si vedesse con i disegni, ma anche con le parole, più di adesso. Come un bel panorama.»

«Un panromanzo» ride Emilia.

«'*Pan*' è una parola greca, lo sa?»

Lei gli fa cenno di no, e le guance le si colorano.

«Significa 'tutto'. Un romanzo che contenga tutto, e quindi, sì, in cui i personaggi possano essere letti e visti nello stesso momento.»

Emilia osserva le righe che hanno appena letto. «Quando lei scrive che i proponimenti di fra Cristoforo nel suo incontro con don Rodrigo 'svanirono'... da noi, quando succede così, si dice 'andare in fumo', se di una cosa non se ne fa nulla, scompare. Se ne va in fumo.»

«Lo ve-vedo...» mormora Manzoni. «È una parola che si vede...»

Volta le pagine e tornano a leggere in silenzio. A casa di Lucia si sta tramando ai danni di don Abbondio, per trarlo in inganno con un matrimonio a sorpresa, alla presenza di due testimoni. Lucia non vuole che si agisca di nascosto, ma solo in questo modo i fidanzati possono diventare marito e moglie.

A un tratto Emilia si decide a parlare. «Devo interromperla.»

Lui annuisce con sofferenza. Per qualche motivo gli premeva andare avanti e non fermarsi.

«Quando Renzo va a casa di Tonio, il suo amico che dovrebbe fargli da testimone, in quella casa si sta mangiando la polenta. Ecco, la polenta non si mette nella pentola, ma nel paiolo.»

Manzoni ferma gli occhi su quella parola con un forte stupore. «Signorina, come può immaginare, se non mi ritengo scrittore, si fi-figuri cuoco.»

«I ragazzetti» riprende Emilia «avevano dunque gli occhi fissi al paiolo e aspettavano che venisse 'il momento di scodellare', non 'di rovesciarla', perché la pentola va tolta.»

«Va tolta...» ripete Manzoni. Solleva le sopracciglia in un'espressione di profondo dispiacere. «Questo che ho commesso è un errore grave, madamigella. Immagino quanti lettori, e soprattutto lettrici esperte di polenta, lo abbiano pensato. Un errore i-imperdonabile.»

«Non ci sono errori imperdonabili. E poi ora può correggere tutto.»

«Ma questo verbo, 'scodellare'...»

«Viene da 'scodella', don Alessandro!» esclama Emilia.

Manzoni ha ancora una volta un'aria afflitta. Si volta a prendere il vocabolario del Cherubini, lo apre alla lettera S. «Lo vede, qui a Milano 'scodella' non l'abbiamo. Eppure è una parola che risuona, una bella parola...»

«C'è un'altra cosa che non mi garba» torna a dire Emilia.

«Mi colpisca al cuore.» Ha un tono rassegnato e giocoso.

«Non mi garba per nulla questa espressione di Renzo: 'che mi vieni tu ora a menzionare?'. Noi si dice: 'Con che cosa mi vieni fuori?'.»

«Qui non la capisco...»

«'Con che trovata esci', 'quale trovata tu butti fuori'. Questo vole dire.»

«È sicura?»

«'Con che cosa mi vieni fuori' è quello che direbbe un amico a un altro amico. E questo è un dialogo tra amici. Se lei scrive una frase che non capisco, io posso dirle: "Don Alessandro, con che cosa mi viene fuori!".» Arrossisce per un istante appena ha finito di parlare. «Sta bene anche tra due persone che fanno un lavoro insieme. Non solo tra amici.»

Manzoni le getta uno sguardo che lei non gli ha mai visto. Ironico, sì, ma anche sorpreso, confuso. Ride scuotendo la testa. Gli occhi sono chiari come l'estate a Brusuglio.

39

I festeggiamenti per il compleanno dell'imperatore Ferdinando I sono appena iniziati con la messa del mattino nel grande Duomo e all'imbrunire il Teatro alla Scala sarà illuminato a giorno. Dal portone della cattedrale escono autorità militari e civili, giudici e generali, alti prelati. La banda innalza l'inno ambrosiano davanti alle truppe schierate. Emilia dovrebbe entrare nello spaccio del Coperto dei Figini: Luisa non pranza ancora con loro e ha bisogno di un vassoio più comodo. Ma si ferma per un momento a guardare.

Da un tavolino del caffè dove si era seduta con Fulvio mesi prima qualcuno sventola un cappello. È Pollet. E al suo fianco siede Bernard. Li sta raggiungendo anche Frederic, il trio degli intagliatori al completo. Frederic sta portando due tazze colme di cioccolata. Appena la vede, il volto gli si illumina. «Finalmente!»

Emilia gli sorride.

Frederic si volta verso l'interno del locale gridando: «Una quarta!». E torna subito dentro.

«*Asseyez-vous, mademoiselle.*» Pollet la invita a unirsi a loro e inizia a raccontare gli avvenimenti della piazza in lungo e in largo.

«Devo andare dai D'Azeglio» risponde Emilia, in italiano, ed è quello che realmente deve fare, ma scosta la sedia dal tavolo per fermarsi un momento. Sta prendendo posto quando vede Pietro avanzare verso il Coperto dei Figini: si mescola a quella folla, attento a rimanerne ai margini. Lo vede costeggiare le case del Rebecchino e poi sparire nelle vie del Bottonuto.

Emilia si rialza. Vorrebbe dire una parola a Frederic, ma lui è ancora nel caffè. «*Je dois vraiment y aller*» si scusa con Pollet e Bernard.

Nei vicoli del Bottonuto molti scuri sono chiusi: di contrasto al gran movimento delle vie, sembra che in alcune case si dorma della grossa. Riconosce l'angolo dove aveva svoltato per raggiungere la locanda del Pesce. È occupato da avanzi di cibo e abiti sparsi alla rinfusa. L'odore di urina è fortissimo.

I vetri delle poche finestre non oscurate sono polverosi, ma si può intravedere qualche interno. Nelle stanze si aggirano donne in vestaglia tra divani tappezzati di stoffe macchiate, catini, mobili ricoperti di nastri, calze, fazzoletti.

Il portone dove aveva incontrato le due ragazze che le avevano rivolto la parola quando cercava Fulvio è aperto. Dietro a un bancone una donna si pettina davanti a uno specchio tenuto in bilico su una cassetta di frutta vuota.

«Siediti» le dice senza nemmeno guardarla.

Emilia rimane in silenzio e fa un passo indietro.

La donna alza gli occhi. La studia con curiosità. «*Ah, ma a ti te serv minga da laorà.*» Un dente d'oro le brilla sull'arcata superiore.

Emilia fa cenno di no.

Si sentono rumori di passi dalla cima delle scale. Due donne stanno scendendo mentre fumano sigari.

«Ciao.» La ragazza dal labbro tagliato che mangiava pannocchie con l'amica bionda le si ferma accanto. «*Te pias propi* venire qui.» Ride senza curarsi di farle arrivare in faccia il fumo di una nuova boccata. Ha un ciclamino quasi appassito infilato tra i capelli.

«*Föra di pè*, oche!» esclama la proprietaria. Ora si è messa a scrivere i conti su un foglio. Le unghie delle mani sono rosicchiate fino alla carne.

Emilia spinge di nuovo lo sguardo verso la cima delle scale, si aspetta di vedere comparire la donna dai capelli bruciati.

«La Silvia la s'è fatta *ingravidà*» le dice la ragazza ridendo. «Ora è andata da una donna per farsi *dà una sistemada*.»

«Mi dispiace...» mormora Emilia.

«Tutto è meglio de la sifilide.»

La proprietaria picchia il pugno sul bancone senza smettere di fare di conto. «*Tass!*»

La ragazza prende Emilia per mano e la conduce di nuovo all'aperto. Ha una stretta famelica, come i suoi occhi. «Ma ricordati che se si viene due volte al Bottonuto c'è un motivo.»

«Cerco un ragazzo che indossa sempre un cilindro particolarmente alto» dice Emilia. «Un uomo robusto. Sarà almeno tre spanne più di me.»

«Non ci vuole *minga tròpp* a esser più alti di te» ride l'altra giovane. «Uno grosso come dici entra sempre in un portone della via qui dietro, accanto all'ortolano. Viene quasi tutti i giorni. Ricordati che l'uomo lo perdi *se el ciapa l'abitudin.*»

Ogni volta che le passa davanti, l'ortolana le propone la sua merce. Mele e zucche, soprattutto. «Le zucche a Firenze di questa stagione te le tirano dietro» le dice alla fine Emilia, spazientita.

«Dove *t'el tiren*?» le domanda lei senza capire.

«Non le vole nessuno!»

Restituisce una palla di cenci a due bambine che stanno giocando, si ferma accanto a una vecchia che intesse ceste di vimini. Sta passando troppo tempo, ma decide di aspettare ancora. Tiene lo sguardo fisso sulla porta di fianco alla fruttaiola e alla fine lo vede. Pietro esce, guarda nella direzione opposta alla sua, quindi si avvia.

Emilia gli corre dietro, e quel suo affannarsi attira l'attenzione. Pietro si volta di colpo, come un ladro colto nel furto. Ha un viso spaventato, poi si addolcisce. «Emilia...»

«Non voglio sapere perché lei viene qui» gli dice guardandolo negli occhi. «Sono affari suoi. Non sono certo una bacchettona.»

Per un momento Pietro la osserva con una punta di dubbio.

Iniziano a camminare affiancati e sembra che lui non abbia nessun problema a farsi vedere in quel luogo alla luce del sole. Dalle botteghe qualcuno, anzi, gli fa un cenno di saluto.

«'Bacchettona'» spiega Emilia «si dice per una pedante, seriosa, e anche ipocrita... L'importante è che lei non venga qui per bere e per distruggersi la salute. Se però lo fa per altri motivi, la posso capire. Non deve essere un bel vivere quando la famiglia ti vedrebbe sposato con una ricca signorina perché i trent'anni sono vicini.»

Pietro socchiude gli occhi, arrossendo. «La persona che incontro ha solo bisogno del mio aiuto. Non è quella che si può credere.»

«Io... non insinuerei mai...»

«Per me è complicato anche soltanto avvicinare una donna in un certo modo» le dice.

Sono in piedi al centro del vicolo e ora sì, hanno qualche sguardo addosso.

«Posso tenere a bada tutta la mia famiglia, essere il confidente delle mie sorelle, il bastone di papà, ma per me destare l'interesse di una donna è la più difficile impresa del mondo.»

Emilia gli sorride intenerita.

«Se mi faccio del male» aggiunge Pietro «non succede qui.»

«Cerchi di non dare altri pensieri a suo padre, la prego...» Emilia ha detto parole banali, che chissà quante volte lui si è sentito ripetere.

«Papà, sempre papà.» Pietro la interrompe con un leggero fastidio.

Lei fa un passo verso di lui, ma non può certo dargli una carezza, in quel luogo. «Le vogliamo bene in tanti, desideravo soltanto dirle questo.»

40

«Oggi mi sembra un po' stanca, madamigella.»

Emilia scuote il capo, imbarazzata. «È la primavera, don Alessandro, si dorme poco. Fo le bizze appena arriva la bella stagione.»

«Le vorrei chiedere una cosa sulla luna.»

«La luna?» Prende la sedia e gli si mette accanto. «La luna a Firenze si dice 'luna' e punto.»

«Ma la luna non ba-batte come il sole, cosa fa?» Manzoni sfoglia le pagine del capitolo otto. Cerca il punto esatto. «"Batteva la più bella luna del mondo"... La vedevo così, per la notte degli imbrogli.»

«'La più bella luna del mondo' mi garba moltissimo, però non si dice che la luna 'batteva'. I raggi ci sono, più chiari del sole, ma che non batta è fuor di dubbio. 'Splendeva'?»

«Ho bisogno di un verbo che racconti più di quello che siamo abituati a vedere... O-oppure potrebbe non esserci alcun verbo. Quando la luna è bella e piena si dice 'chiaro di luna', è d'accordo?»

«'Si incontrarono al chiaro di luna'... Una storia potrebbe anche principiare così» annuisce Emilia.

«Al più bel chiaro...» dicono nello stesso momento.

«Ci siamo arrivati insieme, don Alessandro!»

«Anche a Milano si dice: arrivarci, *'rivagh'*. E *'rivagh minga'* quando non ci arrivi. E allora» intinge il pennino nell'inchiostro «'era il più bel chi-chiaro di luna'...»

Riguarda la correzione. Poi sfoglia di nuovo le pagine in avanti. «Ecco il nostro addio. Dopo che il matrimonio a sorpresa con l'inganno a don Abbondio è fallito, anzi, 'è andato in fumo', sta bene?, ai nostri fidanzati non resta altro che scappare. Ricordo sempre la sua lezione sui saluti. Qui 'addio' va bene, perché Lucia pensa di non rivedere più il suo paese. E quindi non è una bu-buonanotte, come quando si salutava con Renzo...»

Emilia si china a leggere. «Ha già corretto?»

«Spero che non le dispiaccia.» Solleva gli occhi, e Emilia legge un'incertezza in cerca di conforto. «"Addio, monti sorgenti dall'acque, ed elevati al cielo"... mi è parso migliore di "montagne sorgenti dalle acque, ed erette al cielo".»

«Ha fatto bene.»

«Non vorrei solo aver fatto bene. La sente la musica? Volevo che in questo punto, qui in particolare, si sentisse. Pensi che non ne so un'acca di musica, come lei mi insegna. Eppure ho l'impressione di esserne circondato, fra-frastornato qualche volta, quando scrivo.»

«La sento, don Alessandro.»

«La ringrazio, madamigella Luti.»

Emilia si china di nuovo e bisbiglia: «"Cime ineguali, note a chi è cresciuto tra voi, e impresse nella sua mente non meno che lo sia l'aspetto de' suoi più famigliari; torrenti de' quali egli distingue lo scroscio, come il suono delle voci domestiche; ville sparse e biancheggianti sul pendio, come branchi di pecore pascenti; addio!"».

Vede la mano di Manzoni che avanza verso il foglio. Non sposta il libro verso di sé, per consentirle di non interrompere. Avvicina il pennino al pronome "egli", riflette per qualche momento e poi lo allontana.

«Don Alessandro... questa dolcezza si riserva solo a un luogo d'amore.»

Lui posa la penna e incrocia le mani, le stringe. «Se concorda con me sul fatto che anche la solitudine è amore... sì, lo è, madamigella.»

«Questo luogo è Lecco?»

«Sì.»

«Non ci torna mai?»

Non arrossisce e non guarda la finestra. «Mai.» Sembra che non voglia dire altro, e invece aggiunge: «Lei tornerebbe a Firenze se dovesse rimanere qui a Milano per dieci, vent'anni?».

Emilia sgrana gli occhi. «Credo di sì, don Alessandro...»

«Non le darebbe dolore? Non le farebbe male rivedere un luogo di solitudine e di amore?»

«È un pensiero che non ho ancora fatto, di rimanere a Milano per sempre.»

«Mi perdoni, Emilia.»

Frederic l'aspetta davanti al laboratorio di xilografia. Ha il viso arrossato, polvere di legno tra i capelli. Deve aver lavorato agli intagli del romanzo per tutta la mattina.

Dall'interno si sentono arrivare le voci di Sacchi e di Bernard. «Non ne abbia paura» le bisbiglia Frederic all'orecchio. «Abbiamo visto tutti come Sacchi le parla, ma ci siamo noi con lei, e ora è tutto preso da sua moglie. Tra un mese gli darà un bambino.»

Appena vede Emilia, Sacchi si passa una mano nei capelli. Per evitare che lasci scendere lo sguardo, lei si sposta alle spalle di Pollet.

«Il suo don Lisander *l'è propi un pedant*» le dice, sempre con quella tracotanza che manda il sangue alla testa.

«Non si dimentichi che è Manzoni a farvi guadagnare» ribatte Emilia.

«Vorremmo mostrare alla signorina i nostri intagli migliori» interviene Frederic, per interrompere il duetto.

Sacchi indica la stanza accanto. «Prego, ma solo per cinque minuti.»

Su un tavolo ricoperto da uno strato di sughero sono impilate piccole tavolette di legno lavorate. Emilia avanza e intravede un monte, un viso, un arco. «È il romanzo fatto in pezzi...»

«Non dica così.» Frederic ride. Distribuisce i legni sul tavolo e Emilia vede: gli occhi di Lucia, il cappello di Renzo. Sono solo frammenti, *I Promessi Sposi* riavvolti in impressioni di un momento.

«Andiamo con ordine. Questo è il frontespizio del primo capitolo.»

«Il ponte di Lecco...»

«Deve essere proprio innamorata di questo libro.» Sacchi è sopraggiunto alle spalle.

«È un capolavoro. Come la *Divina Commedia*.»

«Se lo dice lei... E l'Ariosto e il Tasso ce li dimentichiamo?» la provoca. «So che non ne sa molto di letteratura.»

«Sono infinite le cose che non so» ammette Emilia, «ma Dante noi fiorentini lo mandiamo a memoria. Vole sentire un canto per intero? "Poi che la carità del natio loco mi strinse"» inizia a recitare per dispetto.

«Ho capito, ho capito!» Sacchi va alla credenza a versarsi del vino. «La chiamerò Beatrice.»

Frederic viene preso dal riso. Posa le tavolette, ma ora muove le mani con delicatezza. Lo sta facendo per lei, perché sia meno impressionata: don Abbondio nel suo letto che sogna spade e Bravi che lo puniscono, le donne pronte al matrimonio nella casa di Lucia, Renzo con i capponi per l'Azzeccagarbugli, gli invitati alla tavola di don Rodrigo.

«Le cambia il viso quando vede i personaggi, lo sa?» Sacchi è di nuovo con loro. «Come quando guarda il libro. Ha un volto che ispira simpatia. Dovrebbe fare l'attrice in un'opera buffa.»

«Posso sempre cominciare» ribatte Emilia.

«Glielo dico perché ha occhi particolari, intriganti e limpidi. Vorrei fermarli in un dagherrotipo.»

«Che faccia mi viene quando leggo *I Promessi Sposi*?» Emilia lo osserva con una luce di sfida, ma il tono è curioso.

«Che faccia le viene... Diventa più sognante. E più bella. Sì, decisamente più bella.»

Frederic posa altri intagli sul tavolo. Ora si è dimenticato della delicatezza.

41

«Questa donna, la Signora di Monza. Lei la descrive come se l'avesse davanti. Vedeva un volto femminile, quando tratteggiava il suo viso?»

«'Tratteggiava', signorina Luti?» Manzoni ha le maniche della camicia arrotolate. Deve essere uscito a passeggio camminando velocissimo, arso dal suo fuoco, come direbbe donna Giulia. «È un verbo adatto al mestiere di Gonin. Però ha ragione, la volevo disegnare. E vorrei che nel libro nuovo i lettori la vedessero così: occhi tempestosi, sopracciglia nere, ampie fin quasi alle tempie.»

«A lei le garba spesso descrivere gli occhi scuri» riflette Emilia. «Perché non ha dato a nessun personaggio il colore dei suoi?» domanda arrossendo.

Forse don Alessandro sta per dirle qualcosa, ma lei riprende subito a parlare: «Devo muoverle qualche appunto sulla descrizione di questo viso. La Signora di Monza è d'una 'bellezza sbattuta'...».

«'Sfiorita e, direi quasi, sconcertata'» aggiunge Manzoni.

«'Sconcertata'... Che cosa intende dire? Sorpresa da se stessa?»

«Forse non in ordine, fuori posto, non curata, come se in lei pa-palpitasse una selvaggia bellezza lasciata feroce.»

«L'opposto di Lucia...» annuisce Emilia.

«Sì, ma non per colpa sua, di Gertrude, la Signora: per la famiglia in cui è nata, perché nessuno le ha insegnato un'altra vita. Lucia è candore, Gertrude tentazione e tormento. E sono le due passioni di-differenti: l'amore di anima e corpo da scoprire, dei promessi sposi, e l'amore del solo corpo, dominio, sottomissione ricatto, se vogliamo disperazione, di Gertrude ed Egidio, che fa scendere nell'ombra, irresistibile come la luce. Entrambi hanno pari attrattiva e forza. Bisogna solo scegliere.»

Emilia lo sta fissando come non ha mai fatto. Per qualche ragione queste parole le richiamano alla mente le convulsioni che avevano preso don Alessandro la notte di Carnevale.

Manzoni posa nuovamente gli occhi sulla pagina del romanzo. «La prima vignetta sulla Signora può essere inserita qui, o, ancor meglio, poco più avanti, per segnalare che dal velo le usciva una ciocca di capelli ribelli "che mostrava o dimenticanza"...»

«"O disprezzo della regola"» aggiunge Emilia con delicatezza.

Don Alessandro prende un foglio nuovo per gli appunti delle vignette. Lo piega in quattro parti e lo divide con il tagliacarte. Scrive i numeri delle misure. «Il primo disegno sarà grande, un ritratto» sussurra. «E poi» sembra che stia parlando in una visione «ce ne sarà un altro poco dopo, non più di due pagine... Questo deve mostrare tutta la scena per intera, come se noi fossimo prima davanti alla Signora, e quindi si vedrà la monaca da vicino... Infine, come se facessimo qualche passo indietro, abbracciando con gli occhi tutta la stanza.» Continua a parlare tenendo la penna sospesa nell'aria. «Il padre Cristoforo, Agnese e Lucia al di qua del muro. Al di là, chiusa dalla grata, la Signora.»

Traccia le misure anche di questa vignetta. «Si ricorda quando abbiamo visto insieme il dagherrotipo? Si immagini che un da-dagherrotipista possa fermare con le sue magie di luce prima il viso della monaca standole proprio di fronte.» Si alza in piedi, gira intorno al tavolo e pianta i palmi, fissandola negli occhi. «Poi» arretra verso il camino «che inquadri le donne e il frate che parlano. Poi ancora...» torna verso Emilia «che esplori di nuovo il volto di lei.» Fa un altro mezzo passo nella sua direzione. «Vorrei che questi disegni fossero... di-distribuiti nelle pagine in questo modo, con questo movimento.»

«Vole far avvicinare e allontanare il lettore alla scena?»

«Voglio dargli libertà.» Sistema il biglietto nel cofanetto dove ha riposto gli altri e siede di nuovo al suo fianco. «Mi dispiace annoiarla con i disegni, se purtroppo mi è riuscito con il romanzo.»

«Non vede che sto pendendo dalle sue labbra, don Alessandro?» Emilia se le morde per la disinvoltura con cui ha parlato.

«'Pendere dalle labbra'... significa 'rimanere appeso alle parole'?»

«Ancora di più. Esserne incantato.» Emilia lo vede incerto e come sempre in imbarazzo. «La Signora, si diceva... era di una bellezza scomposta, allora...»

«Scomposta come un fiore un tempo sublime che ha perso qualche petalo. Segno la parola, madamigella: 'scomposta'.» Scrive lentamente. «Ma non ne sono convinto in pieno.»

«Un 'talento feroce' non lo capisco, don Alessandro.»

«'Talento', ha ragione, non è la giusta parola per l'anima di Gertrude, ma qui è inesprimibile.»

«L'indole... Se è indescrivibile si può dire 'un non so che'.»

«Questa espressione la conosco, madamigella.» Annuisce con soddisfazione.

«'Un non so che di minaccioso e feroce.' Come se io le dicessi: 'Oggi ha un non so che di ispirato, don Alessandro'.»

«Anche lei ha questo non so che, si-signorina Luti. Sarà merito di Gertrude?» Non le lascia il tempo di rispondere. Indica un punto in cui compare qualche piccola correzione. «"Bambole vestite da monaca furono i primi balocchi che le si posero fra le mani", e questo sta bene.» Sostituisce solo la 'f' di 'fra' con la 't': 'tra'. «"Poi immagini vestite da monaca."» Apre la tabacchiera con la mano sinistra, avvicina le dita alla polvere, ma non la pizzica. «Come può un'immagine essere vestita da monaca? Un'immagine è nome astratto, dovrei dire 'raffigurante'... questo è il più infelice di tutti i passaggi più infelici che abbiamo affrontato.»

«Lei intende immaginette di monache?»

«Come le nostre vignette.»

«Sa come si dice da noi?»

«Non ho altra curiosità, madamigella.»

«Santino.»

«Un piccolo santo?»

«Il 'santino' è un bigliettino che i credenti portano sempre con sé, per essere protetti.»

Manzoni ha sollevato le sopracciglia quando lei ha detto 'credenti', quasi con senso di sfida. «E possiamo dire 'santini' anche per le monache?»

«Per me si può, don Alessandro. Sarebbero comunque monache sante, non monache qualsiasi.»

«Mia madre le chiama 'immaginette', ma a me garbano molto di più i suoi santini. Mi permetta solo di pensarci qualche giorno. So già come andrà a finire. Mi tufferò in Arno, seguendo i suoi consigli.»

«Donna Giulia è stata in convento?»

«Per sei anni.»

«Non l'avrei mai detto...» Emilia avvampa. «Non mi sono spiegata bene. Anche se è molto religiosa, mi pare che abbia vissuto il mondo.»

Manzoni non ha l'aria offesa, anzi lusingata. «Suo padre, mio nonno, l'autore del trattato *Dei delitti e delle pene*...»

«Lo so, don Alessandro.»

«Il Beccaria... era piuttosto severo. Anche di me si di-direbbe che mi sono dimenticato di Matilde e Vittoria in convento...»

«Perché non ha tenuto in casa nemmeno Vittoria?»

«Lo decise la mia... pri-prima moglie.» Sembra sempre che non riesca a pronunciare il suo nome, Enrichetta. «Matilde era troppo piccola e mi-mia moglie stava poco bene, Filippo richiedeva attenzioni perché era poco più grande. Vittoria a nove anni è stata sacrificata. Ma lei ha il carattere più forte di tutti.»

«E perché non l'ha ancora ripresa in casa?»

Assottiglia le labbra. «Perché spesso si lasciano le cose come sono per non su-subire emozioni, per rimanere in bilico. Pensi che scrivo poco alle mie bambine per non emozionarmi e per il se-senso di colpa che provo non facendolo. Lo vede in che gu-guazzabuglio vivo?» La osserva per un momento arrossendo, come se volesse pregarla di non andare avanti.

«Quando scriveva della Signora di Monza pensava a sua madre?»

«Io penso sempre a mia madre.» Sposta lo sguardo alla finestra. «Con amore e angoscia. Mi ha messo in imbarazzo molte volte, come farebbe Gertrude con noi. Ma mi ha sempre salvato e curato l'anima. Le di-dispiace se continuiamo in giardino?»

I platani, le magnolie, la *sophora* e l'ibiscus hanno messo da giorni le prime foglie, c'è un principio di vita in ogni ramo.

Emilia si domanda se dalle finestre Teresa li stia controllando, o se donna Giulia stia sorridendo dal piano che abita da sola, il più alto del palazzo. Manzoni le mostra la panca e la fa sedere per prima. Le si mette accanto e le avvicina il libro. Lo apre, le indica il punto.

«"Tra queste deplorabili guerricciuole, con sé e con altrui"...» legge Emilia. «'Con altri' credo che sia meglio, don Alessandro.»

«'E con altri'...» ripete annuendo.

«"Aveva ella varcata la puerizia, e s'inoltrava in quella età così critica, nella quale par che entri nell'animo quasi una potenza misteriosa"...» Emilia alza il viso. «La potenza misteriosa di quando si smette di essere bambini...» bisbiglia. «Perché a Lecco era solo?»

Lo sguardo di don Alessandro va ancora agli alberi. «Avevamo una villa in paese, al Caleotto. Mia madre viveva già in Francia... Quel giardino era tutto il mio mondo, alberi e mormorii di uccelli. Da ragazzo andavo per monti, su per sentieri. Per questo ca-cammino nel modo in cui ha visto. Per me era quella la commovente potenza delle prime emozioni.» Sposta di nuovo l'attenzione sul viso di Emilia. «Non voglio to-tormentarla con le nostalgie. E lei?»

«Preferisco non parlare della mia adolescenza, don Alessandro.» Emilia legge un dispiacere nei suoi occhi, ma lui è troppo discreto per fare domande.

Lo sguardo di Manzoni ruota verso l'ibiscus, e per un attimo si perde nello studio delle foglie. Sembra che i dolori degli altri gli provochino sempre un disordine nei pensieri. «O-ogni distanza era infinitamente piccola» mormora «a paragone del piacere di un cielo aperto su di me, boschi o prati in cui immergere la mente, fantasticare... anche per trovare pace in quell'ordine di natura. E su tutto dominava una montagna che è fatta come la disegnerebbe un bambino, con quelle cime frastagliate, un saliscendi.»

«Il Resegone che guardavamo da Brusuglio...» sussurra Emilia.

«Allora ero capace di star solo, adesso non più. Da quella forza della solitudine, che è anche commozione, un dialogo con se stessi spinto all'e-esasperazione, è nato l'amore tra Renzo e Lucia, perché era quello su cui fantasticavo, l'amore grande e puro, ma anche carnale, nel senso che...»

Emilia sta arrossendo.

«Nel senso che unirsi nella carne è consegnarsi a una persona, farsi sua. È l'amore che tutti in fondo al cuore desideriamo...»

Emilia gli ha visto uno sfarfallio negli occhi. Abbassa i suoi, perché sente di non poter sostenere la sensualità di un amore totale raccontata in quel modo.

«E che io credo di aver avuto.» Don Alessandro non vuole andare oltre. Sta fissando una frase. «"Si era ella fatto nella parte più riposta della mente come uno splendido ritiro." Lo vede? È proprio questo. Da giovani ci si può sublimare, nel pensiero e nella solitudine.»

Quando Emilia rialza lo sguardo si trova davanti il volto di Sacchi. Alle sue spalle sta avanzando D'Azeglio.

«Papà...»

Emilia si scosta da don Alessandro, consegnandogli il libro.

«Scusatemi» dice il marchese, «ma sono stato convocato dal signor Sacchi per una questione urgentissima.»

Manzoni sembra intuire il suo disagio. Assottiglia la bocca, come quando si difende da qualche minaccia che arriva dall'esterno, o da se stesso.

Per una volta Sacchi non indugia su Emilia. «Dobbiamo informarla del fatto che i tempi di consegna dei nostri intagli...» si ferma un momento «sono cambiati, don Alessandro.»

Manzoni rimane in silenzio fissando i rami del roseto e le prime gettate di gemme.

D'Azeglio si lascia andare a un breve sospiro. Dimagrisce facilmente, e gli è successo anche dalla notte del ballo in maschera. Poi inizia a spiegare: la complessità del disegno e degli sfondi non consente di fare più veloce. Sette giorni a intaglio è, anzi, un tempo fin troppo breve.

«Stiamo per pubblicare il ma-manifesto.» Don Alessandro parla con un tono balbettante ma severo. «E il bando di uscita.»

«Vorrà dire» interviene Sacchi «che le dispense non arriveranno nelle librerie ogni settimana, ma una o due volte al mese. Andando a ritmo indemoniato, non possiamo consegnare più di sessantacinque disegni per dicembre.»

«Sei capitoli...» mormora Manzoni.

«Il problema è che dopo i primi sei non avremo altre vignette per proseguire» valuta D'Azeglio.

«Le pubblicazioni saranno riprese nella primavera prossima» precisa Sacchi, «quando avremo pronti i nuovi legni. Lei ha fatto una scommessa, don Alessandro. Non è mai stata realizzata un'impresa tipografica di questo genere in Italia. Ogni scommessa comporta dei rischi.»

«Ma-ma qui il rischio economico per una famiglia che non se la passa così bene è altissimo.»

Emilia lo tiene d'occhio di continuo.

È D'Azeglio a riprendere la parola. «Papà, l'essenziale è che da qui a due anni *I Fidanzati* siano ripubblicati in modo completo. Corretti, riscritti, illustrati. E che il 1842 possa concludersi con una nuova edizione del romanzo.»

«Ho già investito qu-quarantamila lire, e non tutta la mia famiglia è d'accordo.» Don Alessandro continua a parlare a voce bassa. «Con una pausa così lunga potremmo perdere i so-sottoscrittori.» Ora ha lo sguardo rivolto al libro, come se avesse ricominciato a leggerlo per distrarsi. Quando lo abbandona, incontra gli occhi di D'Azeglio. «Mio buon Massimo, sai che cambiare i progetti mi mette a disagio.»

«Non ho mai fatto cattivi affari, e mai ne consiglierei a chi stimo più di ogni altro al mondo.»

Sacchi ha voglia di scappare. «Le farò sapere se altri intagliatori possono unirsi da Parigi.»

«Per ri-rispettare i tempi quindi dobbiamo pagare di più?»

Per la prima volta Sacchi sembra in lieve imbarazzo. «Sì, don Alessandro. Intanto dica a Gonin di darsi da fare. Intagliamo quel che lui ci manda. Se non ci arrivano disegni, noi stiamo fermi.»

42

Le rotaie sono già tutte posate nel primo tratto, fin dove lo sguardo può arrivare le due strisce corrono parallele accanto a una palazzina a due piani, con un terzo in costruzione. Al termine della linea del binario, molti uomini sono chini a lavorare. Il sole è vicino all'orizzonte.

«Appena verranno venduti i biglietti vuole accompagnarmi a conoscere il treno?»

Emilia solleva il cappello sulla fronte. «È sicuro che non si corrano pericoli?»

«Non è una domanda da lei, Emilia» la canzona Frederic.

Pollet li ha appena lasciati per raggiungere due guardie sotto i capanni.

«Forse sono meno coraggiosa di quello che pensa.»

Frederic le sorride. «Eppure dà l'impressione di non avere mai paura di niente.» Emilia inizia a camminare verso la stazione, e lui le va dietro.

«Scappa sempre quando qualcuno le dice qualcosa di bello?»

Il vento sta spettinando i ricci di Frederic. Ha gli occhi ancora fissi su di lei, e sembra che non lo ferisca l'ultima fiamma di luce prima del tramonto. «La prossima domenica raggiungeremo il lago di Como con Pollet e Bernard. Vorrei chiederle di venire con noi.»

«Credo che i D'Azeglio abbiano bisogno di me in questo periodo» gli risponde Emilia senza dare altre spiegazioni.

Gli occhi di Frederic si fanno improvvisamente serissimi. «Prima o poi vorrei che ci conoscessimo meglio, voglio dire... anche senza Pollet. Non abbiamo sempre bisogno di un cicisbeo, si dice così?, che ci regga il mantello.»

Emilia ride al pensiero di Pollet nel ruolo del cavalier servente.

«Allora mi promette che si farà accompagnare da me la prima volta che prenderà il treno per Monza? Vorrei farle vincere la paura.»

Emilia si ferma a guardarlo con una punta di stupore per l'intensità con cui ha pronunciato queste parole. «Glielo prometto.»

«Credo di provare un sentimento per lei, Emilia» le dice all'improvviso.

Emilia arrossisce violentemente e non può che stupirsi della bellezza di Frederic: gli occhi castani, ma con una raggiera più chiara lungo il perimetro delle iridi, le labbra che danno colore a tutto il volto. Forse il fatto che lei abbia abbassato lo sguardo sulla sua bocca induce Frederic ad avanzare. Avvicina il viso al suo e le dà un piccolo bacio sulle labbra.

Emilia non si muove per la sorpresa.

«Non ci conosciamo da troppo tempo» mormora fissandole gli occhi, le guance in fuoco, «ma sa che l'amicizia può trasformarsi in qualcos'altro.»

«Può accadere» annuisce Emilia. Frederic è troppo vicino, e questo le crea paura, come l'impronta di quel bacio. «Ma... c'è una persona che mi aspetta. A Firenze.»

Queste parole risultano talmente brusche che Frederic fa un passo indietro.

«Non so esattamente se mi aspetti ancora» spiega Emilia velocemente. Vede la delusione attraversare il viso di Frederic come un'ombra. «Io le sono amica.» Cerca con gli occhi intorno a sé la risposta giusta, sotto i capannoni, lungo la corsa delle rotaie. «Ho difetti che non mi rendono... semplice. E quella persona accetta le mie complicazioni.»

Pollet sta venendo verso di loro. «Fred, Emily! *A juillet la ligne jusqu'à Monza sera fait!*» li informa. Ma nessuno dei due accende la conversazione, mentre avanzano lungo quella strada di ferro costruita per portare la velocità fino alle montagne.

43

Emilia tiene gli occhi puntati sulla chiesa di San Fedele. Regge in bilico sulle ginocchia il suo quaderno, seduta davanti alla finestra della cucina. Ogni tanto scrive qualche parola, poi torna a fissare il portone chiuso.

«Prima o poi il Manzoni si accorgerà che lo sorvegli» la canzona Margherita, la cameriera di casa D'Azeglio, mentre asciuga i piatti che la cuoca sta lavando. «È più di un mese che *ti te fai la sciguètta in sul ramm.*»

«Che cos'è la *sciguètta*?» domanda Emilia girandosi appena.

«La civetta appollaiata che aspetta» canterella Margherita.

«Non lo sorveglio!» esclama Emilia, e ora volta le spalle alla finestra.

«Aspetti il momento che esca dalla messa per presentarti in via Morone e farti dire dalla moglie che neanche oggi don Lisander *voeur laorà.*»

«Magari invece oggi gli garba.»

Emilia si alza infastidita. Margherita continua a parlare. «Se ti vuoi *sporcà i man toca impastà* i biscotti per la *tuseta* che sta facendo la lezione.»

«Quale lezione?»

«C'è una persona per *insegnà* alla Rina.»

«La signora Luisa è malata, non può essersene occupata...»

«Va'. Va' a *guardà*, va'. *A fà la sciguètta* non ti accorgi nemmeno di chi entra in casa.»

Di fronte a Rina, nel soggiorno, siede don Ghianda. Emilia si avvicina in silenzio. «Pensavo che fosse un'istitutrice!» esclama.

Il prete sobbalza, poi riprende il controllo di sé. «Le donne, come lei sa bene appartenendo a quella *species*, non sono affidabili.»

«Allora mi permetto di chiederle... Se lei seguirà Rina nello studio.... Vorrei partecipare, qualche volta» gli dice Emilia senza curarsi del tono sgradevole con cui le si è rivolto. «Mi garberebbe imparare il latino. E il greco.»

Don Ghianda intreccia le mani sul tavolo con un'aria rammaricata. «Lei è un'adulta, cara *magistra*. Non può apprendere molto, ormai.»

«Vorrei imparare da lei.» Emilia gli scruta il volto attentamente. «Credo che con lei potrei riuscirci, don Ghianda.»

Il prete spinge la schiena contro la spalliera, imbarazzato. «Io? Che c'entro io con la sua cultura?»

«Non posso chiederlo certo al marchese.»

Don Ghianda sospira. «Si sieda.» Lo dice come un atto di carità. «Ma le chiedo di non intervenire.»

Rina la sbircia con un piccolo sorriso, poi sposta l'attenzione alla porta. Dalla luce dei suoi occhi Emilia capisce che sta guardando il padre.

«Quando terminate» le dice D'Azeglio «mia moglie vorrebbe stare un po' in sua compagnia, signorina.»

Luisa indossa la sottoveste e si sta specchiando con gli occhi socchiusi, ferita dalla luce che entra dalla finestra. Da quando è stata male è come invecchiata di molti anni. Il candore dei denti rimane straordinario.

Emilia le viene vicino e si volta per prendere la vestaglia da una sedia. Luisa le afferra la mano. «Conserva sempre il tuo sorriso» bisbiglia, scandendo male le parole. «Volevo dirtelo tante volte. Tutti ti vogliono accanto perché fai sorridere.» Lo sguardo improvvisamente trabocca di tenerezza. «Chi è preso dalle paure come me non può dare niente di buono alle persone.»

«Lei ha un cuore generoso, Luisa. Non sa quanti le vogliono bene...»

«Ma non me ne vogliono come a te. Tu porti luce e io buio.»

«Lei è una signora buona.»

Luisa si appoggia allo specchio a piantana, che arretra nonostante il suo fragile peso. Per un momento perde l'equilibrio e Emilia si protende per evitare che cada. La sorregge e la conduce verso il letto. L'aiuta a sdraiarsi e le adagia la testa sul cuscino.

D'Azeglio è sulla soglia, fermo a osservarle. In breve il respiro di Luisa diventa profondo ed Emilia gli si avvicina.

«Ripeto sempre che lei è un fiore per la nostra famiglia» le dice il marchese socchiudendo la porta. «Non saranno mai abbastanza i 'grazie' che potrò dirle.»

Dall'intensità del suo sguardo è evidente che non vuole lasciarla andare via. «Ho detto a Luisa di Firenze.» Gli occhi gli luccicano di una piccola, tormentata felicità. «Andremo tutti insieme.»

Emilia si scosta dalla porta.

«Non è contenta di tornare nella sua città?» si meraviglia D'Azeglio.

«Certamente sì.» Emilia stringe le mani con troppa forza.

Lui se ne accorge.

«Mi scuso...» Un'emozione improvvisa le sta chiudendo la gola. «Non me l'aspettavo.» Le salgono le lacrime, ed è così strano che le succeda in questo momento. «Sono felice di rivedere le mie sorelle, e la mamma.»

«Emilia...» D'Azeglio sembra a disagio. «Perché si agita così tanto?»

«Ho un impegno con don Alessandro...»

«Penso che per ora papà abbia intenzione di prendersi una pausa dalle correzioni. Dovrà stare dietro a Gonin e agli intagliatori. Se non sbaglio è da settimane che non mette il naso nel romanzo.»

«Io non so se voglio lasciarlo solo.» Emilia spalanca gli occhi pentendosi di quello che ha appena detto. D'Azeglio sbatte appena più veloce le sue lunghe ciglia.

«Non vorrei che proseguisse senza il mio aiuto» si corregge.

«Se è questo che la preoccupa, non creda che Manzoni la possa sostituire con qualcun altro. Ormai si fida soltanto di lei.»

44

Oltre la vetrina della libreria due guardie della gendarmeria stanno trascinando un uomo che scalcia come un asino. Uno dei due passa dall'altro lato e gli assesta un colpo di bastone sul ginocchio che lo fa gridare di dolore.

Don Battioli sfoglia il giornale seduto sul suo sgabello e ogni tanto sbircia la strada. Da qualche tempo ha perso un po' di buon umore. Emilia impila sul banco i libri che ha scelto: alcune commedie di Plauto e opere di Orazio e Virgilio. «Si è messa a leggere tutto d'un colpo le cose difficili?» le domanda mentre lei gli tende le monete.

La porta si spalanca all'improvviso. Emilia, che per un attimo aveva abbassato lo sguardo, afferra d'istinto il tagliacarte.

«Le piccole Manzoni...» le saluta il libraio con un sorriso stanco. «Da quanto tempo non vi vedo. Che succede qua fuori?»

Indossano entrambe cuffie bianche di pizzo, da cui spuntano ciocchette di capelli arricciate lungo le guance. Matilde ha occhi molto chiari, incantevoli. Emilia le osserva meravigliata.

«Gli austriaci stanno facendo una rappresaglia» risponde Vittoria.

Il libraio fa cenno con un braccio di lasciar perdere. «Sono come il can che abbaia ma non morde. Hanno concesso ad alcuni esuli dei moti di aprire un circolo qui vicino, per tenerli d'occhio... E ogni tanto picchiano il bastone contro i poveretti che vogliono fare la rivoluzione da soli.»

Vittoria sposta lo sguardo su Emilia. «Cercavamo la signorina Luti. Teresa ci ha detto che quando va a passeggio fa il giro lungo per non passare davanti alla chiesa di San Fedele e si ferma dal libraio.»

«Veramente fo il giro lungo per passare dalla piazza del Duomo.» Emilia continua a studiarle con curiosità, ma si trattiene dal fare domande.

«Papà ci ha fatto tornare a casa per qualche settimana. Le ha scritto questo.» Vittoria fa scivolare sul tavolo un foglietto.

Il libraio finalmente sorride. «È così in confidenza con quella casa da giocare ai bigliettini con il Manzoni?»

Emilia arrossisce. Matilde, di solito discreta negli sguardi, la fissa con attenzione.

Da fuori arrivano grida più forti. Altre guardie portano via due uomini. La gente scappa, qualcuno si infila nei portoni delle case.

«Bisogna sempre avere rispetto per chi rischia la vita in nome della libertà.» Don Battioli abbassa la voce. «Ma chi glielo fa fare a questi *quater gatt* di gridare prima che il popolo sia risvegliato?»

«E come si risveglia il popolo?» domanda Vittoria.

«Il popolo bue dorme per definizione, perché il numero dei codardi è infinitamente più alto di quello dei coraggiosi. In realtà per unire bastano un'idea, un condottiero e i *danè*, i soldi.» Sposta nuovamente l'attenzione sul biglietto. «Coraggio, signorina. Non è obbligata a leggere ad alta voce.»

«Si figuri se leggo ad alta voce.» Emilia riesce a farlo ridere di nuovo. Prende il biglietto e Matilde le va accanto. Vittoria ha l'impulso di seguire la sorella, ma poi si trattiene.

Emilia scartoccia il foglietto. "Parole che toccano, che pungono, che arrivano, che attaccano": è scritto come i bigliettini di molto tempo prima, il testo a sinistra e a destra uno spazio vuoto, perché lei lo riempia.

Si ferma a pensare. Allunga la mano verso la penna.

Il libraio intinge il pennino nell'inchiostro e gliela porge. Ne approfitta per cambiare leggermente posizione, mentre lei si china sul tavolo, in modo da riuscire a leggere.

Emilia d'istinto copre con la mano la parte sinistra del foglio, per nascondere quello che è scritto. "Se sono parole offensive" annota "si dice: parole che frizzano, che feriscono, che *pungano*, che arrivano."

Vittoria le corre dietro con Matilde. «Signorina, rallenti il passo! Non faccia come papà!»

Appena raggiungono il cortile di via Morone, Emilia vede Bernard e Pollet uscire dalla porta della cucina. «*Bonne journée, mademoiselle!*» esclama Pollet. Frederic non è con loro.

Subito dietro c'è Teresa, sembra venire dallo studio di Manzoni. Il suo viso ha ripreso quell'espressione ambivalente di dolcezza e astio che qualche volta lascia sconcertati. «Alessandro non ha nemmeno pranzato temendo che lei arrivasse prima» dice a Emilia, e la affianca per condurla da suo marito.

In giardino Cristina sta conversando con un giovane uomo. «È il secondo figlio maschio, Enrico, che lei non ha ancora visto» spiega Teresa. «Se n'è stato a Parigi per più di un anno, tutto preso dall'affare dei bachi. *ManzAless* all'inizio era contento, ora ne è preoccupatissimo.»

Dà l'idea di voler perdere tempo per farla tardare. Emilia freme per bussare alla porta dello studio di don Alessandro, ma l'aspetto di Cristina la impressiona: un grosso eczema le ricopre una guancia, dalla tempia alla bocca, si può vedere bene anche a distanza.

Aspetta un momento per non essere scortese e poi riesce a dire, forse in modo troppo brusco: «Se suo marito ha fretta, non voglio farlo attendere».

Manzoni è seduto al tavolo piccolo. Davanti a sé ha l'*Eneide* di Virgilio. Emilia si rende conto di essersi dimenticata tutti i libri da don Battioli. «Sono felice di vederla, don Alessandro.» La voce le trema ancora, nonostante si conoscano da un po' di tempo, ormai.

«Mi scuso se di-di nuovo non ho più lavorato con lei» le dice parlando con un lieve rossore, «ma per non affaticarle la giornata preferisco non darle tutte le spiegazioni del caso.»

«Don Alessandro, le ho già detto che questo lavoro...»

Manzoni sta pizzicando il tabacco mentre osserva un appunto.

Il viso di Emilia si infiamma, ma non di vergogna. «Lei un giorno mi ha detto che ero autorizzata a rimproverarla, se si fosse sentito sfiduciato. Anzi...» Continua ad arrossire. «Mi aveva detto che potevo prenderla per mano. Ma lei non capisce quanto sia importante per me aiutarla. E quando lei è sfiduciato io non posso nemmeno entrare... Voglio dire... Non ho potere e facoltà di spalancare questa porta e...»

«Farmi una sciacquata di capo?»

«'Fare una scenata', noi si dice così, è più forte anche della ramanzina.»

«Qui diciamo 'scena'... Ma 'scenata' è mo-molto meglio.»

«Io la scenata non gliela posso fare, perché non sono autorizzata e succede che se chiedo di venire da lei...»

«Ho capito che cosa mi vuol dire. Un giorno le spiegherò perché mi sono spo-sposato di nuovo. La ringrazio per la sua discrezione. Ha fatto bene a non bussare alla mia porta.»

Emilia è talmente offesa da queste parole da essere sul punto di voltarsi e andarsene. «Il romanzo è suo. È un segno di grande debolezza mettere la propria libertà al servizio di qualcun altro.» Si sente infuocare, e il volto impassibile di don Alessandro non fa che accrescere la strana rabbia che le sta spezzando la voce.

«Non giudichi senza conoscere» le dice lui in modo insolitamente severo. «Do-dovrebbe studiare di più il cristianesimo per capire cosa intendo dire.»

«Don Alessandro...» Un tremolio lungo il mento le risale fino alle labbra. Tutto il viso è scosso dall'indignazione. «Lei non mi ha fatto mai pesare la mia età, non mi ha fatto mai pesare niente. Ora invece...» Raggiunge la porta, abbassa la maniglia.

«Emilia!» lo sente esclamare.

Attraversa il cortile a passi pesanti. Donna Teresa sta parlando con il postino, tra pochi attimi tornerà indietro. Emilia si volta e non può far altro che tornare verso la porta dello studio. Si ferma sulla soglia.

«Emilia...» Don Alessandro non le ha mai rivolto uno sguardo così triste chiamandola per nome. «Mi scu-scusi, Emilia, mi faccia spiegare. Io non la offenderei mai, è l'u-l'ultima cosa che vorrei al mondo.» Sta balbettando moltissimo. «Io con lei... vedo un lu-lungo sentiero davanti, anche per questo preferisco raccontarle poco a poco. Lo sa che non posso co-correre, tranne che con le gambe.»

Emilia si chiude la porta alle spalle. Le è difficile parlare perché rancore e tenerezza si stanno scontrando nel suo corpo. «Non mi spiega nemmeno esattamente perché interrompe il lavoro per così tante settimane. I suoi silenzi non sono affatto facili.»

«Un romanzo...» Manzoni è tentato di guardare fuori dalla finestra, ma è evidente che cerca di non perdere il contatto con i suoi occhi, per non farla andare via di nuovo. «Un ro-romanzo dovrebbe scorrere come un fiume, come un vento, come la vita. Non bisogna incepparsi nella lettura, fermarsi, dovrebbe avere, grazie alle idee e alla lingua, la stessa naturalezza di un albero che gemma e poi scoppia di fiori e foglie, di un mutare di stagione. Mi capisce?»

«Sì.»

«E invece in qu-questo romanzo non lo vedo.» Si alza, fa qualche passo verso di lei. Ora il contatto dei loro sguardi è frastornante.

Si sposta verso il camino. «Mi sento come al centro di un guado. Non si va avanti e neppure indietro. Stiamo migliorando la lingua? Sarà comprensibile a tutti? O stiamo creando un pa-pastrocchio tra quello che era e quello che vorrebbe essere...» Va alla finestra, ma torna a voltarsi verso di lei. «Mi chiedo se questa fatica, questa co-colossale fatica, valga qualcosa. Spesso mi sembra di fare un lavoro privo di valore. Eccole i motivi, alcuni dei motivi. E quindi non sono solo i ritardi degli i-intagliatori, l'angoscia delle spese, non è il mal di stomaco, come dicono tutti quando mi vedono contrariato. Non è soltanto quella strana, mortale malinconia che mi prende quando la mia volontà si a-arrende e non ho la forza neppure di alzare una mano. È paura.» Spalanca gli occhi. «Ha già visto una volta dove porta la paura... la belva che mi prende il corpo... Ma non creda...» Rimane a quella distanza ed è Emilia, questa volta, a fare un passo verso il loro tavolo grande. «Non cre-creda che io non l'abbia sentita vicina nel pensiero, che le sue scenate non mi siano arrivate. Sono due cose diverse, la lontananza fisica non significa lontananza delle anime, in qualche caso dei cuori.»

Emilia si sforza di non guardare in basso e tiene l'attenzione fissa sul suo viso.

«E ha visto che sono stato co-coraggioso, una buona volta... Ho fatto venire Matilde, con Vittoria, dopo la Pasqua. È stato anche merito suo.» Ora gli occhi sono molto chiari e pieni di pace.

Emilia intreccia le mani, ma non le stringe. Sente una dolcezza nel contatto delle sue stesse dita. La pace di quegli occhi d'improvviso sembra riflettersi nel suo corpo. E finalmente torna il calore, quel soffio nascosto che Manzoni emana, non si sa in quale modo né perché. «Se il problema sono i dubbi, don Alessandro... O il dubbio, i dubbi, l'incertezza...» La sua voce adesso è diversa, Emilia ne sente l'intensità e la lascia scorrere così. «Renda il dubbio il cardine del suo lavoro. Un giorno lei forse verrà ricordato proprio per i suoi dubbi, per la sua ossessione.» L'impegno di quel discorso le sta facendo girare la testa. «Non si preoccupi se ora ha in mente di cambiare tutte le parole, non tenga in conto le proteste degli stampatori, o i rimproveri di Sacchi. Segua il suo dubbio più profondo fino alla fine.»

Manzoni annuisce e la guarda a lungo con la stessa pace di prima, una pace che ora si direbbe commossa. I suoi occhi scintillano. «So che lei mi rimprovera se torno i-indietro.» Si avvicina al tavolo grande, prende posto sulla sua sedia. «Ma vorrei chiederle se, invece di 'finalmente', possiamo scrivere qualcosa di più vivo, una parola che si veda.» Nella sua voce c'è un'emozione.

«'Sia ringraziato il cielo.'»

«È quello che ha pensato quando le è arrivato il mio bigliettino per mano delle mie bambine?»

Emilia va a sedersi al solito posto, al suo fianco.

«'Sia ringraziato il cielo' mi piace molto, madamigella. Mi garba davvero.» Manzoni scrive e la calligrafia stenta allegramente sotto la penna.

«Don Alessandro...»

«La ascolto.»

«Le vorrei dire però di non avere troppi dubbi sui capitoli che abbiamo visto e soprattutto su quelli della Signora. Sono bellissimi come li ha creati, sembra di vederla in ogni momento, la tormentata, tenebrosa Gertrude, perdersi nelle sue fantasticherie.»

«'Fa-fantasticherie' è una parola che mi piace dire e professare. Passerei la giornata nelle fantasticherie.»

Emilia poggia la mano sul tavolo, accanto alla sua. «Anche io, don Alessandro.» Aspetta che lui cambi posizione, ma non lo fa.

Manzoni apre il cofanetto dei biglietti con le misure delle vignette.

«Posso ricopiare anche l'ultimo biglietto che mi ha inviato?» gli domanda Emilia. «E conservare il suo originale...»

«Lei pensa sempre che io diventi un reperto da museo, madamigella.»

«Un santino.»

Manzoni scoppia a ridere come non ha mai fatto. «Me la farà conoscere, prima o poi, questa sua mamma che conserva tutti i miei bigliettini.»

«Don Alessandro...»

Ora lui rialza la fronte con una punta di esitazione, perché il tono di Emilia è cambiato.

Lei sente che il sorriso le si sta spegnendo sulle labbra. «Voleva parlargliene D'Azeglio... Ma io non posso aspettare. Andremo tutti a Firenze. Prima a Serravezza e poi a Firenze. Hanno bisogno di me e non posso dire di no... per loro e per la mia famiglia.»

Lui annuisce lentamente. «Massimo non vuole dirmi cosa accade a Luisa, ha sempre paura che tu-tutto possa ferirmi.»

«Cosa devo fare?» Ora Emilia fissa gli occhi nei suoi.

«Io l'ho già abbandonata due volte.» Parla in modo molto calmo, all'apparenza. «Ora è lei che se ne va... E sul più bello, giusto fiorentina? Farò da solo.»

«Da solo? Voglio dire, certo che può» si precipita a dire Emilia. «Lei è lo scrittore.»

«Non ha scelta, deve andare.»

Don Alessandro sta per alzarsi, invece rimane sulla sedia, stringendo i braccioli. Ora il suo viso sembra improvvisamente triste. «La nostra estate di correzioni a Brusuglio...»

«Era una fantasticheria» dice Emilia.

Negli occhi gli passa il lampo scherzoso che lei conosce bene.

«Mi può scrivere tutte le volte che le garba, don Alessandro. Risponderò con la mia mamma.» Stringe i braccioli come lui.

«Buonanotte, allora, Emilia.» Manzoni guarda fuori dalla finestra. È ancora giorno.

Emilia arrossisce. «Buonanotte, don Alessandro.»

45

Firenze, agosto

La cupola di Santa Maria del Fiore le sembra ancora più grande, come quando era bambina e Firenze una città senza confini. Una seconda luna. Quella in cielo è quasi piena e bruciante, appena affiorata. Il più bel rosso di luna...

Le luci nella camera delle sorelle sono accese. Emilia aspetta un momento prima di avvicinarsi. Mentre sale i gradini ha l'impressione che Milano non sia mai esistita e che non ci siano stati Manzoni, il romanzo, il Teatro alla Scala, quel cielo basso e rapito dalle nuvole.

I ricordi si sono sciolti nei giorni, poi nelle settimane, davanti al mare della Toscana, dove Luisa si è immersa per ritrovare pace e Emilia si è presa cura di Rina ammalata finché non è guarita.

La riconosce dai passi, è Maria. In un momento se la trova davanti. «Lili!» Emilia avvicina sua sorella a sé e affonda il viso nei suoi capelli. La lontananza può portare via molte cose, ma non gli odori.

Maria allontana il volto per guardarla. «Come ti sei fatta bella! E ti trucchi come una signora...»

«Da poco tempo.»

«Rimarrai almeno un mese?» I suoi occhi si stanno riempiendo di lacrime.

«Credo di sì.»

«E poi?»

Emilia alza le spalle. «Tornerò a Milano. Per ora.»

Maria si passa le dita sulle guance bagnate.

Alle sue spalle appare Olimpia. Spalanca gli occhi nel suo modo sognante. È più spettinata che mai, le lentiggini si sono moltiplicate sul viso. Rimane in silenzio, immobile, come fa sempre quando è emozionata. È Emilia ad andarle incontro. Abbracciandola, sente che è ancora spigolosa, ma il petto si è fatto più tondo. Olimpia si distacca dopo molto tempo con un'aria svagata, la sua solita aria buffa, come di chi arriva da una lontana terra non abitata dagli uomini.

Emilia nota sua madre soltanto ora: i capelli grigi si sono sbiancati, una mano di neve. Giovanna avanza verso di lei senza lasciarla con lo sguardo. «La mia castagnetta di bosco...» La stringe a sé. «Testarda, dura e selvatica.»

«Non possiamo passare il tempo a infradiciarci le guance a vicenda!» esclama Emilia allontanandola.

Maria raccoglie da una cesta i fazzoletti appena ritirati dopo il bucato.

«Vedi tu quanto c'hai fatto piangere» dice Olimpia con la sua simpatia un po' folle, e le fa ridere tutte.

Emilia si guarda intorno. «Ma Adele?»

«Rientrerà più tardi» le risponde la mamma, andando a svuotare la cesta dei panni. «Ha una parte nella compagnia della Pergola.»

«Che parte?»

«La ragazza madre povera e abbandonata.»

«Ovvìa... perché non mi avete scritto nulla?» Emilia si rende conto che un tono di fastidio le è entrato nella voce. «Era il suo sogno, non starà nella pelle.»

«L'Adele non sta mai nella pelle» ride sua madre, ma non è serena mentre lo fa.

Emilia alza gli occhi all'orologio. «Esco un momento. Oggi dormo con voi.»

«Poi ho da dirti una cosa bella» le sussurra all'orecchio Maria.

Sul Ponte alle Grazie il nuovo Kaffeehaus trabocca di forestieri. I tavolini sono quasi tutti vuoti perché gli avventori si sono alzati per ballare. Un'orchestra di archi e fiati si sta esibendo e le donne danzano quasi tutte a braccia nude. La luna illumina la riva di fronte e le botteghe del Ponte Vecchio.

Una fiumana di gente sta avanzando sul Lungarno nella direzione opposta, qualcuno devia verso il Kaffeehaus, altri svoltano per Santa Croce. Anche i vicoli sono affollati di coppie che stanno raggiungendo qualche festa dove trascorrere la notte.

Dalla casa dei camaldoli non giungono rumori. Né le piccole voci dei bambini né gli schiamazzi dei fratelli. «Fulvio?» chiama Emilia.

Aspetta per molto tempo, le pare addirittura di avvertire il ticchettio di un orologio. Alla fine si riavvia sui suoi passi.

Davanti al Kaffeehaus ora due uomini stanno litigando e un attimo dopo iniziano a menare le mani. Qualcuno cerca di separarli allontanandoli dai tavoli, mentre la festa continua come se nulla stesse accadendo.

Le sembra di intravedere un abito glicine come quello di Luisa, spalle sottili, capelli neri e scintillanti.

In camera Olimpia è già sotto le lenzuola. Emilia indica con gli occhi l'armadio dei vestiti del nonno. «Pensavo che volessi giocare. L'avete fatto spesso senza di me?»

Olimpia arriccia la bocca. «Qualche volta.»

Anche Maria entra nella stanza.

«L'Adele torna sempre tardi?» Emilia inizia a sciogliersi la treccia.

È ancora Olimpia a rispondere: «Dipende».

Maria le si avvicina alle spalle, le cinge la vita. «I tuoi capelli, Lili... Dovresti lasciarli sciolti più spesso.»

«A Milano non si fa?» domanda Olimpia.

«Soltanto le cantanti d'opera.»

Maria non si stacca dal suo abbraccio.

«E allora cos'è la cosa bella che tu mi volevi dire?»

Maria le parla di nuovo all'orecchio: «Ci sono delle cure...».

«Per cosa?» le domanda Emilia senza abbassare la voce.

Olimpia sbuffa. «Che segreti c'avete sempre voi due.»

«Una cura per te...» bisbiglia Maria.

Emilia la allontana. «Non ne voglio sapere nulla. Non me ne parlare più. Non c'è nessuna cura.»

Maria deve sedersi sul letto, le stanno salendo le lacrime agli occhi. Olimpia ha visto tutto, la reazione di Emilia e gli occhi lucidi di Maria. Inizia a canticchiare l'aria di un'opera senza parole.

Emilia slaccia i nastri del corsetto, poi i ganci, lo sfila via. Si volta verso la finestra per lasciar scivolare la sottogonna. La camicia da notte è stesa sul cuscino. È stata Maria, o sua madre. Profuma del loro bucato, violetta e gelsomino.

«Sei felice a Milano?» le chiede ancora Olimpia dal letto, smettendo di cantare.

Emilia si infila nel suo. Il materasso è più duro di quello di casa D'Azeglio. «È un'avventura. Non ho più una vita tranquilla.»

«E ritornerai?» le domanda Maria. Le vuole sempre bene, qualsiasi cosa lei dica o faccia. Nella penombra delle candele, lo sguardo è il più caro che Emilia abbia mai conosciuto.

«Il lavoro con Manzoni a un dato punto finirà» le risponde con dolcezza. Non può certo tenere il broncio a Maria. «Rina è cresciuta. E voi?»

Le due sorelle si scambiano un'occhiata strana, si direbbe severa.

«L'Olimpia ha un amico» ride infine Maria.

Emilia si mette ritta sul cuscino.

«Lo sai che 'un mi sposerò mai» protesta la più piccola delle sorelle. «A me mi garba essere libera e non avere da rendere conto a nessuno.»

«Ah» ride Maria, «te vedi l'amore soltanto come una noia. Comunque è vero che ti viene dietro.»

«E chi è?» domanda Emilia.

«Lavora dal fornaio. Ha gli occhi azzurri e i modi di un principino.»

Emilia solleva le sopracciglia. «Va a finire che nessuna di noi si sposa. Ma Fulvio voi lo vedete?»

Olimpia assume un'aria improvvisamente disinteressata. «Fulvio gl'ha imparato a scrivere bene.»

«Ha imparato? Non gli fai più le lezioni? E allora lo vedi che non mi ha scritto apposta.»

Dalla finestra entra un'aria appena più fresca e Emilia si tira il lenzuolo fino alle spalle.

«Vederti è stata la sorpresa più bella che mi potesse capitare, Lili.» Maria sgrana gli occhi, stesa sul letto. Quando lo fa, di solito ha paura. Alcune macchie di umido si sono allargate sul soffitto.

«E te non hai trovato nessuno che ti fa la corte a Milano?» le domanda Olimpia.

Emilia aggrotta la fronte. «Lavoro solo con gli omini. Capita che qualche sguardo arrivi. Ma un conto è uno sguardo, un altro un uomo che ti sceglie per quella che sei.»

Maria le lancia un'occhiata nervosa.

«E Manzoni?» insiste Olimpia. «Raccontaci di lui.»

Emilia ruota il viso verso la cupola. La luna ora è più alta e la sua luce ne esalta il tono rosseggiante. «È un uomo... buono. Vorrebbe sempre essere felice ma è agitato da tante malinconie.»

«Continui ad aiutarlo pure da qui?»

«Non mi ha ancora scritto...»

Maria smette di fissare il soffitto e si volta verso di lei. Anche Olimpia si gira su un fianco. «Nelle settimane in cui sei stata al mare coi D'Azeglio non t'ha chiesto nulla?»

«Nulla.»

«Hai paura che non ti voglia più?»

Emilia si rannicchia. «Don Alessandro può fare tutto da solo. Ma è pieno di dubbi.»

«Di dubbi?» si stupisce Olimpia. «Pensavo che i grandi scrittori fossero sicuri del fatto loro.»

«Lui non lo è.» Emilia sfrega i piedi sotto le lenzuola. «Finora avrà badato ai suoi alberi. Oppure potrebbe aver trovato qualcun altro.» Mentre lo dice arrossisce e muove i piedi più bruscamente. «Io non sono colta per nulla, non so che accipicchia ha trovato in me.»

«Anch'io non ho capito che accipicchia ha trovato in me il garzone del fornaio» riflette Olimpia.

«Che c'entra.» Emilia si lascia scivolare sul cuscino. «Il mio con Manzoni è un lavoro.»

46

Adele deve aver tenuto i capelli al sole molti giorni sul balcone, perché sono ancora più biondi. E il suo viso sembra appena più in carne. Emilia le accarezza la fronte e aspetta che si svegli, ma lei continua a dormire. Prende il cappello ed esce dalla stanza.

Via dei Servi è già affollata di garzoni. Le botteghe dei ceraioli e dei tiratori di lana stanno aprendo e tutti salutano Emilia chiamandola forte per nome. Lei ricambia e fa cenno che passerà più tardi mentre avanza verso il portone del tribunale del Commercio.

All'interno della guardiola vede una donna avanti con gli anni, che la interroga con gli occhi.

«Emilia!»

Da uno degli scaloni del tribunale sta scendendo Callisto Bucchi, un amico di suo padre che aveva incontrato al concerto di Liszt, prima di lasciare Firenze. «Sono felice di rivederti, Emilia! Mi sorprendi ogni volta...» È sempre ben vestito e educato.

«Non tornavo qui da quando è morto il babbo» gli dice.

Lui le sorride con una strana sollecitudine. «Lo so... Che cosa mi racconti di Milano? So che collabori addirittura con il Manzoni!»

«La mi' mamma non dovrebbe dire in giro le mie cose...»

«La tu' mamma non fa altro che pensarti, è naturale.»

«Sai dov'è Fulvio? Il ragazzo che fa il custode qui.»

Per un momento l'uomo svia lo sguardo. «Il sabato e la domenica c'è la vedova del vecchio custode.» Fa un cenno con il capo verso la donna in guardiola. «Lui credo che lo trovi al Teatro della Pergola.»

«Com'è che hanno tutti trovato lavoro alla Pergola?» domanda Emilia, quasi tra sé. «La saluto, Bucchi. Arrivederci.»

Il teatro è chiuso, ma dall'interno filtra una musica suonata al cembalo. Un ragazzo viene subito ad aprirle la porta, non avrà nemmeno quindici anni. Ascolta la sua richiesta, la fa entrare e sparisce dietro ai tendoni della sala. Poco dopo la tenda si muove ancora, mentre i violini aumentano il ritmo della melodia.

Fulvio sembra più giovane. È la prima impressione che Emilia ha di lui. Si avvicina e la bacia su una guancia con una distanza che non ha mai avuto. Emilia gli perlustra il viso come un cercatore di funghi che non trova più capocchie in un prato che fino a poco prima ne era ricco.

«Rimarrai a Firenze o ti vogliono subito a Milano?» le chiede. Nella voce di Fulvio non c'è passione e nemmeno risentimento. Dagli occhi non filtra nessuna emozione.

Emilia abbassa lo sguardo a un mucchio di semi di zucca spazzati in un angolo. Non riesce a sostenere quella trasformazione. «Dopo quello che è successo... quando ci siamo incontrati a Milano» arrossisce, «non ho avuto più tue notizie e non ne ho chieste alla mamma... Immagino che tu ti sia fatto la tua vita.»

Non ha risposta e quindi è costretta a rialzare gli occhi.

La sta osservando con una punta di tenerezza, qualcosa di improvviso che subito svanisce. Emilia si rende conto che finora Fulvio ha tenuto le mani intrecciate dietro la schiena. Appena lui le scioglie, vede la fede al suo dito.

«Aspettavamo un bambino e... abbiamo fatto di fretta.» Ora Fulvio evita il suo sguardo. «Magari ci rivediamo, quando nascerà.»

Il ragazzetto è tornato ad affacciarsi dalla platea. Fulvio si volta.

Quando si gira di nuovo verso Emilia, lei è già alla porta, e in un attimo fuori, in strada.

Adele sta infilando degli orecchini seduta sul letto. Tiene le ginocchia piegate e regge uno specchio tra le gambe.

Ha il volto sereno. Sembra diligentemente concentrata ma al tempo stesso sostenuta da un pensiero profondo, felice. Per un momento dà l'impressione di voler rimanere così, con la fronte abbassata, a fissare il vuoto per cercare la concentrazione. Poi alza lo sguardo. «Lili...»

Ha proprio un viso diverso. Quell'agitazione che rendeva i suoi begli occhi e i lineamenti, la bocca, il mento, inquieti è svanita come se non le fosse mai appartenuta. Sposta la mano dall'orecchio e al suo anulare appare il brillio di una piccola fede d'oro.

Emilia d'istinto abbassa lo sguardo per qualche attimo e poi subito lo rialza. «Tu... sai scrivere. Perché non mi hai...»

In un altro tempo Adele avrebbe sbuffato. Ora sembra fragile. «Nascerà fra tre mesi.»

Emilia si sforza di concentrarsi sul suo viso. «Perché questa notte non hai dormito con lui?»

«Abbiamo litigato.» Ora Adele la osserva con complicità. Non ha mai avuto nemmeno quell'espressione. «Avevi ragione, Lili. È un infedele. Ma non stava con te per pena. Ogni tanto penso che mi abbia scelto a sfregio, per ripicca contro di te.»

«Perché nessuno me l'ha scritto? Perché nessuno di voi...»

«Pensavamo che a te di Fulvio 'un te ne fregasse più nulla.»

«Che c'entra!» Emilia ha alzato la voce.

«Non possiamo essere tutti perfetti a codesto mondo. Io ne avevo vergogna, sta bene? E pure le altre. Te in un anno e mezzo hai corretto un libro, ma qui sono successe tante cose.»

Emilia allunga uno sguardo al suo letto. È rifatto allo stesso modo di quelli delle sorelle, ma ha qualcosa di meno vivo, è il letto di chi non c'è più.

Esce dalla stanza. In cucina c'è sua madre. Giovanna si alza subito e si precipita da lei. «A noi non c'han detto nulla fin'all'ultimo, Lili...» Emilia la fissa per un momento, poi prosegue verso la porta.

Sua madre le va dietro. «Volevo scrivertelo. Ma queste cose s'hanno da dire a quattr'occhi. E che pensavi? Che Fulvio non ti scrivesse perché non n'è capace? Ormai fa meglio di noi.»

Emilia rimane ferma, le spalle voltate.

«E volevo dirti che il Bucchi...»

«L'ho visto poco fa.» Ha la voce rotta ma si sforza di non piangere.

«L'amico del babbo che lavora al tribunale...»

«Lo so!» esclama.

«Ti prenderebbe, Lili. Non c'è solo il Fulvio. Lo sai che è vedovo e c'ha già due figlioli... Chiede sempre di te.»

Emilia ora si gira di scatto. «Devi finire di cercarmi omini che non vogliono figlioli! Come se voleste tutti farmi la carità!»

Ha gridato talmente forte che Giovanna si appoggia al muro.

«E non è detto poi che nemmeno il Bucchi ne voglia, di bambini!»

Sua madre le stringe un braccio. «Aspetta, Lili... Ti assicuro.»

«Guarda Fulvio. Non avevi capito nulla te! Appena posso, io da qui me ne vo via e non ci torno più!»

Davanti al Gabinetto letterario di palazzo Buondelmonti un viavai di persone impedisce di affacciarsi per sbirciare all'interno. Alcuni uomini si avviano conversando verso il Caffè Doney. Succedeva quando un argomento di discussione diventava comune e la passione per una tesi o un argomento non si placava nemmeno camminando. A un tratto sul portone compare anche Vieusseux. Emilia avanza verso di lui. Ma poi si accorge che è seguito da due donne. Devono essere le mogli di due nuovi lettori. Con quella compagnia Vieusseux raggiunge il caffè.

Emilia socchiude gli occhi e passa oltre. La giornata è serena ma il cielo è ingombro di nuvole che ogni tanto coprono il sole, quelle nuvole sontuose, volti di santi e fauci di mostri, che attraversano Firenze quando tira il vento forte di maestrale.

Anche il cimitero è affollato. Sembra che non ci sia un luogo in città dove si possa stare in pace. Nel brusio, tra qualche cane che abbaia, Emilia si avvicina alle tombe. Si inginocchia tra la lapide del babbo e quella dei fratellini. Poi si china, con le mani rovista nella terra. La terra le penetra sotto le unghie, non se ne cura. Qualcuno la osserva, ma c'è troppa confusione perché le venga chiesto qualcosa.

Arriva a toccare la scatola. La libera meglio dalla rena, la apre. Inizia a contare i biglietti. Saranno più di duecento. Uno alla settimana per quasi cinque anni, da quando il babbo è morto a quando è partita da Firenze.

Ne apre uno. La sua scrittura le sembra più infantile, diversa, come diverse sono le frasi che scriverebbe adesso.

Quando ricopre tutto, si accorge che tra un'unghia e la pelle è comparso un po' di sangue. Va a sciacquarsi alla fontana. Lungo il tragitto si volta solo un momento verso il viale delle grandi tombe di famiglia, le tombe dei benestanti, prima di riprendere la via che riporta in città.

47

La tela si gonfia e in un attimo la mongolfiera lascia la terra. La coppia a bordo leva in aria le braccia e la folla applaude. Luisa si abbandona sul petto di D'Azeglio, che la stringe a sé. Il viso è ancora sofferente, il fascino più fragile. Veste sempre di lilla e non vorrebbe mai tornare a casa la sera.

Rina stringe la mano di Emilia, ma non più del dovuto. Si spaventa meno, ormai. «Riescono a guidarla?» chiede.

«Come una carrozza» le risponde Emilia senza lasciare la mongolfiera con gli occhi. Tira un vento più freddo, una tramontana di settembre che fa correre le nuvole. Emilia si stringe nello scialle mentre si avviano verso il Lungarno. Sistema la mantellina di Rina e si tiene con lei lontana da D'Azeglio e da Luisa, che parlano fitto, stretti a braccetto. È raro vederli così in armonia.

Un uomo con un quaderno sottobraccio avanza nella loro direzione. Luisa agita subito una mano. Saluta con il suo sorriso più bello, mentre D'Azeglio sembra incupirsi.

Emilia ha già visto quell'uomo parlare con Luisa: è il poeta Giuseppe Giusti, uno dei più talentuosi fra i toscani. Rina volta lo sguardo verso di loro, ma Emilia la fa camminare veloce.

«Le spiace venirmi in aiuto, signorina?» le domanda D'Azeglio appena rientrano nella casa del Lungarno. «Alcuni dialoghi del *Lapo* continuano a non convincermi.»

Luisa poggia il ventaglio sul tavolo dell'ingresso, e Emilia le vede ancora un sorriso radioso sulle labbra.

«Sono pronta, marchese.»

Sentono bussare alla porta. È la voce di Maria.

Emilia le apre. Sembra trafelata.

In tanti giorni, si sono incontrate sempre fuori casa, con Olimpia. Emilia non ha mai visto Adele, né la mamma. «Che succede?»

«Manzoni...» prende un altro respiro «ha scritto.»

«Ohi ohi, come dite voi a Firenze» ride D'Azeglio alle spalle di Emilia. «Finalmente papà si fa vivo. È uscito sui giornali l'avviso di pubblicazione dei *Promessi Sposi*. Sarà al colmo delle angosce.»

«È uscito?»

«Poche settimane fa. A metà novembre i primi capitoli dovrebbero arrivare finalmente in libreria.»

Maria è in piedi, in attesa.

«Coraggio, signorina, vada con sua sorella» la esorta D'Azeglio. «Il mio *Lapo* viene, e verrà sempre dopo, *I Fidanzati*.»

Lo chiamavano "il gioco delle pagine che parlano". Era sempre Emilia a spolverare i libri sugli scaffali e, quando iniziava ad aprirli in un punto a caso, capitava che le sorelle le venissero vicino. I romanzi francesi, le avventure di mare, qualche volta la Bibbia. C'era sempre una risposta per ciascuna di loro, e, quando non la trovavano, andavano avanti ad aprirne altri.

«L'avete spostato?» chiede Emilia, cercando con gli occhi tra le mensole.

Maria sospira e si accuccia scorrendo i titoli con le dita. «L'ha riletto Adele.»

«Facciamo veloce.»

Finalmente Maria le porge i tre volumi. Le copertine sottili, color crema, non rilegate come quelle di don Alessandro; una semplice cornice e, al centro, il titolo: *I Promessi Sposi*.

Emilia apre le ultime pagine del primo libro. «Li porto via, non voglio rimanere qui.»

«Lili, guardami negli occhi» la implora Maria.

Emilia non alza lo sguardo dal romanzo.

«Te Fulvio non lo volevi. È solo per orgoglio che ti sei arrabbiata. E perché nessuno ti aveva avvisata, e su questo c'hai ragione...»

Emilia apre il secondo volume. Poi scorre i biglietti contenuti nella busta. «Non capisco a che punto è arrivato.»

«Guardami» la implora di nuovo Maria. Se glielo chiedesse qualcun altro, Emilia non lo farebbe, ma gli occhi di Maria non sono come quelli degli altri. «Stai lavorando a una creatura che è come un bambino, Lili. Non sai come sono fiera di sapere che ci sarai anche tu dietro al lavoro dei *Promessi Sposi*. Non c'hai mica da sposarti per forza. E neppure io. La felicità è in tanti posti. E poi te non eri innamorata.»

«E allora perché mi parli delle cure?»

Maria trattiene un respiro.

La porta alle loro spalle si apre e appare Giovanna. Ha con sé una bottiglia, che le scivola dalle mani. Il pavimento si riempie di cocci e di latte.

Emilia la fissa solo un momento. Poi torna al libro.

«Manzoni le ha scritto, mamma. I suoi biglietti!»

Emilia continua a sfogliare i capitoli, ignorando la presenza di sua madre. «Questo deve essere il passo dell'assalto ai forni, quando Renzo arriva a Milano...» Quando trova il punto annuisce. Riprende in mano il biglietto. «"Chi con ciottoli"» legge «"pestava i chiodi della serratura ecc."»

«Se vuoi posso aiutarti» le dice Giovanna. Non prende nemmeno stracci e scopa per pulire.

Emilia prosegue come se lei non avesse parlato. «Quest'altro però deve essere in un altro capitolo.» Alza gli occhi su sua sorella. «Come è possibile che stia andando così veloce?»

«'Picchiare le serrature' l'è meglio» insiste Giovanna.

Emilia si gira ancora verso di lei e questa volta la osserva con attenzione.

Sua madre annuisce incoraggiante. Si siede, prende la penna.

«Ricopiali per bene, mamma, usa la carta nova» le ordina Emilia senza guardarla più in faccia.

Le dita scorrono veloci le pagine. Ora bisbiglia. «"Un ladro va al banco d'una bottega, butta giù la serratura ecc. ecc."» Allunga sul tavolo un altro biglietto. "Scala a mano o scala a pioli" domanda don Alessandro. "E i due legni ne' quali sono incastrati gli scalini o pioli, si chiamano staggi, o come?"

«Io al Manzoni gli farei du' disegnini» riflette Giovanna con tono tranquillo.

«Disegnini?» Emilia lancia un'occhiata al foglio che sua madre ha davanti e si siede a sua volta, con il libro tra le mani.

Giovanna ha già copiato la frase di don Alessandro. Accanto, nello spazio bianco dedicato alla risposta, traccia due linee verticali. Le unisce con sei righe orizzontali. «Gliele disegniamo per benino.» La sua mano si muove sul foglio, poi scrive: "La scala a mano è questa". E sotto: "La scala a pioli è quest'altra". Inizia quindi a disegnare il secondo tipo di scala: una sola linea verticale, e quelle orizzontali a tagliarla. «Certo l'è proprio un precisino.»

Maria ride.

«E spieghiamogliela, allora, la storia. I due legni laterali della prima scala...» Scrive la lettera A accanto al primo disegno.

«Non lo trattare come un grullo» la riprende Emilia.

«C'è da esser chiari. Sai bene quante cose c'ha per il capo quel povero cristiano.»

Emilia sta per dire ancora qualcosa ma poi si ferma.

«... "Chiamasi staggi"» riprende a scrivere e a parlare Giovanna. «"E la seconda, B, si dice stile o ritto. Di questa seconda scala se ne servano massimamente i nostri contadini, nelle faccende campestri"...»

48

Milano, ottobre

Appena Domenico le apre il portone di via Morone, Emilia getta uno sguardo ai locali della servitù.

«Siamo di nuovo tutti soli, signorina» le dice il domestico. «Gli intagliatori sono andati ad abitare altrove già da un paio di mesi e ora in questa casa è successa una disgrazia.»

Donna Giulia sta scendendo le scale. Emilia le va incontro e si accorge che ha gli occhi lucidi di lacrime.

«Teresa ha fatto chiamare il prete.» La madre di Manzoni guarda Emilia con un'espressione infantile. Nei lineamenti affiora la bambina che è stata, un dolore, un broncio, quasi una rabbia. Sembra più gracile e più anziana. «Pedrin sta molto male. Non è più cosciente.»

«Non è possibile...»

«Ha una meningite che può essere mortale. È stato il troppo bere.»

Emilia rimane ferma nel cortile. Non sa cosa dire né che cosa fare.

Alla fine donna Giulia la fa salire. Teresa sta riposando, aggiunge, lasciandole intendere che devono agire in segreto.

Il primo piano è silenzioso. Poi si sente la voce di don Ghianda filtrare dalla stanza di Filippo. Donna Giulia schiude la porta e Emilia riconosce Enrico, il secondo dei figli maschi, che ha intravisto una sola volta. È in piedi davanti alla finestra e non guarda verso il letto.

Sul cuscino si distingue la fronte alta di Pietro. Il viso è coperto dalle pieghe del lenzuolo, un braccio steso sopra una coperta leggera. Quel braccio trasmette a Emilia una commozione che non aveva previsto e che per un momento non controlla. Si volta su se stessa. I grandi occhi di donna Giulia non si aspettano, però, che lei se ne vada.

Avanza di mezzo passo. Dalla parte opposta, nella penombra, don Alessandro siede su un piccolo sgabello accanto a Cristina. Lei è pallidissima e l'eczema continua a invaderle il viso.

Manzoni sta osservando il volto sul letto. Sembra che una forza, una somiglianza segreta, anche in quel sonno leghi il padre al figlio. Lo sguardo di don Alessandro è deciso, energico, un'implorazione senza debolezza. C'è una grandiosità in quella stanza che impone a Emilia di arretrare.

«Passerò anche questa sera» bisbiglia, sforzandosi di non piangere. «Non importa se non posso essere utile.»

Donna Giulia la riaccompagna verso le scale. Cammina più lentamente e si appoggia a lei come se avesse paura di cadere.

«Se avete bisogno di me...» Emilia ha le ciglia bagnate dalle lacrime mentre la saluta. «Sono qui da sola. Il marchese mi ha concesso di tornare prima.»

«Non ci serve che tu venga. Scusa se sono così brusca. Non voglio vedere Teresa ancora più bisbetica. Ci serve se preghi.»

Emilia la fissa negli occhi.

«Non vuoi pregare, non sai pregare...» Donna Giulia sospira. Ora non piange più, sembra calma, di nuovo burbera, anche se infinitamente stanca. «Alessandro dice che l'alternativa alla preghiera è camminare, io che è compiere un atto di coraggio. Fai qualcosa che non avresti mai fatto. Se poi riesci anche a divertirti, è ancora meglio.» Per un momento sorride. «Il mio Carlo diceva che curando se stessi si cura il mondo che ci è stato affidato.»

«Il suo Carlo...» ripete Emilia.

«Un giorno ti racconterò questa storia.» Giulia spinge il portone con delicatezza. «Potrebbe esserti utile.»

Nel laboratorio di xilografia c'è soltanto Bernard. La saluta appena, come se l'avesse vista il giorno prima. Emilia si avvicina cautamente, cercando di non disturbarlo.

Bernard sta incidendo con il bulino la tavoletta disegnata. Lavora per sottrazione, liberando il disegno e rendendolo più scarno.

Sotto la lama il legno sembra burro che si solleva in riccioli, lungo i drappeggi degli abiti.

La scena è ricchissima di particolari: si fa festa in casa di Gertrude, perché ha finalmente accettato di farsi monaca a Monza. È il capitolo dieci, in cui si narra la giovinezza della Signora.

«Come siete riusciti ad arrivare già a questo punto...» bisbiglia Emilia.

Bernard sorride in modo impercettibile, senza fermarsi.

Dalla via di San Celso si sentono le voci di Frederic, di Pollet e di qualcun altro che Emilia non conosce. Un attimo dopo entrano tutti nel laboratorio con grandi scatole sottobraccio, certamente i nuovi bossi disegnati da Gonin. «*Quelle surprise!*» esclama Pollet.

Frederic si ferma sulla soglia. «Emilia...»

Lei gli sorride con una fragilità che non ha mai mostrato.

Frederic poggia la sua scatola sul tavolo. «Da quanto tempo è tornata?» Deve notare qualcosa di triste nel suo viso. «Viene da casa Manzoni?» Forse perché sono presenti gli altri, sembra che un velo di imbarazzo ricopra i suoi occhi.

«Volevo chiederle...» Emilia getta un'occhiata a Bernard e a Pollet, poi ai due nuovi intagliatori «se può accompagnarmi a fare un viaggio sulla linea ferrata fino a Monza. Ho paura del treno, ma voglio provare. Domani» aggiunge.

Frederic pare esitare. Scambia uno sguardo con Pollet. «Dobbiamo procedere a un ritmo particolarmente veloce e temo che sia impossibile.»

«Certo...» Emilia annuisce. «A presto.» Gli passa accanto imbarazzata. Sul tavolo intravede le nuove tavolette: Gertrude ora ha il velo sul capo e la fronte china. «Sono sicura che farete un ottimo lavoro.»

Esce in strada e punta il Naviglio, ma dopo pochi attimi si sente stringere le spalle.

«Mi ha preso alla sprovvista...» Frederic ha gli occhi del tutto inteneriti, molto diversi da prima. Le prende la mano. «Vieni.»

La accompagna cingendole la vita verso il muro di una casa, poi entrano insieme in un portone. Emilia si lascia trasportare. Sente di dover piangere di nuovo, non saprebbe dire perché.

Frederic le si mette di fronte, vicino. «In questo periodo» bisbiglia «ti ho pensata sempre.» Ha un sorriso felice e insieme triste. Le accarezza il viso, lei ha quell'urgenza delle lacrime che le impedisce di allontanarsi.

La avvicina a sé e la bacia, come aveva fatto molti mesi prima davanti alla corsa delle rotaie. Emilia per qualche momento non lo respinge, poi lo stacca da sé. «La prego, non voglio niente di queste cose...» Rimane ferma davanti a lui, senza muovere un passo. «Mi lasci in pace, la prego» ripete.

Frederic avvampa. «Ci ho provato!» esclama con passione. «Per dimenticarti ho visto una persona...» Scuote la testa. «E le ho fatto una promessa.» Torna a stringerle le spalle. «Però, ora che sei qui... quando ti vedo... mi entra il sole nel cuore. Non vorrei essere in nessun altro posto, con nessun altro. Io non so che cosa devo fare...»

Nel palazzo entrano alcune donne che iniziano a ridere. Emilia arretra. «Vado a casa. È tutto come prima.» Deglutisce, ma la sua voce è rassicurante: «Ci vedremo con Manzoni, se Pietro starà meglio».

49

I vagoni sono già pieni per metà, circondati da qualche ufficiale della polizia austriaca.

«I biglietti sono finiti» le dice l'uomo dietro al bancone della stazione.

«Per favore» lo prega Emilia. «Devo arrivare fino a Lecco.»

«La linea ferrata si ferma a Monza.»

«Lo so» gli risponde, «prenderò una diligenza...»

«Agli ingegneri della Holzhammer non interessa la sua gita. Hanno stabilito un numero massimo di passeggeri per viaggio.»

Emilia viene spinta via da un vecchio che pretende il suo biglietto.

«Ne ha bisogno?» Una donna gliene tende uno. «Dovevo andare con mio marito, ma non *g'ho minga el coragg.*»

Emilia apre il borsellino. «È davvero così spaventoso?»

La donna alza le spalle. «Mi hanno detto che nemmeno un cavallo imbizzarrito viaggerebbe a questa velocità. In appena diciannove minuti si arriva a Monza. Ma non voglio *fà el ratt en gabia.*»

Emilia sale sull'ultimo vagone di una carovana di tre. Intorno a lei ci sono almeno cento persone. Con un sobbalzo il treno si mette in movimento. Emilia si sporge per guardare. Il paesaggio inizia a correre veloce al loro fianco, tutto rimpicciolisce in fretta: campi, uomini e donne piegati sulle messi. Qualcuno saluta, un altro leva il cappello. Tutto è rapido, subito volano via. Quel movimento accelerato dà alla testa e Emilia preme il corpo contro lo sportello per non perdere l'equilibrio. Il frastuono è un martello nelle orecchie.

«In pochi anni si viaggerà al doppio, persino al triplo di questa velocità!» sente un uomo gridare.

Ora sono tutte lodi per il treno e trilli di meraviglia.

In breve riprende a comparire una sequela di case, sempre più vicine tra loro. I vagoni rallentano, infine si fermano.

Emilia intravede appena il paese di Monza, sale subito su una diligenza accanto a un'altra donna sola con al fianco una bambina.

«Va a Lecco a trovare i parenti?» le domanda la sconosciuta poco dopo che i cavalli sono partiti.

Emilia fa cenno di sì. «Quasi parenti. Pensavo di fermarmi a Monza, ma ho deciso di proseguire.»

«Che cosa vuol dire 'quasi parenti'?»

«Lei?» chiede Emilia senza rispondere.

«Mandiamo la piccolina da alcuni cugini.» China il viso con vergogna. «È la mia quinta figlia. Vivrà con loro.»

La bambina ha lo sguardo puntato verso la campagna.

La donna le racconta che il marito fa il conciatore di pelli alla Vetra, a Milano, e si è ammalato ai polmoni. «Perché viaggia sola?» chiede poi.

«Perché mi garba così» le risponde Emilia. Alza la voce. «Lei la conosce la storia dei fidanzati di Lecco?»

La bambina ora si gira attenta.

«Uno scrittore ha fatto vivere i personaggi del suo libro a Lecco.»

«Un libro?»

«*I Promessi Sposi*.»

La donna ci pensa un momento, poi scuote la testa.

«Lo scrittore si sentiva molto solo quando viveva qui. Ma poi, anni dopo, ha scritto il suo libro anche grazie a quella solitudine.»

La bambina non smette di fissare Emilia.

«E che cosa fanno questi promessi sposi?» continua la donna.

«Resistono alle malvagità e ai pericoli.»

«Come fanno?»

Le colline si stanno alzando e i boschi sono sfiorati da una mano di autunno, qualche ciuffo giallo e bruno sul mantello verde delle chiome.

«Con la paura e con il coraggio.»

Il monte Resegone appare così come era da lontano, visto da Brusuglio, ma le cime più dentellate, avvolte da una nuvola. Il circolo delle montagne abbraccia il paese a eccezione di un lato, quello rivolto al ramo d'acqua.

La montagna è ovunque, e ora sembra naturale che don Alessandro cammini così a lungo, senza stancarsi. Ci sono sentieri che si inerpicano per ogni declivio, tutto il paese si estende in salita.

Emilia cerca la casa della famiglia Manzoni chiedendo del rione del Caleotto. In breve tempo raggiunge una villa affacciata su un grande prato ombreggiato da fitti larici, pini, querce. C'è un languore in quel luogo silenzioso. L'amore puro che la faceva arrossire, di spirito e sensi, sussurra tra i recinti di questo giardino, i monti, gli alpeggi.

Sbircia attraverso le grate del cancello. Un cinguettio si alza dai rami, la vegetazione è più selvaggia che a Brusuglio.

Brusii di natura, grandi alberi, montagne. E acqua. C'è un piccolo canale poco distante. Lo segue, poi imbocca una strada in discesa che porta verso il fiume. Ora il panorama le si spalanca davanti con più chiarezza. Il sottile imbuto d'acqua che, in lontananza, si immette nel lago di Como. A destra, la cinta dei monti. Avanza lungo la riva e intravede piccole radure, uccelli acquatici, corolle di insetti. Raggiunge il piccolo borgo di Pescarenico. La casa dei padri cappuccini e di padre Cristoforo.

Cammina ancora, a passo veloce, fin dove il ramo d'acqua diventa lago. Sta sudando come succede a don Alessandro, l'acqua alla sua destra e, davanti a sé, un cielo nuvoloso ma scintillante. Libera le spalle dalla mantellina e asciuga la fronte.

Si volta verso il paese e ora comprende meglio con lo sguardo la geometria delle cime. Lecco sembra uno scrigno incuneato tra acqua e alte rocce. L'addio ai monti è lasciare quello scrigno, l'abbandono di un cuore. Un cuore che è fatica, spine conficcate, che ha combattuto contro dolori e distrazioni, i suoi nervi, la solitudine, malinconie tempestose. La piccola anima di don Alessandro è qui, e conoscerla è l'unico modo per prendersene cura. Non merita che gli muoia un figlio. Quel suo Dio crudele non può farlo! Stringe i pugni con tanta forza da farsi male.

«È corrucciata, signorina?» Un pescatore la sta osservando dall'acqua.

«No.»
«Che ci fa quaggiù?»
«Prego camminando.»
Il pescatore la guarda meglio, sorpreso. «Saremmo tutti più felici di vederla con un *bel soris*.»
Vorrebbe voltargli le spalle, ma poi cambia idea. «Ero corrucciata proprio per sentirmi dire così.»
Il pescatore scoppia a ridere. Anche Emilia.
«È vanitosa o lo dice per migliorarmi la giornata?»
«Sono vanitosa e voglio migliorarle la giornata.»

Quando la notte è profonda, lungo la facciata del Duomo di Milano la luna piena disegna angoli di perle e coni d'ombra. Sembra un ricamo intessuto da sconosciuti abitanti di altri universi. Sgretolato e poi scolpito dall'esplosione di una stella. Le statue, i ceselli, le forme a immagine delle fantasie di una grotta fanno meno paura sotto quella luce che spoglia anche il marmo. È tutto semplice, triangoli ovunque. L'elevazione all'infinito. Puntare oltre i limiti, "per migliorare il mondo che ci è stato affidato"...

Emilia ascolta quel momento di silenzio, quando la città non si muove. Le si chiudono gli occhi dalla stanchezza, ma cammina per le strade godendo della pace di una notte mai vista.

50

Don Alessandro sta conversando con una coppia davanti al portone della chiesa di San Fedele. Ha il capo abbassato, le spalle rigide, una gamba pronta a compiere il primo passo.

«Per noi due sole cuocio *vott oeuv*, va ben?» domanda Margherita.

«Sì...» le risponde Emilia, continuando a impastare acqua e farina sul tavolo della cucina. Non lascia con gli occhi il sagrato. «L'ova l'ho capita, ma *'vott'* che vole dire?»

«Otto.»

«Otto?!» esclama Emilia. «Ma che ti frulla in testa. S'affrittella due ovini e siamo a posto.»

Margherita sbuffa e inizia a tagliare le cipolle. «Te ne vai a passeggio fino all'alba coi *morosi.*» Si asciuga una lacrima. «Dovrai pur mangiare un *cicinin.*»

«Ma quali morosi!»

Alla fine don Alessandro si congeda. Ma non si volta per tornare a casa. Cammina diritto verso il palazzo dei D'Azeglio.

«Viene qui...» mormora Emilia, e corre a sciacquarsi le mani.

«Il *moroso*?»

«Ma che! Manzoni.»

Dopo pochi momenti si sente battere al portone.

Don Alessandro ha il viso appena più magro di quando Emilia era partita per la Toscana, i favoriti lunghi. Non si era soffermata su quel cambiamento, quando l'aveva visto nella stanza di Pietro. Lui le sorride. «Il do-dottore ha detto che il peggio è passato.»

Emilia non si rende conto dei propri movimenti e lo abbraccia. Don Alessandro rimane immobile. Tutto il suo calore le viene addosso in un momento. Lei ha l'impressione che le sfiori appena la testa con la mano, ma il suo corpo si sta già ritirando.

«In questa benedetta scena del capitolo dodicesimo in cui il nostro Renzo, che vaga per Milano, incappa nella rivolta del pane e non si occupa più di portare la lettera a padre Bonaventura...»

Margherita sta versando velocemente la limonata. Posa sul tavolo un piatto colmo di biscotti. Emilia getta uno sguardo alla piazza. È così strano trovarsi con don Alessandro nel soggiorno del palazzo dei D'Azeglio, e non accanto al suo giardino di via Morone, seduti al tavolo grande.

«"Le imposte, le ferrate furono strappate"... come posso aver scritto "strappate"? Un'imposta non si strappa di certo.» Manzoni ha iniziato subito a lavorare, senza aggiungere altro. E Emilia non ha fatto domande. È il primo capitolo del secondo volume, il dodicesimo del romanzo.

«Si sfonda.»

«Si sfonda...» ripete don Alessandro. Ha gli occhi stanchi come non gli ha mai visto. «E se aggiungessi una distinzione? La porta viene 'sfondata', le ferriate 'svelte'...»

«Così è più veloce» annuisce Emilia. «Se vuole la musica, c'è anche qui. Ritmo. Se mi permette, però... A Firenze noi si dice 'inferriate'.»

Lo vede impensierirsi. «Inferriate...»

«L'assalto ai forni, davanti agli occhi stupiti di Renzo che vaga per una Milano sconosciuta, è lesto, veloce, ricco. Se fossi in lei cercherei di renderlo ancora più precipitoso.»

«Per esempio?»

«Qui» indica Emilia, alla fine di pagina quattordici. «"La folla si diffonde nei magazzini. S'aggrappano, si trassinano sacca; altri ne riversa uno." È veloce, sì, ma non vedo con precisione quello che succede.»

«Prendono i sacchi, li trascinano, li rovesciano.»

«Metton mano ai sacchi, li strascicano, li rovesciano.»

Manzoni sta già scrivendo. La sbircia con una punta di timore. Margherita, in piedi accanto alla porta, attira l'attenzione di Emilia e poi getta un'occhiata al piatto, come per invitarla a servirlo. Emilia la guarda torva e le fa cenno di uscire dalla stanza.

Osserva il pennino di don Alessandro tracciare le ultime lettere. «Per quanto tempo dovrà rimanere ancora a letto... Pietro?» gli domanda.

«Un paio di settimane.» Deve essersi reso conto che sono rimasti soli. Ha gli occhi arrossati, ora rivolti alla chiesa. «Ho avuto paura, Emilia» aggiunge improvvisamente.

Lei fa quello che avrebbe voluto fare tante volte. Gli stringe la mano. È ancora più grande di come pensava, e la sua, così piccola, sparisce in quella presa. È forte, solida, intensa più di un abbraccio.

«Non potevo pensare di perdere un altro figlio» mormora don Alessandro.

Emilia fatica a dominare il batticuore. Quello che avviene nella piazza le sembra confuso, c'è qualche strepito, il suono, inusuale a quest'ora, delle campane.

Si fa coraggio e alza il viso. Anche lui non si sottrae all'incrocio dei loro sguardi. Insieme si lasciano la mano.

«Vogliamo riassumere la storia fin qui?» le chiede a bassa voce.

Margherita entra di nuovo. «Il caffè!» dice allegra, un po' agitata. E poggia il bricco sul tavolo dove stanno lavorando. Emilia le indica il tavolino accanto alla finestra. «Spostalo lì. Se ci si macchiano *I Promessi Sposi* sono guai grossi.»

«Saremmo finalmente liberi dai nostri cenci!» ride don Alessandro. «E qu-quindi...» riprende seguendo divertito i movimenti di Margherita «abbiamo un matrimonio che non s'ha da fare perché un prepotente ha messo gli occhi su una giovane, un frate cappuccino eroe che si prodiga in tutti i modi per aiutare i fidanzati, una grande fuga, una monaca inquieta e tentata che accoglie Lucia, la ragazza, nel suo convento e ora lui, l'i-innamorato, che vaga per una città sconosciuta alla ricerca di un altro frate a cui chiedere ospitalità durante la fuga. Non lo trova, ma Renzo invece di aspettarlo quieto quieto in chiesa, vuol andare a vedere il tumulto, capire di più di questa battaglia del pane di Milano. E qui iniziano i suoi guai.»

Emilia fa di nuovo cenno con gli occhi a Margherita di congedarsi.

«Si ferma a gu-guardare, perché è un cuore puro. I cuori puri sono curiosi e mai stanchi, si interessano di quello che accade intorno. Qualche volta sono irruenti, esagerati e impazienti. Tutto un fuoco, come Renzo. Per questo, immagino, lei ha voluto conoscere la Scala.»

Capita che Manzoni sia talmente veloce con le battute scherzose da ammutolire l'interlocutore. Emilia aspetta un momento prima di essere certa di aver capito. Ride stupefatta. «Quindi mi considera un cuore puro. Grazie, don Alessandro...» Non può evitare di arrossire. «Renzo fa come Psiche che vuole vedere Amore.»

«E solleva la lampada incuriosita... Sta studiando bene la letteratura latina. Don Ghianda è un bravo istitutore.»

«Quando non mi fa girare... sì, lo è.»

«Girare che cosa, madamigella?»

Emilia torna a farsi rossa. «Girare il boccino, noi si dice così.»

Manzoni scoppia in una risata allegra e Emilia si rende conto di quanto gli è mancata.

«Come ha fatto a descrivere le scene di folla, lei che...»

«Che scappo a gambe levate se mi trovo insieme a più di tre persone?»

Emilia ride ancora. «Molto bene, don Alessandro.»

«Non sono sempre stato il guazzabuglio che vede. Ero un giovane cu-curioso. Come Renzo. Sempre con un piccolo don Abbondio che si affacciava con le sue paure. Ma ero focoso, una te-testa calda, un *cald de testa*.»

«Lei?» Emilia riflette. Il suo modo di camminare, il fuoco che se lo mangia. «Capisco... non è mansueto come sembra. Mi scuso...»

«Lei parla con onestà e se ne rimprovera. Non capisce che è una delle qualità più belle che possiede.» Manzoni infila la penna nel calamaio. Sposta lo sguardo sulla facciata della chiesa. «Vorrei dirle che, se dopo il suo viaggio ha deciso di accelerare il suo ritorno de-definitivo a Firenze, mi aveva accennato a un fidanzato...»

«Io...»

«Continuerò a fare da me, non posso certo cambiarle la vita per un romanzo.»

«Non sono più una promessa sposa.» Emilia lo ha interrotto e ha quasi alzato la voce. Lui rimane in silenzio per tutto il tempo in cui la campana scocca i sei colpi. Poi si alza con lentezza e un lieve sorriso sulle labbra. «Le spi-spiacerebbe accompagnarmi domani mattina in tipografia? Stiamo facendo le prove di stampa e la prima scadenza si avvicina. Lei sa quanto io ami le sca-scadenze.»

«Certamente, don Alessandro.»

Manzoni prende il suo libro e Emilia avverte un senso di tenerezza forte come una nostalgia, per come si è alzato, per quel gesto di portare con sé il suo romanzo, per la cura e l'attenzione che vi dedica.

«Le vorrei promettere» le dice voltandosi con le spalle sempre impaurite, troppo alzate, «adesso che lei è to-tornata e Dio mi ha donato questa grazia, che d'ora in poi non ci interromperemo più. Anche se andremo piano.»

«Adagino adagino» annuisce Emilia senza lasciare il sorriso.

«Alle volte penso che la mia arrendevolezza sia solo impazienza. Mentre la pazienza è eroica.»

«Allora andiamo avanti con eroica lentezza, don Alessandro.»

51

Sotto uno dei grandi specchi del *Salòn* sono allineate boccette per profumare i capelli e il corpo. Diverse essenze di acqua di colonia, mughetto, lavanda, violetta si intrecciano nell'aria creando un confuso omaggio alla clientela, arrivata per la giornata di tagli a prezzi ribassati. Il risultato è una miscela che toglie il respiro.

Uno dei parrucchieri regge in mano un tubo fumante, che avvicina a una cliente. «È per i ricci, signora cara, li vuole o non li vuole?»

Lei scatta in piedi. «Se mi deve *taccà el foeugh,* no che non li voglio!»

Altre donne sono in attesa. Emilia cammina tra le poltroncine, ma senza avvicinarsi. Sui tavolini sono distribuite alcune riviste di bellezza con i disegni delle *coiffures à la mode* di Parigi.

«Madame...» Uno degli impiegati del *Salòn* ora si sta rivolgendo proprio a lei. «Ha bisogno di me?»

«Mi garba curiosare e basta» gli risponde.

«Se mi permette... quella sua bella nuca sarebbe perfetta per un toupet.»

«Mi fo la treccia da quando sono nata e non cambio per farvi il piacere.»

«Da quando è nata mi pare *un'esagerazion.*» Il parrucchiere lancia uno sguardo ammiccante a qualcuno alle spalle di Emilia.

Lei si volta e si trova Frederic a un passo.

«La signorina forse non ha bisogno di consigli.» Il giovane inglese abbassa gli occhi per un attimo e il volto di Emilia avvampa.

«Manzoni vuole che lo raggiungi in tipografia anche oggi. So che ultimamente sei andata spesso in via San Pietro all'Orto e mi fa piacere che anch'io oggi debba essere lì...»

Emilia saluta il commesso con un cenno e prende la via dell'uscita. Frederic la affianca. «Don Alessandro ha intenzione di cambiare altre parole. E io... mi sono offerto di venirti a chiamare.»

Emilia spalanca la porta e finalmente il disordine dei profumi si stempera nel freddo. «Come sapeva che ero qui?» A differenza di Frederic, continua a dargli del 'lei'. L'aria è gelida, anche se mancano quasi due mesi all'inverno.

«Ti ho vista uscire da casa D'Azeglio. I marchesi sono soddisfatti del loro viaggio?»

Emilia inizia a camminare veloce. «Alcuni giorni mi sembra di sì... Altri... meno.» Risponde sempre con poche parole.

Frederic sistema il cappello sui ricci con un vistoso disagio. Le si mette di fronte e lei è costretta a fermarsi. «La persona che ho incontrato nelle scorse settimane è venuta qui per me da Marsiglia. Pensa che Marsiglia è la città dove sarei voluto andare con te.»

«Sono felice per lei, e mi scuso per il mio comportamento di qualche settimana fa. Non mi sentivo bene.»

Sul volto di Frederic compare un sorriso che per un attimo la offende. Emilia si rimette in moto.

«Baci solo quando ti senti male?» le domanda, tornandole vicino.

Gli zigomi di Emilia si imporporano. Sta per rispondere, ma lui la precede di nuovo: «Non sai quante volte ho pensato di proporti un viaggio a Marsiglia, o a Napoli, su una nave a vapore».

Entrano insieme nella Galleria De Cristoforis.

Davanti al Gabinetto pittorico meccanico un cartellone annuncia giochi di prestigio e spettacoli con uccelli ammaestrati.

«La persona che ho incontrato...» riprende a parlare Frederic «la conosco da quando ero bambino.»

Emilia non rallenta.

«Grazie a un'eredità può permettersi di condurre una vita agiata. E anche per questo motivo mio padre lo scorso inverno si è fatto insistente con me. Dopo che mi avevi parlato in quel modo» ora sembra più in difficoltà «di qualcuno che ti aspettava a Firenze...»

Passano davanti a librerie e caffè.

«Ero piuttosto nervoso, poi sfiduciato. Ho ceduto all'amicizia e alle lusinghe.»

Ora sono di nuovo fuori. Prima di imboccare via San Pietro all'Orto, Emilia gli rivolge un'occhiata più lunga. Frederic è un giovane della sua età, pieno di vita.

«L'ho salutata...» Sembra tentato di fermarsi ancora, ma non possono permettersi altre soste. «... Con una promessa, ma...» Le prende la mano mentre continuano a camminare. «Ora vorrei dirtelo meglio: se tu cambiassi idea, se volessi andare contro il corso degli eventi, sia tuoi che miei, io sono qui per te.»

La sua presa è forte, ma la mano sta tremando.

«Il corso degli eventi per me è cambiato» gli dice Emilia.

«Che cosa vuol dire?» Frederic spalanca gli occhi. «Ci sono stati problemi con il tuo fidanzato?»

Ormai sono a pochi passi dalla tipografia. «Ti auguro il meglio e ti chiedo di non aspettarmi.» Sa di avere un tono troppo fermo, ma non riesce a cambiarlo. «Non potrei mai renderti felice come credi e meriti.»

Dal portone della tipografia si affaccia Sacchi. «Forza!»

Emilia si allontana.

«Don Lisander non lo conteniamo più! Ora vuole dare la caccia ai dittonghi.»

Il profumo del romanzo è un impasto di inchiostro umido, resina e muschio. La tipografia ne è imbevuta e le bozze appena stampate non hanno perso quell'impronta di legno bagnato e di stagioni mescolate in un unico odore. Si sente anche del tabacco, in sottofondo, ma Emilia lo avverte solo se guarda Manzoni.

Sacchi mette le mani sui fianchi, spazientito. «Don Alessandro deve dominare i suoi ghiribizzi.»

Manzoni, che ha l'udito di un cerbiatto, ha sentito bene. Alza il viso, ma rimane in silenzio. Un correttore sta esaminando con lui la punteggiatura del primo capitolo. I due stampatori, l'editore Guglielmini e il suo socio Giuseppe Redaelli si spostano accanto agli intagliatori per studiare il tratto delle vignette.

Emilia prende in mano i primi otto fogli della bozza stampata. «Qui ha aggiunto una virgola» dice a Sacchi, indicando la parola

'Resegone' sulla prima pagina. «È giusto, è un inciso.» Parla con un turbamento nella voce. Frederic non solleva mai gli occhi su di lei. Il primo volume, quello a cui Emilia ha lavorato per tanto tempo con don Alessandro, è posato sul tavolo, accanto a Manzoni e al correttore.

«Dovevate accorgervene prima» insiste Sacchi. «Si rende conto che è la quinta volta che ci fa ristampare un foglio di otto pagine?»

Don Alessandro li guarda, ma la solerzia del correttore gli impedisce di intervenire.

«Signore.» Emilia fissa Sacchi negli occhi. «Vuole che il lavoro sia imperfetto? Ora c'è solo da decidere questo: se ci si accorge di un'imperfezione va corretta o lasciata? Mi appello alla sua intelligenza.»

Lui allarga le braccia. «Certo che va corretta, se è un'imperfezione. Se è una questione di incertezza, invece...»

«Non è incertezza» lo interrompe Emilia. «E lo prevede il contratto di edizione, al punto sette. "Sarà facoltà dell'autore d'eseguire sulle prove di stampa tutte quelle correzioni che riterrà convenienti"...» recita a memoria. Si ferma, perché ha la sensazione che anche Manzoni voglia parlare.

Infatti lui avanza verso di loro. «Sulle faccende di stampa non metterò mai becco.» Dal momento che di rado alza la voce, tutti interrompono quello che stavano facendo per ascoltarlo. «Ma se si tratta di li-lingua, di pa-parole e punteggiatura, vi prego di avere fiducia in me, così come io la nutro per il vostro lavoro. E sa-sappiate che per la prima edizione ho fatto anche peggio.»

A Emilia scappa un sorriso, poi incrocia gli occhi di Frederic. Sta sorridendo come lei, ma con malinconia.

Guglielmini annuisce. «Le bozze di stampa servono proprio a vedere ciò che il nostro occhio non ha colto prima. A patto che non esageriamo con le prove, perché sono costi che crescono.»

Emilia passa le bozze a Manzoni, e lui riprende a leggere, spostando i fogli appena verso di lei.

«Come noterà, don Lisander» si affretta a spiegare uno degli stampatori, «non va bene la 'o' di 'mezzogiorno' in seconda riga e quella di 'sporgere' in quarta, sono poco definite. È imprecisa anche la 'z' di 'pezzo', in quinta riga, a pagina dieci.»

Si avvicina di nuovo il correttore. «Ho dimenticato di dirle che a pagina tredici ho inserito la 'A' maiuscola per 'ammiraglio'.»

Manzoni fa cenno di sì. «Va bene. Però...»

«Mi dica, don Alessandro.»

«A pagina diciannove, dopo "il signor curato è un uomo che sa vivere il mondo", mi avete inserito un punto e virgola. Mi sto me-mettendo d'impegno, ma non sento una pausa così forte, mi scuso.»

«Se non la sente e non la vuole, facciamo come lei dice.»

Il centro della stanza è occupato da un grande torchio di legno. All'interno di un telaio sono disposte le lettere. In testa, la tavoletta di legno con l'incisione del frontespizio di capitolo, poi il capolettera. Emilia distingue alcune delle tavolette intagliate che Frederic le aveva mostrato nel laboratorio di Sacchi. Un altro degli stampatori, chino su un telaio, sta aggiungendo la virgola dopo 'Resegone', badando a spostare appena i caratteri della riga successiva. Cambia la 'a' minuscola in 'A' maiuscola, toglie il punto e virgola.

Manzoni annuisce staccando gli occhi dai fogli. «Per me possiamo procedere.»

Sacchi si ravvia i capelli con una mano. «Che Dio ce la mandi bona, come dite voi fiorentini.»

Lo stampatore prende un rullo impregnato d'inchiostro e lo passa su lettere e tavolette, poi vi stende sopra un foglio. Chiude la forma con un coperchio di legno e la fa scorrere sotto il torchio. Tira una leva e abbassa la pressa su quel grande quaderno richiuso. La rialza e solleva il coperchio. Quattro pagine sono nuovamente stampate con tutte le vignette al loro posto. L'inchiostro brilla alla luce del giorno e di un lume acceso per rendere più esatta la visione del lavoro. Emilia sposta lo sguardo su Frederic, e questa volta lui non si sottrae.

Il correttore torna da loro. «Dobbiamo ristampare anche il terzo ottavo. In testa alle pagine è venuto scritto 'Capiolo' invece di 'Capitolo'.»

«Ci mancava che scrivessimo 'capitombolo'.» L'ironia di Manzoni per un momento lo solleva dall'agitazione.

«Com'è possibile!» esclama Guglielmini, spazientito.

«Don Lisander, se vuole andare...» si inserisce Sacchi, con la fretta di chi desidera togliersi qualcuno di torno. «Rimarrò qui finché anche il terzo ottavo sarà a posto.»

Teresa li vede entrare insieme nel cortile. È affacciata a una finestra con un libro in mano.

«Sono felice che tu ti sia alzata!» esclama Manzoni. «Come sta il nostro ragazzo?»

«Dorme della grossa e ha i pomelli rossi come un *bambocc*. Vorrei stare un po' in vostra compagnia!» grida Teresa. «Ma non mi sento ancora di scendere dabbasso.»

«Abbia cura di lei!» dice Emilia.

Teresa non sembra felice di questa premura. Riprende a leggere salutandoli con un cenno della mano.

Manzoni passa nello studio a recuperare penna, inchiostro e il secondo volume del romanzo, e poi prosegue diritto. Sceglie la panchina ombreggiata dalla *sophora*, che con l'avanzare dell'autunno è tornata d'oro.

Emilia alza il viso. Teresa si è spostata nella sua stanza, che affaccia sul giardino. Non incrocia i suoi occhi, perché lei sta guardando suo marito.

Don Alessandro apre il secondo volume, capitolo tredici. «Torniamo a Renzo nella Milano in tumulto, al momento in cui il gran cancelliere Ferrer ospita in carrozza il vicario di provvisione che la folla inferocita a caccia di pane vuole prendere vivo o morto. "Facendo scorrere la palma sul suo cocuzzolo calvo" mi pare orribile.»

«La 'palma' sarebbe la mano?» domanda Emilia.

«In effetti lo è.»

«Ma è sicuro che il gran cancelliere accarezzi la testa del vicario?» Emilia inizia a ridere già mentre pone la domanda, ma non solleva lo sguardo a Teresa.

«'Accarezzare'... forse è troppo. Gli dà dei piccoli colpi in testa.»

Emilia pensa per un momento. «'Cocuzzolo' non s'intende bene.»

«Allora 'zucca'.»

«Battendo la mano sulla sua zucca?»

«Così è bello. Zucca 'monda' o 'liscia'... ci penseremo.»

«Alessandro!» chiama all'improvviso Teresa dal balcone. «Sai come sarà il mondo nel 1960?» Anche Emilia alza gli occhi. Manzoni non mostra di essere turbato da quella interruzione. Attende che sua moglie prosegua.

«Si costruiranno palloni aerostatici di ogni grandezza che andranno in tutte le direzioni.» Abbassa il viso verso il giornale. «Un innamorato dirà alla sua bella: "Andiamo a fare una volatina", come si direbbe: "Andiamo a fare una passeggiatina". Hai capito, Alessandro? Una *volatina*!»

Manzoni ride forte, in modo diverso da come Emilia l'ha sempre visto ridere. È meno naturale, ma allo stesso tempo sollevato, come quando ci si bea di piccole sciocchezze. Rivolge a Teresa uno sguardo grato, e lei pare esserne felice.

Va ancora avanti con le pagine. «Mi premeva di chiederle questo.» Indica una riga. «"Ogni scalzagatto vorrà dir la sua; e a furia di metter carne a fuoco, non si avrà il pane a buon mercato." Che cosa mi dice di 'scalzagatto', madamigella?»

«Ha sbagliato animale, don Alessandro.»

«Quindi ho scritto una cosa ridicola.»

«A Firenze noi si dice 'scalzacane'.»

«Perché non scrivi di futuro invece che di passato?» grida Teresa dalla finestra forzando la voce per farsi sentire. «È il dibattito che anima oggi la "Gazzetta". Scrivere del futuro. Vuoi rispondere al giornale, Alessandro?»

Lui fa cenno di no con la mano. «Già sgobbiamo come muli a correggere i benedetti *Fidanzati*.» Avanza con le pagine. «Il punto in cui Renzo non si regge più in piedi per il vino che ha in corpo lo abbiamo già guardato, ma c'era qualcosa da chiederle che ora mi sfugge. Anche l'arresto e la fuga, non posso dire che vadano *benon*...»

«Benone» bisbiglia Emilia.

«Benone, grazie, ma meglio di come pensassi.» Continua a sfogliare, fino al capitolo sedici. «Ecco qui, Renzo passa una notte nel bosco, sente il freddo che gli entra nelle ossa, e poi il rumore del fiume, l'Adda.»

Emilia abbassa gli occhi con lui. «"Quel cielo di Lombardia, così bello quand'è bello"...»

Manzoni le sorride. «Questo lo capisce solo chi lo ha provato, e quindi anche lei, che è fiorentina ma quasi milanese. Si apre quando non ce lo si aspetta. È una sorpresa... E ha un chi-chiarore diverso dagli altri cieli che ho visto. Alle volte, al tramonto, si ha la sensazione di non capire da dove provenga la luce.» Gli occhi, alzati verso l'infinito, sembrano ora quasi azzurri. «Le fa-faccio una confidenza.»

Emilia sposta per un momento l'attenzione alla finestra. «Mi dica, don Alessandro.»
«Lo sa che... quando sono di umore bislacco, o meno felice, e voglio farmela passare, immergo lo sguardo nel cielo, proprio nel punto più alto.»
«Nel punto più alto...» ripete Emilia.
Manzoni abbassa il capo e rivolta improvvisamente le pagine all'indietro. Si picchia una mano sulla fronte. «Mi spavento sempre più della mia sme-smemorataggine. Ora ricordo.» Si ferma al capitolo quindici. «Siamo nell'osteria, dal nostro fidanzato ubriaco. Renzo "stese la mano verso la guancia dell'oste, per prenderla tra l'indice e il medio".»
Emilia leva in alto le due dita. «Con le nocche?»
«Sì.»
«Allora è un ganascino.» Avvicina la mano al viso di don Alessandro. «Intendo che fo questo gesto.»
Teresa leva un grido. «Hanno aperto di nuovo la mia lettera per Stefano!»
Manzoni annuisce con un sospiro.
«Gli austriaci spiano le vostre lettere?» domanda Emilia sorpresa.
«Qualche volta. Dividono con un ferro caldo il sigillo. Poi con lo stesso ferro riuniscono i due lembi.»
«Io non pensavo che anche lei vivesse... sotto controllo.»
«Ma non è per questo che scrivo poche lettere. Mi fa fatica rispondere a chiunque. Mi spiano perché mi scrivono in tanti, tro-troppi per la mia lentezza.»
«Gli austriaci non hanno capito che lei sta lavorando alle parole per... unire l'Italia? E che forse è più pericoloso di tutti quelli che le scrivono?»
Don Alessandro la osserva incuriosito. «Mi sembra che stia imparando a parlare meglio del nostro Massimo, madamigella, quando si tratta d'Italia. Grazie a Dio gli ufficiali dell'Impero ne sanno poco di questioni di lingua.» Fa un cenno a Teresa. «Arrivo!»
Torna a Emilia. «Allora sta bene, fiorentina, scrivo 'ganascino'.»

52

Le dispense dei *Promessi Sposi* sono esposte in piedi, davanti a tutti gli altri libri. In copertina spicca un angelo che tende le mani verso una giovane accerchiata da sgherri e demoni. Emilia le indica al libraio Battioli attraverso la vetrina. «Come vanno le vendite?» grida. Lui le accenna un 'così così' con la mano. Apre la porta del negozio e si affaccia sulla strada. «Oggi è una grande giornata. Il Manzoni è riuscito finalmente a pubblicare i primi capitoli riscritti e illustrati e mia moglie è uscita dalla malattia. Mi scusi se qualche volta le sarò sembrato sovrappensiero. Lei lo sapeva che il nostro amico Frederic ha intagliato le vignette dei *Promessi Sposi*?»

Emilia annuisce velocemente. «Insieme ad alcuni incisori francesi.»

«Che fa, minimizza il lavoro di un amico?»

Emilia prende il fiato per rispondere, ma lui torna subito a parlare: «Comunque... l'inglese mi ha detto che per un po' di settimane dovrà starsene chiuso nel laboratorio, e infatti non viene quasi più a trovarmi».

Dall'altra parte della strada Emilia vede avanzare una figura dal passo familiare. Fatica a riconoscerlo, perché è dimagrito molto. Il cambiamento più eccezionale è quello del viso: sembra più giovane, appena un ragazzo. Ha una postura del corpo non troppo diversa da quella di suo padre, le spalle insaccate, come intimidito dal mondo. Sta camminando in direzione del Duomo.

«Pietro!» lo chiama Emilia. Fa un piccolo inchino al libraio e si volta per attraversare la strada.

La nebbia isola ogni persona nei suoi pensieri, nessuno si guarda intorno. Finalmente Pietro la vede. Emilia tende le braccia e gli stringe entrambe le mani, lui arretra con il corpo e non la lascia. Sembra che debbano iniziare a danzare insieme.

«Come si sente?»

«Non così forte da camminare troppo a lungo da solo» ammette Pietro. Dal padre ha preso la mitezza del sorriso.

«Infatti non dovrebbe farlo. Sono stata in pena ogni giorno.»

Le lascia le mani. Dà l'impressione di volerle chiedere qualcosa, poi si trattiene. Infine riprende coraggio. «Potrebbe accompagnarmi? Come farebbe con Rina... Mi bastano pochi minuti.»

Quando arrivano al Coperto dei Figini, Emilia accenna a proseguire verso il Bottonuto, ma Pietro la ferma. Le chiede di aspettarlo ed entra in una bottega di chincaglierie. Ne esce poco dopo con due pacchetti in mano. «Aspettiamo tre persone» le dice, e indica il lato della piazza in cui si inoltrava quando si perdeva nel quartiere dei bordelli.

Una donna e due bambini piccoli tenuti per mano stanno avanzando verso di loro. Uno cammina a stento. Se in Pietro i segni della malattia sono evidenti, il viso della ragazza è scavato da qualche male ancora più terribile. Emilia intravede capelli chiari e tagliati corti quasi come un uomo, occhi castani e sgranati. Non vuole studiarla troppo a lungo per non essere scortese.

Il bambino più grande corre ad abbracciare le gambe di Pietro e subito dopo anche l'altro bimbetto, più goffamente.

Emilia non ha mai visto Pietro così felice, neppure con sua sorella Matilde. Non sembra nemmeno preoccupato di mostrarsi in piazza con quei due bambini attaccati alle gambe. Si lascia andare contro una colonna del portico, ma più per stanchezza che per salvare il decoro.

La ragazza sorride. Nei suoi occhi c'è molta dolcezza. Indossa un cappotto largo sulle spalle e lungo i fianchi, deve avere freddo.

Pietro si rimette dritto. «Vieni qui.» Si porta una mano alla tempia, come se avesse un capogiro. Poi la infila in tasca e allunga il braccio verso la ragazza. Stringendole la mano, le lascia nel pugno alcune monete. «E ora per voi due.» Tende ai bambini i due pacchetti.

«Li apriamo a casa...» dice la donna. Sembra abbia urgenza di andare via, per non creare difficoltà a Pietro, o perché fatica a stare in piedi. Anche lei infila una mano nel cappotto. «Non devi prendere freddo alla testa nemmeno in casa» gli dice, porgendogli un berretto di lana. Deve averlo lavorato con le sue mani. La pelle è tagliata dai geloni.

Pietro stringe il cappello a lungo. «Spero di venire a trovarvi presto.» Ha gli occhi velati, e Emilia si commuove vedendolo così.

L'ultimo sorriso della ragazza prima di voltarsi è stremato. Cammina più lentamente, mentre torna indietro, tenendo i suoi figli per mano. Si girano tutti e tre molte volte.

«Purtroppo non sono i miei bambini» mormora Pietro.

«Non l'ho pensato...» gli dice Emilia con delicatezza.

«Me ne occupo da quando ho saputo che ha perso il suo lavoro come ballerina alla Scala perché è molto malata.»

«Le fa molto onore.»

Pietro arrossisce. «Le ballerine sono le nostre farfalle nella nebbia.»

Una rincorsa di zoccoli precede l'arrivo di una carrozza che punta il palazzo del vicerè. Appena si ferma, tra le alte spallacce delle divise dei soldati si intravede a stento il copricapo piumato del generale Radetzky.

«Non se ne va mai in villeggiatura, il generale?» chiede Emilia interessata.

«Non lascerà questa città finché ha qui a Milano il suo amore.» Pietro ha gli occhi pensierosi.

«Una donna basterà a farlo passare dalla nostra parte?» continua a interrogarlo. «Se ci fosse una rivoluzione...»

Lui le sorride, come se lei avesse detto un'ingenuità. «Pone un'interessante questione, il conflitto tra amore e onore.»

Tornano sui loro passi. «Non credo che un generale asburgico possa farsi guidare dal cuore al punto da tradire la casa d'Austria. No, il generale Radetzky non lascerà mai libera Milano per amore.»

53

Rina è seduta tra il padre e il nonno e Emilia può solo immaginare che il suo visino magro sia incantato a guardare i bambini che cantano, perché è rimasta ad aspettare in fondo alla navata centrale. Fa troppo freddo per rimanere fuori.

Quando nella chiesa di San Fedele si alzano le voci dei piccoli coristi, quel luogo si riempie davvero di pace, come possono essere un fiume sfiorato dall'aurora, o le chiome di un gruppo di alti alberi agitate dal vento. Se ci fosse un Dio dei fiumi e degli alberi, allora Emilia se ne farebbe sedurre e trascinare. Ma quella è soltanto natura, come di natura sono le voci che danno luce al crocifisso, ai piedi del Cristo, al suo mento afflitto, agli occhi bui e tristi, troppo bui per potersi commuovere. Volta le spalle ed esce nel gelo.

Per il Natale sono riuniti intorno al tavolo di via Morone tutti i figli di casa Manzoni. Vittoria e Matilde sono tornate dal collegio della Visitazione. Ma c'è anche Enrico, e poi Cristina e Sofia, con i mariti e i bambini piccoli. Emilia sta facendo sedere Rina quando donna Giulia si affaccia alla porta della sala da pranzo e le fa cenno di avvicinarsi.

«Mio nipote Giacomo...» bisbiglia in modo affannoso appena Emilia le è di fronte «è venuto a portarmi gli auguri di Natale e poi...»

«Che cosa le ha detto, signora? Stia calma.» Sono accanto al battente della porta e la cameriera le osserva rapidamente prima di entrare a servire qualcosa che deve aver dimenticato.

«Non è da lei agitarsi in codesto modo, signora...» le dice Emilia.

«Non è da me, ma io non sono più la stessa...» Donna Giulia si appoggia al muro, e sembra che fatichi davvero a reggersi in piedi. «Mio nipote mi ha detto di non mettere più i soldi della mia rendita nell'edizione illustrata dei *Promessi Sposi*. In un mese sono state vendute soltanto cinquemila dispense.»

«Appena la metà di quelle stampate?»

Dalla sala da pranzo si sente arrivare la voce di Teresa. «Manca la mamma. Dov'è?»

«Vedrà che i frutti di questo grande lavoro si raccoglieranno nel tempo» bisbiglia Emilia.

«Quale tempo?» chiede Giulia. «Il tempo non c'è... Alessandro rischia di dover vendere altre proprietà. E quali frutti?»

Emilia le stringe delicatamente le spalle. «I frutti dell'impegno di suo figlio a creare la lingua italiana con il romanzo. Le parole di tutti. È il suo sogno, e lo porterà a compimento.»

Donna Giulia le prende le mani e se le porta davanti al viso. «Senza la mia rendita i soldi non gli bastano. Se ne sono andati tutti con i figli, i domestici, i cattivi affari di campagna. Non posso certo forzarlo a lavorare a qualcos'altro che non sia il romanzo. Prego tutti i giorni che non gli arrivi un attacco dei suoi che lo costringa a interrompersi a lungo, quei momenti in cui sembra ci muoia davanti agli occhi... E io non so per quanto tempo vivrò.»

Gli occhi sembrano ancora più grandi. A guardarglieli così da vicino viene da chiedersi come doveva essere quel volto molti anni prima, illuminato da un verde insolito, radioso.

Donna Giulia avanza verso la sala da pranzo. Appena la vede, don Alessandro le viene incontro e la fa sedere accanto a sé.

Emilia prende posto tra don Ghianda e Cristina. La più grande delle figlie di Manzoni tiene in braccio la sua piccolina di appena un anno. La fa trottare sulle ginocchia e ogni tanto le mette in bocca un cucchiaino di consommé. Emilia non riesce a guardare Cristina troppo a lungo. L'eczema sulla guancia non accenna a scomparire. Le ha sentito dire che il mal di testa ha allentato la sua morsa, ma mangia pochissimo, a bocconcini da bambino. Spesso si passa le unghie sul braccio, trattenendosi dal grattarsi.

Stefano è seduto accanto a Vittoria. Non deve essergli passata l'infatuazione, perché per due volte si rovescia il vino sui pantaloni.

«Se le chiedono se sto mangiando, lei lo confermi» le dice Cristina a un tratto. Forse si è accorta di essere sorvegliata da Emilia. Ma nessuno si occupa troppo di Cristina, perché l'attenzione è rivolta a Teresa e al suo racconto su una strana cometa passata nel cielo: «Vorrei sapere quale è lo scienziato che ha rivoltato il bene in male» sta dicendo la signora Manzoni. «Da qualche secolo a questa parte se si dice 'cometa' si pensa alle sciagure, ma più di milleottocento anni fa non ha annunciato il Redentore?».

Don Alessandro è silenzioso. Controlla spesso che il bicchiere di Pietro sia riempito d'acqua e che lui non tocchi il vino.

«Mi spiace per Luisa...» Sembra che Cristina abbia voglia di conoscere meglio Emilia, oppure di distrarsi. «Davvero D'Azeglio aveva impegni così urgenti a Torino da essere costretto a saltare il Natale in famiglia?» La fronte di Cristina si increspa. Ogni piccolo movimento, anche degli occhi, deve crearle dolore. «Io, piuttosto che trascorrere il Natale lontano da mio marito e da mia figlia, cavalcherei per ore sotto la pioggia.» Cristoforo si volta a guardarla con un sorriso e lei gli stringe la mano. Entrambi arrossiscono ancora, a distanza di quasi due anni dal matrimonio.

Dopo pranzo si spostano tutti nella sala rossa. Manzoni si siede davanti al camino, subito seguito dai bambini. Emilia è con loro. Gli altri sono in poltrona, a conversare.

«Ho pensato, cara madamigella...» Manzoni getta uno sguardo alla sua famiglia.

«Mi dica, don Alessandro...»

«Ho pensato che lei non può correre in tipografia a ogni mia richiesta. E in più venire da me quasi tutte le mattine.»

Rina tira una balza della gonna di Emilia. «Secondo te questa è una bambola allegra?» le chiede.

Lei fissa il sorriso ambiguo e poco amichevole della bambola. «Inventa un motivo per cui può essere più felice» le propone «e ti guarderà in modo diverso.»

«Per questo le vo-vorrei chiedere di venire ad abitare con noi» dice don Alessandro con serietà, come se da molti minuti non aspettasse altro che di pronunciare quelle parole.

Emilia sgrana gli occhi.

«Che cosa ne pensa? Devo ancora parlarne con Massimo e Luisa. Lo farò con calma. Lo sa che non po-potrebbe riuscirmi diversamente.»

Rina sta bisbigliando qualcosa alla bambola, ma ogni tanto si interrompe.

«La nostra pi-piccinina potrà venire da noi in qualsiasi momento.»

Emilia osserva Luisa: ha lo sguardo posato su di lei, la mente viaggia da un'altra parte. «Non è una cosa facile, don Alessandro» gli risponde. Sa di avere il viso in fiamme. «Ma ne sarei onorata.»

54

Milano, gennaio 1841

Il vetro è ricoperto dalla neve. Sulla poltrona accanto al camino siede il cugino Giacomo Beccaria. Emilia indugia spesso sul suo viso: ha occhi grandi, verdi e brillanti, una somiglianza spiccata con donna Giulia.

Finora è rimasto in silenzio: sta studiando la scena che ha di fronte, attento a non incrociare troppo spesso lo sguardo di Emilia.

Don Alessandro apre il cofanetto dei biglietti. «La Signora tende un inganno alla povera Lucia. Obbedendo al feroce Egidio, la fa rapire, gettandola nelle mani dell'Innominato. Si i-immagini, madamigella, cosa voglia dire per una giovane come Lucia essere spinta a forza in carrozza, d'improvviso, mentre si incammina per fare la sua commissione...» Conta le righe del testo per scrivere dove va inserita la vignetta.

«Il disegno deve mostrare il momento in cui Lucia viene sollevata e fatta salire senza riguardi. Ma in una vignetta successiva dobbiamo vederlo meglio, questo terrore, il viso deve essere vicino, come abbiamo fatto con la Signora dietro le sbarre del convento. Dobbiamo vederlo bene noi e i nostri venticinque lettori.»

Emilia sospira sorridendo dolcemente. «Cinquemilaventicinque, finora, ma vedrà che diventeranno molti di più.»

Manzoni si ferma a riflettere. «Come può conoscere così bene i numeri delle vendite, fiorentina?»

Emilia abbassa gli occhi. Giacomo Beccaria non nasconde il suo stupore. «È un piacere vedere all'opera l'unica donna capace di rendere Alessandro così battagliero» dice.

«Accennando alla mia i-insolita vivacità» spiega Manzoni, «Giacomo si riferisce a un grosso impiccio da cui, a differenza del solito, non mi lascio tra-tramortire.»

«A Napoli stanno per essere pubblicati i nostri *Fidanzati* illustrati e contraffatti» annuisce il cugino.

«Con 'contraffatti'» chiarisce don Alessandro «intendiamo copiati da capo a piedi, testo e vignette. I librai del Regno delle Due Sicilie ci hanno inviato una grandinata di disdette, dopo questa nuova edizione annunciata dal signor Nobile. Nobile di nome, ma ben poco di fatto.»

«Ma lei, don Alessandro...» Emilia si morde le labbra, ma non riesce a trattenere la domanda. «È così calmo nonostante questo scempio? Ha messo in piedi tutta questa baracca costosissima per evitare le contraffazioni e ora un libraio di Napoli si sveglia e dice: "Fo la contraffazione" e le copia tutto il romanzo?!»

Non si capisce se Giacomo Beccaria sia più impressionato dal carattere di Emilia o dalla disinvoltura con cui lei si rivolge a Manzoni.

«Lei forse pensava che mi chiudessi in camera per settimane, o che gi-girovagassi per il giardino parlando con i miei poveri alberi?» domanda don Alessandro.

A Emilia scappa un sorriso. Poi si rivolge al cugino Giacomo, improvvisamente seria: «Se è qui per scoraggiarlo, la prego di non farlo».

Beccaria sgrana gli occhi. «Alessandro ha già investito ottantamila lire.» Traccia un arco con il braccio. «È quasi la cifra che ha pagato per quest'intera casa, e, sono d'accordo, non si può tornare indietro.»

«Non è nemmeno per soldi» precisa Manzoni. «Pa-passino le vignette, ma la questione della lingua non la posso abbandonare per un napoletano che mi fa la fodera.»

«Che cosa significa 'la fodera'?» chiede Emilia.

«Ripetere quello che uno dice o fa.»

«'Ripetere a pappagallo.' Ci manca che si faccia intimorire dai pappagalli.»

«Pappagallo...» mormora don Alessandro.

«Siamo una famiglia» annuisce Giacomo. «Se vuoi andare avanti sarò il primo ad aiutarti, dal momento che dovrò raggiungere Napoli.»

«Lo fai per pietà?»

«Per amicizia, perché sei tu. Ma metti da parte la tua pigrizia e scrivi al ministro della Polizia dei Borbone. È ora che tu dia il tuo contributo affinché le opere e i diritti degli autori siano salvaguardati dalle leggi e rispettati.»

«È più tranquilla, madamigella?» Don Alessandro torna a rivolgersi a Emilia. «Giacomo mi chiede soltanto di non fare il codardo, cosa che, come lei già sa, mi riesce pi-piuttosto bene.»

Beccaria si alza e li saluta, non con l'irritazione di qualche mese prima, ma con una stretta di mano così affettuosa che si direbbe quella di un fratello, un fratello che Manzoni non ha mai avuto.

Emilia sfrega i palmi delle mani, per scaldarle. Don Alessandro si alza e va al camino. Dispone i ceppi ad anfiteatro e prende il suo cappotto dall'appendiabiti. Sta per posarglielo sulle spalle, poi glielo porge.

Emilia lo raccoglie dalle sue mani e si copre. L'odore di tabacco, con una punta diversa, cedro, bergamotto, è fortissimo e le manda un improvviso calore. La lana le pizzica le guance. «Don Alessandro...» mormora abbassando lo sguardo sulla pagina. «Lucia non 'incrocicchiò' le braccia, ma 'mise le braccia in croce'. E non mi garba quel 'trambasciata': 'accorata'? 'Affannata'?»

Manzoni prende la penna. «'A-affannata' sta bene. Ha visto che la nostra Lucia finalmente ci racconta di sé? Non l'ho mai fatta chia-chiacchierare così tanto. Senta qui come parla decisa, quando si rivolge agli sgherri di Egidio e dell'Innominato che l'hanno rapita: "Se avete anche voi una figlia, una moglie, una madre, pensate quello che patirebbero, se fossero in questo stato. Ricordatevi che dobbiamo morir tutti, e che un giorno desidererete che Dio vi usi misericordia".»

«Don Alessandro.»

Manzoni posa la penna e inspira. «Quando mi chiama con questo tono che sembra una frecciata qualche volta io mi spa-spavento.»

«I suoi personaggi parlano di Dio come se fosse una spada.»

«Dio, il bene, lo sono, una spada. È la più grande difesa che hanno.»

«Anche per essere felici?»

«Non riduca la fede a felicità.»

«E lei non pensi che io ignori le preghiere, che non sia stata educata.»

«Mi scusi, madamigella.»

«Mi scuso anch'io, don Alessandro.»

Lo studio è invaso dalle ombre. Tra loro è quasi buio, un'oscurità scalfita dal lume e dalle fiamme che salgono dal camino.

«Quando ero bambina pregavo, parlavo tutte le sere con qualcuno, mi sentivo felice. Credo che i miei occhi fossero sempre felici.» Emilia si leva il cappotto dalle spalle e lo posa sulle ginocchia, poi ne allunga un lembo verso le gambe di don Alessandro.

Lui è talmente sorpreso da non reagire, lascia che il lungo cappotto rimanga a metà, tra le sue gambe e quelle di Emilia.

«Lei pu-può anche non credere in Dio, ma cerchi di ritrovare ciò che la rendeva felice da bambina» le dice. Lo sguardo gli va alla finestra, ma si ferma sul vetro, lì dove lo imperla la neve. Per un momento sembra che i suoi pensieri non trovino sbocco. «Può anche non chiamarlo Dio, ma cerchi di nuovo quella forza e quella tenerezza, l'o-orgoglio.»

«Pensieri così ci possono essere solo da piccini.» Emilia abbassa il capo. Una stanchezza le sta appesantendo gli occhi e il corpo. Appoggia i gomiti sul tavolo.

«Ho parlato con Teresa» mormora Manzoni.

Emilia scioglie le mani e torna a fissarlo.

«Dopo la Pasqua questa casa sarà a-abitata da una fiorentina, sempre se lei è ancora d'accordo, madamigella. Fatichiamo a stare dietro alle spese, ma possiamo darle lavoro fino a quando la revisione del libro sarà conclusa.» La osserva con un'improvvisa tenerezza. «Mi scusi, no-non mi piace pensare alla fine delle cose, e nemmeno parlarne.»

«Perché non scrive un altro romanzo?» gli chiede Emilia d'istinto.

All'inizio Manzoni solleva le sopracciglia, come se lei avesse detto qualcosa di esagerato, o di bizzarro. Poi una crepa sul viso, la bocca sembra cedere ai tormenti di un rammarico. «È la fatica più grande in cui potrei i-incappare. E anche quella che mi provocherebbe maggiore sofferenza. Può chiedermi molte cose, Emilia, ma questo la prego di non chiedermelo.»

55

«Chi lo sa di voi, bambini?»

Il salone di palazzo Litta è gremito per il terzo appuntamento del mese con il mago della mnemonica Maurizio Silvin.

«Io...» dice timidamente Rina.

«Chi ha parlato?»

«Qui, qui!» esclama Luisa.

Il professore finge di non vedere.

«Qui!» grida più forte Emilia. «La bambina con il nastrino giallo!»

Tutto il pubblico si volta a guardare Rina.

«Oh oh, bambina, vogliamo sentire i nomi dei martiri, allora? Non in ordine, per favore...»

Rina inizia a parlare piano. «Stefano, Andrea, Fulvio, Paolo, Massimiliano, Lorenzo, Cecilia, Cristina...»

«Alzi la voce, signorina, eh» la richiama il professore. «Qui siamo mnemonici, ma non siamo in grado di sentire il mormorio delle formichine.»

Rina ricomincia dal principio. Guarda Emilia e lei la incoraggia con gli occhi.

«Benissimo» dice infine Maurizio Silvin. «Allora adesso facciamo questo esperimento. Chiedetemi quale martire ha messo al sesto posto la piccina?»

«Lorenzo!» grida un bambino. «Si chiama come me!»

«Il settimo?» Silvin aspetta solo un momento e poi esclama: «Cecilia! E allora vi dico che il settimo nome di donna che mi ha dato la prima signora che ho interpellato circa mezz'ora fa... sì, questa qui davanti che mi schiaccia l'*oeucc* da un po'» seguono risolini divertiti «era Maria! Il settimo fiore di quest'altra dama in prima fila con gli occhi malandrini era l'azalea, il settimo dei papi che ricordava quel signore giù in fondo alto come un armadio, e da cui non vorrei mai ricevere uno *sberlottòn*, era Sisto I. Su, signora» torna a interpellare una donna sempre seduta in prima fila, «mi dica un numero».

«Quattro...»

«Il quarto martire della piccolina era Paolo, il quarto nome di donna era Margherita, il quarto fiore la rosa, il quarto papa Clemente I... Ma vi posso dire che il dodicesimo papa, secondo il nostro Ercole laggiù, che vi sconsiglio di far arrabbiare, è stato Callisto I, anche se ho il dubbio serissimo che ne abbia saltato qualcheduno come fa la rana...»

I bambini ridono.

«Il quindicesimo fiore della signora era la stella alpina. Come vedete questo metodo mnemonico non ha possibilità di dubbio. Ogni nome di cosa o di persona vi rimarrà scolpito nel cervello al momento e per sempre. Se volete informazioni, i miei biglietti li potete ritirare sul tavolo alla fine dello spettacolo.» Cerca tra il pubblico con gli occhi, di nuovo. «La *tusetina* dei martiri... Come ti chiami?»

Rina arrossisce ancor più di prima per essere chiamata una seconda volta. «Alessandra!» risponde con una voce più squillante.

«Alessandra come? Castrocaro, Alighieri, Da Vinci... Voglio sentire il nome per intero di questo piccolo genio.»

«Alessandra Taparelli d'Azeglio.»

«Oh oh!» esclama Silvin. «Allora sei la nipotina del Manzoni!»

Tutti si voltano di nuovo a guardarla.

«Capisco bene perché mi hai risposto così veloce! Da grande sarai più brava del più mnemonico degli mnemonici!»

Il volto di Rina diventa sempre più paonazzo, ma lei resiste, con coraggio, a tutti quegli sguardi.

«Tra padre e nonno non ti mancano di certo i buoni esempi, in casa! E pure la caparbietà. Lo sapete che il Manzoni sta riscrivendo il romanzo?»

Il brusio della sala si alza.

«Io ho già comprato i *dispens*!» esclama una donna. «Ma *minga* posso *spettà* mesi e mesi per le prossime.»

«Complimenti per la bambina» dice a Luisa la loro vicina di posto. «E complimenti a lei, signorina» continua, facendo un cenno a Emilia. «È merito suo se la *tusetina* conosce tutti questi nomi?»

«È stato l'istitutore» risponde Luisa con un sorriso cortese.

«Beati voi che avete persone che la seguono. Gli istitutori e le istitutrici se ne vanno in continuazione dalle case, ora che sono stati aperti gli istituti pubblici.»

Fuori dal palazzo Emilia tende il braccio verso Rina, ma lei sceglie di dare la mano a Luisa.

«Me lo vuoi dire il segreto di tutto questo amore per me?» chiede Luisa a Emilia.

«Credo che sia arrabbiata» risponde lei.

«Arrabbiata con te?» si sorprende Luisa.

Rina si è voltata a guardare due bambine a pochi metri da loro. Vorrebbe avvicinarle, ma è troppo timida per rivolgere la parola per prima.

«Manzoni mi ha chiesto di trasferirmi in via Morone.»

Ora Rina si gira e fissa Emilia con angoscia.

«Che cosa vuol dire 'trasferirti'?» Gli occhi di Luisa lampeggiano di nuovo stralunati, come Emilia non glieli vedeva da tempo.

«Per completare il lavoro a dovere. Ne ha parlato con Teresa.»

«E tu lo hai detto a Rina prima che a me?»

Rina si morde le labbra, sembra che debba scoppiare a piangere per quel tono di voce.

«Ce l'avevo accanto a Natale, quando don Alessandro mi ha parlato. Credo che abbia sentito. I bambini sentono tutto.»

«Te lo ha proposto a Natale e non mi hai detto nulla?» Luisa scuote la testa. «Lo sai che da noi puoi comportarti come vuoi. Vuoi andare a un ballo? Certo che puoi farlo. Ti vuoi fidanzare?» Ride nervosamente. «Hai tutta la mia invidia.»

«Ha bisogno anche che lo accompagni in tipografia per le prove di stampa in qualsiasi momento.»

Ora Luisa non sta ridendo più. «E tu lasceresti qualcosa di vivo per una cosa morta? Una bambina, me, per un romanzo?»

«Non è una cosa morta, un romanzo.» Emilia ha risposto in modo fermo. «Qualche tempo fa lei mi aveva addirittura consigliato di tornare a Firenze.» Rina continua ad ascoltarla senza dire niente. Quel visino attento e rancoroso le spezza il cuore. «Quando avrò terminato potrò stare ancora con voi.»

«E secondo te posso prendere un'altra persona che segua Rina e poi mandarla a casa per i tuoi comodi? Questa è una bambina che ha perso la madre, come puoi anche solo pensarlo!» Ora sta alzando la voce, alcune donne le osservano uscendo dal palazzo. «Proprio il cuore non so dove ce l'hai.» Luisa parla con un tono livido. «Manzoni non l'avresti neanche conosciuto se non fossi venuta a Milano con noi.»

L'aria gelida di montagna fa venire male al petto.

All'improvviso Rina inizia a correre nella neve, in una direzione diversa da quella di casa. Emilia scatta per inseguirla. Luisa invece si accuccia, fa una palla di neve e la lancia addosso alla bambina. «Emilia scherza, Rina!» grida.

Un uomo che vede quella piccolina andargli incontro, e soprattutto correre verso una carrozza al galoppo, la blocca prendendola al volo, poi la consegna alle braccia di Emilia. Rina non si ribella, ma affonda il viso nel suo cappotto.

Luisa per un momento impallidisce. Poi ricomincia a lanciare palle di neve. «Rina! Volevi fare come quella volta a Firenze quando eri sparita?» Un'allegra follia le sta colorando il volto. «Giochiamo un po', dai, Emilia! Tornate indietro!»

Ha ripreso a nevicare quando è sceso il buio, sempre più forte, fino a notte. Emilia lascia le tende un po' scostate e si infila nel letto. I fiocchi scorrono oltre il vetro e imbiancano tutto, di nuovo. Non si sentono più rumori, né da fuori né dalla casa. Il silenzio è completo. All'improvviso nella stanza entra un profumo di bambina.

Emilia apre uno spicchio di coperta e di lenzuolo facendosi da parte. Rina si rannicchia con la sua bambola un po' triste e un po' allegra. Fa un grande sospiro prima di parlare. «Ma non sei dispiaciuta di andare via?» bisbiglia.

«Sono molto dispiaciuta.»

«Oggi non l'ho sentito.» Rina appoggia la testa sulla sua spalla e infila la bambola sotto il cuscino. «Te la regalo.»

Emilia deglutisce così forte da avere male alla gola. «Non mi ero mai affezionata... Non mi ero mai affezionata a nessun bambino come a te, sai, Rina? Questo lo puoi sentire?»

Rina non le risponde ma ascolta con attenzione, come fa sempre.

«Tu avrai i tuoi istitutori, il babbo e Luisa... Staremo insieme quando vorrai, qui o a Brusuglio.»

«Vai via presto?»

«Posso rimanere fino a maggio» sussurra Emilia, «quando andrai sul lago.»

«Verrai alla messa qualche volta con il nonno a San Fedele?»

«Ecco, forse... Non so, ma potrei venire a prenderlo dopo la messa.»

«Perché non vuoi mai pregare? Magari un giorno cambi, se ti guardo in maniera diversa.»

«Magari fossi una bambola.» Emilia si leva una lacrima dalla guancia, mentre ride. «Rinolina mia.»

56

«"Compassione! Che sai tu di compassione? Che cosa è compassione?"»

«"Non l'ho mai capito così bene come questa volta: è una storia la compassione un po' come la paura: se uno le lascia pigliar possesso, non è più uomo."»

I ceppi nel camino sono aumentati, don Alessandro deve aver chiesto che gli portassero più legna per riscaldare meglio lo studio. Anche la stufa è accesa. La luce delle fiamme consente a stento di vedere le parole, ma incendia di rosso la parte centrale dei fogli. Fuori il cielo sembra viola.

Manzoni fissa la pagina da cui stanno leggendo. «Lo vede quale creatura santa e diabolica è un romanzo? Dopo letture e riletture è rimasto quel 'le': "se uno *la* lascia pigliar possesso non è più un uomo".» Alza lo sguardo su Emilia. «Per entrare nell'orizzonte nuovo, non glielo chiamo Dio, ci serve qualcosa di irrazionale, di no-non dominabile, una crepa che spacca lo specchio. Anche la compassione lo è per chi non l'ha mai provata. Può mandare in pezzi il cuore, come la paura. Il Nibbio lo sta raccontando al suo padrone, l'Innominato. Lo sta avvertendo, ma ormai è troppo tardi...»

«Lucia è già nel castello» mormora Emilia.

«E l'Innominato entra nella stanza dove lei è stata confinata... Le sta bene se io leggo la parte dell'Innominato e lei quella di Lucia? Non credo che voglia fare il contrario.»

«No, don Alessandro, sta bene, fo Lucia.»

«"V'hanno forse maltrattata? Parlate."»

«"Oh maltrattata!"» legge Emilia. «"M'hanno presa a tradimento, per forza! Perché? Perché m'hanno presa?"» Alza gli occhi su di lui.

Don Alessandro annuisce per incoraggiarla.

«"Perché son qui?"» continua Emilia. «"Dove sono? Sono una povera creatura: che le ho fatto? Nel nome di Dio..."»

Manzoni cancella il 'nel' e accanto alla riga traccia una linea verticale e scrive 'in'. "In nome di Dio." Indica alcune righe più sotto.

«"O Signore! pretendere! Che cosa posso pretendere io poveretta, se non che lei mi usi misericordia? Dio perdona tante cose per un'opera di misericordia!"»

«Eccolo, il momento.» Don Alessandro si alza e va a osservare la fiamma. Il crepitio fa balenare sul suo viso ondate di luce. «Il momento in cui la prima crepa inizia ad allargarsi e lo specchio ci rimanda di noi un'immagine orribile, deforme. Succede quando sei vi-visitato. Per padre Cristoforo è stato il suo delitto, ricorda? L'aver ucciso un uomo... Qui, per il nostro Innominato, è stato un viso, quello di Lucia. Una parola. Può essere un a-amore, una colpa, un cuneo.»

«Cosa intende per 'visitato', don Alessandro?»

«Invaso, squ-squassato, cambiato. Se vuole non lo chiamiamo Dio. Chiamiamola paura, pietà, tenerezza, perdono. 'Perdono' è l'unica parola del romanzo che le chiedo di non cambiare. La capiscono dal Piemonte alle Sicilie. Come la paura.»

Anche Emilia si alza. Va ad appoggiarsi alla mensola del camino. Ora il suo corpo è avvolto dal calore e gli è di fronte.

«Ma la brace era viva da tempo.» La voce musicale adesso è anche potente. «Una trasformazione, una co-conversione, è come una scintilla che schizza da una pira che sembra spenta. C'era un tormento silenzioso, di mesi, anni, una vita, che fino a un dato punto lui, quest'uomo dedito all'a-abbrutimento di se stesso, non voleva vedere.» Manzoni torna al tavolino e Emilia si rammarica di non potergli più vedere bene il viso. Velocemente scrive qualche numero su uno dei suoi foglietti. «Quando paura o dolore, o anche l'amore, ci invadono, e fanno leva su una materia più fra-fragile, mobile, già pronta al cambiamento, siamo costretti a entrare nella notte, e ad attraversarla.»

«Ne parla come se le fosse successo.»

«Tutti abbiamo quest'urgenza di cambiare. Anche lei, madamigella.»

«Preferisco non pensare e non avere urgenze.» Emilia si accorge di aver parlato in modo poco gentile. «Se mi spiega, provo a capire.»

Don Alessandro torna al camino con pochi passi. «La paura occupa la mia mente da quando ho i ricordi. Ma c'è stato un giorno... U-un giorno di aprile, in mezzo alla folla...» Si ferma. Deve avere un legame speciale con il fuoco. Lo scruta con passione. «Ero a Parigi con la mia pri-prima moglie, ma in quella folla di aprile non la vedevo più, l'avevo perduta. Battevo i denti come mi ha visto fare al Carnevale. Ve-vedevo una bambina che aveva perso la mamma, la chiamava disperata, e io mi-mi sentivo misero, perché avevo più paura di lei e non potevo soccorrerla. Della bambina si occupò una donna. Io entrai in una chiesa...»

Ha il viso per metà illuminato dalla fiamma, per metà nell'ombra. Emilia ha l'impressione che un tremolio gli stia muovendo il mento.

«Non ero più un uomo, ero solo paura. Non mi battevano soltanto i denti, ma tutto mi tremava, una gra-grancassa suonata nel corpo, scivolavo verso un buio che sembrava la morte. E scivolando gridavo. Non potevo farlo con la voce, ma morendo chiedevo aiuto.»

Manzoni le viene più vicino e ora ha il volto completamente investito dalla luce del fuoco. «E in chi-chiesa gli occhi di Gesù hanno iniziato ad avere pietà di me. Lo sa che i dipinti parlano, si muovono? Era un calore, un contatto stretto con qualcosa di pulsante. Come aver varcato un confine, un orizzonte di trasparenza che tutto commuove. Poteva capitare anche altrove. Davanti a una cascata. Sotto un cielo co-coronato dagli alberi. L'amore ha ali larghe, più di quanto si possa immaginare.»

Emilia si scosta dal camino. Le arriva più l'impressione, la forza delle parole che il loro significato. È troppo caldo, ma il freddo che le avvolge il braccio più lontano dal fuoco la fa rabbrividire.

«È allora tutto cambia. Quella commozione, quel bene, quella tenerezza si possono dimenticare, ma to-tornano sempre, la notte e nella preghiera, e sempre ci accompagnano, anche nel silenzio, come una musica.»

«La sua provvidenza è una musica?»

«Se intende la musica come consolazione, sì, lo è. Ma quella della provvidenza è una storia che... se inizio non finiamo prima del no-novilunio.»

«Invidio la serenità che ha trovato» dice Emilia. Si rende conto che le sue parole sembrano una provocazione.

«Non mi sono spiegato, madamigella.» Don Alessandro alza gli occhi su di lei con uno sguardo paziente. «Da quel giorno sono diventato un gu-guazzabuglio peggio di prima. Perché quando si ritorna al mondo, le cose sono improvvisamente abbaglianti, e persino più dolorose, dolorosissime, per chi ha un a-animo sensibile o ha molto sofferto nella vita.»

Torna al tavolo e sfoglia il libro. Legge: «"Ha ragione quel bestione del Nibbio; uno non è più uomo; è vero, non è più uomo!... Io?... Io non sono più uomo, io? Che cos'è stato? Che diavolo m'è venuto addosso? Che c'è di nuovo?"».

Una scintilla si ribella al fuoco del camino. Manzoni se ne fa distrarre e osserva le fiamme.

«"Tutto gli appariva mutato"...» Prende la penna e bisbiglia: «Cambiato». Continua a leggere: «"Il tormentato esaminator di se stesso"» fa scorre lo sguardo «"si trovò ingolfato nell'esame di tutta la sua vita."»

«C'è una ripetizione, don Alessandro...»

«Lo so.»

«Ma non cambi niente.»

«E quindi c'è quest'altra paura...» Infila la penna nel calamaio. «La morte. Che senso ha a-accanirsi contro gli altri se tutti abbiamo la stessa paura della morte e se desideriamo tutti la stessa cosa? Una carezza, una consolazione... È quello che probabilmente pensa l'Innominato la notte in cui Lucia è incarcerata nel suo castello, ripercorrendo la sua vita.»

«Non ne è assolutamente sicuro? L'Innominato non esisterebbe senza di lei.»

«Ma lui mi pone dei dubbi, più du-dubbi di quelli che ho.» Posa la mano sulle pagine aperte. «La paura, lo vede... Qu-qualche volta bisogna ringraziarla quando ci porta a inginocchiarci per l'orrore. La nostra buona, ingenua Lucia in fondo cede, anche lei, alla paura. Fa voto di verginità a Maria, quella notte, rinchiusa nel castello dell'Innominato, per essere libera e riabbracciare sua madre. Ma così...»

«Tradisce il suo amore per Renzo» sussurra Emilia. «Baratta l'amore per un voto alla Madonna.»

Don Alessandro le sorride. «Lo vede, madamigella, arriviamo persino a tradire l'amore e la vita, per la paura. Anche se si potrebbe dire che il vero amore è rinunciare all'oggetto del proprio bene. L'amore è più grande quanto più sei disposto a rinunciarvi.»

«Non posso capirla.»

«Al colmo dell'amore c'è la rinuncia. Non c'è niente di più grande, Emilia. Il farsi da parte.» Sospira. Non si capisce se stia provando a convincere lei o se stesso. «Lucia rinuncia, e lo fa per salvarsi, ma anche per salvare sua madre e Renzo. A-Ama Renzo e rinuncia a lui per paura, sì, ma anche per amore. Stringe in mano la corona del rosario. E lui, l'Innominato, la pistola. Entrambi hanno paura. Ma entrambi arrivano a un limite, e vanno incontro a un cambiamento.»

Ora Emilia gli viene vicino.

«Torniamo al nostro signore senza nome» mormora don Alessandro. Riprende a leggere. «"Il tempo gli si affacciò dinanzi voto d'ogni interesse, d'ogni volere, d'ogni azione, pieno soltanto di memorie intollerabili; tutte l'ore simiglianti a quella che gli scorreva così lenta, così pesante, sul capo"...» Traccia una linea verticale sulla 'i' di 'simiglianti' e a sinistra scrive una 'o'. «'Passava' è meglio di 'scorreva', si sentono le ore che pesano sul capo... È d'accordo?» Scrive, poi riabbassa gli occhi al romanzo. «"Si trovò ingolfato nell'esame di tutta la sua vita. Indietro, indietro, d'anno in anno, d'impegno in impegno, di sangue in sangue, di sceleraggine in sceleraggine"...»

«Scelleratezza.»

"Scelleratezza" corregge. «"Eran tutte sue, eran lui: l'orrore di questo pensiero, rinascente ad ognuna di quelle immagini, attaccato a tutte, crebbe fino alla disperazione. Si levò."» Scrive: "S'alzò". «"S'alzò in furia a sedere, gettò in furia le mani alla parete a canto al letto, colse una pistola, l'afferrò."» Si ferma, scrive ancora per correggere: «"E... al momento di finire una vita divenuta incomportabile"».

«'Insopportabile', le consiglierei, don Alessandro.»

Lui torna a guardarla in viso. «Gli arriva un sentimento di... inutilità, anche se non ho usato quella parola. E poi un assurdo, come una sco-scommessa. Da una parte potremmo avere una vita infinitamente felice da guadagnare, dall'altra non perdiamo nulla. Qualcuno potrà considerarci dei poveri i-illusi, ma se dall'altra parte c'è quell'infinito guadagno, in fondo, che cosa ci importa di scommettere sull'esistenza di Dio? Che cosa realmente perdiamo?» Distende la fronte che prima era aggrottata per la concentrazione. «Non voglio certo co-convincerla di qualcosa, madamigella. Questo è un pensiero di Blaise Pascal, il filosofo, non mio. Lei mi sta insegnando l'italiano e io sono soltanto il suo scolaro che ci-cincischia.» Riabbassa gli occhi. «E quindi il nostro Innominato, re di tante malefatte, vorrebbe soltanto 'gettarsi in un'acqua e sparire'. Peccato che il suo autore non abbia scelto le parole giuste per stargli vicino.»

«'In un lago', 'in un fiume', 'nel mare'» dice Emilia. «E io non mi ci 'getto', io mi 'butto', nel mare.»

Manzoni tiene la penna sospesa sulla pagina. «'Buttarsi in un fiume e sparire', così sia. Ma poi risente la voce di Lucia. Gli nasce il desiderio di vi-vivere per cambiare. E quindi riabbassa il braccio, non spara il colpo.»

Fa il giro del tavolo e si siede con un'insolita pesantezza. «Ho bisogno di fermarmi.»

«Se vuole posso portare a casa il capitolo undici delle bozze...» mormora Emilia. «Per rileggere prima di riconsegnarlo ai tipografi.» Fuori dal calore di quella stanza, verrà investita dal gelo.

Manzoni la osserva con stupore. «Non è stanca?»

«Se una cosa mi garba, non mi stanco mai.»

«Spieghi per bene questa storia al più indolente degli indolenti.»

«Non credo che lei sia indolente. Ma qualche volta, dopo essersi puntato la pistola contro, non riabbassa la mano.»

«Dice che sono peggio dell'Innominato, madamigella?» le domanda ridendo.

«Qualche volta sì, se mi permette, don Alessandro. È messo peggio.»

«Cosa vuol dire 'messo peggio'?»

Emilia gli sorride, anche questa volta è riuscito a commuoverla. «Sta peggio. Da noi si dice anche 'messo male'.»

57

La prima sala dell'esposizione dell'Accademia di Brera è tutta occupata da busti in gesso. Nella seconda spicca una statua, enorme, del re dei Savoia, Carlo Alberto. Una statua ancora più grande ritrae lo zio, Carlo Felice.

«Non mi importa un fico secco se ci guardano e si chiedono con chi stia andando a passeggio il D'Azeglio. E non deve importare neppure a lei, perché tra poco nessuno si ricorderà più che ho una moglie.»

Il marchese cinge le spalle di Emilia per farla spostare, perché in quella posizione non consentono ai visitatori di ammirare il sovrano in tutta la sua maestosità. «Lo vede anche lei che Luisa ormai mi fa andare da solo dappertutto.»

«Spero che un giorno potrà tornare a essere davvero felice con lei» sussurra Emilia.

D'Azeglio saluta due uomini che avanzano verso la sala successiva. Sembra che tutti lo conoscano e non c'è nessuno, tra i pittori che espongono i loro quadri e gli studenti dell'accademia, che non si rivolga a lui con simpatia.

«In attesa di risolvere le mie infelicità non posso che cercare di contribuire alle felicità degli altri. Anche se non può capire quanto mi mancherà, signorina» le dice con trasporto.

«Marchese...» Emilia arrossisce.

«Luisa ha detto che non vuole essere presente quando lei andrà via.»

«Non mi rivolge la parola, e lo vede anche lei che neppure mi saluta quando ci s'incrocia in casa.»

Lui riprende a camminare tra le statue. «Sa che cosa mi ha detto papà per chiedermi di farla andare ad abitare da lui?»

Emilia gli si mette accanto e arrossisce ancora. «Che cosa le ha detto?»

«"Me la potresti imprestare la tua fiorentina?"»

«Ma non è un modo, codesto!»

D'Azeglio ride, e ora attira molti sguardi. «Gli uomini parlano tra loro come le donne nemmeno si possono immaginare, pure i mezzi santi come papà... Aspetti...» Si ferma a contemplare un crocefisso scolpito nell'avorio. «In un altro tempo l'avrei pregata di stare accanto a Luisa, ma ora penso che abbia trovato la sua compagnia.»

«Frequenta nuove amiche?»

«Amici, più che altro.»

Emilia spalanca gli occhi. «Non posso crederle.»

«Lo vede quanto è balorda la vita? Mi ha sempre tormentato con la gelosia. A ben vedere era gelosa anche con lei.»

Le fa strada verso la terza sala. Alla loro destra sono esposti sei ritratti. Si ferma a studiarli mentre Emilia prosegue verso i quadri del marchese: un *Paesaggio con temporale*, dominato da una grande nuvola che incombe sulle montagne, e un *Riposo dopo la caccia*, in cui invece tutto è armonia: l'acqua del fiume sembra scoppiettare, viene voglia di immergerci la mano per sentirne la freschezza.

Lui rimane un passo indietro e con la coda dell'occhio controlla se i visitatori si fermano a osservarli. Torna da lei con uno sguardo più sereno. «Spero che portare a termine il lavoro sul romanzo e rimanere accanto a papà sia la sua strada, Emilia... La mia, alla fin fine, è trovare una via per rendere l'Italia libera, se non sono buono come marito, questo mi pare innegabile, e non indimenticabile come romanziere e come pittore.»

«Contribuire a unire l'Italia è un desiderio che merita una vita» bisbiglia Emilia.

Il viso del marchese arrossisce di piacere. «Papà ci lavora con quello di cui è capace, la scrittura; io potrei dire la mia con il mio spirito tenace.»

«Il suo sogno è persino più grande di scrivere un romanzo. Non ho mai conosciuto un uomo con la sua energia. Ed è un uomo buono, in fin dei conti» gli dice ridendo.

«In fin dei conti» ride anche D'Azeglio. Per la prima volta da quando si conoscono si fissano negli occhi per molto tempo.

«Forse è troppo affascinante perché tutti se ne possano accorgere» aggiunge Emilia. Avvampa divertita, ma ha detto quello che sentiva. Per fortuna ora nessuno sta ronzando intorno a loro, né pittori né studenti.

D'Azeglio spalanca gli occhi e mostra uno stupore emozionato. «Prometta che verrà a trovarmi e rideremo ancora insieme, dolce Emilia. Anzi, farò io il geloso con lei. Vi starò sempre alle costole, a lei e a papà... Devo avvertirla però di una cosa, prima che vada in via Morone.» La allontana di nuovo da una piccola folla che si è avvicinata.

«La nostra Beatrice e il marchese!» si sente esclamare.

Nella sala è apparso Sacchi, in compagnia di Bernard e di Frederic. «Perché non venite a trovarci qualche volta, tutti e due. Il lavoro va avanti che è una meraviglia.»

Emilia abbassa lo sguardo. D'Azeglio non mostra il minimo imbarazzo. «Accolgo l'invito con immenso piacere. E credo che la signorina la pensi come me.»

Frederic non lascia mai Emilia con gli occhi mentre si sposta al seguito di Sacchi verso la sala successiva. Si gira per un'ultima volta quando D'Azeglio ha già ripreso a parlarle: «Questa notte il medico ha detto che per Cristina non ci sono speranze. Questo le volevo dire». Ora il suo sguardo si è fatto improvvisamente serio.

Emilia scuote il capo. «Non è possibile...»

«Le hanno addirittura tagliato una vena. Hanno fatto strazio di quella povera ragazza. Spero che papà resista, che vada avanti nel lavoro. Lo sproni, gli stia vicino, anche se lui dovesse respingerla. Non pensi mai di aver fatto abbastanza.»

58

Il pittore è concentrato sulle zone d'ombra del viso. Lavora alla decima seduta, ma dai suoi occhi non si capisce se è soddisfatto.

Don Alessandro posa sulla sedia che di solito occupa Emilia. Ruota un momento lo sguardo su di lei. I capelli sono leggermente arruffati. Nella settimana trascorsa a Brusuglio e in quest'ultima sono cresciuti moltissimo. È uscito dalla stanza solo per le sedute di posa. A Brusuglio ha sepolto sua figlia.

Il naso è gonfio, congestionato come le guance. È lì con loro, ma i pensieri fluttuano da un'altra parte. Non si capisce se guardi il pittore o se guardi Emilia, un occhio è un po' più chiuso dell'altro. Sembra una tortura quel suo stare in posa nel dolore, una gamba appena accavallata.

In contrasto con la silenziosa sofferenza della stanza, fuori i colori dell'estate appena iniziata gridano a perdifiato. Da quella posizione Emilia può vedere anche la *sophora*. La chioma è esuberante, una nuvola. Il cinguettio degli uccelli assorda. Fortissimo il sole, pulito il cielo.

Dovrebbero lavorare alle correzioni del terzo libro, il capitolo ventotto. Avevano appena terminato di leggere della casa di donna Prassede e don Ferrante, dove Lucia trova rifugio dopo essere stata lasciata libera dall'Innominato, e poi della Milano flagellata dalla carestia, poveri e sporcizia disseminati per le strade. Ma tutto è fermo.

Il pittore indugia con il pennello sull'ombra delle occhiaie. Sembra che stia disegnando la lacrima di un Pierrot, ma è solo il gioco del chiaroscuro.

L'aria è ancora fresca nonostante quel sole, ma don Alessandro è vestito come se fosse inverno. Indossa pantaloni di fustagno, camicia bianca, panciotto nero e giacca nera, aperta. La mano sinistra è poggiata sulla gamba e regge la tabacchiera.

L'artista è Francesco Hayez, il migliore, anche se per le illustrazioni del romanzo Manzoni gli aveva preferito Gonin. Don Alessandro ha mantenuto l'impegno perché Teresa tiene a questo ritratto immensamente. Lei lo ripete a Emilia tutti i giorni, ora che si incontrano anche a colazione.

«Dovete lavorare?» domanda Hayez, senza smettere di dipingere.

Manzoni non risponde, ma sposta lo sguardo su Emilia.

«Sì» conferma lei a voce alta. «Don Alessandro mi ha convocata oggi.»

Nota con sorpresa che sul tavolo c'è già il romanzo. Va ad aprirlo. «Ma questo!» esclama. «È il secondo volume... Non dovrebbe essere in tipografia per le composizioni?»

Don Alessandro ha ripreso a guardare il pittore.

Emilia sfoglia le pagine all'indietro. Tutto sembra in ordine, ma di fronte al ventiduesimo capitolo si ferma. È il punto in cui una grande folla festosa sta correndo per rendere omaggio al cardinale Federigo Borromeo, e l'Innominato prima si chiede il motivo di tutta quella gioia e poi decide di seguirla, lasciando il suo castello. Quasi dieci righe sono cancellate, una tempesta di croci. Emilia alza gli occhi.

«Mi spi-spiace, signorina» le dice. Don Alessandro ha sorvegliato tutti i suoi movimenti. «Mi sono accorto che le frasi erano tutte da riscrivere.»

Il pittore continua come se non avesse sentito, o finge di non averlo fatto.

Emilia avvicina una sedia al tavolo, si siede e sfoglia ancora a ritroso. La fine del capitolo diciassette: quando Renzo cerca rifugio a Bergamo dal cugino Bortolo. L'intera correzione già definita, alla destra del testo, è oscurata da cerchi e linee oblique. Fissa a lungo quei segni, quel che c'era sotto e le parole nuove.

«Se proprio ci vole ripensare, don Alessandro» dice alla fine, «allora è meglio una mangiatina di un pastetto.»

Questa volta il pittore si gira. «Una mangiatina? Così ci fa venire l'acquolina.»

Lo sguardo di Manzoni cambia impercettibilmente. Si sta sforzando di sorriderle.

Senza volerlo, Emilia va avanti a leggere: Renzo lascia l'elemosina a due donne fuori dall'osteria. Ma non è un'elemosina qualsiasi: lascia tutte le monete che gli sono rimaste. "'La c'è la provvidenza!' disse Renzo."

Hayez si sta alzando. «Lascio qui tutto come sempre. So che deve ricevere gente, vero, don Lisander?»

Manzoni si alza a sua volta, poggia la tabacchiera sulla mensola del camino e lo saluta con un cenno di congedo.

Appena sono soli, Emilia lascia il tavolo per capire se può rimanere o deve andare.

Don Alessandro va alla finestra. «È Sacchi che sta arrivando. Viene a riscuotere il suo denaro.»

«Certi uomini il cuore ce l'hanno davvero sotto i piedi» si indigna Emilia.

«Dice che si è indebitato con gli editori e devo pagarlo subito anche questo mese.» La sua figura di spalle, nella giacca nera, crea un contrasto doloroso davanti ai colori smaglianti del giardino e del cielo.

Si volta verso di lei. «Mia mo-moglie mi ha raccontato una cosa che mi ha impressionato. Giuseppe Verdi, un giovane compositore che si è già fatto conoscere alla Scala, ha portato in scena un'opera che è stata un terribile fallimento. Ma l'estate scorsa aveva perso la moglie e i suoi bambini piccoli.» Si avvicina. «Il pubblico può essere crudele, signorina. Nessuno, quando legge un libro o assiste a un'opera a teatro, si chiede che cosa abbia passato l'autore mentre scriveva. Ha mai sentito qualcuno che lo domandasse, che si incuriosisse? Prima o poi vorrei parlarne al giovane Verdi. Dicono che voglia smettere di comporre.»

«Chi è artista può trasformare sempre la sofferenza in creazione.»

«Sempre? Lei dice?»

«Ne sono convinta, don Alessandro, perché io quando scrivo...»

Lui la guarda nel modo in cui la osserva quando lo incuriosisce moltissimo.

Emilia cambia subito discorso. «È una barbarie che lei posi in questo momento, con il dolore nel cuore.»

«Stare in posa mi risulterebbe doloroso anche con la gioia nel cuore. Non sopporto che qualcuno mi ritragga.»

«Allora potrebbe evitarlo.»

«Ha visto che al posto del santino avrò il quadro di un uomo triste? I posteri mi ricorderanno come un pi-piagnone. Semmai ci saranno posteri.»

Emilia scuote il capo con un'aria di rimprovero. «Ma lei sa anche sorridere. Non lo fa di rado. La ammiro per come sta affrontando questi giorni. E per l'esempio che sta dando ai suoi figli.»

Don Alessandro avanza verso il tavolo e si siede. Emilia pensa che le chieda di andare via, invece incrocia le grandi mani davanti al viso. Gli occhi diventano scintillanti. «Cristina non voleva prendere l'olio santo. Ha rifiutato il prete.»

Emilia stringe le mani come sta facendo lui. Si siede di nuovo, al suo fianco.

«Gridava contro Dio perché stava la-lasciando un uomo che la amava e la sua bambina. Ho dovuto bisbigliarle per ore di avere fiducia e di affidarsi con dolcezza, e con la preghiera.»

«Ha pregato Dio con Cristina mentre Dio gliela toglieva?» Emilia si accorge di avere un pizzicore agli occhi. Non è compassione, sta rifiutando quelle parole. Non è tollerabile quella pietà, quella rassegnazione. Eppure nello sguardo di don Alessandro c'è una grandezza che la atterrisce. È la stessa sensazione che aveva provato quando lui vegliava Pietro, e quando le parlava davanti al fuoco.

«Spe-speravo eppure avevo smesso di sperare. La rinuncia è l'amore più grande, si-si ricorda? Non potevo sperare che Cristina non morisse, ma che, o-ovunque andasse, fosse accolta e accudita. L'amore è intrepido, signorina, non è vero?» Si asciuga le ciglia di un occhio con un movimento rapido che lei non gli ha mai visto fare. «L'abbiamo riletto poco prima che i fu-fulmini si abbattessero di nuovo su questa casa.»

Come tante altre volte, Emilia vorrebbe stringergli la mano. Non può farlo, e allora riapre il libro. «Rileggiamolo, don Alessandro. E poi riporterò questo secondo volume in tipografia.»

«Si ricorda quando le chiesi di mettere ordine nella mia confusione?»

Emilia gli sorride con tenerezza.

«Secondo lei...»

«Mi dica, don Alessandro.»

Le lacrime gli stanno tremando negli occhi. «Le chiedo ancora a cosa serva un romanzo, anzi, la sua correzione. La vita è da un'altra parte. Non scrivo alle mie bambine, ri-rimando gli impegni, per quanto ne sono assorbito. E i miei figli se ne vanno prima di me, che sembro l'unico a resistere a qualsiasi accidente.»

«Riscrivere un romanzo è un atto di amore, e di eroismo, don Alessandro. L'unico che può fare.»

«Che *so* fare, e non so ne-nemmeno se ne sono capace.» Riesce a non perdere mai l'ironia con se stesso, in qualsiasi momento. «Ogni tanto mi chiedo invece se ciascuno di noi non sia uno strumento per chi incrocia nel suo cammino. Uno strumento musicale.» Ora ha uno sguardo diverso, improvvisamente concentrato. «A-anche chi muore aiuta chi resta in un modo strano che non è immediatamente comprensibile.»

Emilia abbassa il viso. Ha l'impressione che le manchi il respiro. Qualche volta le parole di don Alessandro hanno una forza che le scava un tormento, come il bulino che squarcia il legno.

«Allora» mormora «leggo la parte... del cardinale Borromeo. "Il coraggio non doveva mancarvi al bisogno. L'amore è intrepido."»

Prende il terzo volume e sfoglia le pagine senza che lui dica niente. «Qui è don Abbondio che risponde al cardinale: "Vossignoria illustrissima parla bene; ma bisognerebbe esser ne' panni di un povero prete, ed essersi trovato al punto".» Si interrompe. «È quello che lei mi ha detto, don Alessandro: bisogna trovarsi in una situazione, prima di giudicare.»

«Questa è la più grande ribellione del nostro curato.» Manzoni assottiglia gli occhi. Il romanzo sta compiendo l'incantesimo di distrarlo da ogni altro pensiero. «Anche il cardinale cambia atteggiamento. Non giustifica la viltà di don Abbondio, ma si pone domande sul proprio co-coraggio. Non siamo tutti fatti di sciacquate di capo al prossimo e di cecità verso noi stessi? I personaggi devono sorprendere sempre, madamigella, anche deludere, creare un'emozione, come le persone.»

«Me lo dice come se pensasse che un giorno io scriverò un romanzo.»

Manzoni sorride con un divertimento che da tanti giorni Emilia sperava di ritrovare nei suoi occhi. «Se io e lei fossimo due personaggi di una storia, a un certo punto potremmo comportarci in un modo che nessuno si aspetta.»

La stanza che le è stata assegnata non affaccia sulla piazza, ma su via Morone. La casa è silenziosa ma la strada è popolata di grida. I colpi delle merci scaricate dai facchini rimbombano nella testa, e ogni volta Emilia sobbalza, anche a distanza di diversi giorni dalla prima mattina in cui ha sistemato il suo baule sotto la finestra.

C'è una stamperia dalla quale sale odore di inchiostro, ma diverso da quello delle loro bozze umide quando escono dal torchio: più greve e invadente.

Si siede al tavolino con i fogli del romanzo stampato in mano. Prima di iniziare prende dal cassetto del comodino il suo quaderno. Scrive quello che ha appena detto don Alessandro. I personaggi che sorprendono. Le delusioni, le tentazioni. Se lui sapesse che dopo tre righe non può andare avanti perché le lettere le si confondono nella mente... Forse la terrebbe comunque con sé. Non bisogna giudicare prima di farsi domande sul proprio conto. I panni di un altro sono difficili da indossare.

Decide di uscire per prendere un po' d'aria. Potrebbe spostarsi in giardino, ma da lì vedrebbe Sacchi e Manzoni che discutono, e dovrebbe trattenersi dall'intervenire.

Prima di lasciare la stanza posa gli occhi sulla bambola triste e allegra di Rina che ha messo a sedere su una mensola. D'improvviso la nostalgia della bambina le stringe la gola, e non la lascia nemmeno mentre saluta Domenico, il custode, e si avvia verso piazza Belgioioso.

Potrebbe spingersi fino a San Fedele, per vedere se Rina è in casa. Il libraio Battioli sta chiudendo bottega. Le viene incontro. «Che coincidenza. Sto andando a trovare il nostro Frederic nel laboratorio di xilografia. Mi mostrerà i nuovi intagli dei *Promessi Sposi*. Perché non mi accompagna?»

«Io... ho dimenticato una cosa a casa.» Emilia fa un gesto vago alle sue spalle. Il libraio la guarda sorpreso. «Ormai chiama il palazzo dei Manzoni 'casa'?»

«Sì!» gli risponde ridendo.

«Glielo posso salutare, almeno, il nostro ragazzo?»

«Certamente.» Emilia si volta su se stessa e torna indietro.

Passa sotto al palazzo dei D'Azeglio ma non si presenta, poi imbocca di nuovo la strada che porta in via Morone. Dall'ultimo piano di casa Manzoni vede affacciarsi donna Giulia. Sembra agitata: sparisce per un momento e poi è subito sul balcone, ma solo per pochi attimi. Ora Giulia è di nuovo all'interno e si muove rapidamente da una finestra all'altra.

Emilia rientra in casa e imbocca lo scalone che porta al piano nobile. Teresa non deve essersi alzata dal letto, la sala rossa è vuota. Va ad affacciarsi per controllare un momento il giardino. Alessandro e Sacchi devono essere rimasti nello studio.

Sale un altro piano. Sente i passi della madre di Manzoni ancora prima di vederla. Le va incontro.

«Ho male alle gambe e mi ha preso una frenesia di camminare peggio di mio figlio» le dice Giulia, con una curiosa ironia, che sarebbe più di don Alessandro che sua. Ha gli occhi più sbarrati del solito, le spalle coperte da uno scialle di lana. In pochi mesi ha perso il suo portamento elegante. Quando le si attacca al braccio per essere ricondotta nella sua stanza, Emilia si rende conto che è diventata leggerissima.

«Donna Giulia... Non si sente bene?» le chiede. Un improvviso batticuore le ha accelerato le parole. La accompagna verso il letto.

«Mi manca il fiato» le risponde con la voce più sottile, «ma ho la smania nelle gambe.»

Emilia la fa sdraiare e le rimbocca il lenzuolo.

«Non stretto» la prega Giulia. «Mi fa caldo.»

Non fa caldo nella stanza, ma Emilia va ad aprire la finestra.

«Nell'ultimo cassetto del *trumeau*» le dice Giulia «c'è un cofanetto.»

Emilia si china, prende il cofanetto, glielo porge. Giulia lo apre: contiene spille, orecchini e un bracciale di pietre d'ambra. Sceglie proprio il bracciale. Lo fissa a lungo ma non lo indossa, lo stringe nella mano. «Non mi do pace al pensiero che Cristina se ne sia andata all'inizio di un grande amore» sussurra.

Emilia prende una sedia per starle accanto. «Questo che ha in mano» mormora «era un regalo di qualcuno di caro?»

Giulia continua a giocherellare con il bracciale. «Molto caro.» Le sue mani sono diventate bianche. Emilia non se n'era accorta, sembra che le ossa vogliano bucare la carne. 'Il suo Carlo' vorrebbe dirle.

«Della bontà ci si può innamorare.» Lo sguardo si sta velando di lacrime. «Lui era un uomo buono, ma io ero la sua amante. Che brutta parola, vero? Amica, compagna di gioia. Perché non si può dire compagna di gioia?»

«Si può dire, donna Giulia.»

Lei spalanca gli occhi. «Non sai cosa vuol dire quando ci si sente un'anima sola. Si darebbe la vita e tutto, l'onore, i desideri, il nome... Eppure l'ho rinnegato.» Stringe il bracciale con angoscia. «Era disonorevole vivere nel ricordo di... un amante. Pensa che... ho dovuto spostare anche la tomba. Prima ce l'avevo vicino, nel prato di Brusuglio.»

«Chi gliel'ha fatta spostare?»

«Il nostro padre spirituale. Ma con Imbonati mi ci addormentavo comunque tutte le sere, sai? Quando nessuno mi vedeva.» Sorride in modo malizioso e abbassa le palpebre. Emilia pensa che non voglia più parlare, invece le lancia uno sguardo intenso, velocissimo: «Non vivere mai addormentata».

Emilia continua a essere sopraffatta dal batticuore. «Ci proverò, donna Giulia.»

«Non devi provarci, lo devi fare.» Le punta di nuovo in viso i suoi grandi occhi verdi, ancora troppo fissi. «Mi si può accusare di tutto, ma non di non aver seguito il cuore.» Reclina la testa sul cuscino e continua a tenere gli occhi spalancati, ora verso la finestra, come fa sempre suo figlio. Il volto sta diventando sempre più pallido, le rughe abissali. Lungo la guancia le scende un'altra lacrima. «E quando lascerai i bambini, perché dovrai lasciarne tanti, forse, nella tua vita... Non farlo all'improvviso. Dai sempre una spiegazione. Se lasci un bambino senza spiegazione non ti odierà, ma potrebbe odiare se stesso...»

«Va bene, donna Giulia.» Emilia sente la sua voce tremare. «Ora posso andare... a chiamare... Pietro?»

Passa del tempo prima che Giulia faccia cenno di sì.

Emilia sta per alzarsi ma lei le stringe un braccio. «Questa è una famiglia che si sta distruggendo. Tutto sembra perfetto e in pace e invece c'è sempre qualcosa fuori posto. Una nota stonata, un guaio, qualcuno che perde la testa.»

«Donna Giulia, non lo dica... Per tutti la vita è così.»

«Prima era un'armoniosa, grande famiglia. Una famiglia commovente.»

Emilia si alza e cammina lentamente verso la porta. Poi corre veloce al piano di sotto.

59

È il cuore della notte quando Teresa entra nella sua stanza senza nemmeno bussare. Indossa la camicia da notte e regge in mano un lume.

Emilia si tira su, alzando il lenzuolo fino al seno. Ha i capelli sciolti, sparsi sul petto e sulla schiena. Per un momento Teresa glieli osserva. Lascia scorrere lo sguardo sulle sue spalle scoperte. Fuori, oltre le tende tirate, il cielo sta lampeggiando.

«Alessandro non sta tornando e ha dimenticato il cappello. Io mi sento svenire.» Come faceva a Brusuglio, quando imperversava l'acquazzone, ha un tono autorevole, deciso. Non sembra che stia perdendo i sensi. «Due colpi in un mese...» Non si capisce se parli di sé o del marito. Fissa le scarpe accostate sotto il tavolino e richiude la porta.

Emilia si getta sulle spalle lo scialle, infila il cappotto e infine le scarpe. Esce dalla stanza. Mentre corre al portone, si rende conto di essersi dimenticata a sua volta il cappello.

È buio e nel cielo romba qualche tuono. D'istinto si dirige verso la chiesa di San Fedele. Inizia a cadere una pioggia forte.

Devia veloce verso il Duomo. Ora i lampi si susseguono in lunghe fiammate bianche. La facciata della cattedrale è rischiarata dai bagliori. Un fulmine precipita con una linea smerlata, lontano, ma proprio dietro la guglia più alta, quella della Madonnina.

E ora Emilia sente l'orrore della paura. La cattedrale così bianca e alta, che potrebbe cadere a pezzi da un momento all'altro. Quei lampeggi da fine del mondo, il cielo che è notte e giorno in un istante, la malvagità della luce che ha perso ogni regola. Le viene da tapparsi le orecchie, correre sotto il temporale, e lo fa, corre.

È tutta crudeltà, non esiste provvidenza, non c'è musica, e a niente serve la consolazione. Ritorna in piazza San Fedele, prosegue di corsa verso via Morone. Le strade sono deserte e anche i vetri delle case, con quei lampeggi, sembrano sul punto di andare in frantumi.

All'angolo della piazza, di fronte al palazzetto, c'è un uomo. I capelli fradici sono schiacciati sulla nuca e ai lati del viso. Emilia raccoglie i suoi lungo la spalla e si avvicina.

Sente il suo respiro affannoso prima ancora di essergli accanto, ma non trema come la notte del Carnevale.

Non è solo acqua quella che scorre sulla fronte di don Alessandro. È sudore, il volto è arrossato. Non deve aver solo camminato, ha corso, come lei, come deve aver fatto Rina già così piccola e come farà altre volte da adulta. O ha camminato a un ritmo forsennato, come se dovesse affrontare un'alta montagna, la scalata del suo Resegone. Ha camminato con fuoco, il fuoco di cui donna Giulia aveva orgoglio e paura. Però non trema. Lui non si volta e lascia che lei lo affianchi.

Avanzano insieme verso casa. Lui continua a sudare. Si prenderà una polmonite, ma don Alessandro alla fine non si ammala mai. Forse gli esplode segretamente il cuore, lo stomaco grida straziato e gli toglie il sonno, ma il suo corpo snello, dalle spalle strette per lo spavento, è fatto della stessa materia delle rocce più alte dei monti.

60

Lesa, agosto

«Il mio divinissimo dice che sono bravissima con la punteggiatura. È molto contento del nostro lavoro.» Teresa inforca gli occhiali per osservare la vignetta della bozza di stampa. Da qualche tempo chiama suo marito 'divino', o 'divinissimo'. «Dovremmo avere i colori, nei *Fidanzati*. Questo cielo le sembra un'alba?»

Prima di abbassare gli occhi sui fogli, Emilia contempla ancora per un momento il lago. Non si stanca mai di guardarlo, da quando sono arrivati. In pochi giorni l'estate è diventata più limpida. La brillantezza del mattino trema in un diluvio di raggi che dal cielo piombano nell'acqua. Molte imbarcazioni vanno e vengono: battelli, 'inglesine', piccoli pescherecci. Ogni tanto si alza qualche voce, richiami, risate infantili o strilli di donne.

Sedute a un tavolino davanti a Villa Stampa, che Teresa ha ereditato dal primo marito, sono accarezzate da una piccola brezza che scende dai monti.

Il disegno di pagina trecentotrentanove raffigura l'Adda, una piccola barca su cui sono montati Renzo e un pescatore, su di loro quel cielo vago di aurora che piace poco alla signora Manzoni. «Come si può trasformare una descrizione sublime in un bozzetto? Qui le parole davvero vincono sull'immagine!» esclama. Il cielo di Lombardia aperto su Renzo in fuga verso Bergamo è quasi pronto per la stampa, finalmente.

«Senta che bellezza: "La luna, in un canto, pallida e senza raggio, pure spiccava nel campo immenso d'un bigio ceruleo, che giù giù verso l'oriente, s'andava sfumando leggermente in un giallo roseo".» Teresa sorride soddisfatta. «Ecco qui un'altra virgola che manca. Non sa quanto adoro spulciare le virgole. Dopo quel 'che' ci vuole, non crede signorina?»

Emilia dà un colpo di tosse secca che le accende un dolore lungo la schiena.

«Le notti accanto a donna Giulia l'hanno strapazzata. Dovrò darle delle pastiglie al rosmarino, me lo ricorda?»

«Grazie, donna Teresa» le risponde Emilia provando a massaggiare il punto che le dà dolore, sotto la scapola. «Ha ragione, la virgola è necessaria.» Non ha mai conosciuto nessuno dalla mente così frivola e precisa nello stesso tempo.

«Dobbiamo cercare di mettergli fretta il meno possibile» dice Teresa, «ma ha visto che a poco a poco sta riprendendo in mano i fogli? Anche oggi è uscito che albeggiava per andar per boschi, o per limoni, non l'ho capito. Prima, però, al tavolino, prima ancora della sua cioccolata, l'ho visto sfogliare questo capitolo dell'Adda. Una moglie gelosa, al posto mio, impazzirebbe per queste sue uscite così lunghe.»

«Sicuramente, donna Teresa. Ma c'è sempre il fattore ad accompagnarlo.»

Dalla villa giungono le note al pianoforte di una musica in crescendo, malinconica e poi grandiosa. Federico, il figlio maggiore del fattore, sta suonando un preludio di Chopin. Lo chiama *La goccia*. Lo ripete infinite volte al giorno, sempre con quella nota dominante o delicata, che gioca con la melodia a nascondersi e mostrarsi.

«Poi torna sudato e affamato e cosa chiede? Di uscire, di star fuori e frequentare bella gente. Questa sera vuol vedere gli amici, come ieri. Anche se poi non dice quasi una parola, rimane in silenzio.»

Emilia abbandona il vocabolario sulle ginocchia.

«Era chiuso come un riccio e ora è diventato un festaiolo.»

«Non posso crederci, donna Teresa.»

«*Manzaless, Manzaricc*. È sempre il mio Alessandro. È tornato come quando ci siamo conosciuti. Ha così tanto bisogno di passione, non solo di dolcezza. Non voglio dire che la morte di donna Giulia lo abbia liberato, lo direi mai?»

«Non lo direbbe mai.»

«Ma ogni tanto quasi fatico a tenergli il passo.»

«Mi sembra che lei lo tenga benissimo.»

«Perché mi vede in buona salute...»

«In forma...»

«'In forma'!» esclama Teresa. Scrive con il lapis su un foglietto. Da qualche tempo ha ripreso anche a segnare le parole per mandarle a memoria. «Grazie, Emilia de Staël, credo che con lei potrò imparare tante cose.»

Emilia getta uno sguardo al lago e dà un altro colpo di tosse.

«Oh mio Dio, poverina...» sospira Teresa. «Laura!» chiama. «Dell'acqua, subito!» Si volge nuovamente a lei. «Non mettiamo fretta al mio Manzoni, ma è da troppe settimane che non apre il terzo volume del romanzo. Una volta che queste bozze saranno esaurite, come faremo se i capitoli nuovi non saranno stati corretti? Gli ho domandato se posso aiutarlo, e sa quale è stata la sua risposta? Quando qualcosa lo commuoverà più della morte, mi ha detto, riprenderà a lavorare, ora non ha la forza di pensare.»

Emilia continua a tossire.

«Sono in forma...» Teresa torna a parlare di sé. «Ma quando ho i miei pensieri e i miei acciacchi divento insopportabile. Il matrimonio è una delizia ma è anche qualcosa che *stracc propi tant*.»

«Non ne ho esperienza» sussurra Emilia prima di schiarirsi la gola.

«Vorrei sempre farlo star *alegher,* ma temo che per lo sforzo io... ne morirò.» Si ferma all'improvviso, perché Stefano le ha raggiunte, insieme alla cameriera. Emilia beve una grossa sorsata d'acqua.

«Finalmente ti sei buttato giù dal letto, mammina!» esclama la signora Manzoni.

Lui arrossisce per il vezzo di chiamarlo in quel modo. «Papà è già rientrato, possiamo mettere in acqua la barca.»

Don Alessandro indossa il suo cappello di paglia e veste con abiti sempre scuri ma leggeri. Teresa, al suo fianco, è tutta un *volant*, e anche il suo modo di parlare è vaporoso, divertente. Lui le cinge la vita mentre scendono verso l'attracco, ma ogni tanto si volta a guardare se Emilia li sta seguendo.

È Teresa a tenere il filo delle chiacchiere mentre veleggiano verso il centro del lago. Guida la barca Federico, il figlio del fattore. Stefano rimane sempre steso al sole.

Scendono dove la riva è più ombreggiata. Teresa alza la sottana ed entra in acqua. Alla luce forte del sole il suo corpo sembra più morbido di quanto lasciava intuire il suo modo di vestire in città. Tutto in lei è femminile, leggermente provocante: per la sua pelle bianca, per il talento nel non affaticare le orecchie degli uomini e di mostrarsi ignorante quando invece possiede la mente più svelta di tutto il Lago Maggiore.

Manzoni la osserva seduto all'ombra di un grande pioppo. Qualche volta, quando perde il contatto con i richiami di sua moglie, gli occhi gli si velano di malinconia. Sono le piccole grida di Teresa, il modo in cui lo chiama, a distrarlo da quella che sembrerebbe disperazione. Emilia va a bagnarsi le caviglie. Sorveglia don Alessandro, ma lui ora si alza per esplorare la vegetazione.

Durante il pranzo un uomo che ha ormeggiato con la famiglia a poca distanza si avvicina e domanda: «Vi vedremo a Belgirate per la festa della Natività?».

«Con piacere» risponde subito don Alessandro, inaspettatamente.

Teresa è al colmo della gioia e la esprime infilando le mani nei capelli di suo marito con una sensualità che obbliga Emilia ad abbassare lo sguardo.

61

Il piccolo paese distante appena un miglio da Lesa è tutto decorato con fiori e lumi, anche se è ancora giorno. Bancarelle di frutta e dolci si inanellano lungo il lago. C'è una grande folla intorno alla chiesa e don Alessandro è frastornato, intimidito. A stento saluta, stringe mani. Sul volto ha impresso un leggero sorriso, ma è quello di chi è in difficoltà. Solo quando gli si avvicina un sacerdote i suoi occhi tornano tranquilli.

Emilia è costretta a fare qualche passo in chiesa, ma all'improvviso si ferma e una voce alle sue spalle protesta: «Avanti, signorina, che fa?».

Le sembra che tutto possa precipitarle addosso, la navata, l'intera chiesa, che un peccato del passato debba rivivere, come se in quel luogo fosse avvenuta una disgrazia, un terremoto, spargimenti di sangue.

Riesce a raggiungere Teresa. Lei è talmente presa dagli incontri da badarle a stento.

«Non mi sento bene, signora, preferisco rientrare, se non avete bisogno di me.»

«Dica alla cameriera di darle le mie pastigliette!» esclama Teresa. Annuisce a lei ma anche a qualcuno che deve averle chiesto qualcosa.

Emilia si allontana e prosegue diritta verso la strada che riporta a casa. Cammina fino a Villa Stampa, poi si ferma un momento per placare un leggero affanno. Sale nella sua stanza, prende il quaderno e ridiscende verso l'attracco delle barche. C'è ancora molta luce. Alcune foglie di pioppo si muovono sulla superficie dell'acqua. Il lago ha riflessi verdi, di un verde che non ha mai visto. Qualche anatra dondola trasportata lentamente dalla corrente, davanti al tramonto.

Emilia apre il suo quaderno, come fa ormai tutte le sere mentre i Manzoni si intrattengono con gli amici, ma lo richiude subito. Qualcuno sta scendendo le scalette che portano all'attracco. È Stefano.

Il figlio di Teresa ama stare in società più di sua madre. Ha amici in ogni casa ed è Lesa il luogo che ha scelto come sua dimora, non certo Milano. È così strano che abbia lasciato la festa. Per un momento Emilia teme che sia accaduto qualcosa. Fa scivolare il quaderno sotto una balza della gonna.

Stefano non va verso la barca, e nemmeno a parlare con i pescatori, ma si siede al suo fianco.

«Perché non indossa sempre questa cuffia?» le domanda.

Emilia si sfiora il capo.

«Le donano di più le tinte chiare.»

«Se lo dice lei che è abituato a dare il colore, mi fido.» Gli sorride. «È strano come non tutti gli scrittori siano anche pittori. Eppure entrambi passano molto tempo a osservare.»

È la prima volta che scambiano tra loro parole che non siano di prudente cortesia.

«Per questo stimo D'Azeglio più di tutti. È un artista completo» commenta Stefano.

«Forse un giorno guiderà un esercito.» Emilia torna a guardare il lago. «O sarà un politico. Sta cambiando idea sul suo futuro.»

Stefano le lancia un'occhiata ammirata e insieme invidiosa. Forse non pensava che Emilia godesse del privilegio delle confidenze più intime di D'Azeglio. Raccoglie un sassetto piatto e lo lancia con un tiro teso, che sfiora l'acqua con tre rimbalzi prima di affondare. Raccoglie un altro sasso e glielo porge.

Emilia non si fa pregare. Lo faceva spesso, quando girava l'Arno in barchetta con il babbo, le sorelle e il fratellino Enrico. Lascia che Stefano le insegni, il sasso da tenere parallelo al terreno, l'indice che spinge con un piccolo colpo, anche se lei sa benissimo come fare.

Giocano finché non scende il buio, poi Emilia accetta il suo invito a mangiare una frittura di alborelle, i piccoli pesci serviti dietro ai banchi del lungolago. I pescatori li tirano fuori dall'olio bollente e versano vino per tutti.

Si uniscono due giovani. Sono figli di nobili che frequentano il lago. Trattano Stefano con riverenza, anche perché è più grande di età. Uno dei due corteggia Emilia con parole che normalmente l'avrebbero contrariata, ma che sotto quei lunghi raggi di luna specchiati dall'acqua le accendono un sorriso divertito. L'estate le entra in corpo, finalmente.

«Mi spiace che presto debba andare via» le dice Stefano a un tratto.

A Emilia si spegne il sorriso sulle labbra. Non la sta provocando. È sincero.

«Mi scuso per essere stato a lungo diffidente sul suo conto» aggiunge. «Ma è il mio carattere, quando non ho gli amici vicino trascorro molto tempo da solo.»

«Lei...» mormora Emilia. «Lei sa fino a quando potrò stare con voi?»

«Ho sentito che la mamma ne parlava con papà. Rimarrà fino a quando finirete il lavoro sul romanzo. Senza la rendita di Imbonati di cui godeva donna Giulia stiamo passando brutti guai, e dobbiamo stare attenti a ogni spesa.»

Gli amici di Stefano fanno cenno di tornare sulla spiaggia.

«Papà scriverà a Vieusseux per chiedergli di riprenderla al Gabinetto di lettura a Firenze. La mamma desidera Manzoni tutto per sé, ma in fondo non vuole male a nessuno, men che meno a lei.»

Emilia annuisce lentamente. «Mi impegnerò perché il lavoro sia concluso nel modo migliore.»

62

L'alba sta bruciando il cielo dalla costa di fronte. Più viva dell'aurora che Manzoni aveva scelto per il suo Renzo in fuga sull'Adda, perché è diversa la stagione.

Emilia si alza e va alla finestra. Per un attimo viene presa dalla nostalgia di Brusuglio, quando, accanto a donna Giulia, osservava don Alessandro camminare a grandi passi nel giardino con una cesoia in mano, o mentre raccontava ai bambini della foresta che un tempo ricopriva la Pianura Padana. Abbassa lo sguardo e lo vede. Sta tornando dall'attracco. L'aria deve essere fresca perché Manzoni ha le spalle più rigide del solito. Indugia un momento a guardarlo e lui alza gli occhi verso di lei. Rimane fermo, e Emilia non capisce se vuole che lei scenda o se è semplicemente preso da un pensiero. Poi nota che regge un quaderno sotto il braccio. Il suo quaderno!

Avvolge le spalle nello scialle e lascia la stanza così com'è, in sottoveste, i capelli sciolti sulle spalle.

Don Alessandro la osserva come se la vedesse per la prima volta. «Lei forse non crede alla provvidenza, ma ha visto come le viene incontro?»

Il freddo dell'alba e lo spavento si infilano nella schiena in un brivido, più forte in quel punto che le fa male, sotto la scapola sinistra. «Io... non so come sia possibile.»

Le porge il quaderno e Emilia quasi glielo strappa via di mano.

«È stata fortunata che l'acqua non l'abbia catturato. In più lei scrive con il lapis.»

«Lo ha aperto?»

I pescatori sono ancora fuori con le barche. L'aria è nitida e ogni rumore, in quel silenzio, sembra più forte.

Manzoni la scruta in modo curioso. Ha la curiosità dell'artista, è impossibile che non l'abbia fatto.

«Che cosa ha letto?» Inizia a mancarle il respiro.

Non è uomo da dire bugie, quantomeno perché è peccato.

«Don Alessandro... Non avrebbe dovuto...»

«Lei non l'avrebbe fatto?»

Emilia sta per rispondere di no, ma non è la verità, quindi rimane zitta. Può soltanto lasciare che le fiamme della vergogna inondino il suo viso. Per un momento sente le gambe cedere.

«Prima di stanotte la-la conoscevo molto meno di quanto lei conosce me, dal momento che è a parte di tutte le debolezze del mio romanzo.»

«Io, io» ora è Emilia a balbettare «ho scritto anche di lei e...»

Lui la guarda in un modo ancora più bizzarro. «Ho pudore quando leggo di me, non si preoccupi, mi trattengo.»

«E il resto?»

«Ho pudore anche di fronte ad altre cose.»

Emilia ha il viso in fuoco, la gola è arsa e il calore si sta espandendo in tutto il petto. Il fastidio alla schiena torna a farsi più pungente, come se tutta quell'emozione gliel'avesse acceso. «Sono riflessioni. Poesie...» Non riesce nemmeno a guardarlo negli occhi. «E poi, se vado di corsa, scrivo male: dimentico la punteggiatura e le parole si ingarbugliano, si mescolano nella mia mente e devo fermarmi per metterle in ordine.» Le si stanno confondendo anche ora, mentre parla. «Molte volte su questo quaderno non mi sono fermata, e quindi...»

«Anch'io sono come lei. Inciampo nelle parole. Ho du-dubbi continui. Ma non me l'ha insegnato lei che il dubbio ha una sua bellezza?»

«Sì, don Alessandro.»

«Sono i dubbi che ci seducono, non le certezze.»

Emilia china il capo. «Non sono solo dubbi. Ho problemi con le parole. Quando me ne arrivano troppe, e tutte insieme, io...»

«L'importante è giungere a un contenuto e a un se-senso compiuto. E questo mi sembra che le riesca molto bene.»

Don Alessandro sta balbettando, anche se la più imbarazzata dovrebbe essere lei. «Tutto questo suo scrivere mi ha fatto sentire più poltrone del solito» aggiunge. «Mi ha i-impressionato, madamigella.» Sposta lo sguardo al lago per qualche momento, prima di tornare a fissarla. «Ho ancora la morte nel cuore... Ma mi pi-piacerebbe parlare con lei dei suoi scritti.»

Emilia si rende conto di essere per strada in sottoveste. Arrossisce più forte.

«Dunque le andrebbe di vedere il lago dall'alto? La aspetto nel pomeriggio alla chiesa vecchia di Belgirate.»

Le pastiglie di Teresa non sono un buon rimedio, perché Emilia continua a tossire lungo il sentiero che costeggia il lago. La spina nella schiena è diventata più dolorosa. Manzoni è uscito subito dopo pranzo. Teresa era nella sua camera a riposare quando Emilia si è messa in cammino. Il sole scotta, ma tira un vento forte che brucia la gola.

Mentre percorre la strada che si inerpica da Belgirate, si ferma spesso per riprendere fiato. Le manca l'aria, ma in modo diverso da come le è capitato in passato.

Le terrazze delle vigne salgono ordinate verso la collina. Dalla parte opposta il lago si apre verso settentrione.

Manzoni è seduto su una panca accanto a una piccola chiesa fiancheggiata da un alto e antico campanile. Alle sue spalle si sono formate nel lago scie più chiare e via via più larghe lungo le rotte delle barche. Quasi al centro, l'acqua è increspata in una raggiera, come una schiena di tartaruga marina.

Don Alessandro non la vede subito. Ha un foglio in mano e sta guardando verso la strada che conduce a Stresa. Alza il braccio quando un piccolo uomo con indosso una tonaca da sacerdote si volta a salutarlo. Ha posato sulla panca la valigetta che aveva portato con sé quando erano andati a Brusuglio sotto la neve. Accanto alla valigetta c'è il romanzo.

«Don Alessandro... mi scusi.»

Lui sembra intimidito per essere stato colto in quel momento di solitudine. «Mi spiace che non abbia conosciuto il mio amico Rosmini. È appena andato via.»

«Ho camminato in modo molto lento...» Emilia si asciuga la fronte, ma Manzoni non sembra accorgersi della sua stanchezza. Guarda di nuovo verso la strada. A parte il fruscio del vento tra i rami, tutto è silenzio. La mano posata sul foglio è scossa da un leggero tremore. Se la stringe con l'altra. Ruota il foglio verso di lei. «Cheche cosa vede?» C'è inchiostro sparso, nient'altro. «Mi diverte indovinare le forme delle macchie» le spiega «e qualche volta quelle delle nuvole. Rosmini vedeva un monte con un viandante. Io una mano che punta al cielo. Lei?»

«Un cactus» risponde Emilia.

«Intende il cacto? La pianta grassa irta di spine?»

«Con un uccellino posato su uno dei bracci.»

«Così è meglio» sorride don Alessandro. «Anche se non è il posto più comodo per un uccellino.»

La sottile figura del sacerdote sta diventando sempre più piccola tra i vigneti.

«Forse sono stato i-imprudente a venire qui senza domestici» dice Manzoni con un tono all'apparenza scherzoso. Continua a stringersi una mano con l'altra e ora sembrano ingombranti, quelle mani, come se non gli appartenessero. «Da quando *maman* non c'è più i miei nervi si i-incapricciano più del solito, ma non lo dica a Teresa.»

Emilia osserva la piccola valigia, poi il suo viso. Non sembra pallido. «Ci sono io, per qualsiasi cosa...» Il suo aspetto la rassicura, ma avverte un senso di disagio. «... Di cui può aver bisogno.» Si volta verso il lago. Una barca carica di villeggianti sta tornando da Stresa. Tutto è distante, da lassù: il paese, quella gente festosa che desidera rientrare nelle proprie case.

Don Alessandro allenta la stretta delle mani e apre il libro. Emilia lo fissa sorpresa.

«"La peste che il tribunale della sanità aveva temuto potesse entrar colle bande alemanne nel milanese, c'era entrata davvero, com'è noto; ed è noto parimenti ch'ella non si fermò"... Si sente il bisogno di questo 'ella'?»

«Non si sente, don Alessandro.»

Emilia non abbassa gli occhi al testo, fissa lui. Continua a sorvegliarlo.

«"Non si fermò qui, ma invase e disfece una buona parte d'Italia." Dobbiamo cambiare questo 'disfece'. Non 'distrusse', perché è il terremoto a distruggere...»

«'Mise a ferro e fuoco.'»

«È proprio degli eserciti... La peste 'spopolò', la parola giusta è 'spopolò'.» Getta spesso uno sguardo alla chiesa, mai al lago, come un funambolo che può guardare solo davanti a sé e non la corda, altrimenti rischierebbe di precipitare.

Continuano a leggere delle accuse a povere persone ritenute untori: un vecchio che spolverava una panca in chiesa prima di sedersi, tre forestieri che si erano fermati a parlare a un passo dalla facciata del Duomo di Milano, diventati per un accidente diavoli portatori di peste.

«Si-si può essere segnati a dito e ritenuti indemoniati anche non in tempo di peste» riflette don Alessandro all'improvviso. L'aria si è fermata e il sole è più forte. Non le ha detto niente del quaderno e forse non le dirà mai nulla.

Ora Emilia si accorge che la mano sinistra sta riprendendo a tremare. «In collegio ero considerato il fi-figlio di una libertina e figlio illegittimo di Pietro Manzoni. Lui mi ha fatto da padre sapendo di non esserlo.» Ha gli zigomi arrossati, come quando qualcosa di molto doloroso manda in pezzi la sua pace. «C'era stato un a-altro uomo, prima di Imbonati. Lo sapevano tutti, e in collegio non mi ri-risparmiavano per questo.» Una domanda irrisolta, quasi un rancore, gli compare negli occhi e poi svanisce. Infine trapela nuovamente. «A-Alcune mattine ho l'impressione di non provare dolore per la morte di mia madre. Forse perché la devo perdonare fino in fondo. È una strana fa-faccenda, quella del perdono.»

Solleva il viso e fissa l'immensità che li sovrasta. «Si ricorda di quello che le ho detto del cielo? Lassù» indica con gli occhi, «verso il punto più alto. Non sa quanta pace trovo.»

Anche Emilia inclina il capo. Il cielo è di un azzurro uniforme, carico e limpido.

«Meglio ancora è da sdraiati, su un prato» spiega don Alessandro.

«Si sente di umore bislacco o lo fa perché è meno felice?» gli domanda.

«È per un ricordo.» Torna a guardarla.

Emilia riprende a osservare il suo braccio sinistro, il leggero tremolio.

«Nel collegio, a Merate. Mi-mia madre mi aveva appena accompagnato. Avevo iniziato a giocare con un bambino. Ed era strano che io fossi messo a giocare subito con qualcuno... mi vedrebbe così, di punto in bianco, dare u-una confidenza?»

«Non la vedrei a dare subito confidenze, don Alessandro.»

«E qu-quando mi sono voltato... lei non c'era più.» Serra la mascella. «L'ha fatto per non darmi dolore, per non dare dolore a se stessa. Io invece temetti di aver commesso un grande pasticcio, di aver sba-sbagliato qualcosa. E quel senso di colpa mi fece tremare, la notte, e sudare freddo, e ra-rannicchiarmi nel letto per infinite notti a seguire.» Ora piega il braccio e lo distende, porta una mano alla spalla.

Non c'è nessuno lì intorno e anche le voci della comitiva appena tornata dalla gita si sono spente.

«Sta arrivando...» mormora desolato. Prova ad aprire la sua valigetta, ma le dita incespicano nella serratura.

Emilia capisce che deve agire in fretta. Si alza, apre la valigetta. All'interno sono allineate una decina di minuscole boccettine contenenti oli differenti. «Quale le serve?» Ha alzato la voce.

Manzoni ne prende una, la mano gli trema di più. La fiala ha impresso un nome, ma la calligrafia è microscopica, forse è la sua. Don Alessandro la annusa soltanto, mentre il suo viso diventa sempre più pallido. Continua a stringere e riaprire l'altra mano. «Non sento il corpo... Non sento il corpo!» ripete. «La regga lei, me la tenga!»

Emilia prende la boccetta, toglie il tappo, gliela avvicina al naso. Le sembra di avvertire profumo di fiori di tiglio.

Le spalle e le gambe gli stanno tremando. «Non sento più il corpo...» continua a ripetere. «Non sento più...»

«Devo andare a chiamare qualcuno?» Ora Emilia sta gridando.

Lui fa cenno di sì, ma lei non può lasciarlo solo. Si risiede al suo fianco e gli cinge la spalla con un braccio. «Si calmi, la prego, don Alessandro. Guardiamo il cielo. È tutto a posto, è tutto a posto» bisbiglia. «Respiri lentamente, adagio. Adagio.» Lui obbedisce. Alza il viso al cielo. Anche lei lo fa, verso il punto più alto. Con il braccio gli sorregge la nuca rivoltata all'indietro e sente che piano, pianissimo, i brividi rallentano. La spalla sussulta di meno.

Don Alessandro riporta lentamente gli occhi su di lei. E con lentezza volge lo sguardo al lago, come una prova di coraggio. La mano di Emilia che non lascia la sua spalla, o la visione di quella quiete, sembrano infondergli tranquillità. «È tu-tutto a posto» mormora. Il petto gli si alza e gli si abbassa ancora velocemente.

«Perché è scappata durante la festa?» domanda a voce bassissima.

«Avevo paura che la chiesa crollasse su di me...»

«È cu-curioso» continua a parlare con un filo di voce «come e-entrambi abbiamo paura che ci cada in testa qualcosa. A me... non le chiese in particolare, ma tutto ciò che è a-alto.»

«È molto curioso, don Alessandro.»

Ha il viso stanco, come se cento malattie gli fossero passate nel corpo in pochi minuti. Rimane in silenzio mentre il respiro, piano, torna normale.

«Posso chiederle di accompagnarmi per un momento?» le domanda.

Si alzano insieme. Don Alessandro cammina con un'andatura leggermente ondeggiante, come colto da un continuo capogiro.

Le volte della chiesa sono decorate con fiori e foglie dipinte con un fine e delicatissimo tratto, le colonne coperte da affreschi sbriciolati dal tempo: visi, mani, panneggi dai colori ancora vivi. A Emilia sembra di ricordare una piccola cappella di montagna.

«*Ave Maria gratia plena...*» inizia a bisbigliare Manzoni.

Emilia rimane alle sue spalle. «*Benedicta tu in mulieribus*» prosegue con lui senza pensare.

Don Alessandro si volta. Il fascio di luce che corre dal portone incornicia i suoi occhi stremati. Emilia si interrompe.

C'era un belato di gregge, le sorelle tutte bambine, il babbo che si aggirava curioso, come era sempre. Non aveva paura. E nemmeno adesso. Quella piccola chiesa non può crollare, e non c'è sangue versato.

63

Milano, ottobre

La sede del Circolo dell'Unione di cui tanto parlava il libraio è stata aperta alla fine, in contrada San Giuseppe. È un ritrovo di nobili e borghesi con inclinazioni liberali.

Filippo si avvicina al portone del palazzo. Emilia gli corre dietro e lo lascia sbirciare all'interno.

«Ti sei messo in testa di fare la rivoluzione?» lo prende in giro.

«Massimo dice che da qui partirà un piano per unire tutta l'Italia.»

«E quando l'hai sentito parlare così?»

«A Torino il conte Cavour ha aperto una società come questa, di nobili, borghesi ed esuli dei moti.» Filippo è sinceramente trascinato da un entusiasmo che non ha mai mostrato per nient'altro.

«Quando avrai compiuto ventun anni» gli dice Emilia mentre si rimettono in cammino verso la corsia del Giardino, «potrai scegliere per te. A quindici ti tocca prima studiare e prendere esempio, e poi farti un'opinione.»

«Mi promette che chiederà a mio padre di non mandarmi in collegio?»

«Non mi hai mai detto perché non ci vuoi tornare.»

«Perché lei non mi ha più confidato i suoi segreti dopo che ci eravamo incontrati nella biblioteca di papà.»

Sono passati due anni da quella mattina a Brusuglio, dopo la notte trascorsa sulle prime pagine dei *Promessi Sposi*, quasi rubate. Emilia viene assalita dal senso di colpa. Nessuno, tranne forse don Ghianda, si è mai occupato davvero di quel ragazzo.

Hanno oltrepassato la chiesa di San Francesco da Paola. Il libraio le ha raccontato che è tutta costruita con la forma del contrabbasso.

Emilia improvvisamente si ferma. «Non potrò avere mai bambini» dice. «Per questo mi piace accudire i bambini degli altri.»

È così strano affidare quelle parole a un adolescente, con cui non ha certo la confidenza che ha con Rina. Filippo non commenta e non la commisera. «In collegio un prete mi tormentava» le dice.

«Che significa 'tormentava'...»

«Lo può capire da sola, signorina.» Ora ha l'aria di un adulto.

«E perché non l'hai mai detto a tuo padre?»

«Perché papà fatica a tenersi in piedi per i suoi dolori, non gli si può dare troppe preoccupazioni. Posso passeggiare un po' da solo?»

«Certo...» Emilia si sente imbarazzata e impotente. «Cerca solo di tornare puntuale per il pranzo.»

Ancora una volta Filippo la osserva con un piglio da uomo. «Mentre eravate al lago è venuto due volte a casa l'intagliatore inglese. Chiedeva di lei.»

Emilia si accorge di essere arrossita. «Grazie» annuisce.

Di Bernard si sente il respiro, lento, rumoroso. È chino con il suo bulino, e quel respiro sembra dare più profondità ai suoi intagli. Copre con il corpo il ragazzo dall'altro lato del tavolo. Frederic lavora con le maniche di una larga camicia arrotolate. Gli avambracci sono tesi nello sforzo di incidere il legno. I riccioli gli balzellano sulla fronte e l'occhio sinistro è accecato da un ciuffo troppo lungo. Nessuno dei due si accorge della sua presenza.

È Bernard a vederla per primo. Volge lo sguardo su di lei per un momento, e Emilia fissa la tavoletta a cui sta lavorando. Un uomo dagli occhi pesti, maledetti, seduto nel suo letto, impugna una pistola. Con l'altra mano si regge la testa. Gli occhi dell'uomo puntano dritti verso l'osservatore, persi e disperati. Emilia porta la mano alla nuca perché ha sentito un brivido. Il babbo diceva che quando passano gli angeli è quello il punto in cui lasciano le loro carezze, la nuca. Ora anche Frederic si accorge di lei. Ferma il bulino nel momento in cui stava scavando il legno.

«Buongiorno...» mormora.

Emilia si avvicina di qualche passo e osserva il suo intaglio. Il cardinale tende le mani verso l'Innominato, che ha uno sguardo prostrato, vinto. È completa solo la figura del cardinale, la sagoma dell'Innominato è tracciata dalla linea del disegno.

«Ho l'inferno nel cuore!» esclama Frederic fissandole gli occhi. «Dio! Dio! Dio! Se lo vedessi! Se lo sentissi! Dov'è questo Dio!»

Il volto di Emilia si infiamma. «Sta leggendo anche lei?»

«Dobbiamo conoscere quello che intagliamo.» Durante i mesi in cui non si sono visti sembra essere tornato allegro. Emilia si sfiora il petto. La spina di Lesa continua a girarle in corpo, ogni tanto le ferma il respiro.

«Vado a prendere un caffè» dice Bernard, che ormai ha imparato la lingua. Forse l'ha sempre conosciuta, ma dispensa solo le parole necessarie.

Contrariamente a quello che lei si sarebbe aspettata, Frederic riprende a intagliare l'abito del cardinale. «So che mi ha cercato» gli dice dopo alcuni istanti. Si accorge che qualche piccola ruga gli è spuntata ai lati degli occhi.

«Scusami.» Frederic riporta l'attenzione su di lei. «Dobbiamo sempre terminare una linea che abbiamo iniziato. E poi questo è un lavoro entusiasmante.»

Posa il bulino sul tavolo. «Volevo dirti questo...» Ora è di nuovo insicuro. «Io non sto leggendo il romanzo con la tua profondità, non lo correggo. Lo taglio, lo incido. Ma in fondo stiamo lavorando insieme a un romanzo d'amore, anche se i nostri ruoli sono diversi.»

Emilia non si aspettava queste parole. Annuisce incerta. Qualcosa nel viso di Frederic pare trasmettere una nuova tranquillità, nonostante parli sempre con una punta di timidezza. «La storia mi si svolge davanti mentre incido i bossi con il bulino, e io in quegli occhi, in quelle bocche, sento una passione...»

Emilia solleva le sopracciglia.

«... che continua a farmi pensare a te, anche se non ci vediamo mai. A nessun altro. E quindi ora vorrei dirti che se cambiassi idea... io sono sempre qui per te.»

Abbassa lo sguardo sul lavoro in cerca di parole, ma quando lo rialza sembra che le abbia ben chiare in mente. «Se mi devo immaginare tra dieci anni, io mi vedo come vorrei che fossero

Renzo e Lucia alla fine del libro, con i loro bambini, in una casa felice, anche se ora sono lontani e sofferenti. Tu non hai il carattere di Lucia, si potrebbe dire che le somigli poco, anche se non ne sono convinto fino in fondo... Ma le persone non sono come i personaggi.»

Emilia si rende conto di scuotere appena la testa. «I personaggi sono sempre meglio delle persone. Vivono nel mondo del possibile...» Sente di avere la voce sottile. «Noi qualche volta siamo condannati all'impossibile.»

Enrico è già in casa e Stefano e Vittoria stanno suonando insieme al pianoforte una musica che è una finestra spalancata, sole e profumi di primavera. Teresa sfoglia un giornale seduta sul suo canapè e don Alessandro legge. Sembra un trattato di botanica, a giudicare da un'illustrazione, ma spesso alza il viso verso i due ragazzi.

«Ti è piaciuta, papà?» domanda Vittoria, quando hanno finito.

«Vorrei sentirla di nuovo» la prega Manzoni.

Stefano e Vittoria riprendono a suonarla dal principio, e ora don Alessandro li ascolta senza leggere, mentre loro si esibiscono ancora in quel tempo allegro che accarezza il cuore. Quando stanno per terminare, Emilia torna a sentire il dolore alla schiena. Quella musica distende i pensieri, eppure le è salito l'affanno. I due ragazzi si fermano per la seconda volta.

«Questa è una sinfonia segreta di Mendelssohn» spiega Stefano. «La chiamano 'Italiana'. Il compositore non vuole che lo spartito circoli. Ha intenzione di riscriverla, come stai facendo tu con il romanzo, papà.»

«Lo vede, madamigella...» Don Alessandro si volge a Emilia. «Non sono l'unico e-eterno insoddisfatto. Come si può dubitare di questa meraviglia?»

D'abitudine Teresa si innervosisce quando suo marito parla a Emilia con affetto e confidenza, ma è lei la prima ad accorgersi di qualcosa che non va. «Sta bene, mia cara?»

«Respiro male...» bisbiglia Emilia.

La sente soltanto Filippo. «Ha detto che respira male.»

E il respiro si sta facendo davvero più sottile, come quando un piccolo tremore delle spalle di don Alessandro diventa un grande tremore, un terremoto che sale. Vede il viso gaio di Vittoria appannarsi davanti ai suoi occhi. Ha l'impressione che qualcuno le stia sorreggendo la testa. Voci agitate, troppo freddo nella stanza.

64

C'è sempre una mano che le cambia il panno sulla fronte, forse è quella della *bonne*. Qualche volta ha l'impressione che sia una donna, altre un uomo. Il panno spesso diventa bollente. Riprende conoscenza soltanto di notte, quando è sola, ma per pochi istanti.

Le arrivano dei suoni, ma sono anelli di suono, non voci articolate. A volte sembrano parole, altre musica. Sente la sinfonia di Mendelssohn, la 'segreta', ma le note si slabbrano nella mente. Prova a ricordare *La goccia* di Chopin che accompagnava i suoi pomeriggi a Lesa, ma nella testa martella solo la nota dominante, senza melodia. La parte di Ottavia in *Amore a dispetto*. Confonde parole e tempi delle arie. Le musiche sono tutte imprecise, a brandelli, come i sogni.

In un attimo si chiede se siano spariti i tonfi delle merci scaricate per la strada, non ne sente più. Non riesce nemmeno a capire se stia respirando. Quello che avverte è il dolore alla schiena e il panno che diventa caldissimo. Tutto il corpo è arso, perché quando sposta una gamba il lenzuolo è gelido; se la rimette nella posizione di prima, scotta.

Oltre a rinfrescarle la fronte, qualcuno deve anche sistemarle i cuscini, lì dove dilaga quel dolore, perché ogni tanto ha la sensazione che ci sia qualcosa di impercettibilmente diverso sotto la sua schiena.

A un tratto vede un uomo, le arriva la voce. Ha occhi grigi e non lo conosce. Mani troppo fredde, ora sente anche freddo sulle spalle.

Ha l'impressione che alcune persone entrino nella stanza e rimangano sulla soglia.

Le sembra di vedere addirittura gli intagliatori, ma non Frederic. Filippo, ne può essere sicura. Di Pietro avverte l'odore ma non lo vede. Una volta sente anche odore di tabacco.

Poi c'è la sete. E un pensiero: se ha sete allora è vigile, ma anche questi sono rapidi lampi di coscienza. Sogna la sete, ci convive, se la porta ovunque, nel sonno, nel delirio di sogni malvagi, garbugli senza senso. Si prendono tutti gioco di lei, quei sogni.

Una mano inizia a inumidirle la bocca. Non è solo acqua. Acqua, sì, ma anche una pasta vischiosa, troppo dolce. Una volta ha la percezione di un sapore aspro. Potrebbe essere limone, ma ricade addormentata.

Quando erano piccole, Adele era brutta: più che brutta, arrabbiata, non rideva mai. A Maria non ricrescevano i denti e lei, Emilia, aveva i capelli troppo folti. Per pettinarla, la mamma la faceva piangere e allora qualche volta lei di nascosto si staccava i capelli, per averne di meno. Non le piaceva quella testa che occupava spazio, prima venivano i capelli e poi lei, che era sempre troppo piccola per quella chioma che doveva sostenere. Per fortuna le lodavano anche gli occhi.

Ora è con loro, con le sorelle, e ci sono anche i piccolini, Enrico, Eleonora e Carolina. Enrico sembra più grasso. Il babbo dice che l'hanno fatto mangiare tanto per metterlo in vetrina. Ma che cosa vuol dire mettere un bambino in vetrina? Però ha la pelle bella, così paffuto. Lo abbraccia, ma lui tiene le braccia inerti lungo il corpo, non la stringe.

Adesso è in un corridoio, un corridoio in cui stagna odore di cera d'api, che le fa salire la nausea. La nausea è più forte della sete. C'è un tappeto d'ispida lana. Quando le bambine ci si rotolano, si graffia le ginocchia per tirarle su. Non sono le sue sorelle e quella non è la sua casa.

La soglia di una stanza, la luce obliqua che la taglia. Una camera affacciata sul fiume. Quel rettangolo d'acqua, case e cielo in cui gli occhi si perdono per trovare cappelli di paglia, petali di fiori, ali di gabbiano.

A un tratto vede una mano, dita che impugnano il cucchiaino che le stuzzica le labbra. Ancora una volta sente sulla lingua un liquido viscoso e dolciastro. Sembra miele. Vorrebbe gridare che ha bisogno di acqua, soltanto acqua, per la gola e i polmoni. Deglutire è come appiccare un fuoco nel petto, talmente bruciante che le dà i brividi.

C'è un viso giovane davanti a lei, ma non lo riconosce. È a Milano, sì, ma in quale casa?

«Signorina Emilia...» le dicono quegli occhi vivaci, forse ha parlato davvero. «Sono Vittoria.»

Seduta accanto al letto c'è Luisa. Emilia inquadra più nitidamente prima lei, poi Vittoria.

«Hai avuto una brutta polmonite e stavi per morire» mormora Luisa dolcemente.

"Per quanti giorni?" La sua mente ha dato il comando alla bocca di pronunciare quelle parole, ma dalle sue labbra non è uscito nemmeno un mormorio.

«Emilia...» Luisa avvicina la sedia e le stringe la mano come faceva nei primi tempi.

Emilia si schiarisce la voce, vuole chiedere una cosa a Vittoria, ma non appena ci prova sente subito un dolore. Deve deglutire prima di parlare. «Tuo padre lavora?» riesce a domandare in un sussurro.

«Pensi a guarire, signorina.»

Com'è possibile che l'abbiano sentita? È con loro ma sta anche sognando. Le bambine sul tappeto.

Ora la vede limpidamente, Vittoria. Forse è lei l'unica che assomiglia a donna Giulia. Quella radiosa impunità.

È di nuovo buio. I momenti di coscienza sono più lunghi, ma sempre la notte.

Ora è vigile e non si riaddormenta, ma non arriva nessuno. Torna a sentire i rumori dalla strada. Anche passi sulla sua testa. Lo stomaco suona sinfonie di gorgheggi, per quanto è vuoto.

Veglia l'alba che si apre, la notte che rischiara, vira al rosa, prende luce.

65

C'è un uomo accanto a lei, molto vicino. Le mani gelide, mani che Emilia ha già sentito su di sé. Le solleva la testa dal cuscino, le inclina la schiena in avanti. Qualcosa striscia, pulsa, bagna tra la spalla e l'ascella. L'impressione è quella di decine di piccole punture.

Di fronte siede Teresa. «Le dicevo che le sanguisughe che arrivano in Francia ogni anno dall'estero sono quaranta milioni.»

Da quanto tempo sta parlando?

«A queste se ne aggiungono venti milioni provenienti dal mercato interno, per un totale di sessanta milioni, e oltre seicentomila franchi di spesa.»

La schiena le si irrigidisce. Le mani ghiacciate del dottore si posano sull'altra spalla. Le sta applicando un salasso. La schiena è ricoperta di sanguisughe.

«Abbiamo fatto» le dice il medico. «Era il nono.» Le libera velocemente la schiena da tutta quella popolazione umidiccia. «Direi di prenderci qualche giorno di pausa.» Nove salassi.

«Ha visto che avevo ragione? Quella brutta tosse di Lesa... Non sa quanto mi sono sentita in colpa!» esclama Teresa. «Ci pensavo in questi giorni mentre ero a letto, perché anch'io sono stata malata, sa?»

Emilia alza gli occhi su di lei da quella posizione ancora china.

«La famiglia Litta sarebbe entusiasta di prenderla a servizio la prossima estate, prima che lei torni a Firenze, hanno bisogno di una persona che per qualche mese curi i bambini, ma sanno che lei è malata. Mi sono battuta come Spartaco per convincerli che, una volta guarita, dovrà finire tutto il lavoro sui *Fidanzati* e sulla *Storia della colonna infame* prima di essere libera.»

Emilia si accorge solo ora che Teresa tiene in grembo il terzo libro del romanzo. Ha l'impressione di sentire caldo in viso, un fastidio.

«Sono così felice che rimarrà con noi almeno fino alla primavera. Insegnerà altre paroline alla povera Teresa? Non voglio perdere un solo momento di quelli che trascorreremo insieme.»

Il medico si congeda promettendo di ripassare prestissimo.

«Ora forse sarà stanca, ma ho detto ad Alessandro che posso leggere con lei, finché è a letto, così non perdiamo tempo. Lo sa che Gonin si è messo di punto in bianco a spedire legni a non finire per le vignette? Quest'estate ci ha fatti tribolare e ora sembra non vedere l'ora che si finisca!»

Non ricorda se Teresa ha continuato a parlare di sanguisughe, di vignette, delle sorprese di Gonin, del re del Piemonte. Deve essere caduta di nuovo addormentata. Ora è sola, in allerta, talmente sveglia da sentire una smania alle gambe. Come donna Giulia. Vorrebbe scendere e camminare. È passato soltanto un pomeriggio o un giorno intero? Ogni volta che gira la testa sul cuscino le sale ancora un piccolo affanno.

All'improvviso ha la sensazione che qualcuno sia fermo sulla strada, oltre la finestra. Si solleva un po' con la schiena, badando a tenere il lenzuolo alzato. Sono i ricci di Frederic.

Lui deve essersi accorto di quel movimento. Sbircia nel piccolo spazio libero tra lo stipite della finestra e il bordo della tenda e le fa un cenno di saluto con la mano. Poi si volta, qualcuno sta passando per la strada. Si allontana e Emilia non lo vede più tornare.

«Alessandro ha una richiesta urgentissima per lei.» Teresa è di nuovo nella stanza, con Vittoria. Dispiega un foglietto. «"Si potrebbe dire: andava spazzando con le mani il pavimento, per vedere di raccapezzare la sua ricevuta? Ovvero: per raccattare la sua ricevuta? Senza prendersi più incomodo, faccia segno alla maniera che dice che approva, e mi mandi il foglio, e mi scusi."» Teresa alza gli occhi su Emilia. «Naturalmente può rispondere direttamente a me.»

«Sta bene come don Alessandro ha scritto» bisbiglia Emilia.

Teresa annuisce. «Inizia ad avere le sue angosce. Per gennaio devono essere pronti tutti gli intagli dei capitoli fino all'inizio della peste. Allora...» ripiega tutto «se lei è d'accordo potremmo riprendere a lavorare insieme, appena vuole. Ci eravamo trovate così bene a Lesa, sai Vittoria?»

«Ma quelle erano le bozze.»

«Non la sento, cara Emilia.»

La sua voce è un sussurro quando le sembra di gridare. «Erano le bozze di stampa. Vorrei correggere il romanzo con don Alessandro.»

È talmente debole che non sente imbarazzo per quello che ha detto. Del resto nemmeno Vittoria è a disagio. Tutti dovrebbero avere il carattere di Vittoria. Lo è, interdetta, un po' Teresa.

«Ho iniziato con don Alessandro e vorrei finire con lui.»

66

È caduta un po' di pioggia prima dell'alba, o forse appena dopo. C'era anche qualcuno che rideva, per la strada.

Quando riapre gli occhi, Manzoni è lì. Seduto in fondo alla stanza, come faceva con Pietro e con sua madre. La sta guardando e ha l'aria di averlo fatto per molto tempo.

«Pensa che io stia per morire?» È una domanda a metà tra il sonno e la veglia. Non voleva essere brusca. La bocca è ancora arsa.

Non può averla sentita. Parla troppo piano. Ma lui si alza e viene ai piedi del letto. Invece ha sentito. Don Alessandro sente tutto. «Fi-fiorentina. Non penso che lei morirà. Mi siedo sempre così per rispetto e per pu-pudore. Però mi ha fatto spaventare di questi tempi. Non se ne faccia un cruccio, lo sa con che frequenza io mi spavento.»

Torna indietro a prendere la sedia, ha il libro tra le mani. «È sta-stata una malata esemplare. Io avrei fatto l'i-indisponente.» Balbetta moltissimo.

«Come fa a sapere...» Emilia non ha la forza, né il coraggio, di chiedergli se le abbia mai dato l'acqua.

«Mi scuso se ho violato la sua intimità, ma la mia i-insonnia ultimamente è un tormento. Come si sente?» Parla con una premura fortissima. La guarda in modo diverso.

«Adagino adagino meglio...» Emilia sta continuando a bisbigliare.

Don Alessandro sorride, e negli occhi sembra che gli passi il cielo. «Madamigella... Poco fa mi è venuto un pensiero, grazie a lei. Scusi se ci-cincischio, ma mi premeva parlarne. Per dedicare più tempo ai miei figli bastava che li guardassi dormire, come mi è capitato oggi con lei.»

Emilia arrossisce di vergogna. Potrebbe aver parlato, gridato, nel sonno.

«Bastava che lo facessi in quello spazio tra la notte e l'alba in cui veglio sempre. Il mio tempo se l'è preso quel diavolo che anche lei ha visto annerirmi i pensieri, il romanzo, il semplice stare al mondo. Per alcune persone stare al mondo è facile, per altre è una fatica e una conquista. Io sudo, e penso, e so-soffro, cammino. Poi la gente mi dice che sono tanto calmo. Emilia, dopo le cavate di sangue ecco che ora le arrivano le mie confessioni. "Don Alessandro mi vuole un gran male" penserà.»

Infila una mano in tasca e le mostra un campanello. «Le ho portato questo. Se le garba io leggo il capitolo e lei mi suona quando sente un orribile ghirigogolo.» Dall'altra tasca estrae un mazzo di foglietti. «Poi mi scrive la parola migliore, sempre che ne abbia la voglia e la forza.»

Emilia sorride, le sembra di non ricordarsi nemmeno come si fa.

«Naturalmente mi aspetto che sia uno scampanio continuo, mi suonerà il campanello a festa come un *Corpus Domini*.»

Ora Emilia ride. Si rende conto che anche ridere è una fatica.

Vorrebbe chiedergli che cosa succede fuori, come è la giornata, come stanno Pietro e Filippo, persino Teresa e la *bonne*. Per un momento ha pensato anche a donna Giulia, come se fosse ancora in casa con loro, a vagare tra le stanze del secondo piano vuote di ricordi.

«Vo-vogliamo entrare in una Milano irriconoscibile?» Don Alessandro si avvicina con la sedia. «Immaginiamocela avvolta nel silenzio, la nostra città. Come forse le sarà sembrata in questi giorni perché era malata.»

Apre il libro, lo sfoglia. Legge: «"Da nessuna parte, nessun segno d'uomini viventi: se non che, d'in su un luogo del terrapieno, s'alzava una densa colonna d'un fumo oscuro e crasso, che salendo s'allargava e s'avvolgeva in ampi globi, perdendosi poi nell'aria immobile e bigia. Eran vestiti, letti e altre masserizie infette che si bruciavano: e di tali tristi falò se ne faceva di continuo"...». La sbircia. «Non su-suona il campanello che le ho dato?»

«Se suono sembro un monatto che porta via cadaveri.»

«Ce n'è almeno uno di cadavere, nelle righe che le ho letto.»
«Crasso...» bisbiglia Emilia. «Non si usa più.»
«E invece 'denso' sì, vero? Allora togliamo quel 'densa' prima, che non serve a niente, e mettiamo 'denso' dopo, per il fumo. Mi basta che faccia sì o no con la testa.»
Emilia annuisce.

Renzo entra a Milano come in una città di morti. Carovane di corpi senza vita, monatti che suonano campanacci, malati che vivono per la strada fino a esalare l'ultimo respiro; sudiciume, urla e silenzio. Nessun sogno nei giorni peggiori della malattia può avvicinarsi a quella sofferenza.
«"E, dietro a lui, due cavalli, che, allungando il collo e puntando le zampe, venivano innanzi a fatica; e strascinato da quelli un carro di morti, e dopo quello un altro, e poi un altro e un altro: e di qua e di là, monatti alle coste de' cavalli, affrettandoli, a sferzate, a punte, a bestemmie."»
Emilia suona il campanello con delicatezza. Don Alessandro si rende conto di non averle passato i biglietti. Si alza e glieli posa sul letto. Le lascia il lapis tra le dita. Per un momento le è vicinissimo. L'odore di tabacco, misto a cedro, le invade la gola. Tutti gli odori adesso sono più intensi, diversi, le attraversano il corpo.
Su un foglietto Emilia scrive "a punte" e, di fianco, "a punzoni".
«"Erano quei cadaveri la più parte ignudi, alcuni mal ravvolti in lenzuola cenciose"... C'è qualcosa che non mi piace. Mi può aiutare qui?»
"In qualche cencio" scrive Emilia.
Don Alessandro avvicina la sedia ancora di più e prende i biglietti che lei ha scritto. Per un momento le fissa gli occhi con tenerezza. «"Ammonticchiati, intrecciati insieme, come un gruppo di serpi, che lentamente si svolgano al tepore della primavera." Erano 'bisce', ma voglio 'serpi'.»
Emilia gli osserva la bocca. Ha scelto quella parola per il suono, la parola giusta per quel ritmo di paura che deve dare un fremito e mostrare l'inferno.
«"A ogni intoppo, a ogni scossa, si vedevan quei mucchi funesti tremolare e scompaginarsi bruttamente, e spenzolarsi teste"...»

Suona il campanello. Scrive su un biglietto: "Ciondolare".

«"E chiome verginali arrovesciarsi, e braccia svincolarsi"...»

Il calore al viso è sempre più forte. Quel carro di morti fa crescere la congestione della malattia.

Fasce 'marciose', corpi di appestati gettati dalle finestre. Don Alessandro si addentra con la musica appena tentennante della sua voce in quella città di orrori che lui stesso ha creato, e ora Emilia sente che anche gli occhi iniziano a bruciare.

Lui se ne accorge. «Se è stanca vado via nel tempo di un *eccì*. Se invece...» Le osserva il viso con una tenerezza ancora più grande. «Se la commuovo, o la i-impressiono, è come se mi facesse un complimento. Ho già cambiato alcune parole da solo, se non sta bene mi dica soltanto 'no'.»

Emilia gli fa cenno di proseguire, ma nella gola le sta salendo il pianto. È troppo vulnerabile.

«"Portava essa in collo una bambina di forse nov'anni, morta"...»

Ora sente le lacrime gonfiarsi sotto le palpebre già calde.

«Po-posso proseguire?» Don Alessandro avvicina ancora più la sedia.

Emilia annuisce, e per un momento lui le guarda la mano, poi la bocca e il collo, fino all'attaccatura del petto. È uno sguardo di pietà, affetto, e di qualcos'altro che fa fuggire.

«"Ma tutta ben accomodata, con le chiome divise"...» Si ferma un attimo perché Emilia sta scrivendo: "Capelli".

«'Capelli', ha ragione... per la nostra bambina vestita come una principessa dobbiamo usare le parole più semplici e vere... "Co' capelli divisi sulla fronte, con una veste."» Corregge da solo: «"Con un vestito"... "bianchissimo"».

Emilia si leva una lacrima dal viso. Lui alza gli occhi e le fissa le dita, che sono tornate a posarsi sul lenzuolo.

«"Come se quelle mani l'avessero ornata per una festa promessa da tanto tempo, e data per premio. Né la teneva a giacere; ma sorretta, assettata"...» Scuote ancora il capo. «'A sedere'?»

Emilia fa cenno di sì.

«"Se non che una manina bianca a guisa di cera spenzolava da una parte con una certa inanimata gravezza, e il capo posava sull'omero della madre con un abbandono più forte del sonno"...»

Fa una pausa più lunga delle altre. Prende un fazzoletto dal polsino e glielo porge.

«E ora qui... Quando arriva il monatto per portare via la nostra piccola Cecilia, non c'è semplicità, e quindi non c'è poesia.»

«Che cosa fece il monatto?» gli domanda Emilia con dolcezza. La voce è cambiata di nuovo. Non è più roca, ma sottile.

«Tolse alla madre la bambina dalle braccia, prese Cecilia dalle braccia di sua madre.»

«Così sta bene.»

«Andò per levarle la bambina dalle braccia, con una specie, però d'insolito rispetto.»

«Don Alessandro...» Emilia è ancora debole e la commozione è continua, vive di commozione. «Lei è sempre molto amorevole con i suoi personaggi. Ai loro difetti trova sempre una ragione.»

«Mi sforzo di trovare un perdono, che è superiore alla ragione. Nel suo quaderno...»

Emilia sbarra gli occhi.

«Accennava a-a un perdono che non può concedere... a sua madre. Ma capisco che non è il momento, non è discreto che io lo domandi.»

Lei stringe il fazzoletto nella mano.

Don Alessandro inclina un angolo della bocca all'insù. Si piega lentamente verso di lei. Sembra che stia per sfiorarle i capelli, invece le posa la mano sulla fronte. «Scotta ancora tanto, mia cara fiorentina.» La sua mano è ferma, forte. «Faccio tornare il dottore. Riprendiamo solo quando starà meglio.»

Quando esce dalla stanza, Emilia si sente sola. Quanta solitudine può dare una malattia.

67

Entra Vittoria e subito si scusa per Teresa. È educata e ironica. Ha lasciato per sempre il collegio della Visitazione, le racconta la sua felicità di essere a casa. Forse avrebbe il carattere del padre, se lui non fosse stato graffiato dall'infanzia che ha vissuto e dai lutti che ha subito. Ma anche Vittoria è stata graffiata. Sono tutti orfani della mamma e hanno perso due sorelle. «La mia povera matrigna non ha le forze nemmeno per alzarsi dal letto. Ha notato che quando qualcuno sta male lei si professa moribonda?» Vittoria ride divertita. Emilia si accorge che le si sta accentuando una fossetta a un angolo della bocca. Le posa sulla coperta un libro. I *Pensieri* di Pascal. «Questo è da parte di papà. Ha detto di non spaventarsi, non è una lettura per niente noiosa. E mi ha pregato di dirle che può fare da solo, se è necessario. Mancano soltanto quattro capitoli... non lo sapevo, signorina!»

«Possiamo continuare quando vuole» ribatte Emilia con quella voce che non si riconosce. Ora è roca, sfibrata. «Glielo comunichi. Per favore!» Ha parlato con un'impellenza esagerata.

Vittoria corruga la fronte.

«Sto meglio. Don Alessandro può venire anche domani mattina.»

Passa a trovarla Pietro, ed è costretto a parlare quasi da solo, una questione che gli riesce meno facile che a suo padre. Il più timido di casa Manzoni forse è proprio lui. «Voglio che guarisca ma anche che non guarisca, altrimenti se ne andrà.» Dice spesso le cose all'improvviso, coglie di sorpresa. Ha ritrovato un po' di robustezza ma continua ad avere un aspetto delicato. «Filippo sta meditando di iniziare a scrivere un libro» le racconta. «Così, dice, la signorina Emilia rimane con noi ancora qualche anno.»

68

Anche questa volta Emilia ha gli occhi chiusi, ma si accorge subito della sua presenza.

«Sono sveglio da due ore e la peste a Milano mi tormenta da tre giorni. Le parole sono ancora tutte da cambiare.» Don Alessandro ha sempre un modo rispettoso di tenere il suo libro in mano. Gli occhi sono stanchi, fermi sul suo viso. «Mi tormenta anche quello che ho scritto. Qualcosa di commovente che, a distanza di tanti anni dalla prima scrittura di questa storia, non sono ancora riuscito a me-mettere in pratica.»

Emilia aspetta che si sieda, ma lui impiega del tempo per farlo. Prende posto sulla sedia di Vittoria, senza avvicinarsi troppo. Le consegna i biglietti e il campanello. Sfoglia qualche pagina. «Sono arrivato al momento in cui nel lazzaretto Renzo incontra padre Cristoforo. L'avevamo perso per tante pagine, ricorda? Seguendo le avventure di Renzo e di Lucia nelle loro vite distanti. È il capitolo trentacinque. Fra Cristoforo era giunto lì» segue con il dito «perché gli si era offerta "l'occasione di ciò che aveva sempre desiderato, di dar la vita per il prossimo". Questo è il punto. Il nostro padre Cristoforo sta morendo di peste per curare gli ammalati. Quando mi sento il più e-egoista degli egoisti penso che ci sono persone al mondo che vivono per dare la vita agli altri. E che lo fanno con felicità, non come un dovere. E invece io dai miei cari e da tutti mi faccio sempre inseguire, cercare, dando in cambio ben poco.»

Emilia prende un respiro.

«Non parli, la prego. Qualsiasi cosa lei voglia dire, lo farebbe soltanto per co-consolarmi, ma sa bene qual è la verità.» Torna con gli occhi alle pagine, preso da un rancore contro se stesso. «Padre

Cristoforo è quasi irriconoscibile, smagrito e sofferente. "L'occhio soltanto era quello di prima, o un non so che più vivo e più splendido..." Le sta bene?»

«Molto bene, don Alessandro.»

«Aveva un portamento "curvo e come doglioso", la malattia era già in lui. Mi irrita come ho scritto.»

«Come lo direbbe se lo raccontasse a un bimbo?» bisbiglia Emilia.

«Camminava in modo 'stentato'... "Portamento curvo e stentato"» Scrive. Poi prosegue guardandola, senza leggere. «Quando Renzo disperato immagina di non trovare la sua Lucia malata nel lazzaretto, pensa di vendicarsi con don Rodrigo. È naturale. Gli ha insidiato la fidanzata, l'ha costretto a fuggire, ad aspettare per due anni. Ora Renzo sta cercando Lucia nel lazzaretto per sapere se è viva. L'amore irruente, e anche paziente. Ma padre Cristoforo non ammette quella vendetta e chiama Renzo... "sciagurato"! Ho dimenticato una 'g', era 'sciaurato'.» Aggiunge la lettera continuando a parlare.

Don Rodrigo, preso dalla peste, è steso su un letto di morte, la mano livida premuta sul petto, gli occhi spalancati e il viso cosparso di macchie nere. Fra Cristoforo incalza Renzo. «"Forse la salvezza di quest'uomo e la tua dipende ora da te, da un tuo sentimento di perdono, di compassione... d'amore!" Quando me le do di santa ragione, penso che una cosa buona l'ho scritta, per questa storia del perdono.»

«Lei chi vuole perdonare, don Alessandro?» sussurra Emilia.

Lui la fissa con una grande sorpresa negli occhi. «Ce-cerco di educarmi ogni giorno... Non sempre riesco, come in tante altre cose, a partire dalla pigrizia.»

«Mi ha raccontato della sua più grande paura» continua a mormorare Emilia, «ma non del suo perdono.»

Manzoni sposta la mano alla tasca, forse per prendere la tabacchiera, ma poi si ferma. «Cerco di perdonare quello che ritenevo mio padre, che ha allevato un figlio non suo volendogli bene come ha potuto, ma coprendo la verità per evitare il disonore. Il padre vero, che non poteva dimostrare di esserlo e forse no-non ne sarebbe stato capace, peggio del so-sottoscritto.» Richiude il libro e lo poggia sulla coperta, accanto alle gambe di Emilia. «Mi esercito a perdonare mia ma-madre, che mi ha abbandonato e poi amato moltissimo, persino troppo. Lei viveva all'eccesso, qualsiasi cosa facesse.» Intreccia le mani. «E provo a capire quel bambino che si rannicchiava come una lucertola in collegio temendo di aver fatto un errore irreparabile. E quello che sono ora. Un pu-pusillanime, un poltrone. Le sa già tutte, o quantomeno molte, madamigella. E lei? Chi dovrebbe perdonare?»

«Ho sognato una casa, in queste notti» sussurra Emilia. «Una casa non lontana da quella in cui abitavo.»

«Ne ha anche scritto.»

Emilia per difesa guarda il comodino, il suo diario è nel cassetto. Non lo tocca da quando è stata male. Arrossisce, ma anche lui sta arrossendo.

«Mi ha colpito molto un'e-espressione» mormora Manzoni, «un'espressione che lei usa spesso quando scrive. Che cos'è la 'piccola anima'?»

«Preferirei andare avanti con il romanzo.»

Don Alessandro non apre il libro. Lei non ha la forza, o forse non vuole, chiederglielo di nuovo.

«Il mio babbo soffriva di cuore» bisbiglia Emilia, come se anche quello fosse un sogno. Nella malattia sembra di vivere una vita sognata. «Avevamo tutti paura che perdesse il lavoro da un momento all'altro. Fui mandata dal magistrato per cui il babbo lavorava. Così ho iniziato a fare la bambinaia.»

Lui la fissa attentamente e serra le labbra. Emilia non ha mai visto nessuno ascoltare in quel modo, come se volesse imprimersi nella memoria ogni parola.

«Nella casa c'erano due bambine piccole, e poi un fratello più grande. Aveva sedici anni, come me.» Emilia riprende a parlare con rabbia, rabbia per se stessa, perché ora non può fare a meno di mettergli il cuore in mano. «Mi lasciava tutti i giorni un pensiero sul tavolo della sua stanza, e lentamente anch'io iniziai a provare qualcosa per lui. Poi venne l'epidemia di colera e lui fu l'unico ad ammalarsi nella casa. Si ammalarono quel ragazzo e, nella mia famiglia, il mio fratellino Enrico. Morirono entrambi.»

Negli occhi di don Alessandro legge un improvviso dispiacere.

Emilia ha l'impressione che le stia risalendo la febbre. Si passa una mano sulla fronte, ma la sente fredda.

«Il padre era al colmo del dolore. La madre lasciò la casa e le figliole. Dovevano essere pochi giorni o settimane, invece divennero mesi. La signora continuava a stare in campagna dai parenti, dicevano che fosse impazzita, e quell'uomo iniziò a parlarmi, a chiedermi consolazione... Il posto di mio padre dipendeva da lui. Ero molto più arrendevole di adesso. Avevo solo sedici anni, e allora sapevo ben poco dell'amore e degli uomini. Non che ora...» Sorride, sorprendendosi di come sta raccontando. Da quando conosce don Alessandro, le capita di prendersi in giro anche nei momenti più dolorosi. «Avevo perso un fratello e quel giovane ragazzo che mostrava un amore puro, confondevo l'amore con il prendermi cura di qualcuno. La malattia di mio padre peggiorò, era tutta una confusione per me.»

È l'ora in cui la strada dovrebbe svegliarsi, ma da fuori arriva solo silenzio, come se fossero nella Milano malata di Renzo che cerca Lucia.

Una fiammata di calore le investe il collo e il volto. «Mi chiedeva consolazione in tutti i modi in cui un uomo può chiederla a una donna, mentre le sue figliole dormivano dopo il pranzo.»

Don Alessandro continua a scrutarle il viso. Non ha più le mani intrecciate, ma lei non riesce a fermare gli occhi su di lui per troppo tempo.

«Fu mia madre a portarmi da una donna che sapeva interrompere anche le gravidanze avanzate... dopo che lui mi mandò via di casa. A San Frediano. Fu lei a convincermi, perché non si poteva certo dare un dolore del genere al babbo, e disonorarlo in quel modo.» Getta uno sguardo al comodino. Non ha forse iniziato a scrivere dopo quello che è successo? «Chiamarono il medico e fui in fin di vita. La vita se ne va in forma di sangue. Sembrava che fossi fatta di grumi di sangue, e poi che fossi un fiume rosso. Poi il fiume è diventato un rivolo, una scia, fa così anche il tramonto...»

Don Alessandro infila una mano nel polsino della camicia e le tende il suo fazzoletto. «Ho letto questa parte.» Anche la sua voce è un sussurro. «Questa cosa del tramonto... è molto bella, Emilia. Quando ci siamo conosciuti lei ha anche detto che a-arrossisce come un tramonto.» Poggia la mano sul lenzuolo e la lascia lì, vicino a lei ma senza sfiorarla.

«Mi salvarono, ma per me quello sarebbe stato l'unico bambino, mai nato.» Stringe il lenzuolo nel pugno.

Non va avanti e don Alessandro per pudore abbassa gli occhi sul romanzo. «Per questo ha pa-paura che le chiese le crollino addosso?»

«Ho paura che una quiete possa essere interrotta da una catastrofe. Ho maledetto Dio come e più di quello che deve aver fatto la sua Cristina.» Non voleva dirlo, ma continua a parlare senza pensare. «È stata la mamma a portarmi da quella donna.» Una nuova onda di rabbia le fa risalire il dolore alla schiena. Il cielo ora è più chiaro, la luce le sembra crudele. «E lei a costringermi a non dire nulla al babbo. Per tutti in famiglia fu un grosso ascesso agli intestini. È naturale che il babbo avesse capito.»

«E lei non ha mai condiviso questo dolore con nessuno?» Di nuovo la fissa con intensità.

«Lo sa soltanto Maria, la sorella più grande dopo di me. E quando scrivevo i... biglietti per il babbo, dopo che era morto, gliene parlavo. Lui riposa a Firenze, con i miei fratellini, nello stesso cimitero dove è sepolto Giovanni, quel ragazzo che mi voleva bene.»

Ora torna a mancarle il fiato. «La mamma ha sempre cercato per me un uomo a cui stava bene che io non potessi avere figlioli. È il suo modo di riparare. Vive con una colpa... che la tormenta come... l'Innominato nella sua notte, ma io non ho mai avuto pietà.»

«Lo vede come va a fi-finire?» Don Alessandro continua a parlare con tono amorevole. «Sia l'a-autore che la sua correttrice devono perdonare la propria madre.» Ha gli occhi che brillano. «E lei non soltanto sua madre.»

«Non si è mai sentito tradito da Dio?» lo investe Emilia, all'improvviso. «Se si fa un patto, e una delle due parti lo disattende, può capitare di non voler avere niente a che fare con quell'impegno che l'aveva ispirato. Io da bambina parlavo con qualcuno, non so se era Dio o se ero io. Non chiedevo niente, ma era un patto di amicizia.»

«Emilia...»

La vergogna per aver raccontato tutto, confessato troppo, cresce in un fuoco. Parlare così tanto equivale a prostrarsi a una violenza. «Dopo quello che le ho detto vorrei che non lavorassimo più insieme» gli dice bruscamente. «Il romanzo è quasi finito e tra poco me ne dovrò andare.»

Don Alessandro spalanca gli occhi. «Emilia...» ripete. «Che cos'è la piccola anima?»

Non si aspettava quella domanda. Era l'unica che poteva farle per riportarla indietro. Se fosse stato per lei, non avrebbe parlato mai più. «Quel nucleo» risponde di getto, «quel cuneo, di purezza, tenerezza e... sofferenza che ogni persona possiede. Qualche volta può essere invaso, deriso o oltraggiato. Per questo si decide di tenerlo per sé. Ogni tanto capita che qualcuno veda quella piccola anima, quel nucleo, anche se la nascondiamo.»

«La piccola anima... niente potrà mai disturbarla, Emilia.»

Lei sente di avere ancora il rancore sul viso e negli occhi. Deglutisce con un'improvvisa emozione. «Se è così tranquillo delle cose che sa, allora perché i suoi nervi la fanno impazzire? La sua piccola anima continua a essere invasa dalla paura. Lei sa guardare il punto più alto del cielo ma le capita di perdere il controllo di sé.»

Manzoni impiega tempo per raccogliere i pensieri. «Perché la pa-paura non si spazza via in un momento. Quando mi sento male io ho paura, e la crisi a cui lei ha assistito è la ra-raffigurazione di quell'emozione terribile. E poi c'è la vergogna. In me alberga un sentimento di vergogna che non riesco a comprendere. Io sono stato un bambino deriso. Poi mi sono perso. Non bevevo come Pietro, ma giocavo. Poi ho conosciuto l'a-amore. Con...» fatica sempre a dire il nome «E-Enrichetta. E attraverso l'amore, Dio. Ma sempre ricado nelle paure.» La sua bocca si assottiglia, i sensi di colpa non lo lasciano mai. «Perché o-ogni giorno porta la notte, e sono infinite le notti che dobbiamo attraversare. Tutto va coltivato. Me l'hanno insegnato gli alberi, i fiori, la vigna. Di tutto bisogna avere una cura co-continua, e specialmente di quella che lei chiama la 'piccola anima'.»

Si china a prendere il romanzo dalla coperta. Lo riapre lentamente dove sa. «E a-alla fine, dopo che fra Cristoforo ha urlato la parola 'perdono'...» Parla con un tono intimidito, scosso. «Dopo che Renzo si è commosso e ha accettato di perdonare il suo persecutore, arriva il momento in cui lui va a cercare la sua piccola anima, Lucia.» Fa una pausa e alza gli occhi su di lei. «Senza sapere se la troverà tra i vivi o tra i morti.»

Legge: «"'Va' ora' riprese il frate. 'Va' preparato a fare un sagrificio.'"» Corregge da solo in 'sacrifizio'. Lascia la penna sospesa sul foglio. «Devo aggiungere qualcosa. "Va' preparato, sia a ricevere una grazia, sia a fare un sacrifizio." Mancava la speranza, in questa frase. "A lodar Dio, qualunque sia l'esito delle tue ricerche." Qui sta bene. Un eroe non deve essere pronto a immolarsi, ma a credere all'assurdo.»

«Che cosa significa 'credere all'assurdo'?»

«Pre-prepararsi ad accettare sia la grazia che il sacrificio, e tornare indietro con lo stesso sorriso.»

«E a cosa dovrebbe portare?»

«Alla pace, Emilia.»

La sta emozionando di nuovo, ma questa volta Emilia parla subito per evitare di mostrarlo: «Lei pensa che un romanzo possa migliorare il mondo?».

Sul volto di don Alessandro spunta un sorriso ironico. «Ogni tanto ho la pre-presunzione di sperarlo, sì.» Richiude il libro. «Ha mai pensato...» Sta cercando le parole, e un attimo dopo sembra che le abbia ben chiare in mente e le voglia dire subito, di fretta: «Ha mai pensato che forse Dio, la chiami pure la vita, ha voluto che lei si dedicasse ai bambini senza averne perché il mondo aveva bisogno di una persona come lei? E che qu-qualcun altro potesse averne bisogno, ossia che lei mi aiutasse persino in questo pasticcio del romanzo? Con un marito e dei figli difficilmente sarebbe potuta venire qui. Cosa dice?».

«Non sarei mai potuta venire da lei» mormora Emilia.

«Ha visto che cosa strana? Non si accorge che amare il proprio destino è come riversare amore sul mondo? Cerchi di avere il cuore libero. Com'era nella chiesa vecchia di Belgirate, nel giardino di Brusuglio. Io glieli ho visti gli occhi in pace, Emilia.»

69

Al corpo che riprende vita dopo una malattia bisogna insegnare alcune cose dal principio. Un passo dopo l'altro senza fretta, gli occhi mai diretti al sole, lo stomaco da non riempire troppo perché basta poco per affaticarlo. Emilia cammina per la casa con le spalle avvolte dalla coperta.

Dalla cima delle scale giungono le voci di Filippo e Pietro.

«Che gioia vederla in piedi!» esclama Teresa dalla cucina.

Emilia flette leggermente le ginocchia per salutarla, rendendosi conto che ogni piccolo gesto le è nuovo e persino faticoso.

«Siamo tutti in attesa. Manca così poco!»

Emilia la vede affaccendata a comporre una sporta di biscotti, dunque può evitare di trattenersi.

«Signorina» la chiama anche Domenico venendole incontro. «La cercano.»

Emilia abbassa gli occhi alla coperta.

«Lo sanno che sta male» la tranquillizza il domestico. Volta le spalle e poco dopo torna indietro seguito da Sacchi e da Frederic. «Cara Beatrice! Passavo da queste parti e volevo sincerarmi della sua guarigione» la saluta Sacchi. Emilia sbarra gli occhi. «Sheeres» prosegue il litografista «come sempre non esita ad accompagnarmi, quando si tratta di lei e di don Lisander.»

Frederic ha tagliato i capelli, i riccioli non gli coprono più la fronte.

«Mi scuso se vi accolgo in codesto modo...» mormora Emilia.

«Lei è la malata, siamo molto felici di vederla in piedi e basta, non ha da scusarsi di niente.»

«Vuole che le chiami Manzoni?»

Sacchi scuote la testa. Ha un'espressione meno irriverente del solito, gli occhi più prostrati, come quelli dell'Innominato davanti al cardinale Borromeo. «Lasciamo stare don Lisander. In realtà vorrei parlare con lei.»

Emilia aggrotta la fronte e lancia un'occhiata a Frederic.

«Volevo dirle che aveva ragione. Il suo Manzoni mi ha fatto piangere. Non so se far piangere sia una forma d'arte, ma credo di sì. Glielo riconosco. Non ho ancora finito, ma sono arrivato a quella benedetta scena delle caprette che allattano i bambini orfani nel lazzaretto degli appestati e lì...» Scuote ancora la testa ed Emilia si sta domandando incredula se i suoi occhi adesso siano più lucidi. «Le caprette che allattano i bambini... Come può essergli venuto in mente?»

«Non lo so» sussurra Emilia. «Di tante cose del romanzo non so ancora darmi spiegazioni.»

«Il nostro artista della luce!» Teresa irrompe tra loro. Prende a braccetto Sacchi per portarlo in un canto e dirgli qualcosa di molto sciocco, o di molto intelligente.

Emilia alza lo sguardo su Frederic.

«Non ti sembra un miracolo... Sacchi in lacrime.» Le sorride. Ha sempre un'allegria malinconica sul viso. «Ti senti più in forze? Non sai quanto mi è dispiaciuto... non farti visita, ma non era possibile, eppure io...»

«Poi non mi ha mai rivelato» lo interrompe Emilia «chi è la donna che le ha insegnato a parlare così bene l'italiano.»

«Mia madre. Era di Firenze.»

Emilia spalanca gli occhi. «E perché me l'ha tenuto nascosto?»

«Perché mi divertiva mantenere il segreto.» Frederic sorride ancora. «Mio padre era inglese. Se avessero scelto di vivere a Firenze, e non a Londra, sarei un tuo concittadino.»

«Non tornerò a Firenze» lo informa Emilia. «Dopo la fine del romanzo, intendo. Se starò bene la prossima estate accompagnerò in villeggiatura una famiglia milanese per qualche mese.»

«Dici... davvero?» Ora è lui a spalancare gli occhi.

Sacchi lascia la compagnia di Teresa e tira uno schiaffetto sulla nuca di Frederic. «Torniamo ai nostri legni. Non sia mai che Manzoni si senta solo senza la sua Beatrice. Anzi, la sua Lucia.»

Don Alessandro è in giardino, di fronte all'ibiscus. Non si capisce se parli con la pianta o con un insetto, ma chiunque sia il suo interlocutore la discussione è animata.

Appena la vede, la raggiunge quasi a passo di corsa e le fa strada verso lo studio.

All'interno è acceso il camino ed è accesa la stufa. Non c'è mai stato un tepore simile nella stanza. Emilia tiene la coperta sulle spalle, ma con quelle accortezze potrebbe anche farne a meno.

Manzoni si avvicina al camino. Sulla mensola sono posate due tazze. «Vorrei servirle la mia cioccolata. Così vede che cosa combino la mattina prima che lei, o Grossi, o Rossari, veniate a tenermi compagnia.»

Accanto alle tazze c'è un vasetto di vetro con alcuni grani. Sulla stufa, una bacinella piena di latte si sta scaldando. Don Alessandro trasferisce nelle due tazze molti cucchiaini di cioccolata. «Io la bevo con molto latte, va bene anche per lei?»

Emilia annuisce. «A Firenze, con tanto latte, noi si chiama 'bianca'.»

«Aspettiamo che si raffreddino. Se ci si macchiano *I Promessi Sposi* sono guai grossi, vero, madamigella?»

Emilia scoppia a ridere. Per la prima volta ridere non le fa venire male al petto e alla schiena.

Renzo sente una voce provenire da una capanna del lazzaretto. È la sua Lucia. Lucia è viva! Ma lei resiste alla gioia per via del voto di castità fatto alla Madonna.

«"Il cuore in pace! Oh! questo toglietevelo del capo"» Manzoni legge la parte di Renzo.

«"Levatevelo dalla testa"» mormora Emilia.

«"E io in vece vi dico chiaro e tondo che il cuore in pace non lo metterò mai. Voi volete dimenticarvi di me; e io non voglio dimenticarmi di voi."» Don Alessandro non ha mai letto in modo così appassionato. Gli si sta arrossando la fronte, e sembra si sforzi moltissimo per non balbettare. Continua a un tono di voce più basso, poi lo rialza. «"Lucia! avete detto ch'io vi dimentichi: ch'io vi dimentichi! Come devo fare? A chi credete ch'io pensassi in tutto questo tempo?"» Solleva lo sguardo. «L'amore ha regole che non sono quelle della ragione, scrive il nostro Pascal. E non si fa certo fermare dalla ragione.»

«Sto leggendo della scommessa su Dio, don Alessandro.»

«Mi fa mo-molto piacere, Emilia.»

Lucia è determinata a resistere all'amore di Renzo, ma il vecchio, malato fra Cristoforo, che nel lazzaretto continua a curare i più disperati tra gli ammalati, scioglie il voto di Lucia.

«"Amatevi come compagni di viaggio"» riprende a leggere Manzoni «"con questo pensiero d'avere a lasciarvi, e con la speranza di ritrovarvi per sempre. Rendete grazie"...»

«Ringraziate...»

«A cosa sta pensando, madamigella?»

«Vorrei che il romanzo non finisse mai.»

«Emilia...»

«Mi scusi, don Alessandro.»

«Vorrei farla ri-ridere nel finale... Non pi-piangere. Renzo torna al paese, correndo sotto l'acquazzone che lava la peste, e l'amico che ora lo ospita "a' suoi giorni non aveva visto un uomo peggio conciato e più contento".»

Emilia ride asciugandosi una lacrima.

«Se lo vede? Renzo felice e fradicio, con la sua Lucia nel cuore.» Sta cercando di rincuorarla. Si alza avvicinandosi alle tazze, e lei lo segue.

Manzoni beve con lentezza, a occhi socchiusi. Emilia lascia che la cioccolata le scenda in corpo e la scaldi. Non ci saranno più altri inverni in questo studio. Don Alessandro non dice una parola, e Emilia non sente il bisogno di riempire il silenzio. Poi le bruciano gli occhi. È lui a tornare al tavolo per primo.

Lucia e Renzo si incontrano a Lecco, finalmente liberi.

«Prego, madamigella» la incoraggia Manzoni.

Emilia legge. «"'Come state?' disse, a occhi bassi, e senza scomporsi."»

«Renzo» legge don Alessandro «"capiva benissimo che cosa si dovesse sottintendere a quelle parole"...»

«'Quello che Lucia aveva nel cuore'?» suggerisce Emilia.

«'Tutto ciò che passava nel cuore di Lucia.' Sta bene, madamigella?» Manzoni la osserva con attenzione. «Vuole tornare nella sua stanza?»

Emilia fa cenno di no, a viso abbassato. «Questa gioia di Renzo» mormora con un filo di voce, «il suo modo di capire la ritrosia di Lucia... Perché l'ha scelta. Mi scusi di nuovo, don Alessandro. Sono ancora debole.» Si deve fermare.

«Lui la conosce, la sa guardare, la sua Lucia.» Don Alessandro annuisce, e sembra che stia continuando il suo discorso. «Quando siamo innamorati non è così? Scrivendo di 'piccola anima' lei parlava di questo, in fondo. Di un riconoscimento tra piccole anime.»

«Ho scritto cose che non ho vissuto» sussurra Emilia. «Non sono esperta dell'amore. Non credo di poter trovare niente di simile sul mio cammino.»

«Anch'io prima di i-incontrarlo non pensavo che potesse esistere.»

Emilia solleva gli occhi sorpresa. «Ma lei sa che posso dare ben poco a un uomo, don Alessandro.»

«A un uomo che chiede.»

Dal giardino arrivano delle voci. Teresa sta passeggiando con don Ghianda.

«Non a un uomo che la sa-sa guardare» aggiunge. Manzoni attende che i loro passi scorrano davanti alla porta, ma li sentono rimanere in giardino. «Un giorno le ho detto che le avrei spiegato perché mi sono ri-risposato» riprende a parlare. «Teresa mi distrae quando sono pensieroso, ed è paziente, non credo di a-avere la più sopportabile delle indoli. Io avevo bisogno di co-consolazione, e Teresa nel suo modo me l'ha data. È lei che decide tutto per me, mi toglie questa fatica.» China il viso. «Ha deciso anche che lei debba andare via, Emilia. Ma davvero non sa-sapremmo come fare. Iniziamo ad avere piccoli debiti e non possiamo più vivere come prima. Non ci sono bambini in questa casa, io non ho nessuna nuova idea per...» Lancia uno sguardo alla finestra. Ha un'aria sconfitta. «Per scrivere. La prego di-di non giudicarmi. Mi perdoni per tutti i tentennamenti e per le mie debolezze.»

«Me lo ha insegnato lei, don Alessandro» annuisce Emilia. Sta fissando le due tazze sulla mensola del camino. Il freddo sta risalendo la schiena, ma si sforza di concentrarsi sul fuoco. L'ordine perfetto dei tocchi di legna, tutto quel calore disposto per lei. «Non la giudico. Mi metto nei suoi panni. Non sarebbe giustificabile la mia presenza in questa casa.»

Manzoni sta arrossendo. Stringe la tabacchiera nella mano sinistra. La apre, la richiude, la apre di nuovo. «Dopo la morte di E-Enrichetta pensavo di potermi dedicare all'amore per il tutto: la natura, la vita, l'u-umanità. Ma non ci sono riuscito. Sono stato debole. Mi chiederà se l'amore che vivo adesso con mia moglie mi possa bastare, mi possa ri-riempire. E io le rispondo che non è la stessa cosa. Qualche volta si fa confusione.»

«Per me la ricerca di un amore è come la ricerca di Dio» gli risponde Emilia, di colpo decisa. «Si può vivere anche senza, e forse si ha meno da soffrire. Non saprei nemmeno come riconoscerlo.»

Don Alessandro richiude il libro. Il suo sguardo torna da lei. «È tutto negli o-occhi, forse. Così ci si riconosce. Non è il colore, o la forma. È il tipo di sguardo. Il modo in cui si osserva il mondo. O perché...»

Qualcuno bussa alla porta.

«Prego!» esclama.

Nello studio entra Pietro, e dietro di lui viene Filippo. C'è anche Vittoria. Alle spalle di Vittoria avanza Stefano, e dopo Stefano spuntano Teresa e don Ghianda. Lo studio si popola improvvisamente.

«Massimo!» chiama Teresa.

Dal cortile giunge il rumore di passi affrettati. Compare anche D'Azeglio. «Hai visto che bella sorpresa si è inventata tua moglie, papà? Siamo arrivati giusti giusti per il *grand final*?»

Si volta un momento e nella stanza entra Luisa, che non gli si ferma accanto, ma raggiunge Vittoria.

Don Alessandro riapre il libro davanti a tutti. Teresa scocca un'occhiata piena di angoscia. Non si aspettava di vederlo chiuso. Sulla mensola del camino sono rimaste le due tazze vuote.

Manzoni avvicina a sé il romanzo, e per la prima volta abbassa il viso, come se non vedesse bene le parole.

Emilia non fissa più la pagina, ma guarda lui, mentre legge del matrimonio dei fidanzati Renzo e Lucia, che finalmente si celebra, presieduto da don Abbondio, e del pranzo che si consuma nel palazzo del nipote di don Rodrigo; del trasferimento di Renzo, Lucia e Agnese in un altro paese; della nascita della prima bambina, Maria, e poi di tanti altri a cui Agnese stampa in viso dei 'baciozzi'.

«Abbiamo detto che da noi si dice 'bacioni', don Alessandro» mormora Emilia. Non vuol pensare a quel pubblico. Non guarda nessuno e tiene gli occhi concentrati su di lui.

Manzoni prende un foglietto già tagliato. Alza un momento il viso su Teresa e D'Azeglio, che siedono accanto al camino. «E in questo punto inseriamo l'ultima vignetta, la numero quattrocentotré» mormora. Conta le righe. Scrive il titolo da inviare a Gonin: "Quando non voleste dire...".

Appena lui volta la pagina, Emilia fa scivolare lo sguardo sullo spazio bianco alla fine dell'ultima riga. Più sotto c'è scritto: "Fine del terzo ed ultimo tomo".

Don Alessandro sta continuando a leggere: «"Conclusero che i guai vengono bensì sovente per cagione che uno vi dia; ma che la condotta più cauta e più innocente non assicura da quelli." Non gira bene questa frase». Si rivolge a Emilia. «Come direbbe lei, madamigella?»

«'La condotta più cauta e innocente'... 'non basta'.»

«'Non basta a tenerli lontani'? S'intende 'i guai'.»

Lei annuisce, Manzoni scrive e va avanti, ma Emilia ora fatica a prestare attenzione alle parole. Le arrivano a barlumi. I guai «"la fiducia in Dio li raddolcisce, e li rende utili per una vita migliore"» lo sente leggere. «"Questa conclusione, benché trovata da povera gente, ci è sembrata così giusta..."» La voce si ferma per un momento. Il pennino traccia una riga su 'sembrata'. Nel bordo sinistro scrive: 'parsa'. «"... che abbiamo pensato di metterla qui, come il sugo di tutta la storia. La quale..."»

È la penultima frase del romanzo. Emilia torna a osservare lo spazio bianco e alza per la prima volta il viso sul loro pubblico.

«"La quale, se v'ha dato qualche diletto"...» sta leggendo don Alessandro. «Qui mi sento supponente. Cambierei con: 'se non v'è dispiaciuta affatto'.» Scrive e continua a rivolgersi a lei sola. «"La quale, se non v'è dispiaciuta affatto, vogliatene bene all'anonimo"... I miei venticinque lettori non si ricorderanno nemmeno chi è l'a-anonimo. È meglio dire: 'a chi l'ha scritta'?»

Emilia sorride. La spina di una nostalgia infinita le si sta conficcando nel punto più fragile della schiena.

«"Vogliatene bene a chi l'ha scritta, e anche un po' al suo racconciatore." È una parola che non mi garba. Correggerei con: 'a chi l'ha raccomodata'... E questo 'po'' lo facciamo diventare 'pochino'.» Don Alessandro scrive l'intera frase sul bordo sinistro e ferma la penna in aria.

Emilia torna ad abbassare lo sguardo sullo spazio bianco.

«"Ma se in quella vece fossimo riusciti a noiarvi"...» Manzoni traccia una linea obliqua accanto alla 'a' ed un'altra sulla 'n'. Le riporta sul margine destro e aggiunge una 'd' e un 'ann'. «"Ad annoiarvi"» bisbiglia, poi cancella con un tratto di penna la parola 'quella' «"siate certi che non l'abbiam fatto a posta."»

«'Non s'è fatto apposta'» dice Emilia a voce ancora più bassa.

«Rileggi per bene il finale, papà!» lo esorta D'Azeglio.

Manzoni impugna la tabacchiera, la stringe nella mano. «"Qu-questa conclusione, benché trovata da povera gente, c'è parsa così giusta, che abbiamo pensato di metterla qui, come il sugo di tutta la storia. La quale, se non v'è dispiaciuta affatto, vogliatene bene a chi l'ha scritta, e anche un pochino a chi l'ha raccomodata. Ma se in vece fossimo riusciti ad annoiarvi, siate certi che non l'abbiam fatto a posta." O 'non s'è fatto apposta'.»

Don Alessandro non alza gli occhi dalla pagina. «Ritiro dall'Arno i miei ce-cenci» mormora «con l'ultimo dubbio.»

Emilia si rende conto che deve piangere spesso, quando è da solo. Per tanti motivi. Per i dolori, per commozioni passeggere, per quella grandezza incerta, misteriosa e a tratti potente che qualche volta non riesce a contenere. È tutto finito. Nessuno può capire il sollievo e il dolore che può abitare il suo cuore.

Lo schiocco di due mani battute forte l'una contro l'altra le fa voltare il viso. D'Azeglio sta applaudendo con energia. Lo segue don Ghianda e poi tutti gli altri. L'applauso riempie il piccolo studio, e Manzoni scuote la testa a disagio. «Non sa-sapete che effusioni del genere mi mandano all'altro mondo?» li rimprovera bonariamente.

«Ma te lo meriti, Alessandro! È tutto divino!» Teresa si alza, aspetta che anche lui lo faccia, e lo abbraccia a lungo. Manzoni non si sottrae, ma c'è rigidità nel suo corpo. Sembra essere lontano da tutti.

Teresa si stacca da suo marito e si rivolge a Emilia. Le prende la mano, gliela stringe. «Grazie» dice, fissandola negli occhi. «Grazie per la sua pazienza. Con Alessandro e con me.» Arriva D'Azeglio, e poi anche tutti gli altri.

«Ma cosa stiamo a fare qui tutti imbambolati» ride Teresa. Tira il cordone del campanello. «Facciamoci portare del buon vino Serbillano di Lesa, non quello acetino di Brusuglio!»

Emilia vorrebbe piangere, chiudersi in camera. Solo quando arriva il vino Manzoni si avvicina a lei, e per un momento sono di nuovo soli.

«Il suo romanzo è una meraviglia...» bisbiglia Emilia.

«Gu-guardi che ci manca tutta la *Colonna Infame* da risciacquare, madamigella. Se non la annoio» dice, con un sorriso che pian piano diventa scherzoso.

70

Milano, marzo 1842

Il sipario del Teatro alla Scala si apre sull'interno del tempio di Gerusalemme. Ai lati i Leviti e le vergini. Al centro, il profeta.

Emilia non avrebbe mai pensato di poter prendere parte a una 'prima'. Siede al fianco del libraio. Lui aveva comprato i posti in platea per sé e per la moglie. Ma a Natale lei è morta, dopo l'ultima malattia l'ha lasciato solo.

Anche il compositore, Giuseppe Verdi, ha perso la moglie, e i bambini piccoli, da quasi due anni.

«Ci vuole un bel coraggio a tornare dopo quello sfacelo di *Un giorno di regno*...» ha bisbigliato il libraio prima che la musica iniziasse. «Ma una notte al giovane Verdi gli è cascato dalla libreria un libretto di questo *Nabucodonosor* del Solera, si è aperto su un coro del terzo atto e Verdi ci ha perso il sonno. Dicono che se ne sia innamorato perdutamente.» Parla sempre nel suo modo preciso e informato. La precisione sembra anzi dare conforto al suo dolore, è la sua forza.

Emilia alza gli occhi. D'Azeglio ha preso posto nel palco dei Blondel, ma senza Luisa. Immagina di vedere Manzoni nel suo cappotto nero che cammina senza sedersi, perché non può stare tra gente sconosciuta. Ma sa che non può essere lì.

Partono i tromboni con i contrabbassi, quasi sottovoce, poi tamburi, grancassa, corni, archi, per poche battute, e appena dopo un sussurro di violini, come una piuma che sfiora fiumi, prati, cime di monti. Di nuovo i tromboni e quella linea prorompente dei primi momenti, alternata al borbottio ripetuto dei tromboni. Ma poi... Poi si alza una musica che Emilia non saprebbe definire simile a nessuna: i flauti si aprono con una dolcezza, uno struggimento, una malinconia eroica, che è una carezza per il cuore. C'è addirittura qualcosa di giocoso in questa melodia, ora sostenuta da tutta l'orchestra, sempre con quei violini morbidi a portare aria.

Il libraio ha gli occhi spalancati dall'emozione. Ma Emilia non riesce a guardarlo per più di un attimo, rapita da quelle note che prima consolano, poi saltellano come pesci, sempre con uno scorrere d'acqua che sembra di avvertire al di sotto.

La vicenda inizia con il lamento degli ebrei, assediati dal re di Babilonia Nabucodonosor: prima il coro degli uomini, poi, soave e forte, quello delle donne. Fenena, la figlia del re, è in ostaggio, ma l'ebreo Ismaele ne è innamorato.

L'amore, la prigionia, l'angoscia di un popolo guidato dal profeta Zaccaria. L'orgoglio e la fede, nella disperazione, in un Dio che parla anche al re nemico. E nel terzo atto ritorna, quella melodia di dolcezza e dignità.

Sulla riva dell'Eufrate gli ebrei in catene innalzano il coro, l'ultima preghiera. Il canto parte con una rincorsa iniziale, un mormorio che cresce, vola, di flauti e violini. Com'è possibile che un uomo che ha subito quei flagelli del cuore sia riuscito a fare musica in quel modo, a sottintendere una felicità, una vita che rinasce dalla solitudine.

Emilia lancia rapide occhiate al libretto: «"Va', pensiero, sull'ali dorate; Va', ti posa sui clivi, sui colli, ove olezzano tepide e molli l'aure dolci del suolo natal!"».

Don Alessandro non è lì, ma è come se lo fosse. Quella soavità grandiosa ha qualcosa a che fare con lui, con il romanzo, con una pazienza e una speranza, un'attesa tenace come direzione di tutti, per tutti. È l'aria che spira in questa città.

Emilia alza gli occhi al palco dei Blondel. D'Azeglio ha uno sguardo commosso, ispirato. Tutto il teatro inizia a bisbigliare quelle parole, come un grande e solo bisbiglio, un sospiro, e poi un grido: «"O, mia patria, sì bella e perduta!"», e non importa che siano nobili o borghesi. Immagina che gli austriaci presenti possano uscire dalla sala, addirittura interrompere il canto. Forse non ne hanno compreso la rivoluzione, mascherata da una vicenda così lontana nel tempo, nei luoghi, ma non nell'anima della battaglia.

Alla fine tutti si alzano. L'applauso travolge il teatro. Si inchinano i cantanti: Giuseppina Strepponi, che ha portato in scena la perfida Abigaille, il baritono Ronconi, che ha vestito i panni del tiranno Nabucodonosor, e tutti gli altri, fino all'ultimo dei coristi. Si inchina il maestro Verdi, e per lui è un'ovazione. Viene chiesta la replica. Non per un cantante, come succede sempre, ma per il coro intero. Emilia dovrà raccontare tutto a don Alessandro. Il prodigio, il riscatto dell'arte che dal dolore genera bellezza.

«Sessanta serate per il Nabucco!» grida qualcuno dall'alto. «Chi scommette?»

«Il nume ignoto di Mazzini...» mormora il libraio. «Questo è Giuseppe Verdi, la musica che si fa spirito e patria. Il *Nabucco* è un miracolo, il canto del "Va', pensiero" una chiamata alle armi!» Lui, che sembra trovare sempre una ragione a tutto, questa volta è sorpreso. «Com'è possibile che il coro sia uscito indenne dalla censura? Chissà come sarebbe piaciuto a mia moglie...» Getta a Emilia uno sguardo disperato. «Mi spiace che non l'abbia mai conosciuta.»

Lei gli stringe un braccio.

«Amava venire qui. Noi non abbiamo mai avuto figli, sa, ma lei era una donna piena di fantasia e andavamo così d'accordo da non sentirci mai soli.» Si passa un dito sotto l'occhio. «Ma... guardi chi c'è!» Indica dal lato opposto. «Il nostro amico!»

Frederic fa un cenno di saluto. Emilia guarda intorno per vedere se è accompagnato da qualcuno, invece è solo.

Don Battioli lo raggiunge, Emilia gli va dietro. Seguono insieme il pubblico che sta lasciando la sala, mettendosi pazientemente in fila.

Nel foyer due ali di folla sono già in attesa dei cantanti e del maestro.

Fuori piove forte, un furioso temporale.

«Vorrà dire che la Scala sarà la nostra dorata prigione fino a domattina» scherza il libraio. «Scusate.» In un attimo li lascia soli e raggiunge un gruppo di uomini che si stanno scaldando accanto alla stufa.

Emilia lo segue con gli occhi finché può, poi è costretta a rivolgersi a Frederic.

«Renzo e Lucia hanno avuto i loro bambini, alla fine...» le dice lui, prima di qualsiasi altra cosa.

«Sì, e la nonna Agnese li riempie di bacioni.»

«Però ho pensato che ti devo contraddire, Emilia» continua Frederic. «Renzo e Lucia non abitano fino in fondo il mondo del possibile, perché non sono vivi. Gli manca questa possibilità.»

Sta scendendo anche il pubblico dei palchi. Emilia riconosce Cantù e Giacomo Beccaria. «Non saranno vivi, ma hanno la possibilità di diventare immortali» gli risponde.

«Immortali... Hai ragione. Di me e di te non credo si possa dire. Di Manzoni forse sì.» Finge di essere pensieroso. «Forse anche di te...»

Emilia ride.

«Aspetta.» Le prende la mano e inizia a camminare in mezzo alla gente.

«Che cosa fa!» esclama Emilia. «Frederic!» Ma lui non lascia la sua mano. La sta facendo correre di nuovo verso la sala.

La platea e i palchi ora sono vuoti. Accanto al palco sono rimasti soltanto tre violinisti. Con grandi sorrisi di soddisfazione stanno pigramente riponendo gli strumenti nelle custodie.

«Fermi!» grida Frederic.

I musicisti si voltano verso di loro.

«Nessuno può andare via, piove troppo. Devo chiedervi un favore.»

«Sentiamo» dice il più anziano dei tre.

«Un valzer.»

«Un valzer?»

«Uno solo» annuisce Frederic. «Per questa signorina. La serata è stata indimenticabile anche per voi, mi pare.» Infila una mano in tasca ed estrae delle monete. «Posso darvi quello che ho.»

Il violinista fa cenno di lasciar perdere. «Non ti preoccupare, ragazzo.» Guarda gli altri due. Entrambi annuiscono, fingendo rassegnazione.

«Ma...» protesta debolmente Emilia.

Imbracciano i violini e le note si alzano. Frederic le cinge la vita e inizia a farla girare tra il palco e la sala, poi verso le uscite e ancora indietro, mentre i tre violinisti suonano a occhi socchiusi, dondolando il corpo a tempo di musica.

«Ti dico un'altra cosa!» esclama Frederic per farsi sentire. «Che c'è di più impossibile di un matrimonio che non s'ha da fare? Il romanzo del nostro Manzoni parte da una discreta impossibilità, non credi?»

Emilia sul momento non riesce a rispondere. Continua a ballare in silenzio, evitando di guardarlo, ma non può curiosare tra i palchi, perché non c'è più nessuno. «Ma qui manca un padre Cristoforo!» grida.

«Cosa intendi per 'qui'?»

Emilia avvampa. «Intendo dire nella nostra realtà, nella vita.»

«Potrebbe esserlo Manzoni, perché no?»

Emilia arrossisce. «Non scomodi don Alessandro.»

Il violinista anziano annuisce incoraggiante rivolto a Frederic, pur ignorando il contenuto della conversazione. Lui fa quasi volare Emilia, facendola ruotare con energia.

Qualcuno si affaccia e li osserva ballare.

«Per quanto tempo hai intenzione di darmi del lei mentre io continuo a darti del tu?»

Emilia finge di sbuffare. «Per sempre!» esclama.

Frederic le stringe la mano e ora le fissa gli occhi con tanta intensità che lei non può sviare lo sguardo. «Non è vero che diventi più bella quando leggi *I Promessi Sposi*. Lo sei sempre. Soprattutto quando hai paura.»

«Non ho affatto paura...» gli risponde di getto.

«Ma che succede!» sentono gridare.

Un uomo sta avanzando verso la piccola orchestra. I tre violinisti si interrompono in un attimo.

«È colpa mia» si scusa Frederic. «Li perdoni.» Abbassa la mano di Emilia, si rivolge ai musicisti ed esclama: «Arrivederci! È stata la più bella delle serate...». Trascina via Emilia, facendola correre verso il fondo della sala.

«Dove eravate finiti?» domanda il libraio appena li vede arrivare.

Frederic lascia la mano di Emilia e le lancia uno sguardo che lei non comprende. Poi dice, rivolto a entrambi: «Scusatemi... devo scappare» e corre ancora via, infilandosi nella folla, fino a raggiungere l'uscita.

Per la seconda volta Emilia è sconcertata. Il libraio sta sorridendo. «Speriamo che riesca a prendere la diligenza, e a cambiarsi d'abito, soprattutto.»

«Quale diligenza...»

«Il nostro Frederic sta partendo.»

Emilia annuisce. «Per Marsiglia, immagino. Mi fa piacere.»

«Marsiglia? Macché. Va in Inghilterra, il padre è malato e vuole stargli accanto. Poi deciderà della sua vita.»

«Io...» Emilia scuote la testa costernata «non sapevo. E lei come fa a essere a conoscenza di tutte queste cose?»

Lui sorride divertito. Il brusio intorno a loro è talmente forte che bisogna parlarsi nell'orecchio per capirsi.

«Vuole dire che... è stato lei a dirgli che eravamo qui?»

«Pensavo che le fiorentine fossero più svelte.»

«Sono svelta eccome!» gli risponde Emilia. «Ma... il ballo?»

«Vi ho visti...» ridacchia don Battioli. «Ah, quello no, non era programmato. Ma al nostro ragazzo certamente la fantasia e il temperamento non mancano, non trova?» La osserva con attenzione. «Il giovane Sheeres non avrà più niente a che fare con Marsiglia» aggiunge. «Ma mi ha chiesto se può spedire le lettere per lei in libreria. Ha poi deciso se si fermerà un po' a Milano dopo l'estate con i Litta?»

«Io, veramente...» Emilia esita. «Non ci ho ancora pensato.»

Il libraio ora sta osservando attentamente qualcuno oltre le sue spalle. «Guardi guardi, il giovane Manzoni.»

Emilia si volta e segue i suoi occhi. Pietro sta camminando a testa bassa verso il fondo della sala in compagnia di una giovane donna bruna. «Quella la conosco... Mia moglie era appassionata di balletto. È una ballerina! Non sarà facile farla accettare in via Morone. Non creda che il suo Manzoni sia tutto uno zuccherino.»

«Cosa dice, don Battioli!» esclama Emilia, ma intanto continua a osservare Pietro, che scappa via con quella ragazza snella e forte.

La città continua a essere flagellata da un diluvio eccezionale, quasi che la pioggia voglia proteggere con il suo frastuono il coro di libertà che si è alzato nel tempio della musica.

71

Non sa se gli affreschi parlino o si muovano, ma parla la luce. Entra in grandi fasci dalle finestre della cupola di San Fedele e, più indietro, dal presbiterio. Migliaia di filamenti di pulviscolo galleggiano in quei getti bianchi, scorrendo con una lentezza che fa smarrire l'attenzione. Cadono verso una colonna di granito rosato, come è tutto il tono di questa chiesa chiara, inondata dal sole.

Emilia osserva la folla che si mette in fila davanti al sacerdote per la comunione, poi si avvia verso l'uscita.

In fondo alla chiesa la aspetta Manzoni. «Ha visto che non è stato così terribile?»

«Non so ancora risponderle, don Alessandro.»

«In tre secoli a San Fedele non si è formata nemmeno una crepa, madamigella. E queste sei co-colonne corinzie sono tra le più robuste mai innalzate in un luogo di culto. I crolli sono scongiurati, per sua e nostra fortuna.»

Escono dalla chiesa e camminano affiancati fino a un gruppo di persone in attesa di vedere il Circo delle pulci. Si mettono in coda.

Gli spettatori devono stare in piedi molto vicino al palchetto e possono osservare lo spettacolo con l'aiuto di una lente. Arriva il turno di Emilia. Riceve la lente dall'addestratore e si china. Alla carrozza, grande come il pugno di una mano, sono legate delle cordicelle, e all'estremità le pulci. Al posto del cocchiere siede un insettino con una microscopica tuba in testa e un abito nero e, accanto, un altro con indosso una cuffietta rosa. L'addestratore batte un legnetto sul palco e le pulci iniziano ad avanzare. Emilia consegna la lente a Manzoni. La carrozza lentamente si muove, mentre l'addestratore recita strane formule in una lingua arcana che fa ridere i bambini. Infine si inchina tra gli applausi.

«Che barbarie!» esclama Emilia.

Si scostano per lasciare il posto alle persone che li seguono.

«Lei le libererebbe tutte, vero?»

«Scoprirei dove vive quest'uomo e mi prenderei la briga di salvarle.»

Si rimettono in cammino.

«La vedrei bene a vivere nel futuro, sa, fiorentina?» le dice don Alessandro. «Magari un giorno non sarebbe la sola a non divertirsi e a scandalizzarsi.»

«Quando si potranno fare le volatine invece delle passeggiatine?» ride Emilia.

Nel cortile della Pinacoteca di Brera i giovani pittori sono seduti davanti ai cavalletti. Emilia riesce a vederli solo per un momento, poi deve avanzare veloce.

Davanti all'ospedale dei Fatebenefratelli ha già il respiro corto. Ancora non riesce a star dietro al passo di don Alessandro. Raggiungono la stazione della strada ferrata per Monza e poi se ne allontanano, entrando in una terra che non è più città.

Manzoni potrebbe avere vent'anni, per come cammina. Sembra che con lui il tempo vada indietro piuttosto che avanzare. È il mese di giugno più profumato di tutti quelli che Emilia ha vissuto a Milano. Il miele dei fiori di tiglio, la fragranza di limone delle magnolie.

«"Ma basta chiamarlo sventurato?" ho aggiunto. E poi a capo: "A una tale interrogazione la coscienza si turba". Quando sento che una parola non è naturale e viva inizia a salirmi come un prurito al naso. Che cosa mi dice, madamigella?» le domanda, continuando a camminare veloce. «È il punto della nostra *Colonna Infame* in cui il Piazza accusa definitivamente il barbiere Giangiacomo Mora di aver unto i palazzi di porta Ticinese per portare la peste.»

«'Si confonde'?»

«'La coscienza si confonde'...» Don Alessandro inspira più forte l'aria, ma senza rallentare il passo. «Senta, fiorentina... E invece, per quanto riguarda il vocabolario... Chissà perché il vocabolario salta sempre fuori quando camminiamo. *'In tucc i ca', ghe il so da fà'*. Qui il Cherubini non è chiaro e, come lei sa, non è la prima volta.»

«A Firenze si dice 'c'è una croce per tutto'.»

«È davvero un'espressione bellissima, be-bellissima... 'C'è una croce per tutto'...»

Nel piccolo cimitero di Brusuglio le lapidi di Enrichetta e donna Giulia sono una accanto all'altra. In posizione angolare, vicino alla madre, riposa Giulietta. Don Alessandro si ferma a capo chino per qualche minuto, poi torna da lei.

«Vede, E-Emilia» mormora, «le avevo detto che la nostra provvidenza era una musica. Ma forse capiamo meglio, sia lei sia io, se diciamo che è il paradosso. Ricorda che cosa le avevo spiegato, ci-cincischiando, sull'assurdo? L'assurdo è sperare ma nello stesso tempo sospendere la speranza. Vede quanto infinito c'è oltre questo coraggio?»

«"Va' preparato, sia a ricevere una grazia, sia a fare un sacrifizio" dice padre Cristoforo a Renzo» sussurra Emilia.

«Per poi tornare indietro con lo stesso sorriso.» Manzoni la fissa negli occhi. «Se ci pensa è più forte ancora della scommessa di cui parlavamo. Sperare è degli illusi. Rinunciare alla speranza è degli sconfitti. Ma continuare a sperare dopo avervi rinunciato, questo sì, è l'assurdo. Credere nell'impossibile ma accettare che non accada. La pace oltre la paura.»

«Allora è questa la Provvidenza?» domanda Emilia. «Sperare e non sperare. La pace oltre la paura?»

«Credo di sì, ma non so se sono riuscito a spiegarlo per bene. Il mio de-desiderio è che tutti mi capiscano. Anche i bambini. La presunzione è che con il romanzo volevo anche consolare. Posso chiederle... Che cosa ha detto alla mia nipotina quando l'ha lasciata?»

Emilia si stringe nello scialle. L'estate è appena iniziata ma sembra che dai monti arrivi l'ultimo soffio fresco della primavera. «Le ho detto di non dimenticarmi.»

«E Rina cosa le ha risposto?»

«Che mi dimenticherà, perché l'ho fatta soffrire andando via. Ma che si ricorderà di me.»

Manzoni sorride. «Io non sono un bambino, ma è come se lo fo-fossi. Spesso non capisco se cerco di sorridere di fronte al dolore, e quindi miro a essere quel che si suol dire un 'saggio', o se mi racconto semplicemente una sto-storiella. E sì, divento insensibile al dolore. Anche il romanzo magari è una storiella.»

«No, don Alessandro, il suo romanzo è un atto di coraggio. Per la passione che ci ha investito, per le parole che ha cercato. La lingua unita... È coraggioso e intrepido.»

«Madamigella, mi sta levando il lavoro del consolatore?»

«Io non fo mica il pappagallo. O la 'federa', come dite voi barbari milanesi.»

Manzoni ride. Poi diventa serio all'improvviso. «Ricorda cosa le ho detto un giorno della distanza?»

«La distanza fisica non è distanza delle menti e nemmeno dei cuori.»

«A volte mi chiedo...» La fissa ancora attentamente, assottiglia le labbra. «Mi chiedo come sia possibile che i suoi occhi, che sono così scuri, proteggano un'anima limpida, mentre i miei, di un colore che non saprei definire, incerto come il loro proprietario, celano uno spirito torbido, co-confusionario e sempre in tormento.»

«Io vedo il contrario.»

Manzoni annuisce senza convinzione.

«Don Alessandro...»

Lui china il viso. «Tiri la sua frecciata, madamigella.» Sta scherzando con un sorriso ironico.

«Sono stata ancora alla Scala. Anche Renzo ci sarebbe tornato.»

Manzoni ora ride.

«E ho ballato di nuovo.»

«Lo dice come se fosse un peccato.»

«Lei ha mai ballato?»

Lui spalanca gli occhi, sembra offeso. «Madamigella, pensa che io sia un noioso e triste signore? Del resto da tempo sta pensando ai miei santini *post mortem*.»

«Affatto, don Alessandro.»

«Ho ballato, e mi è sempre piaciuto.»

«Ma ora non balla più.»

«Lei non lo sa, fiorentina. Se sono capace di andare e tornare a piedi da Brusuglio in una mattina pensa che non lo possa fare?»

«Certo.» Emilia annuisce abbassando gli occhi. «E le garba?»

«Mi garba moltissimo, come tante cose che non dico.»

«Don Alessandro...»

«Mi colpisca ancora.» La guarda di nuovo, ma questa volta con più timore.

«Volevo dirle che... ho deciso di rimanere a Milano, dopo l'estate.»

Lui inarca le sopracciglia. Negli occhi gli passa uno scintillio.

«Se scriverà un altro romanzo...»

Improvvisamente un'ombra gli scende sul viso. «Ne a-abbiamo già parlato, Emilia.» Poi si addolcisce, e sembra che gli venga ancora da ridere. «Non le è bastato strigliarmi con il primo?»

«Per qualsiasi cosa, comunque, io rimango, don Alessandro» gli dice con serietà. L'emozione le sta rompendo la voce.

«Va bene, madamigella. Allora è un addio, ma non è neanche un addio.» Il suo viso si imporpora lievemente.

«Li ho visti, i suoi monti, don Alessandro» bisbiglia Emilia. Sa di avere le lacrime agli occhi.

«I miei monti...»

«La montagna come quella che disegnano i bambini.»

«Quando...»

«Quando lei aveva bisogno di una preghiera.»

Le sorride, e una punta di lacrima affiora anche nei suoi occhi.

«Posso tornare da sola. Lei rimarrà qui a Brusuglio, vero?»

«Sì.» Gli zigomi stanno diventando un tramonto, gli occhi più chiari che mai. «De-devo dare uno sguardo ai miei *liquidambar*, e alla vigna. E poi devo fare due chiacchiere con tutti. È da un po' che non li tormento con i miei discorsi ba-balbettanti.»

Emilia gli stringe entrambe le mani, quelle mani che potrebbero arare un campo intero senza aiuto. «Allora, don Alessandro... buonanotte.»

«Bu-buonanotte, Emilia.»

Si stacca da lui. Avanza verso il viale alberato che riporta in città e la luce la travolge senza una precisa fonte di chiarore, quella luce gentile della Lombardia che non consente di capire, ogni tanto, dove sia il tramonto e dove l'opposto versante.

Si volta. Don Alessandro è rimasto fermo dove l'ha lasciato. Sta fissando il cuore più alto del cielo. Ma a un tratto, come se la distanza lo chiamasse, abbassa il viso e la guarda.

Emilia riprende a camminare e continua a voltarsi, finché lui diventa un minuscolo punto scuro, piccola anima che brucia nella bellezza del dubbio.

72

Milano, gennaio 1843

Virginia ha ancora le scarpette ricoperte di neve. Emilia si china per levargliele. «Prima o poi devi imparare a fare da sola.»

La bambina dà un calcetto e il suo piede quasi sfiora il viso di Emilia. Lei si sposta e perde l'equilibrio, finendo a terra. «Oh, bischera che non sei altro!»

La piccola scoppia a ridere. «Parli strano.»

«E tu come i vichinghi. Vedi se tra poco non impari a parlare l'italiano pure te.»

Sentono bussare alla porta. Si affaccia il maggiordomo di casa Litta. «Un pacco per lei, signorina Luti.»

La bambina si precipita a prenderlo.

«Fa' vedere, Virginia.»

Lei si avvicina ma non glielo porge.

«Sei proprio una curiosona. E molto dispettosa» le dice Emilia.

All'improvviso lo sguardo le cade sul nome del mittente. Prende il pacco e quasi lo strappa via dalle mani della bambina.

Virginia la fissa allibita, gli occhi sgranati. Sta per piangere.

«Scusami...» mormora Emilia accarezzandole i capelli biondi, finissimi.

Inizia a scartare il pacco talmente veloce che la bimba dimentica quello che è successo e la osserva spaventata.

Emilia passa la mano sulla copertina. Odore di tabacco.

Lo apre. La calligrafia di don Alessandro.

«Cosa c'è scritto?» domanda Virginia. Poi spalanca gli occhi. «Perché piangi?»

«Non piango, è un libro polveroso.»

«Ma è nuovissimo, non è polveroso» contesta la bambina. «Perché piangi se non l'hai ancora letto?»

«L'ho letto, più di una volta.»

«Perché i libri fanno piangere?»

«Per la storia e qualche volta perché pensi a quello che ha passato lo scrittore mentre lo scriveva, o lo correggeva.»

«Questo qua che cosa ha passato?»

«Non dire 'questo qua'. Un po' di dolori, molta fatica, tanti dubbi.»

Virginia aggrotta la fronte.

«Un libro...» aggiunge Emilia. «Un libro è come un bambino.»

«Come me?»

«Sì, un po' come te.»

Fuori dalla finestra c'è un salice alto. Se questa fosse la stanza di lavoro di Manzoni, il tavolino sarebbe proprio lì, accanto alla finestra.

Don Alessandro deve aver scritto lentamente, perché le lettere sono ancora più nitide del solito.

«Me lo leggi?» la incita la bambina.

Emilia fa cenno di sì. Si porta via una lacrima dal viso. «Però prima devo farlo nella mente. Piano. Le cose importanti si fanno adagio.»

Si siede. Poggia il romanzo sulle ginocchia. Sorride.

Madamigella Emilia Luti gradisca questi cenci da Lei risciacquati in Arno, che le offre, con affettuosa riconoscenza,

l'autore

L'edizione illustrata dei *Promessi Sposi* del 1842, con la rilegatura di tutti i fascicoli usciti a puntate nei due anni precedenti, è quella che noi leggiamo tuttora e che ha posto le basi per la lingua italiana letteraria.

Alessandro Manzoni non scrisse un secondo romanzo.

Emilia Luti rimase a Milano per tutta la vita e collaborò con Manzoni agli scritti sull'unità della lingua a cui lui si dedicò nei decenni successivi.

Per tutta la vita continuò a occuparsi dei bambini.

Nota dell'autrice

La prima idea di questo romanzo è nata da poche righe lette casualmente in un testo universitario di storia della lingua italiana e poi da un'immagine: un uomo e una donna seduti a un tavolino, poca luce nella stanza, chini a fissare le pagine di un libro. Alessandro Manzoni e Emilia Luti. Lui, lo scrittore allora più famoso d'Italia, lei una sconosciuta bambinaia fiorentina che da due anni collaborava con Manzoni alla revisione linguistica dei *Promessi Sposi*, e che ora si trovava a vivere nella sua stessa casa. Perché non avevo mai sentito questo nome?

Da quel momento è partita una ricerca che si è rivelata subito un'ossessione. Lavoravo su due fronti. Il primo: ricostruire il ruolo di una donna vissuta all'ombra del più famoso romanzo, e del più illustre scrittore, italiano. Il secondo: capire fino in fondo il dubbio e la fatica di un uomo, Alessandro Manzoni, che ha dedicato molti anni della sua vita a cercare una lingua per tutti, il fiorentino da rendere lingua nazionale. Fino ad allora non avevo mai compreso a fondo questo sforzo, compiuto oltre vent'anni prima che l'Italia diventasse davvero unita. La sfida di porre la cosiddetta 'questione della lingua' al centro di un romanzo e il desiderio di raccontare e interpretare l'avventura di una collaborazione in parte oscura sono state le spinte ad avviare questo faticoso lavoro, che mi ha consentito di ripercorrere per la seconda volta nella mia vita il romanzo più onesto che io abbia mai letto, *I Promessi Sposi*.

La mia stella polare su Emilia Luti è stato un piccolo saggio pubblicato nel 1936 da Emilio Sioli Legnani e intitolato *Madamigella Emilia Luti, collaboratrice del Manzoni* (SEI, Torino). In quelle poche pagine si raccontava che Emilia era stata portata a Milano da

Massimo d'Azeglio, ex genero di Manzoni e suo amico, che l'aveva scelta come bambinaia della figlioletta Rina, nipotina dello stesso Manzoni. Si allegava una foto di Emilia ormai anziana, piccola di statura, un velo appuntato sui capelli, occhi molto scuri; alcune foto dei bigliettini che don Alessandro e Emilia si scambiavano 'giocando' con le parole; infine la dedica scritta da Manzoni sull'edizione definitiva dei *Promessi Sposi* del 1842 (allora pubblicata su concessione di Elisa Greppi) e di cui mi colpì subito quell'aggettivo: 'affettuosa'. "Madamigella Luti gradisca questi cenci da Lei risciacquati in Arno, che le offre, con affettuosa riconoscenza, l'autore" si firmò don Alessandro. Manzoni era parco di parole di questo tipo, quando voleva bene alle persone concedeva un'ironia senza limiti. In queste righe ci sono ironia e affetto insieme. Oserei dire che l'ironia aveva in lui lo stesso peso della fede. È stata questa la chiave per immaginare il suo rapporto con Emilia, perché ritroviamo questa ironia in tutte le lettere che le inviò a conclusione del lavoro.

La lettura dei bigliettini in cui Manzoni chiedeva a Emilia le giuste parole, e delle lettere raccolte in *Scritti linguistici inediti*, a cura di Angelo Stella e Maurizio Vitale (Centro nazionale studi manzoniani, Milano, 2000), conservati in originale presso la Sala Manzoniana della Biblioteca Braidense di Milano, è stato il secondo passo. Attraverso ricerche svolte presso l'Archivio di Stato di Firenze ho trovato informazioni inedite su Emilia, di cui fino a questo momento era stata tramandata in modo sbagliato persino la data di nascita (non è nata il 29 giugno del 1815, ma lo stesso giorno del 1814). Ho ricostruito i suoi rapporti familiari scoprendo notizie sorprendenti: era prima di quattro sorelle, aveva perso negli anni precedenti un fratellino, altre due sorelle e soprattutto il padre, che era cancelliere al tribunale di Commercio. Il nonno materno era impresario teatrale. La madre, Giovanna Feroci, doveva essere una donna dotata di una certa arguzia. Risulta infatti che Emilia avesse chiesto aiuto a lei in varie occasioni per rispondere ai bigliettini di Manzoni con le parole più esatte.

Bisognava poi scovare le tracce di Emilia in coloro che avevano frequentato Manzoni. È D'Azeglio il primo a parlare di lei, in una lettera a don Alessandro dell'ottobre del 1838: annunciando il suo imminente ritorno a Milano da Firenze, scriveva che lui e la seconda moglie Luisa Blondel avevano preso a servizio una persona per Rina, 'una brava ragazza'. Non spiegava come e dove l'aveva trovata. L'allora pittore e scrittore frequentava molto il Gabinetto letterario diretto da Giovan Pietro Vieusseux. Ho dunque immaginato che questo fosse stato il luogo dell'incontro fiorentino. D'Azeglio è stato per me la porta di accesso a Emilia.

A ben vedere, la grande revisione dei *Promessi Sposi* parte da una piccola orfana di madre, Rina, nipotina di Manzoni, che aveva bisogno di una bambinaia.

Con le informazioni che avevo acquisito ho quindi romanzato la vita privata di Emilia Luti, pur partendo da dati reali. Tra tutti i personaggi Emilia è stato quello su cui ho dovuto utilizzare di più la fantasia. Gli altri erano per me svelati in modo sensazionale dalle loro lettere. Voglio citare in particolare il preziosissimo *Epistolario di Massimo D'Azeglio* curato da Georges Virlogeux (Centro Studi Piemontesi, Torino, 1987) e i tre volumi delle *Lettere di Alessandro Manzoni* a cura di Cesare Arieti, con un'aggiunta di lettere inedite o disperse a cura di Dante Isella (Adelphi, Milano, 1986), che consentono di conoscere don Alessandro nella sua ironia, nella sua pigrizia, nel suo darsi addosso, nella meticolosità, nelle piccole abitudini, nei silenzi e nei dolori.

Dalle ricerche fin qui effettuate risultava che Emilia e Manzoni avessero ufficialmente iniziato a collaborare nell'estate del '39 sia alla riscrittura dei *Promessi Sposi* sia alla postillatura del *Vocabolario milanese-italiano* di Francesco Cherubini (Imperiale Regia Stamperia, Milano, 1839).

Sembra che la frase da cui tutto partì sia stata: "Massimo, me la presteresti la tua fiorentina?". Così avrebbe detto Manzoni a D'Azeglio, come testimoniò Stefano Stampa, figlio della seconda moglie di don Lisander, in *Alessandro Manzoni, la sua famiglia, i suoi amici* (Tipografia Cogliati, Milano, 1889). Secondo Sioli Legnani potrebbe essere stata proprio la conoscenza con Emilia a dare un'accelerazione all'idea di Manzoni di ripubblicare *I Promessi Sposi* rendendone più viva e comprensibile la lingua a distanza di oltre dieci anni dalla prima edizione.

Ho potuto accedere al vocabolario di Cherubini con le postille originali, conservato ancora una volta nella Sala Manzoniana della

Biblioteca Braidense: Emilia scriveva a matita e Manzoni ricopiava. Il vocabolario è pieno di cancellature di parole obsolete, certamente da parte di lei, di cui ho dato testimonianza nei dialoghi a Brusuglio. Le correzioni di Emilia si interrompono alla lettera 'f'. Per quanto riguarda il lavoro di revisione sul romanzo, il mio testo di riferimento sono stati *I Promessi Sposi* nell'edizione del 1827 (Ferrario, Milano) con le correzioni autografe di Manzoni: pagine e pagine di croci, aste, parole cambiate, frasi riscritte, custoditi nella Biblioteca Braidense. Per eseguire il lavoro al meglio ho escluso dai dialoghi tra Emilia e don Alessandro le parole che erano state suggerite a Manzoni dai suoi primi consulenti toscani, Gaetano Cioni e Giambattista Niccolini, che rappresentano davvero una minima parte del lavoro di revisione, e altre che Manzoni aveva 'appuntato' nel suo soggiorno fiorentino del 1827 o appreso da altri. Del resto ancora nel 1836, dunque ben nove anni dopo la prima edizione e il viaggio a Firenze, Manzoni scriveva proprio a Cioni di aver accantonato il progetto di riscrittura del romanzo, testimonianza che fino al '38 probabilmente non ci rimise mano: "Una edizione corretta voi ben sapete quanto desiderassi di poterla fare... Ma qui non avendo un aiuto simile ho non so s'io dica prorogato o posto da canto il disegno di rimetter le mani in un tale lavoro". Un 'rimetter le mani' impossibile lontano da Firenze o senza un fiorentino vicino. Come detto, nel 1838 Manzoni trovò, grazie a D'Azeglio, Emilia Luti.

Lavorando sulle correzioni autografe, però, non sapevo che cosa fosse opera di Manzoni e cosa invece fosse stato suggerito da Emilia. La loro è stata una collaborazione soprattutto orale. Ebbero, come detto, uno scambio di biglietti, ma il grosso del lavoro fu svolto attraverso la rilettura insieme. Qui ho fatto una scelta di buon senso: mi sono permessa di attribuire a Manzoni le correzioni delle ripetizioni, dell'ortografia e tutte le correzioni prettamente 'autoriali'. Ma ce ne sono molte così moderne, così marcatamente fiorentine, che non possono che essere state suggerite da un fiorentino purosangue, e dunque da Emilia, l'unica persona che è stata accanto a Manzoni giorno per giorno nei tre anni di lavoro di revisione. Poco a poco la famosa 'risciacquatura in Arno' della prima edizione dei *Promessi Sposi* diventava per me un racconto di fatiche, emozioni, commozione, ricerca estenuante delle giuste parole e delle giuste immagini, oltre a un confronto sui grandi temi del romanzo.

Essendo un lavoro *in itinere*, nei dialoghi compare qualche volta un testo dei *Promessi Sposi* che sta a metà strada fra la prima edizione (la Ventisettana) e la seconda, quella di cui parlo in questo romanzo (la cosiddetta Quarantana).

A testimonianza della presenza costante di Emilia accanto a don Alessandro e del loro modo di conversare ho trovato una divertente paginetta contenuta in *Colloqui col Manzoni* (Ceschina, Milano, 1954), un volume nel quale sono state raccolte le testimonianze di Giuseppe Borri, di Niccolò Tommaseo e di Ruggero Bonghi. Borri racconta una scena che si svolse in via Morone nel giugno del 1842, dunque durante uno degli ultimi giorni in cui Emilia era a casa Manzoni: lei parlava in fiorentino a don Lisander e lo stesso Manzoni raccontava agli amici di come Emilia lo rimproverasse per il modo in cui lui pronunciava la doppia 'zz'. Nelle lettere della seconda moglie di Manzoni, Teresa Borri, troviamo dei consigli al figlio Stefano su come comportarsi in presenza dei dittonghi secondo quanto aveva insegnato "la signora Emilia" (è mia la scelta di chiamarla 'signorina', mentre ho lasciato che Manzoni la chiamasse 'fiorentina' o 'madamigella').

Tornando al lavoro di revisione linguistica, la mano di Manzoni in tipografia prima di mandare in stampa le dispense fu comunque pesante: aggiunse, probabilmente con Emilia, nuove parole e modificò la punteggiatura. Ho deciso di chiamare i tre tomi su cui don Alessandro e Emilia correggevano i 'libri blu', perché ora l'edizione con le correzioni autografe ha questa rilegatura. Non è detto che fosse quella di allora, ma la copertina originale, color crema, era fragilissima, ed è plausibile che dovendo usarli, correggerli e portarseli dietro, Manzoni avesse protetto i suoi tre libri.

Per esempio l'ultima riga dei *Promessi Sposi*, "non s'è fatto apposta", con quel *s'è* tipicamente toscano, è stata evidentemente cambiata sulle bozze di tipografia; nelle correzioni autografe compare ancora: "Se invece fossimo riusciti ad annoiarvi, siate certi che non l'abbiam fatto a posta", e così si chiude la scena in cui Manzoni, con Emilia, legge il finale davanti a tutti.

Con il mio romanzo ho voluto anche documentare la grande avventura dell'edizione illustrata. Revisionando tutto l'impianto linguistico dei *Promessi Sposi* del '27, con l'aggiunta del saggio sulla *Storia della Colonna Infame*, Manzoni decise di ristampare il romanzo a 'puntate', ossia in 108 dispense, con oltre quattrocento vignette, avvalendosi del lavoro del pittore Francesco Gonin e di un gruppo di intagliatori. I primi tre furono proprio Bernard, Pollet e Sheeres. Di quest'ultimo, a cui venivano affidati i paesaggi, ho romanzato l'interesse per Emilia. A lui, come agli altri due intagliatori, ho dovuto attribuire un nome di fantasia, perché dai documenti disponibili risultano solo le iniziali. Di Sheeres, Manzoni diceva che aveva un 'nomaccio scomunicato'.

Per tutta la documentazione di questo lavoro il mio testo di riferimento è stato *Manzoni editore. Storia di una celebre impresa manzoniana*, di Marino Parenti (Istituto italiano d'arti grafiche, Bergamo, 1945). Era Manzoni stesso a decidere la collocazione delle vignette, le loro dimensioni e addirittura come dovevano essere disegnate. Il risultato è un sorprendente storyboard, con i movimenti di scena decisi dall'autore nel ruolo di 'regista'.

Per quanto riguarda le correzioni alla *Colonna Infame* mi sono basata sul testo manoscritto corretto dei primi anni Trenta, consultabile sul sito alessandromanzoni.org, che è stato la plausibile base di lavoro per la scrittura finale.

Emilia Luti si trasferì a casa Manzoni nel maggio del 1841, quasi in coincidenza con la morte di Cristina Manzoni, la più grande delle figlie femmine di don Alessandro (Giulietta se n'era andata anni prima), e poco prima della morte di Giulia Beccaria, madre del grande scrittore. Vi rimase fino al giugno del 1842. I dialoghi tra Emilia e don Alessandro sono frutto di fantasia, ma ho cercato di mantenere il tono dei bigliettini e l'ironia di Manzoni, con la sua leggera balbuzie, di cui lui stesso scriveva nelle lettere.

Quelle che Manzoni definiva 'convulsioni' sono state da me interpretate, attraverso un confronto medico, come attacchi di panico. Don Alessandro aveva davvero una valigetta in cui custodiva delle boccette.

Per tentare di avvicinarmi alla sua sensibilità letteraria e alla sua fede forte e tormentata ho consultato testi di alcuni autori che amava, come Sant'Agostino, Blaise Pascal e Virgilio. La rilettura di *Timore e tremore* di Søren Kierkegaard, uscito nel 1843, un anno dopo l'edizione definitiva dei *Promessi Sposi*, è stata fondamentale per la scrittura di questo romanzo.

È stata una mia scelta quella di assegnare qualche volta il nomignolo familiare e scherzoso di *Fidanzati* ai *Promessi Sposi*, una sorta di francesismo che mi consentiva di ricorrere a un titolo più intimo all'interno delle persone più vicine a Manzoni.

Tutti i fatti pubblici raccontati in questo libro, dal ballo di beneficenza in maschera in occasione dell'alluvione del 1839 alla grande prima del *Nabucco* di Giuseppe Verdi, sono veritieri. Anche tutti i fatti privati e 'ufficiali' della famiglia Manzoni (trasferimenti, malattie) rispondono al vero, come la malattia di Emilia nell'autunno del '41, quando abitava a casa Manzoni, documentata da una lettera di Teresa Borri. I rapporti tra i personaggi sono stati da me reinterpretati in base a tono e informazioni contenuti nelle lettere, cercando sempre di mantenere la verosimiglianza. Questo è pur sempre un romanzo, e dunque tutte le informazioni da me apprese sono state adattate al genere della finzione. Alcuni passaggi sono stati semplificati a uso narrativo.

Don Alessandro mantenne sempre un certo riserbo sull'identità di Emilia. Così scriveva due anni prima della morte, nel 1871, ad Alfonso della Valle di Casanova: "Ebbi ... la fortuna di trovare un'altra colta persona, che ebbe la santa pazienza di riveder con me il lavoro, da cima a fondo, a passo a passo, appuntando i vocaboli e i modi di dire eterocliti, e suggerendo quelli a proposito". Non fa il nome di Emilia, a differenza di Cioni e Niccolini, citati poco prima. Ma quel 'a passo a passo' indica bene il lavoro profondo, paziente e oserei dire confidenziale che Emilia Luti e Alessandro Manzoni svolsero insieme. È la traccia più importante di questa eccezionale collaborazione, insieme alla dedica con cui si conclude questo romanzo e agli scambi epistolari.

Nel suo piccolo saggio, Sioli Legnani ha avuto come fonte privilegiata gli ultimi bambini di cui si è occupata Emilia, ormai anziani nel 1936, che gli raccontarono come qualche volta lei li portasse a trovare il vecchio don Lisander fino a poco prima della sua morte. L'amicizia e la vicinanza durarono a quanto pare per tutta la vita. Del resto, nel 1850, otto anni dopo la pubblicazione dell'edizione illustrata dei *Promessi Sposi*, Manzoni ancora le scriveva: "Eccole dunque un colonnino di domande, che implora un colonnino di risposte...".

Il mio primo ringraziamento va ai miei genitori, che mi hanno aiutato con grande impegno e dedizione nelle ricerche e nelle fasi finali di questo lavoro. Posso dire che le scoperte inedite fatte su Emilia Luti sono frutto di uno sforzo familiare. Ringrazio in particolare mia mamma Claudia per le infinite verifiche con cui mi ha aiutato, e mio papà Alfiero per l'impegno nella ricerca dei bigliettini e della copia dedicata da Manzoni a Emilia (non ancora trovata). Un grande ringraziamento va alla mia editor Linda Fava per aver creduto in questa storia e a Michele Bertinotti, il redattore che mi ha accompagnato con pazienza e gentilezza nell'ultima parte del lavoro.

Un grazie enorme al personale della Sala Manzoniana della Biblioteca Braidense di Milano e della Sala Falqui della Biblioteca nazionale di Roma. Ringrazio per la professionalità anche il personale di Casa Manzoni, della Biblioteca Sormani di Milano, della Biblioteca di Storia moderna e contemporanea di Roma e gli organizzatori dell'Ottobre manzoniano a Brusuglio. Ringrazio moltissimo Andrea Serrao per i preziosi consigli finali e Filippo Strumia per le riflessioni che mi ha stimolato sulla sofferenza psichica. Un grazie ai miei consulenti milanesi: Ruggero Schenetti di Brusuglio, Clara Quaianni e Gianni Minoia. E a quelli fiorentini e toscani: Marisa Marraffino, Paola Fichera, Andrea Mugnaini, Marco Tanini.

Ringrazio infine chi mi ha tenuto per mano durante questo lavoro e chi mi ha emozionato.

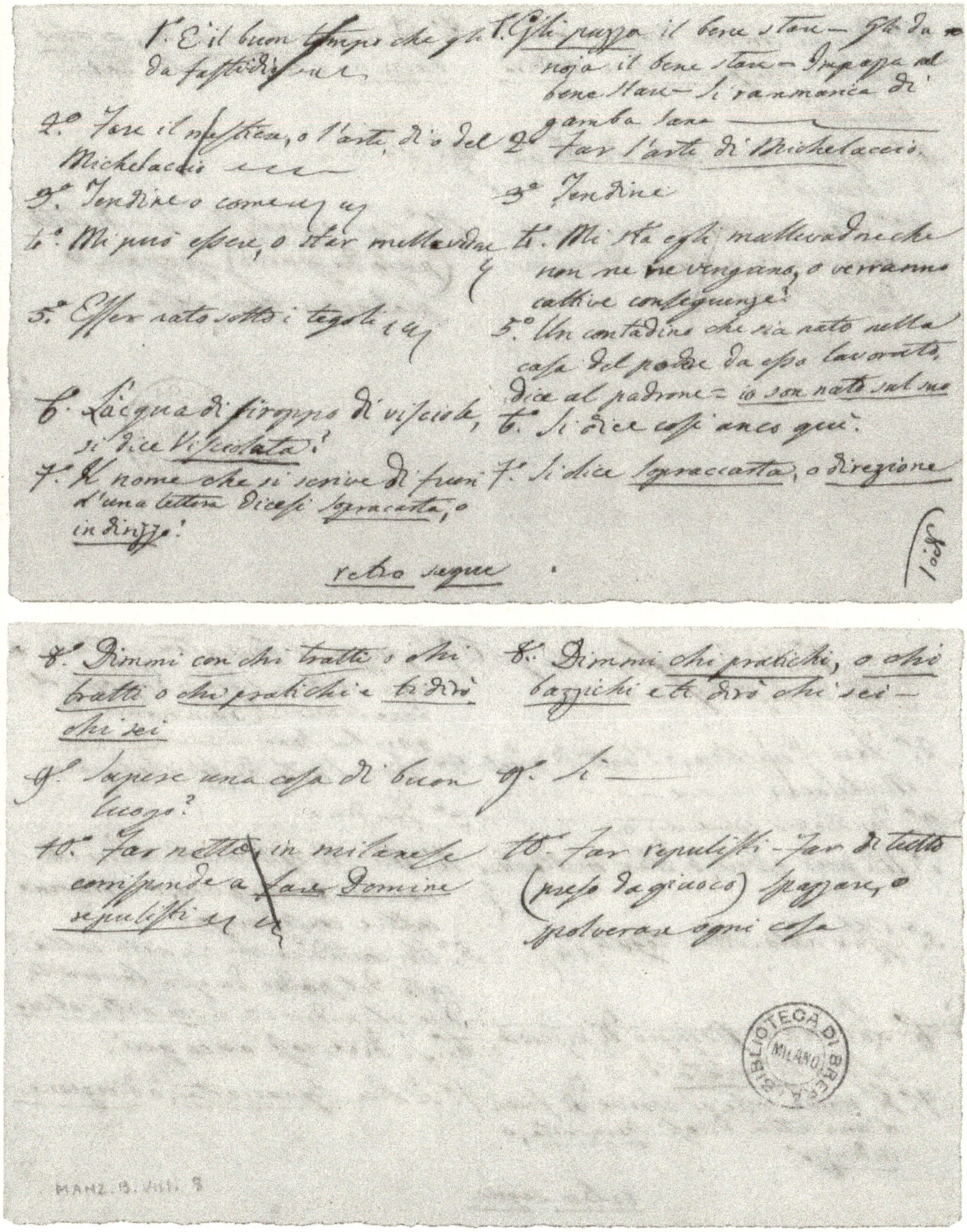

1.° È il buon tempo che gli da fastidio ecc.
2.° Fare il ..., o l'arte di o del Michelaccio ecc.
3.° Tendine o come ecc.
4.° Mi può essere, o star mallevadore
5.° Esser nato sotto i tegoli ecc.
6.° L'acqua di siroppo di visciole, si dice Visciolata?
7.° Il nome che si scrive di fuori d'una lettera dicesi Sopraccarta, o indirizzo?
retro segue

1.° Gli puzza il bene stare — Gli da noja il bene stare — Impazza nel bene stare — Si rammarica di gamba sana
2.° Far l'arte di Michelaccio.
3.° Tendine
4.° Mi sta egli mallevadore che non ne vengano, o verranno cattive conseguenze.
5.° Un contadino che sia nato nella casa del podere da esso lavorato, dica al padrone = io son nato sul suo
6.° Si dice così anco qui.
7.° Si dice Sopraccarta, o direzione
Volti

8.° Dimmi con chi tratti o chi tratti o chi pratichi e ti dirò chi sei
9.° Sapere una cosa di buon luogo?
10.° Far netto in milanese corrisponde a fare Domine repulisti ecc.

8.° Dimmi chi pratichi, o chi bazzichi e ti dirò chi sei —
9.° Sì —
10.° Far repulisti — far di tutto (preso da giuoco) spazzare, o spolverare ogni cosa

Uno dei bigliettini della corrispondenza tra Alessandro Manzoni e Emilia Luti. Emilia ricopiava sempre il testo che le veniva consegnato, tenendo per sé l'originale. A sinistra i dubbi di Manzoni sulle parole, a destra le risposte di Emilia, aiutata in questo caso dalla madre Giovanna Feroci. Sono rimasti a noi venticinque di questi foglietti.

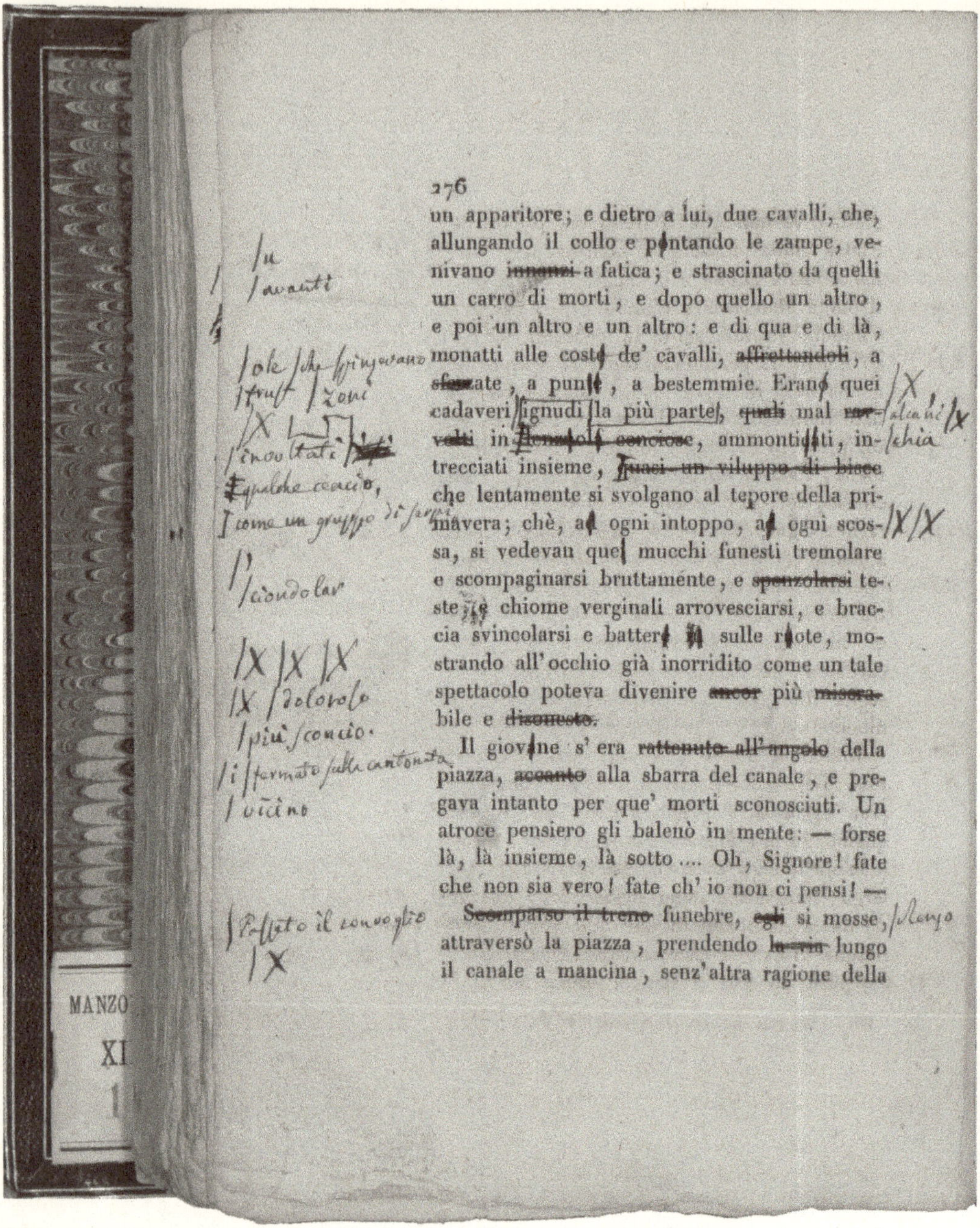
276

un apparitore; e dietro a lui, due cavalli, che, allungando il collo e puntando le zampe, venivano innanzi a fatica; e strascinato da quelli un carro di morti, e dopo quello un altro, e poi un altro e un altro: e di qua e di là, monatti alle coste de' cavalli, affrettandoli, a sferzate, a punte, a bestemmie. Erano quei cadaveri ignudi la più parte, quali mal ravvolti in lenzuola conciose, ammonticati, intrecciati insieme, quasi un viluppo di bisce che lentamente si svolgano al tepore della primavera; chè, ad ogni intoppo, ad ogni scossa, si vedevan que' mucchi funesti tremolare e scompaginarsi bruttamente, e spenzolarsi teste, e chiome verginali arrovesciarsi, e braccia svincolarsi e battere in sulle ruote, mostrando all'occhio già inorridito come un tale spettacolo poteva divenire ancor più miserabile e disonesto.

Il giovane s' era rattenuto all'angolo della piazza, accanto alla sbarra del canale, e pregava intanto per que' morti sconosciuti. Un atroce pensiero gli balenò in mente: — forse là, là insieme, là sotto .... Oh, Signore! fate che non sia vero! fate ch' io non ci pensi! —

Scomparso il treno funebre, egli si mosse, attraversò la piazza, prendendo la via lungo il canale a mancina, senz'altra ragione della

Una pagina dei *Promessi Sposi* dell'edizione "Ventisettana" con le correzioni autografe di Alessandro Manzoni in vista della seconda edizione del romanzo (uscita in dispense illustrate tra il 1840 e il 1842). Qui il celebre brano sulla peste a Milano del capitolo XXXIV, un esempio della profonda "risciacquatura" svolta dall'autore con l'aiuto prezioso di Emilia Luti.

Mondadori Libri S.p.A.

Questo volume è stato stampato
presso ELCOGRAF S.p.A.
Stabilimento - Cles (TN)

Stampato in Italia - Printed in Italy